Natalie C. Anderson
City of Thieves

Natalie C. Anderson lebt mit ihrer Familie in Genf. Gerne hält sie sich auch in den Bergen von North Carolina oder in Nairobi, Kenia, auf. Sie arbeitete zehn Jahre für die Flüchtlingshilfe der UN und andere Nichtregierungsorganisationen, hauptsächlich in Afrika. Ihren Master von der Universität Oxford erhielt sie in Politikwissenschaften mit dem Schwerpunkt Vertreibung und Zwangsmigration.

Beate Schäfer studierte Germanistik, Geschichte und Amerikanistik. Sie arbeitete lange Zeit als Verlagslektorin. Inzwischen lebt sie als Übersetzerin, freie Lektorin und Schreibpädagogin in München.

Natalie C. Anderson

CITY OF THIEVES

Thriller

Aus dem amerikanischen Englisch
von Beate Schäfer

dtv

Ab Seite 389 findet sich ein Glossar mit Begriffserklärungen.

MIX
Papier aus verantwortungsvollen Quellen
FSC® C019821
www.fsc.org

Ungekürzte Ausgabe
2022 dtv Verlagsgesellschaft mbH & Co. KG, München

Titel der amerikanischen Originalausgabe: ›City of Saints and Thieves‹,
2017 erschienen bei G. P. Putnam's Sons,
an imprint of Penguin Random House, New York (USA)
Umschlaggestaltung: Katharina Netolitzky nach einem Entwurf von Dana Li
Umschlagmotiv: Hex / Stocksy
Lektorat: Ulrike Hauswaldt
Gesetzt aus der Arno Pro 10,1/13,6
Satz: Fotosatz Amann, Memmingen
Druck und Bindung: Druckerei C.H.Beck, Nördlingen
Printed in Germany · ISBN 978-3-423-71904-9

Für alle Mädchen,
die mehr sind als nur Flüchtlinge

Gebet der heiligen Katharina

Stern der Welt, Katharina,
Bezwingerin des Rades,
die du den erwählten Kindern hilfst,
ein jedes errettest und
bei ihnen bist, wenn sie sterben.
Katharina, verehrte Tochter,
Spross der Tugend,
das Gesicht wie ein Apfel, die Brust wie ein Schwan,
Jungfrau, unversehrt.
Breite deinen Mantel über meinen Wahn,
Sohn der Maria.
Bitte um Gnade für die Diebe, Katharina.
Flehe um mein Fortkommen, damit ich
die Feinde meiner Seele überwinde,
siegreich bin in meinem letzten Kampf
und nach dem Tod
von den Engeln geleitet werde.
Amen.

1

Wenn du ein Dieb sein willst, musst du als Erstes begreifen, dass es dich nicht gibt.

Und ich mein das ernst, du musst es wirklich tief drinnen begreifen, es muss absolut dein Ding sein. Das hat mir Bug Eye beigebracht. Wenn es dich nämlich gibt, dann können Blicke an dir kleben bleiben, und wenn jemand dich sieht, runzelt der vielleicht die Stirn und fragt sich, wer du bist. Dann will er wissen, wer dich da draußen rumlaufen lässt. Wo du heute Nacht schläfst. Ob du nachts überhaupt schläfst.

Wenn es dich gibt, schaffst du es nie, dich durchs Gedränge zu schlängeln, dich zwischen lauter warmen Leibern durchzuschieben, zwischen Armen und Schultern, die nach Arbeit und Seife riechen. Dann fehlt dir die Zeit, deine Wahl zu treffen: die üppige Lady in Rosa und Gold. Du kannst sie nicht anstoßen und dich wegducken, während du ihre Geldbörse tief in deine Hose stopfst. Wenn es dich gibt, kannst du nicht ausatmen und dich durch die Gitterstangen vor einem Fenster zwängen. Dann lassen deine Schritte vielleicht den Fußboden knarren. Dann kann es sein, dass dein Schweiß zu sehr riecht.

Bei *dir* ist das vielleicht so.

Bei mir nicht.

Ich bin der beste Dieb der Stadt.

Mich gibt es nicht.

Ich sitze jetzt schon so lange in diesem Mangobaum, dass ich sieben Moskitos zerquetscht habe. Zwischen den Fingern spüre ich mein eigenes warmes Blut. Gott allein weiß, wie viele Stiche ich schon habe. Ameisen krabbeln mir zwischen den Beinen herum. Aber Schwester Gladys – der Herr segne sie – will einfach nicht schlafen gehen.

Durchs Fenster sehe ich sie im Gemeinschaftsraum sitzen, ins Licht des Fernsehbildschirms getaucht. Sein blauer Schein liegt auf ihrem Gesicht, und wenn sie lacht, wackelt ihr Bauch. Ihre Füße liegen auf einem Hocker, die Zehen biegen sich wie Antilopenhörner in alle Richtungen weg. Ich wüsste zu gern, was sie anschaut, nachdem ihre Schülerinnen im Bett liegen und sie sich entspannen kann. *Der Prinz von Bel-Air* in der soundsovielten Wiederholung? *Churchill Raw?* Was finden Nonnen lustig?

Ich sehe auf dem Handy nach, wie spät es ist, und überlege, ob ich nicht morgen wiederkommen und dieses steinalte Fernsehgerät mitgehen lassen soll, damit das ein Ende hat. Sollte Schwester Gladys nicht lieber beten oder so?

Acht Moskitos. Mein Magen knurrt. Ich drücke dagegen und das Knurren hört auf.

Endlich sinkt Schwester Gladys der Kopf auf die Brust. Ich warte, bis ihr Atem ganz gleichmäßig geht, dann lasse ich mich langsam auf der anderen Seite der Schulmauer herunter.

Wie aus dem Nichts kommt ein Wachhund aus der Dunkelheit und stürzt auf mich zu.

Ich hebe die Arme. Dirty springt an mir hoch und leckt mir das Gesicht ab. »Schhh«, mache ich, als er zu fiepen beginnt. Auf dem Weg zum Waschraum am Ende der Schlafsäle schlägt mir sein wedelnder Schwanz gegen die Beine.

»Wo warst du so lange?«, fragt Kiki und drückt das Fenster ein Stück weit auf, was ziemlich laut quietscht. Ich zucke zusammen und sehe mich um, obwohl ich weiß, dass außer Dirty niemand in diesem blitzsauberen Innenhof ist. Er drückt sich an meinen Oberschenkel und hechelt genüsslich, während ich ihm das weiche Fell zwischen den Ohren kraule. Dirty und ich, wir sind alte Freunde.

»Schwester Gladys ist anscheinend in Will Smith verknallt«, sage ich.

Meine Schwester grummelt und schiebt ein Hefebrötchen durch die Gitterstäbe am Fenster, die Diebe wie mich abwehren sollen. So süß, wie es schmeckt, muss es im Laden gekauft sein. Ich gebe Dirty ein Stück ab. Er schlingt es auf einmal runter und leckt sich winselnd die Lefzen.

»Alles in Ordnung?«, frage ich zwischen den Bissen. »Die Pinguine hacken nicht zu viel auf dir rum, oder?«

Sie schüttelt den Kopf. »Und du?«

»Bei mir auf dem Dach gibt's keine Pinguine. Können nicht fliegen, die Viecher.«

»Du weißt doch, was ich meine, Tina.«

»Mir geht's gut«, sagte ich. »Hey, ich hab dir was mitgebracht.« Ich krame in meinem Rucksack und ziehe eine Packung HB-Bleistifte heraus, noch in der Plastikhülle. Ich schiebe sie durch die Gitterstäbe.

»Tina …«

»Warte, ich hab noch mehr«, sage ich, bevor sie protestieren kann, und bringe ein Notizbuch zum Vorschein. Vorne drauf ist eine Cartoon-Zeichnung mit glücklichen Kindern und darüber steht in bombastischen Großbuchstaben: *SCHOOL DAYS!*

Auch das Buch halte ich ihr hin. Ihr Blick bleibt an den Tattoos auf meinen Armen hängen.

»Was ich für die Schule brauche, kriege ich von den Nonnen«, sagt sie. »Du musst für mich nichts stehlen.«

»Die geben dir doch bloß, was sonst keiner will. Du sollst nicht von milden Gaben leben. Die Sachen von mir sind besser.«

»Aber das sind doch auch milde Gaben.«

»Das ist nicht das Gleiche. Ich bin Familie.«

Darauf sagt sie nichts.

Ich trete ein Stück zurück und lasse meine Mitbringsel auf der Fensterbank liegen. »Gern geschehen.«

»Tina«, platzt es aus ihr heraus, »du kannst doch nicht dein ganzes Leben lang auf der Straße sein.«

Ich ziehe den Reißverschluss an meinem Rucksack zu. »Ich bin doch gar nicht auf der Straße. Ich wohne auf einem Dach.«

Da kneift Kiki die Augenbrauen zusammen und setzt wieder diese komische Miene auf. Sie sieht dann aus wie Mama. Mit jedem Besuch bei Kiki entdecke ich mehr Ähnlichkeiten zwischen Mama und ihr. Das tut manchmal weh, aber ich sehe noch tausendmal lieber Mama in ihr als *ihn*. Ihn erkennt man sowieso auf den ersten Blick, an der helleren Haut, den helleren Augen, den weichen Locken. Trotzdem sieht man uns beiden an, dass wir Schwestern sind. Mir wäre bloß lieber, wenn nicht jeder gleich wüsste, dass wir nur Halbschwestern sein können. Ich hasse dieses Wort. Halbschwester, das klingt wie halber Mensch.

Jedenfalls kann keiner übersehen, dass Kikis Vater weiß ist und meiner nicht. Ihr ist mal rausgerutscht, dass die anderen Mädchen sie »Null-Komma-fünf« nennen, so wie null Komma fünf schwarz und null Komma fünf weiß. Ich wollte wissen, wer das gesagt hat, aber sie hat die Namen nicht rausgerückt, sondern nur erklärt: *Das meinen die doch nicht böse, Tina. Das macht mir nichts. Und außerdem kannst du doch keine kleinen Kinder verhauen.* Aber manchmal bekomme ich mit, wie sie meine dunkle Haut anschaut und mit ihrer vergleicht, und mir ist klar, dass sie sich fragt, wie es wohl wäre, ausnahmsweise mal kein Null-Komma-fünf-Waisenkind, sondern einfach wie alle anderen zu sein.

Kiki umklammert die Gitterstäbe, die uns trennen, als ob sie sie auseinanderziehen könnte. Sie ist noch nicht fertig. »Du kannst doch hierher zu mir kommen. Das weißt du. Schwester Eunice würde dich reinlassen. Du bist nicht zu alt. Andere Sechzehnjährige hat sie auch aufgenommen. Die haben hier viele Bücher und ein Klavier und –«

»Schhh.« Ich lege einen Finger auf die Lippen. »Nicht so laut.«

Sie wirft einen Blick über die Schulter in den dunklen Waschraum. Von irgendwoher kommt ein Husten.

»Im Ernst, Tina«, flüstert sie, nachdem sie sich wieder zu mir gedreht hat. »Die können dir ein Stipendium geben, genau wie mir.«

»Ach komm, Kiki, das tun die nie. Aus jeder Familie nur eine, du kennst doch die Regel.«

»Aber –«

»Schluss jetzt«, sage ich scharf. Zu scharf. Sie lässt die Schultern sinken. »Hey.« Ich stecke meine Hand zwischen den Stäben durch und streiche die lockigen Haarsträhnen glatt, die ihren Zöpfen entwischt sind. »Danke fürs Abendessen. Ich muss jetzt los, bin mit Boyboy verabredet.«

»Geh noch nicht, Tina«, bittet sie und drückt ihr Gesicht gegen das Metall.

»Sei brav, okay? Mach deine Hausaufgaben und lass dich nicht von den Pinguinen erwischen, wenn du nachts nicht im Bett bist.«

»Kommst du nächsten Freitag wieder?«, fragt sie.

»Wie immer.«

Vorsichtig schiebe ich Dirty von mir weg und prüfe, ob mein Rucksack fest genug sitzt. Rauskommen ist schwieriger als reinkommen: Auf den Baum lässt sich leicht klettern, aber die hohe Mauer ist kniffig. Ich will nicht am Stacheldraht hängen bleiben oder an den Glasscherben, die in das Zement der Mauerkrone eingelassen sind.

Kiki beobachtet mich immer noch. Ich zwinge mich zu einem Grinsen. Einen Moment lang regt sich nichts in ihrem Gesicht, dann wird ihr Blick weicher und sie lächelt.

Für eine halbe Sekunde gibt es mich doch.

Dann verschwinde ich in der Dunkelheit.

2

Regel 2: Trau keinem. Und wenn es gar nicht anders geht, dann nur so weit wie einem Straßenhund beim Metzger.

Nimm zum Beispiel die Goondas. Dass ich bei denen mitmache, heißt noch lange nicht, dass ich ihnen traue. Bug Eye ist in Ordnung. Ohne ihn wär ich wahrscheinlich nicht mehr am Leben. Aber Typen wie sein Bruder Ketchup?

In Sangui City sind die Goondas überall. Sie lesen Flüchtlingskinder auf wie der Straßenhund Flöhe. Mein Leben wäre einfacher, wenn ich bei ihnen in der Lagerhalle wohnen würde, aber dann würde sich nachts garantiert irgendwer an mich ranmachen und am Ende ginge es mir wie Sheika, die mit ihren Kleinen auf dem Gehweg hockt und die Leute um Münzen anbettelt. Die meisten Mädchen machen es nicht lange bei den Goondas. Aber ich bin nicht wie die.

Ich laufe durch die dunklen Gassen. Den Weg von Kikis Schule zum Lagerhaus der Goondas kenne ich so gut, dass ich ihn sogar blind finden würde. Aber ich halte die Augen offen. Wenn du als Mädchen nach Einbruch der Dunkelheit alleine unterwegs bist, bist du Beute. Ich versuche, möglichst unauffällig zu sein. Mein Gesicht verstecke ich unter der Kapuze von meinem Hoodie und meine Klamotten sind absichtlich formlos. Die Haare schneide ich mir immer kurz. Dass ich dünn bin und wenig Busen habe, hilft auch.

Ich weiche Schlamm und Abfall aus, der in grauen Pfützen vor sich hin rottet. Der Himmel wirft die Lichter der Stadt als einen rosa Schein zurück. Das reicht, damit ich mich zurechtfinde. Die Straßenhändler auf der Biashara Avenue haben ihre Sachen zusammengepackt und sind zum Schlafen heimgegangen. Nur die Gestalten der Nacht sind noch da: Betrunkene und ruhelose Prostituierte, ins Neonlicht der Bars getaucht. Die Mädels vom Strich beäugen mich von ihrer Straßenseite aus misstrauisch. Ich ignoriere sie und laufe schnell weiter, bis ich zur Brücke komme – sie verbindet Old Sangui Town, wo Kikis Schule liegt, mit der Industriegegend, wo die Goondas abhängen. Die Lichter der Lagerhallen und Fabriken spiegeln sich im Wasser, der Fluss sieht aus wie ein magisches Band, das Neues und Altes trennt.

Einmal habe ich von der Brücke aus eine Leiche unten im Fluss schwimmen sehen. Das war mitten in der Nacht, keiner außer mir hat es mitgekriegt. Wahrscheinlich ist sie immer weitergetrieben, bis ein Krokodil sie geschnappt hat. Vielleicht hat sie es auch bis zu den Mangroven im Delta geschafft oder sogar bis ins Meer, falls da noch was von ihr übrig war. Heute gibt es keine Leichen, nur ein paar Dhaus, die in der Strömung ankern, mit schlafenden Fischern im Schiffsrumpf.

Auf der anderen Seite falle ich in einen Laufschritt. Die Gegend hier ist still; keine Bars weit und breit. Ich höre nur das Schrillen von Alarmanlagen in der Ferne und das Knurren von Hunden, die um Essensabfälle kämpfen. Sie heben nicht mal die Köpfe, als ich vorbeihusche. Ich muss nicht erst auf mein Handy gucken, um zu wissen, dass ich zu spät bin. Diese verfluchte Schwester Gladys und ihre Fernsehsucht. Ich hätte Kiki heute nicht besuchen sollen. Die Zeit war zu knapp. Aber ich gehe freitags immer hin; wenn ich nicht gekommen wäre, hätte sie sich Sorgen gemacht.

Außerdem wollte ich sie auf jeden Fall sehen, bevor ich das tue, was jetzt ansteht.

Als ich die salzverkrustete Lagerhaustür endlich erreiche, bin ich außer Atem und habe schon wieder Hunger. Ich klopfe dreimal. Pause. Zweimal. Pause. Einmal.

Ein Guckloch öffnet sich. Dahinter erscheint ein finster dreinblickendes Auge.

»Tiny Girl«, erkläre ich.

Die Wache öffnet die Tür.

Drinnen wartet Boyboy auf mich. »Du kommst spät«, sagt er. Er hat die dürren Arme vor der Brust verschränkt und wirft mir einen gereizten Blick zu. Ich mustere sein pinkes, durchscheinendes Shirt und die geschminkten Augen.

»Du solltest doch was Schwarzes anziehen«, schimpfe ich, als ob die Goondas nicht schon genug auf ihm herumhacken würden. »Lass uns gehen.«

Er folgt mir den Gang entlang zu Bug Eyes Büro. Ich sehe die Goondas nicht, höre sie aber durch die Wände. Sie hängen ab, dröhnen sich zu, gucken Fußball, warten, dass irgendwer sie zu einem Job losschickt. Vielleicht trainieren manche auch im Kraftraum, dreschen auf Autoreifen ein oder wuchten Betonblöcke, aber darauf würde ich nicht wetten.

Eine weitere Wache tritt zur Seite, damit wir zu Bug Eye können. Als ich die Tür öffne, sind da Bug Eye und Ketchup. Über den Tisch gebeugt betrachten sie Pläne und Straßenkarten. Wegen der Hitze haben sie die Ärmel hochgekrempelt und die Tattoos auf Bug Eyes Armen zucken, während er hektisch mit dem Finger auf dem Papier herumfährt. Sie gehen den Plan ein letztes Mal durch. Gute Idee. Bug Eye hat in dieser Familie nämlich allen Verstand gepachtet – sein Bruder Ketchup hat so viel Hirn wie ein Haufen Steine in einem Sack. Wir sind schon öfter zusammen irgendwo eingestiegen, aber noch nie ging es um so viel wie dieses Mal. Dass Ketchup bei dem Job mitmacht, passt mir nicht. Er reißt dauernd dumme Schwulenwitze, die Boyboy aus der Bahn werfen. Auch sonst kann ich den Kerl nicht ausstehen. Und da soll ich mich ausgerechnet auf ihn verlassen? Aber mit so was kann man Bug Eye nicht kommen. Wenn Bug Eye was macht, dann ist sein kleiner Bruder dabei und fertig.

Keiner käme auf die Idee, dass die beiden verwandt sind. Bug Eye ist älter, Mitte zwanzig vielleicht. Er hat Muskeln und breite Schultern, ein ernstes Gesicht und Augen, die sich in deine dreckige kleine Seele bohren und dich bei jeder Lüge erwischen. Viele sagen, er sieht wie Jay Z aus. Ketchup dagegen ist dürr und wirkt viel jünger als achtzehn. Er hat ein schmales Gesicht und lacht wie eine Hyäne. Über ihn sagen die Leute, dass er wie ein verhungertes Wiesel aussieht.

Auf dem Boden neben den beiden stehen zwei Reisetaschen voll mit Zeug: Laptops, dunkle Hoodies, Kabel, Klebeband, Kartoffelchips, Energydrinks. Was man so braucht.

Ich trete näher und spähe über ihre Schultern.

»Hier kommen wir an«, erklärt Bug Eye. Er tippt auf den Plan und mustert mich mit starrem Blick – sein Markenzeichen, mit dem er alle auf Kurs hält. Ich nicke und er guckt wieder auf den Plan. »Was kommt dann, Ketchup?«

»Scheiße, das haben wir doch schon hundert Mal durchgekaut. Tiny Girl steigt aus, wir cruisen um den Block und parken möglichst genau hier.« Er fuhrwerkt mit dem Finger auf der Karte rum.

»Und was tun wir beim Warten?«

Ketchup lacht dreckig und macht eine obszöne Handbewegung. Er schaut mich an, ob ich rot werde. Tu ich nicht.

Bug Eye klatscht ihm eine auf den Hinterkopf. »Werd erwachsen, Mann«, sagt er, ohne von den Plänen aufzuschauen.

Ketchup reibt sich den Kopf und schmollt, protestiert aber nicht. Sogar er weiß, dass man sich besser nicht mit Bug Eye anlegt.

»Okay, Boyboy bleibt bei mir im Transporter und macht sein Computerzeug«, fährt Bug Eye fort.

Boyboy hat die Arme fest vor der Brust verschränkt und bleibt vor lauter Respekt lieber auf Abstand. Er sagt nichts. Er ist kein Goonda.

»Und du stehst Schmiere«, erklärt Bug Eye seinem Bruder.

»Aber was treibst du, alter Klugscheißer?«, kontert Ketchup.

»Ich sag dir, wo's langgeht«, antwortet Bug Eye ruhig, »und halte Mr Omoko auf dem Laufenden. Bleibt noch Tiny Girl. Du weißt, wo du hinmusst?«

Alle drei sehen mich an.

Ich hebe das Kinn. »Ja.«

Bug Eye ruckt kurz mit dem Kopf in Richtung der Pläne. Das ist eine Aufforderung, also trete ich näher. Ich greife zwischen den Schultern von Ketchup und Bug Eye durch und pflanze meinen Finger auf die Straße vor dem Anwesen. Ich fahre mit ihm über den Elektrozaun, durch Wände, die fast einen halben Meter dick sind, an Laserscannern vorbei und über stille, mit Teppichen ausgelegte Gänge, zwischen lauter hingekritzelten Notizen hindurch: *Wachposten, Kamera, Hunde.* Tief im Innern des Gebäudes macht der Finger halt.

»Hierhin.«

3

Regel 3: Diebe haben keine Freunde.

Jeder Dieb hat eine Mutter, manche mit ein bisschen Glück sogar eine kleine Schwester, dagegen lässt sich nichts machen. Es ist auch okay, Leute wie Boyboys Mom zu haben, bei der ich jeden Tag auf dem Heimweg vorbeischaue. Das fällt unter Vertrautsein mit deiner Gegend. Sie verkauft Tee an der Straßenecke und sagt mir, ob sich irgendwo Polizei herumtreibt. Dafür passe ich auf, dass die Goondas ihren Jungen nicht zu hart anfassen. Bekannte darfst du haben. Aber Freunde, also Leute, die dir wichtig sind und denen du wichtig bist … Die bringst du bloß in Schwierigkeiten.

Bevor irgendwer Fragen stellt: Boyboy ist kein Freund.

Er ist mein Geschäftspartner. Ein großer Unterschied. Er kommt auch aus dem Kongo, also muss ich ihm bestimmte Dinge nicht erklären, über die ich lieber nicht rede – wo meine Familie ist, wieso ich nicht richtig schlafen kann, warum mich Männer in Uniform nervös machen. Manchmal kommt er zu mir aufs Dach, wir rauchen eine zusammen und schauen zu, wie die Sonne in den ewigen Smog der Stadt taucht. Das ist alles. Boyboy hat seine Jungs und ich habe Kiki. Mag sein, dass das traurig klingt, aber für mich ist es okay. Außerdem habe ich keine Zeit für Freunde. Es gibt Dinge, die ich tun muss.

Wir fahren in einem Blumentransporter hin. Ketchup ist am Steuer und Bug Eye schreit ihn dauernd an, er soll langsamer fahren und auf die Straße achten. Es ist zwei Uhr morgens und die Bullen würden uns wohl eher hochnehmen und Geld abgreifen, als sich darum zu kümmern, dass wir bei Rot über die Ampel fahren. Aber trotzdem ist es besser, wenn sich später keiner an einen Transporter mit schwarz angezogenen Kids erinnert, die garantiert keine Blumenhändler sind. Je näher wir kommen, desto mehr juckt es mich, endlich mit dem Job loszulegen. Ketchups pausenloses Quatschen macht mich nervös. Er lacht sein Hyänenlachen und sagt eklige Sachen über die Mädels an den Straßenecken, an denen wir vorbeifahren.

Boyboy und ich sitzen still hinten im Wagen und bereiten uns vor. Ich befestige mein Headset und prüfe die Bluetooth-Verbindung zum Handy.

»Lass mal sehen, wie die Kamera überträgt«, sagt Boyboy.

Indem ich ihn anschaue, richte ich die Minikamera im Ohrhörer auf ihn. Sein Gesicht erscheint auf dem Laptop-Bildschirm. »Gut.« Er betrachtet sich selbst, wie er sich die Haare in Form drückt. »Mikroprobe? Sag irgendwas.«

Ich flüstere: »Boyboys Styling ist beschissen«, und der Ohrhörer überträgt meine Worte erst auf mein Telefon, dann auf Boyboys Computer, von wo aus meine Worte nachhallen.

Boyboy zeigt mir gelassen den Finger und regelt gleichzeitig irgendwas an seinem Equipment. »Kannst du mich gut genug hören?«

»Ja«, sage ich. »Alles klar und deutlich.«

»Das Handy muss nah beim Headset sein. Beim letzten Job hattest du's in der Hosentasche, da war die Verbindung furchtbar. Wo tust du's dieses Mal hin?«

Ich schiebe das Telefon in meinen Sport-BH und wedele mit den Händen – *tada.*

»Wie süß.«

»Vor allem sicher.«

»Steck das hier in deine Tasche«, sagt er und reicht mir einen winzigen USB-Adapter. »Das ist der Schlüssel zur Schatzkiste – der soll nicht zwischen deinen Möpsen verschwinden.«

»Ha.« Ich habe kaum mehr Busen als meine elfjährige Schwester. Aber ich tue, was er sagt.

Boyboy ist irre gut mit diesem Technik-Kram. Das war er schon immer, seit ich ihn kenne. Er hat mir mal erzählt, dass die großen Jungs ihn als Kind dauernd Schwuchtel genannt und verdroschen haben, also ist er lieber in seinem Zimmer geblieben und hat Handys und Computer zerlegt und wieder zusammengebaut. Neuerdings hackt er sogar Geldautomaten und bringt sie dazu, funkelnagelneue Tausend-Schilling-Scheine auszuspucken. Gar kein Problem für ihn.

Richtig einsteigen bei den Goondas will er nicht, aber mit mir arbeitet er schon. Wenn ich ihn brauche, spielt er das IT-Genie für mich. Dafür klaue ich ihm alle raffinierten Sachen, die er so braucht – Computer, Handys oder auch mal eine Designer-Handtasche. Er sagt, er wäre der beste Hacker in Ostafrika, und soweit ich es mitkriege, stimmt das auch.

Gut so. Er soll uns nämlich gleich den Weg in das bestgesicherte Haus am ganzen Ring freimachen.

Am Ring wohnen alle, die es sich leisten können. Üppig, hügelig und grün liegt er oberhalb von Sangui City – wer hier lebt, kann genüsslich auf uns da unten herabgucken. Die Häuser stehen breit und groß auf sorgfältig getrimmten Rasenflächen, hinter Flammenbäumen, Zäunen und Stacheldraht, geschützt von Hunden und von Wachleuten, die mit AK-47s bewaffnet sind und früher beim Militär waren. Ganze Mercedes-Flotten bringen die großen Männer aus diesen Häusern morgens zur Arbeit runter in die Stadt. Wir nennen solche Typen *WaBenzi*: die vom Mercedes-Benz-Stamm. Es gibt sie in jeder Größe, Statur und Hautfarbe, sie kommen von überall auf der Welt, aber alle sprechen dieselbe Sprache: Geld. Wenn sie abends in ihre

Villen oben am Ring zurückkehren, schimpfen sie über den Verkehr, trinken importierten Whiskey und legen sich früh schlafen in ihre Betten mit den weichen Baumwolllaken. Ihre Frauen führen kleine Armeen von Hauspersonal an und sind so zart besaitet, dass sie von der afrikanischen Sonne Kopfschmerzen kriegen. Ihre Kinder spielen Tennis. Ihre Hunde haben Therapeuten.

Um diese Zeit in der Nacht ist es still am Ring, nur Frösche und Insekten sind zu hören. Hier oben hat es geregnet, die Gegend ist in dichten Dunst gehüllt. Die gruselig vertrauten baumbestandenen Straßen, durch die wir fahren, sind leer. Ein Blumentransporter fällt hier nicht besonders auf. Vielleicht kommen wir ja von einem Bankett oder einer Mega-Hochzeit.

Ich schaue aus dem Fenster. Wir fahren gerade an einer Lücke zwischen den Häusern vorbei und ich erhasche einen Blick auf den Indischen Ozean. Sangui: Stadtstaat auf einem Hügel, Hafen zur Welt und ein verdammt guter Ort, um Geschäfte zu machen. Die Drecksarbeit erledigen diese Typen unten in der Stadt und abends ziehen sie sich zurück auf den Ring.

Ich muss es ja wissen. Ich habe das alles aus der Nähe gesehen. Auch wenn ich jetzt unten im Schmutz lebe – es gab eine Zeit, in der eine Festung am Ring mein Zuhause war.

Regel 4: Wähl dein Ziel sorgfältig aus.

Thief

Kauzi

Thegi

Voleur

Mwizi

Alle Wörter für Dieb sind magisch. Sie haben Macht.

Sie auf offener Straße laut auszusprechen, kann Leute das Leben kosten. Ich habe das erlebt. Die Polizei taugt nichts, also neigt man hier dazu, das Recht selbst in die Hand zu nehmen. Und es braucht keiner zu glauben, dass der Dieb irgendwem leidtut, wenn sich der Staub legt und sein Blut in den Boden sickert. Also musst du sichergehen, dass keiner mit dem Finger auf dich zeigt.

Sperr die Ohren auf. Triff eine gute Entscheidung. Wähl das richtige Ziel. Und das ist fast immer das einfache Ziel. Wenn du als Taschendieb unterwegs bist, such Besoffene aus oder Leute, die sich am Handy mit irgendwem streiten. Wenn du irgendwo einbrechen willst, nimm das Haus, wo der Schlüssel oben auf dem Türrahmen liegt. Und wenn du ein Bankkonto leer räumen willst? Versuch's bei einer reichen alten Lady. Wahrscheinlich hat sie den Namen ihres Hundes als Passwort.

Du hast viel Auswahl. Da wäre es unsinnig, sich das Leben schwer zu machen.

Doch zu jeder Regel gibt es eine Ausnahme.

Das Anwesen von Roland Greyhill ist kein Ziel, das sich anbietet. Seine Tore sind gut verschlossen, alles ist bewacht. Der Mann macht Geschäfte mit Warlords und Armeen und verschiebt dabei Unmengen von Geld. Er weiß, dass er Feinde hat. Er passt schon seit Jahren auf sich auf und vertraut keinem. Nichts an ihm ist einfach.

Aber egal, ob einfach oder schwer: Heute ist er das richtige Ziel.

Wir sind fast da. Ich schlucke die Beklommenheit in meiner Kehle weg und lasse das Fenster ein Stück weit herunter. Die Luft ist feucht und riecht nach Jasmin.

Boyboy neben mir ist still. Ich weiß, dass er mich gern fragen würde, wie es mir geht. Alle sind heute den Plan innerlich immer wieder durchgegangen, aber *ich* denke schon seit Jahren über ihn nach. Ich bezweifle, ob ich überhaupt beschreiben könnte, wie es mir im Moment geht. Als ob ich einen Schwarm Bienen verschluckt hätte? Ist das ein Gefühl?

Doch Boyboy weiß, dass er mir besser keine dummen Fragen stellt.

Als nur noch zwei Häuser zwischen uns und dem Ziel liegen,

macht Ketchup die Scheinwerfer aus und lässt den Wagen weiterrollen, bis er von selbst stehen bleibt.

»Wir sind da, Mr Omoko«, sagt Bug Eye in sein Handy.

Im Vergleich zu den anderen Häusern in der Straße ist dieses Anwesen locker doppelt so groß. Nur die roten Dachziegel ragen über die hohen Mauern. Was wir nicht sehen, das sind die Wachen – ein halbes Dutzend, jede mit einer AK-47 bewaffnet – und die beiden Schäferhunde, die sich auf dem Grundstück herumtreiben. Aber wir wissen, dass sie da sind.

Wir alle betrachten das Anwesen, in Totenstille. Sogar Ketchup hält die Klappe.

Bug Eye reibt sich die Hände. »Bist du bereit, Tiny Girl?«

Ich fasse mir ans Ohr. Das Headset sitzt sicher. Ich bewege die Schultern und lockere meinen Rücken. Ich muss mich beherrschen, um nicht laut loszubrüllen: *Ich bin hier. Ich zieh's durch. Das ist mein Haus.*

»Bereit«, sage ich und schlüpfe aus dem Wagen.

4

Regel 5: Du brauchst einen Plan.

Einen verdammt guten Plan. Mach ihn so einfach wie möglich. Überleg dir alle Details. Präg ihn dir ein. Sieh zu, dass du ihn in- und auswendig kennst, damit du nicht versteinerst, wenn du vor dem Haus stehst, in das du einbrechen willst, mit den Goondas im Nacken.

Mein Plan hat drei Teile: Schmutz. Geld. Blut.

Er ist gut.

Heute geht es los mit Schmutz.

Ich habe lange und gründlich über diesen Plan nachgedacht, ihn immer wieder aus allen Blickwinkeln unter die Lupe genommen. Ich bin gewissenhaft gewesen. Ich habe versucht, alles zu berücksichtigen.

Aber egal wie gut dein Plan ist, du musst immer darauf gefasst sein, dass er dir unterwegs noch um die Ohren fliegen kann. Werkzeug geht kaputt. Dienstboten wachen auf. Hunde bellen. Ein wirklich guter Dieb hat den Mumm, das Ding auch dann noch mit kühlem Kopf durchzuziehen, und kriegt am Ende mit ein bisschen *jua kali* trotzdem alles hin.

Genau. Du musst immer bereit sein zu improvisieren, wenn du anders nicht weiterkommst.

Boyboy macht den Start. Während ich mit Ketchup zu dem Anwesen schleiche, hackt er sich in das Überwachungssystem. Er schaltet den Elektrozaun ab und blockiert die Kamera-Feeds am Kontrollhäuschen. Dann leitet er die restlichen Feeds so auf seinen Computer um, dass er den weiten Greyhill-Rasen gleich mehrfach im Blick hat. Als Nächstes dreht er den Alarm an den Erdgeschossfenstern ab. Er kann das System etwa drei Minuten lang offline halten, schätzt er, danach bringt die Security wieder alles zum Laufen. Bis dahin bin ich drin und er schickt einen Loop auf die Innenkameras, damit jeder, der hinguckt, bloß ein schönes leeres Haus sieht. In der Regenzeit fällt öfter mal der Strom aus, also werden die Security-Typen denken, Mutter Natur wäre schuld an der Störung. Ich muss nur schnell genug sein.

Ketchup und ich ziehen eine Holzleiter aus den Büschen, die ein fest angestellter Gärtner aus einem der Nachbarhäuser am Nachmittag versteckt hat. Dann klettere ich im Schatten der Jacarandabäume, die am Straßenrand stehen, bis hoch auf die Mauer. Kinderspiel. Oben lausche ich, ob Strom im Klingendraht surrt. Ich höre nichts, trotzdem tippe ich ihn sicherheitshalber erst mal mit dem kleinen Finger an.

»Traust du mir nicht?«, beschwert sich Boyboy durch den Ohrhörer.

Ich gebe keine Antwort, bin voll darauf konzentriert, mich über die Mauerkrone zu hieven.

Als Kind habe ich ein paar Jahre lang Gymnastikunterricht gehabt, bis Mama meinte, wir sollten keine Almosen mehr annehmen. Keine Ahnung, ob das der Grund ist oder eher die Tatsache, dass ich so klein bin, jedenfalls ist es für mich überhaupt kein Problem, auf einer vier Meter hohen Mauer über Klingendraht zu klettern. Manche Leute kennen sich mit Computern aus. Andere können gut singen. Ich habe ein Talent zum Stehlen.

Vorsichtig lasse ich mich an der Wand herunter und springe ab. Als ich unten in den Büschen lande, gibt es einen dumpfen Schlag. Versteckt zwischen tropfenden Palmblättern, warte ich, bis ich den Wagen starten und wegfahren höre. Bug Eye, Ketchup und Boyboy werden ein Stück weiter weg parken, damit niemand Verdacht schöpft.

Boyboys Stimme flüstert: »Okay, die Hunde sind auf der anderen Seite, aber ein paar Typen kommen in deine Richtung.«

Ich höre das Geräusch von Schritten im nassen Gras, gleich darauf zuckeln zwei Wachmänner heran, auf ihrer Routine-Runde. Ich tauche tief in die Dunkelheit, atme flach und spanne die Muskeln an, um mich tiefer im Laub zu verstecken, falls sie noch näher kommen, aber die beiden laufen ahnungslos weiter. Als sie um die Ecke sind, werfe ich einen letzten Blick über das Gelände und husche zum Haus. Für den Rest habe ich noch zwei Minuten.

Das Fenster über dem Generator steht wie erwartet einen Spaltbreit offen, aber es ist mit Eisenstreben gesichert. Das wird echt knapp. Gut, dass ein Hefebrötchen mein ganzes Abendessen war.

Ich klettere auf den Generator und lege die Hand an die Gitterstäbe, messe den Abstand. Von Ohr zu Ohr passt mein Kopf gerade eben durch. Das reicht. Wenn ich den Kopf durchkriege, geht der Rest auch.

Ich halte mich nicht groß auf; wahrscheinlich bleiben mir nur noch circa neunzig Sekunden. Ich öffne das Fenster so weit, wie es geht, schiebe erst ein Bein nach drinnen, dann die Hüften. Dann atme ich aus und zwänge den Oberkörper zwischen den kalten Gitterstreben durch – dabei kriege ich wie jedes Mal kurz Platzangst –, dann schlüpft mein Kopf hinterher und schon bin ich drin.

Leise komme ich auf dem Boden auf und nehme mir kurz Zeit, um mich zu orientieren. Ich bin an der Ecke im Gang. Vorne ist das Wohnzimmer und dahinter glitzert das türkisblaue Licht des Pools. Nach so langer Zeit wieder hier zu sein ist wie ein Traum. Ich atme tief durch und schleiche los. Eigentlich kann keiner im Haus sein. Mr und Mrs Greyhill sind in Dubai. Die Kinder gehen sowieso aufs Internat, in einem kalten, neutralen Land weit weg von hier. Die Dienstboten schlafen in ihren Hütten ganz hinten im Hof.

Nur ich bin da, und die Geister.

In meinem Ohrhörer knistert Boyboys Stimme. »Mach schon, Tina, du hast nur noch fünfundvierzig Sekunden oder so. Und eben hat dich die Wache fast erwischt, dein Arsch hing noch halb aus dem Fenster.«

Am liebsten würde ich ihn anschnauzen, er soll die Klappe halten, aber ich beherrsche mich und schleiche vorsichtig weiter. Am Ende des Gangs blinzele ich um die Ecke. Das Wohnzimmer liegt leer und still da. Die Kontrolleinheit, zu der ich will, ist an der Wand direkt gegenüber angebracht. Dort angekommen, sehe ich auf dem Bildschirm, dass in zweiunddreißig Sekunden die Laserscanner wieder aktiviert werden. Sie tasten alle Räume ab, und wenn sie mich erwischen, löst das sofort einen stillen Alarm aus. Er landet bei den Wachen, die daraufhin einen superteuren und supereffizienten Sicherheitsdienst anrufen, der lauter Ex-Geheimdienstler aus Südafrika beschäftigt. Die sind innerhalb von Minuten da. Egal, wen sie erwischen, sie schalten die Polizei gar nicht erst ein – die würde Eindringlinge nämlich nur wieder freilassen, wenn sie entsprechend zahlen. Nein, die bringen dich im Helikopter raus aufs Meer. Und was tun sie dann? Sagen wir mal so: Zurückschwimmen dauert ziemlich lange.

Dreißig Sekunden.

Ich richte den Blick auf den Bildschirm und hoffe, dass die Kamera alles richtig überträgt. »Und? Siehst du's?«

»Ja. Heb den Kopf. Okay.« Es gibt eine Pause, in der Boyboy hoffentlich irgendwas Nützliches tut. Am liebsten würde ich ihn anschreien, dass er sich beeilen soll. Er muss die Laser ausschalten, kann sich dort aber nicht reinhacken, es ist ein geschlossenes System. Stattdessen muss er mir erklären, wie ich das Ganze runterfahren kann.

Und zwar innerhalb von fünfundzwanzig Sekunden.

»Das ist ein TX-400. Neues Modell«, sagt Boyboy nach einer Ewigkeit. Dann rattert er Anweisungen runter. »Drück auf *Alarm*. Dann auf *Code*. Vier, acht, vier. *Copy*. *Program* …«

Boyboy schleust mich durch, flüstert mir Zahlenreihen ins Ohr und nennt Schaltflächen, auf die ich drücken soll. Das Ganze erinnert mich an die Gebete, bei denen ich immer fast eingeschlafen bin, wenn Mama mich in die Kirche geschleppt hat. Es lullt einen irgendwie ein. Trotzdem zittern meine Finger. Wenn es doch bloß schneller ginge. Vier Sekunden. Er gibt mir eine letzte Folge von Zahlen durch und ich tippe sie ein. Der Timer bleibt stehen. Noch eine Sekunde.

Ich atme aus.

»Alles klar«, sagt er.

Ich bin schon in Bewegung. Da lang, zur Haupttreppe. Die Stufen hoch, dann den Flur entlang und nach links. Ich muss mich nicht anstrengen, um leise zu sein. Der dicke Teppich schluckt meine Schritte. Ich schleiche durch die Gänge und lausche angestrengt. Kurz glaube ich ein Geräusch wahrzunehmen und erstarre. Durch das Ohrteil höre ich das Klackern von Boyboys Fingern auf der Laptop-Tastatur. Ich ziehe das Ding vom Ohr weg und lausche weiter. Stille, mehrere Sekunden lang, also befestige ich es wieder und gehe weiter.

An den Flurwänden hängen lauter Familienfotos. Als Erstes fällt einem zwangsläufig auf, dass er weiß ist und sie Kenianerin. Die beiden Kinder sind eine perfekte Mischung aus beidem. Der Junge ist in meinem Alter, das Mädchen ungefähr so alt wie Kiki. Als Zweites sieht man den penetranten Reichtum, den sie ausstrahlen. Mrs Greyhill stammt aus einer Familie von Immobilien-Mogulen und Mr Greyhill verdient mit den Bergwerken auch nicht schlecht. Sie tummeln sich in frisch gebügelten, korallenroten Button-down-Hemden auf Jachten oder lächeln auf Luxussafaris in der Serengeti von bulligen Geländewagen. Goldene Uhren, Perlenketten, Diamanten an den Ohrläppchen und am Handgelenk. Sie passen perfekt in diese Küstenstadt mit ihren gemischten Hautfarben und Nationalitäten und sind so reich, wie diese Stadt sein will.

Aber das ist nichts Neues für mich. Ich habe keine Zeit dafür.

Ich bin auf der Jagd.

Ich biege um eine Ecke und auf einmal ist es stockfinster. Die Luft wirkt kühl und trocken, typisch Klimaanlage. Ich bin fast da. Hier hängen keine Fotos mehr an den Wänden, es gibt nur eine dunkle Holzverkleidung. Je weiter ich vordringe, desto mehr knistert es in meinem Ohrhörer. Hoffentlich ist der Transporter nicht zu weit weg. Noch eine Ecke. Windung um Windung schraube ich mich in das Anwesen hinein, bis in sein totes Herz.

Dann bin ich da.

Ich starre die schwere Ebenholztür an, mein Brustkorb hebt und senkt sich schnell. Ich versuche meinen Atem zu beruhigen. Meine Handflächen jucken vor lauter Schweiß. Auf diesen Moment habe ich praktisch mein ganzes Leben lang gewartet. Es ist, als ob tausend Ameisen auf meiner Haut krabbeln.

Meine Hände zittern, als ich die Tür zu öffnen versuche, dabei weiß ich sowieso, dass sie abgeschlossen sein wird. Aber das macht nichts. Ich ziehe mir zwei Klammern aus den Haaren und biege sie zurecht. Sobald ich mich an die Arbeit mache, hört das Zittern auf. Mit den Zähnen reiße ich bei einer Klemme das Plastikende ab, damit ein schöner Pick daraus wird, die andere biege ich zu einem Haken zurecht. Dann stecke ich die abgebogene Seite ins Schloss und spüre nach, wo Spannung drauf ist. Als das Gefühl stimmt, schiebe ich mein kleines Werkzeug darüber. Ich nehme den Ohrhörer zwischen die Zähne, damit ich mich auf das leise Schnappen der Stifte im Schloss konzentrieren kann. Erwartungsgemäß dauert es kaum eine Minute, bis das Schloss aufspringt.

Ich befestige das Ohrteil wieder und schaue den Gang entlang. Eine Sekunde lang bilde ich mir ein, dass da ein Zucken in der Dunkelheit ist, und reiße die Augen auf.

»Mach schon, Tiny«, sagt Bug Eye. Auf einmal seine Stimme im Ohr zu haben ist irgendwie schräg. Anscheinend guckt er Boyboy am Computer über die Schulter.

Ich blinzele, doch in der Dunkelheit rührt sich nichts. Da ist niemand, sage ich mir. Los jetzt. Du vergeudest bloß Zeit.

Als ich drin bin, schließe ich die Tür von innen ab. Wenn es im Gang schon dunkel war, dann ist es hier wie in einem Tintenfass. Draußen könnte strahlendes Mittagslicht herrschen, ohne dass man hier drin etwas davon bemerkt. Es kommt mir wie Mogelei vor, aber ich muss wohl doch das Licht anmachen. Ich prüfe noch mal das Türschloss und drücke dann auf den Lichtschalter. Jetzt ist es auf einmal so hell, dass ich die Augen zukneifen muss.

Der Raum ist kleiner, als ich ihn in Erinnerung hatte. Ein Ledersofa und zwei Sessel vor einem Kamin. Das Sofa ist neu, grün statt hellbraun. Wahrscheinlich waren die Blutflecken auf dem alten nicht mehr wegzukriegen. Über dem Kaminsims hängen ein Büffelkopf und drei Stammesmasken. Sie scheinen mich zu beobachten, während ich mich durch den Raum bewege. Am anderen Ende steht ein wuchtiger Schreibtisch, groß wie ein kleines Rhinozeros, rechts und links daneben sind Bücherregale. Dazwischen hängt auf einem Untergrund aus roter Seide ein Schwert mit goldenem Griff an der Wand. Es sieht aus wie von einem Scheich und ist so aufgehängt, dass es genau über Mr Gs Kopf aufragt, wenn er am Schreibtisch sitzt. Im Vorwärtstappen wird mir klar, dass das kein Zufall ist. Jedem, der im Stuhl gegenüber sitzt, sagt das Schwert: Komm mir in die Quere und du wirst es bereuen.

»Im Schreibtisch«, sagt Ketchup. Ich kann ihn hören, aber die Worte sind ganz zerhackt.

»Ich weiß«, sage ich.

»In der Schublade.«

»Halt die Klappe«, sagt Bug Eye zu Ketchup.

Die Goonda-Brüder und Boyboy sind jetzt still. Trotzdem nehme ich ihre Energie wahr. Ich trete hinter den Tisch und lasse mich im Schreibtischstuhl nieder. Er riecht nach Leder und Tabak. Nach Geld. Einen Moment lang spüre ich die Macht, die Mr G jeden Tag spürt.

Ich starre das Sofa an und kann sie fast vor mir sehen, wie sie da sitzt und mich beobachtet.

»Tiny, mach keinen Scheiß«, brummt Bug Eye.

Ich antworte nicht.

»Was tut sie denn?«, will Ketchup wissen.

Ich atme tief durch. Reiß dich zusammen, Tiny Girl. Schmutz, Geld, Blut.

Ich ziehe die oberste Schreibtischschublade auf und hole ein schlankes Notebook heraus. Dann greife ich tiefer hinein. Meine Hand umschließt ein Metallkästchen in der Größe eines Kartenspiels. Ich ziehe es heraus.

»Das ist es«, keucht Boyboy. »Das muss seine Festplatte sein.«

Ketchup brüllt »Volltreffer!« in mein Ohr und Bug Eye sagt ihm noch mal, er soll die Klappe halten.

»Und jetzt?«, frage ich Boyboy.

»Die Festplatte ist wahrscheinlich kabellos. Leg sie neben den Computer, dann steck den USB-Adapter ins Notebook.« Schnell fügt er hinzu: »Aber schalt noch nichts an.«

Ich drücke auf den Ohrhörer, damit ich seine Anweisungen alle richtig mitkriege. Nachdem ich getan habe, was er gesagt hat, höre ich das leise Klacken einer Computertastatur. Viel einfacher wäre es gewesen, Mr Gs externe Festplatte zu stehlen. Rein, raus und fertig. Das hatte ich Bwana Omoko ursprünglich vorgeschlagen. Aber der Goonda-Boss wollte keine Spuren hinterlassen. Er findet es besser, wenn Mr G nicht weiß, dass er beklaut wurde, bis wir zum Geld kommen, dem zweiten Teil des Plans, und es für ihn zu spät ist.

»Klappt es?«, frage ich nach einer langen Pause. Der USB-Adapter soll die Daten vom Computer und der Festplatte auf mein Smartphone übertragen, und von dort weiter zu Boyboy.

»Der Empfang ist katastrophal«, grummelt Boyboy. »Ich hab gleich gesagt, diese dicken Wände sind ein Problem. Bring dein Telefon näher an den Adapter.«

Widerwillig ziehe ich das Handy aus dem BH und lege es auf den Schreibtisch neben den Computer. »Besser?«

»Glaub schon. Einen Fuß in der Tür habe ich, aber da ist so ein verrückter Crypto-Code, den ich erst noch knacken muss.«

Wir warten alle in angespannter Stille, jede Sekunde wirkt wie ein halbes Leben, und irgendwann sagt Boyboy: »Na gut ...« Das klingt okay, aber nicht annähernd so selbstsicher, wie ich mir das wünschen würde.

»Bist du drin?«, flüstere ich.

»Gibt nur einen Weg, das rauszukriegen. Schalt an.«

Wenn das hier läuft, wie es soll, haben wir jetzt Zugang zum Notebook und der Festplatte. Wenn aber nicht, muss mir Boyboy Schritt für Schritt erklären, wie ich mich reinhacke. Das würde Ewigkeiten dauern und bei jedem Fehler bestünde die Gefahr, dass eine Auto-Delete-Funktion ausgelöst wird. In Boyboys Worst-Case-Szenario würde die Festplatte dann auf einen Schlag komplett gelöscht und es ginge ein Signal an die Geheimdienst-Truppe raus, damit sie losziehen und mich unschädlich machen.

Mein Herz wummert, als ich den Bildschirm aufklappe. Ich drücke auf den Startknopf. Eine grauenhafte lange Sekunde passiert gar nichts und ich denke schon, es hat nicht funktioniert, ich bin zu weit weg für die Übertragung, der stille Alarm läuft schon, die Wachen schnappen mich gleich. Aber dann sehe ich einen blinkenden Cursor und höre einen glamourösen Startsound.

Aufgeregtes Flüstern erfüllt mein Ohr. Die Festplatte blinkt und fährt hoch.

Boyboy atmet erleichtert auf. »Wir sind drin.«

Auf Greyhills Rechner ist nichts drauf. Boyboy hat schon versucht, sich von draußen reinzuhacken, aber das Ding war praktisch leer. Da hatte er die entscheidende Idee: Mr Greyhill, meinte er, würde wohl alle seine Geschäftsdaten separat speichern, und zwar offline, wahrscheinlich auf einer externen Festplatte wie dieser. Ich grinse das

Kästchen an. Kaum zu fassen, dass etwas derart Kleines so viele schmutzige Geheimnisse speichern kann.

Ich lehne mich zurück. Jetzt muss ich nur noch warten. Ich höre Boyboy auf seiner Tastatur herumtippen und schaue zu, wie sich auf dem Computerbildschirm ein Fenster nach dem anderen wie von selbst öffnet.

»Wie lange wird das dauern?«, fragt Bug Eye.

»Ein paar Minuten«, sagt Boyboy.

Ich erlaube mir ein selbstzufriedenes Jubeln. Ich habe uns hier reingebracht. Bald fließt Mr Gs gesamtes Datenmaterial rüber zu Boyboy. Boyboy rechnet damit, dass es danach noch ungefähr eine Woche dauert, bis er alles entschlüsselt hat, aber das ist egal. Ich warte jetzt schon fünf Jahre; da macht mir eine Woche mehr wirklich nichts aus.

Ich ziehe Mr Gs Schreibtischschubladen auf, suche rein aus Gewohnheit nach Wertsachen. Die erste Schublade ist so gut wie leer. Ein paar Stifte, eine Büroklammer, dazu einer von diesen Bällen, die man in der Hand zusammenknautscht, um Stress loszuwerden. Ich öffne die nächste und erstarre.

Auf dem Mahagoniholz liegt eine Pistole, geschmeidig und glänzend wie eine zusammengerollte Schlange. Seitlich auf dem Lauf steht PIETRO BERETTA MADE IN ITALY Nr. II. Ist es die gleiche Waffe? Beinahe greife ich nach ihr, aber dann schließe ich die Schublade so schnell, dass die Pistole gegen die Rückwand kracht. Ich atme tief durch, damit meine Stimme nicht zittrig klingt. »Wie lange dauert's noch?«

»Keine Hektik«, sagt Boyboy. »Der Empfang ist immer noch scheiße.«

Auf dem Bildschirm flimmern weiter irgendwelche Codes, die ich nicht verstehe, weißes Krickelkrakel auf schwarzem Grund. Ich habe keine Ahnung, was Boyboy da treibt, aber es poppen immer neue Fenster auf, mit jeder Menge Dateien.

Ich will gerade aufstehen und mir ein bisschen Bewegung verschaffen, als mir ein Dateiname ins Auge fällt. Ich blinzle, um zu prüfen, ob ich richtig gelesen habe. Aber die Datei heißt wirklich so: *ANJU YVETTE*. Auf einmal rast mein Herz. Ich zögere. Ich sollte die Finger vom Computer lassen, solange Boyboy sein Ding durchzieht, das ist mir klar, aber meine Hand bewegt sich wie von selbst.

Als ich ihren Namen anklicke, öffnet sich ein Foto.

»He, was machst du da?« Die Tippgeräusche von Boyboy hören auf. »O mein Gott, ist das …?«

Ich kann nicht antworten. Ich kann mich nicht bewegen. Ich erkenne ihr Gesicht sofort, auch wenn das Bild an die zwanzig Jahre alt sein muss. Vor meinen Augen verschwimmt alles.

Normalerweise hätte ich die Veränderung des Luftdrucks garantiert bemerkt. Ich hätte die Zugluft gespürt oder den leichten Geruch von Erde und Feuchtigkeit wahrgenommen. Ich hätte gehört, wie hinter mir eine Tür aufgeht, obwohl hinter mir gar keine Tür ist. Stattdessen löse ich den Blick erst von dem leuchtenden Bildschirm, als ich hinter mir ein leises, metallisches Klicken höre.

Ich drehe mich nicht um. Dieses Geräusch kenne ich.

Ich kriege eine Gänsehaut, als die kalte Mündung der Waffe meinen Nacken berührt.

5

Ich schlucke. Jetzt bloß keine falsche Bewegung.

»Hände hoch.«

Rasend schnell versuche ich abzuschätzen, was hier läuft. Es ist die Stimme eines Jungen. Eines Jungen, den ich nicht kenne. Nicht Ketchup, nicht Bug Eye. Keiner hintergeht mich. Security? Die Stimme klingt zittrig, so als würde der Typ den Hände-hoch-Befehl bis jetzt nur aus Filmen kennen. Er wirkt zu jung, um Security zu sein. Außerdem wäre ich in dem Fall jetzt schon halb im Helikopter. Ich werfe einen Blick auf die Schublade mit Greyhills Pistole, aber es ist unmöglich, sie schnell genug rauszuziehen und auf den Jungen zu richten.

»Ich drehe mich jetzt um.« Ich strenge mich an, möglichst ruhig und selbstbewusst zu klingen.

Die Waffe löst sich von meinem Nacken und ich gleite langsam auf dem Stuhl herum. Der Atem des Jungen geht heftig und die hellen grünen Augen sind weit aufgerissen. Trotzdem zielt er weiter, in der präzisen Haltung eines Soldaten. Auch wenn er noch nie auf einen lebendigen, atmenden Menschen geschossen haben mag – er hat eindeutig Übung. Er weiß, wie er die Waffe halten muss und wie man zielt, und macht den Körper locker, um den Rückstoß abzufangen.

Er steht vor einem der Bücherregale, das sich an Scharnieren bewegt hat. Eine Tür, die nie in den offiziellen Plänen auftauchen würde. Ein Fluchtweg. Ich hätte es wissen müssen. Schlangen haben immer einen.

Ich konzentriere mich wieder auf den Jungen.

Natürlich. Wer soll es denn sonst sein?

»Hallo, Michael«, sage ich. »Ganz schön lange her.«

Regel 6 ist sowieso klar: Lass dich nicht erwischen.

Ich muss ungefähr neun gewesen sein, da entdeckte mich meine Mutter am Schießstand der Greyhills, wo mir einer der Wachleute zeigte, wie man mitten in die Brust einer Papierfigur trifft. Ich hielt eine Pistole in der Hand, so eine wie in Mr Greyhills Schublade. Jedes Mal, wenn ich auf den Abzug drückte, riss es mich fast von den Füßen. Ich fand das super. Es war, als wäre ein kleines Monster in mir, das bei jedem Krachen vor Begeisterung johlte.

Mama wartete, bis ich die Pistole dem Wachmann zurückgegeben hatte, dann packte sie mich an der Schulter. Ihre Hand bebte. Sie schleppte mich zurück zu den Dienstbotenhütten und erklärte dem Wachmann mit zusammengebissenen Zähnen, sie würde dafür sorgen, dass er rausfliegt oder noch Schlimmeres, wenn er mich jemals wieder in die Nähe einer Waffe ließe. Meine Mutter war klein, aber ihre Wutausbrüche waren berüchtigt und sie vergaß nichts. Den Jungen neben mir, der den Schießunterricht überhaupt erst angezettelt hatte, ließ sie trotzdem in Ruhe. Energisch oder nicht, für ihn war sie nur ein Dienstmädchen.

Ich wartete ein Jahr, bis der Junge gut genug schießen gelernt hatte, um ohne die ständige Anwesenheit eines Wachmanns zu üben. Dann überredete ich ihn, es mir beizubringen.

Und er war wirklich gut, dieser Junge.

Der jetzt eine Pistole auf meine Brust richtet.

Meine Begrüßung hat den gewünschten Effekt.

»Ti-Tina?«, stottert er.

Ich nicke langsam und zwinge mich zu einem kleinen Lächeln. Die

Zeit hat ihn verändert: Er ist jetzt groß wie sein Vater und hat kräftige Muskeln, die auf den Fotos im Gang nicht zu sehen waren. Ich darf mich auf keinen Fall dadurch ablenken lassen, dass ich die Züge meiner Schwester in ihm suche, in seinem Gesicht, seinen hellen Augen, seiner Lippenform.

Er ist verwirrt, das sehe ich an der tiefen Furche zwischen seinen Augenbrauen. Die Pistole schwankt, als er sie unwillkürlich von meiner Brust wegbewegt, und in dem Moment stürze ich mich auf ihn. Mit einer Hand greife ich nach der Pistole, die andere balle ich zur Faust und ziele damit auf seine Luftröhre. Er keucht und schnappt nach Luft, behält die Pistole aber fest im Griff. Also versuche ich es anders, ich drücke seine Arme weg und schlinge den Fuß um seinen Knöchel, um ihn aus dem Gleichgewicht zu bringen. Er will mich packen, aber ich winde mich aus seinem Griff, robbe rückwärts über den Tisch und schnappe mir dabei mein Handy.

Schneller als gedacht erholt er sich von meiner Attacke und kommt mir über den Schreibtisch hinterher. Ich renne durchs Zimmer und bin schon fast an der Tür, als er die Arme um mich schlingt und wir beide der Länge nach auf den Teppich knallen, die Gesichter auf dem Boden. Das Telefon rutscht mir aus der Hand.

Ich tue alles, um mich freizukämpfen, trete, setze die Ellbogen ein, grabe die Zähne in seine Hand. Ich erwische ihn am Schienbein und bin zufrieden, als er vor Schmerz aufjault. Aber dann reißt er meine Arme zurück und presst mir die Knie in den Nacken. Ich will mich wehren, aber das geht nicht mit diesem Druck auf den Schultern.

»Au! Du tust mir weh!«

Er zögert, lässt aber nicht locker. »Bist du das wirklich? Was machst du hier?«, krächzt er und bekommt einen Hustenanfall.

»Lass mich los!«

»Tina! Hör auf zu kämpfen!« Er hustet weiter, lockert seinen Griff aber nicht.

»Was machst du hier?«, schreie ich.

»Was?« Er wirkt ziemlich irritiert. Kein Wunder, das hier ist schließlich sein Zuhause.

Ich höre auf zu toben, erkläre aber nichts. Mein Gesicht ist halb in den Perserteppich gedrückt, ich sehe verschlungene Muster und sonst gar nichts. Der Ohrhörer drückt gegen meine Brust; ich habe ihn beim Rennen in den BH stopfen können. Ich keuche, meine Arme brennen wie Hölle, aber ich denke nur eins: Wie viele Files hat Boyboy erwischt? Hat die Übertragung geklappt? Reicht es?

»Du solltest nicht hier sein«, sage ich mit zusammengebissenen Zähnen und mehr zu mir selbst als zu ihm. Eigentlich müsste er in seinem Schweizer Edelinternat brav im Bett liegen. Ich habe mich extra vergewissert, dass keine Schulferien sind.

»Was redest du da?« Er packt meine Arme fester. »Wieso soll ich nicht hier sein?«

Mir läuft die Nase, ich wische sie am Teppich ab. »Lass mich hoch.«

Er rührt sich nicht.

»Lass mich hoch und ich erzähl's dir.«

Ich spüre, wie er zögert, aber dann verlagert er doch das Gewicht und lässt meine Arme los. Langsam richte ich mich auf. Als ich mich zu ihm umdrehe, hat er wieder die Pistole auf meine Brust gerichtet. Ich ziehe mein Shirt zurecht und nutze die Zeit, um zu überlegen, ob ich noch einen Versuch starten soll. Nah genug bin ich, ich könnte mir den Pistolenlauf schnappen, Michael umwerfen und ihm wieder an den Hals gehen, wo ich ihn eben schon erwischt habe. Vielleicht würde das funktionieren. Vielleicht aber auch nicht, denn er ist schnell und rechnet jetzt mit einem Angriff. Also hebe ich stattdessen eine Augenbraue, fixiere die Pistole und gebe alles, um so selbstsicher und kontrolliert wie möglich zu wirken, auch wenn ich mich nicht so fühle. »Kannst du das Ding runtertun?«

Die Pistole bewegt sich nicht. »Ich werde dich nicht umbringen«, sagt er nach einer Weile. »Aber in die Beine schießen schon.«

Seinem Gesicht ist anzusehen, dass das keine Lüge ist. Er würde mir wirklich eine Kugel verpassen. Ich bin also nicht die Einzige, die sich verändert hat, seit wir uns vor fünf Jahren zuletzt gesehen haben. Sein Schweizer Internat habe ich mir immer watteweich vorgestellt, aber vielleicht haben ihn seine Eltern ja in so eine Militärakademie gesteckt. Das würde auch die Muskeln erklären. Und wenn das wirklich der Fall ist, könnte er jeden schmutzigen Trick parieren, der mir einfällt. Mein Repertoire beim Kämpfen ist ziemlich beschränkt: Ich bringe meine Gegner aus dem Gleichgewicht und ziele auf die Stellen, wo es den größten Effekt hat: Nase, Hals, Knie, Eier. Das ist fies, aber es funktioniert. Und Bug Eye hat beim Training immer gesagt, dass Kämpfen sowieso überbewertet wird.

Während wir dastehen, checkt mich Michael genauso ab wie ich ihn. Sein Blick wandert an mir herunter und wieder nach oben, er betrachtet mein Gesicht und meine Tattoos. Ich ziehe ein grimmiges Gesicht und merke, wie mein Selbstvertrauen zunimmt, als er rot wird.

»Ich setz mich jetzt hin«, verkünde ich.

Ohne seine Antwort abzuwarten, lasse ich mich auf einem Ledersessel nieder. Ich behalte ihn genau im Blick und glaube nicht, dass er merkt, wie ich dabei mein Handy unter den Sessel kicke. Ob die Goondas mich über das Ohrteil wohl immer noch hören? Und ob Boyboy noch mehr Dateien runterladen kann? Wie lange dauert es noch, bis sie den Transporter umstellen müssen? Einmal pro Stunde kommt hier ein Wachdienst durch. Lange kann es nicht mehr sein bis dahin. Dann müssen sie mich hier zurücklassen, ein bisschen in der Gegend herumfahren und später zurückkehren.

»Wie bist du überhaupt hier reingekommen?« Michael tritt hinter den Schreibtisch seines Vaters und zielt dabei mit der Pistole weiter auf meine Brust. Mit großen Augen schaut er vom Computer zu mir und wieder zurück.

Ich halte die Luft an. Hoffentlich verrät ihm der Bildschirm nicht, was ich hier getrieben habe.

»Bist du verrückt geworden?«, fragt er. »Du warst an Dads Notebook? Weißt du nicht, was er Leuten antut, die sich an seinen Sachen vergreifen?«

Und in dem Moment, als er dasteht und mich mit weit aufgerissenen Augen mustert, erkenne ich ihn, den Freund von früher. Er ist immer noch der kleine Junge, der sich ängstlich und ehrfürchtig am Arbeitszimmer seines Vaters vorbeischleicht, und der seinem Vater hinterherschaut, wenn der zur Arbeit geht, wie ein Hund, der nicht ohne sein Herrchen sein will. Als ich diesen Blick sehe, würde ich ihn am liebsten gleich wieder schlagen. Auf einmal überfluten mich die Erinnerungen: Wir sind sieben, Michael und ich am neonblauen Pool, wir kreischen und lachen und machen Arschbomben. Wir sind neun, der Strom ist ausgefallen und wir lassen bei Kerzenlicht Schattenfiguren an der Küchenwand tanzen. Wir sind zehn und bauen uns im Mangobaum hinten im Hof ein Haus. Als wir auf ein Nest mit kleinen Bülbüls stoßen, schlägt die Mutter wild mit den Flügeln und hackt nach unseren Köpfen, um uns zu verscheuchen.

Eine Erinnerung nach der anderen, als ob sie ganz hinten in meinem Kopf eingesperrt gewesen wären und jetzt hätte jemand die Käfigtür aufgemacht. Ich war die Auserwählte, Michaels beste Freundin. Ich kannte alle seine Geheimnisse und Ängste. Wenn er dabei war, konnte ich überall frei herumstromern; wenn nicht, wurde ich zurück zum Quartier meiner Mutter gescheucht.

Und dann kommen auf einmal alle Erinnerungsbilder zum Stillstand.

Ich bin elf, Michael ist nicht in der Nähe. Da sind nur meine Mutter und ich, ihre weit geöffneten Augen starren an mir vorbei, von ihrem Mundwinkel bis zu ihrem Kinn zieht sich eine feine Linie Blut. Ihre Zöpfe fallen über das Loch in ihrer Brust. Bis ich sie zu Gesicht bekam, war das Leben schon aus ihr herausgeströmt, auf die teuren Möbel in genau diesem Zimmer, in dem wir jetzt sind.

Die ganze Wut, der ganze Schmerz, die ganze Verzweiflung kommen wieder hoch, heiß und rot. Einen Moment lang kann ich nichts mehr sehen.

Er muss wissen, warum ich hier bin, warum mir egal ist, wie wütend sein Dad werden könnte, und warum es mich nicht kümmert, ob mir bei dieser Aktion etwas passiert. Er muss es wissen. Ich balle die Hände zu zitternden Fäusten und starre sie an.

Michael wartet. »Und? Was hast du an seinem Notebook gemacht?«

»Nichts.«

Er zieht den USB-Adapter aus dem Computer und schwenkt ihn in meine Richtung. »Was ist das? Hast du Daten kopiert?«

Als ich schweige, kommt er hinter dem Schreibtisch vor, dann stürzt er sich auf mich, reißt mich hoch auf die Beine und klopft mich von Kopf bis Fuß ab, immer mit der Pistole an meiner Schläfe. Er ist grob und unter seinen Händen fühle ich mich zerbrechlich, aber die Befriedigung, meine Angst zu sehen, gönne ich ihm nicht. Stattdessen beiße ich die Zähne zusammen und starre an ihm vorbei, bis er mein Messer findet und dann auch den Ohrhörer. Er steckt beides ein.

»Gefällt dir das? Mich zu betatschen?«

Ein paar Sekunden lang dehnt sich die Zeit. Wir bewegen uns nicht, stehen nur da, beide in Rage und bereit, uns gegenseitig in Stücke zu reißen, sobald einer den ersten Schritt macht.

»Und jetzt?«, frage ich nach einer Weile. »Lieferst du mich aus?«

Die Frage lässt ihn zusammenzucken. »*Shonde*«, flucht er.

»Was denn?«, frage ich.

Er reißt den Blick von mir los und schaut zur Tür. »Die Typen von der Security sind gleich hier. Ich hab den Alarm ausgelöst.«

Ich kann nichts dagegen tun, dass meine Knie weich werden und der Hals trocken. Ich muss schlucken, bevor ich wieder sprechen kann. »Die bringen mich um, das weißt du?«

»Und ob ich das weiß.« Er rennt zur Tür des Arbeitszimmers.

Während er durch den Türspion späht, hält er die Pistole weiter auf mich gerichtet. Ich nutze die Ablenkung, um mein Telefon unter dem Sessel vorzuholen, und schiebe es mir in den Ärmel.

»Lass uns abhauen«, sagt er. Als er sich umdreht, ist sein Blick hart geworden, ich kann ihn nicht deuten. Er macht das Licht aus, packt meinen Arm und schiebt mich auf die geöffnete Regaltür zu. Erst wehre ich mich, aber dann höre ich etwas. Ein Stampfen. Ein Stampfen, das lauter und lauter wird: Stiefel. Sie sind noch nicht an der Tür, kommen aber schnell näher. Viele Stiefel.

Michael deutet mit der Pistole auf den Tunnel hinter der Tür. »Entweder die oder ich, was ist dir lieber?«

Ich beäuge die dunkle Öffnung in der Wand, und einen Augenblick lang kommt es mir vor, als ob ich in mein Grab schaue. Die Tritte sind jetzt vor dem Arbeitszimmer angekommen. Jemand rüttelt an der Tür. Es dauert nicht mehr lange.

»Ich weiß nicht«, sage ich, stürze mich aber in den Tunnel. Michael drückt das Bücherregal genau in dem Moment hinter uns zu, als draußen der erste Stiefel gegen die Tür rumst, um sie einzutreten.

6

»Nicht zu fassen, was ich da tue«, sagt Michael.

Ich antworte nicht. Ich kann auch nicht fassen, was ich da tue – mich mit ihm in ein unbekanntes Dunkel zu stürzen. Ich mache ein paar tastende Schritte, aber er packt meinen Arm. »Halt. Hier gibt's Stufen.«

Ein Lichtschalter klackt, dann flackert über unseren Köpfen eine Leuchtstoffröhre an, wie als Auftakt zu einem Horrorfilm. Ihr Licht fällt auf eine Treppe, die steil nach unten in die Tiefe führt. Die Betonwände des Tunnels sind uneben und rau, von der Decke tropft rostiges Wasser und macht Flecken wie von getrocknetem Blut. Michael drückt auf ein paar Knöpfe an einem Screen, der in die Wand eingelassen ist. Als das Ding angeht, sehen wir über eine Livecam, wie die Wachen Mr Gs Arbeitszimmer stürmen. Innerhalb von Sekunden füllen sie den ganzen Raum, mit gezückten Waffen.

Mir stockt der Atem. Nicht wegen den Wachen, *sondern weil in dem Raum eine Kamera ist.*

Wie festgefroren schaue ich auf den Schirm.

Eine Kamera.

Sie zeichnet alles auf. Aber anders als bei den restlichen Überwachungskameras werden ihre Bilder nicht direkt in die Security-Zentrale übertragen. Genau wie dieser Tunnel taucht sie in keinem Plan und keinem Sicherheits-Dokument auf, in die sich Boyboy reingehackt hat. Seit wann gibt es sie? War sie vor fünf Jahren schon da? Eine Kamera. Ich bin wie gelähmt bei dem Gedanken, was sie aufgezeichnet haben könnte.

Michael klickt ein bisschen herum und schon haben wir auch Ton. Eine der Wachen beim Schreibtisch kommt so dicht an die Kamera heran, dass sein Gesicht den Bildschirm komplett ausfüllt. Ich höre den Typen atmen. Wird er die Tür öffnen? Das Gesicht zieht sich nichts ahnend zurück. Eine Weile lang stehen die Männer nur mit verwirrten Gesichtern herum, dann spricht einer in sein Funkgerät, irgendwas von einem Fehlalarm, und winkt die anderen nach draußen.

»Hierher kommen sie nicht?«, frage ich.

»Nein.«

Michael scrollt sich durch den Film und stoppt an der Stelle, als er mich erwischt hat. Wieder tippt er auf ein paar Schaltflächen, bis auf dem Screen die Frage erscheint: *SIND SIE SICHER, DASS SIE ALLES LÖSCHEN WOLLEN?* Sein Finger schwebt kurz in der Luft, dann klickt er auf *JA* und macht den Bildschirm aus.

»Wieso nicht?«

»Sie kennen das hier nicht.« Er macht eine Kopfbewegung zur Treppe hin. »Los jetzt.«

Die Wände scheinen immer näher zu kommen und mich zu erdrücken, trotzdem tue ich, was er sagt. Er hat mich nicht gefesselt oder so; die Pistole genügt. Ich überlege, ob ich versuchen soll abzuhauen oder ob ich besser riskiere, zu warten, was als Nächstes passiert. Wohin bringt er mich? In ein Verlies? In die Folterkammer von einem perversen Obermacker? Ich traue seinem Dad absolut zu, dass er so was hat.

Während mir solche finsteren Vorstellungen im Kopf rumgehen, sagt Michael auf einmal: »Wo bist du gewesen?« Seine Stimme klingt so brüchig, dass ich erschrecke.

»Ich ...« Ich werde ihm auf keinen Fall erzählen, dass ich seit fünf

Jahre auf der Straße lebe, auch wenn es streng genommen ein Hausdach ist. »Hier und da.«

Er sagt nichts. Wir gehen weiter.

Schließlich fragt er: »In Sangui?«

Ich zucke mit den Achseln. »Wo denn sonst?«

»Fünf Jahre, Tina. Fünf Jahre lang kein Wort. Und dann kreuzt du einfach so hier auf.«

Ich antworte nicht. Er klingt verbittert, aber was soll ich denn sagen? Tut mir leid, dass ich nach dem Mord an meiner Mutter keine Lust mehr hatte, hier mit dir abzuhängen? Außerdem drückt mir der Typ eine Knarre in den Rücken, was mich ehrlich gesagt nicht zu besonderer Höflichkeit motiviert. Stattdessen frage ich zurück: »Wohin bringst du mich?« Aber er antwortet mir auch nicht.

Am Fuß der Treppe geht der Tunnel weiter. Ich zähle vier Türen, bevor wir vor einer stehen bleiben. Sie hat einen Riegel, damit man sie von außen zusperren kann, ein Guckloch und eine Öffnung, durch die man was reinschieben kann. Standard-Folterkammer-Ausstattung. Er öffnet die Tür und dirigiert mich mit dem Pistolenlauf hinein.

Drinnen habe ich das Gefühl, dass die Decke auf mich herabsinkt, aber ich zwinge mich, alles genau zu betrachten und so viel wie möglich wahrzunehmen. Der Raum hat keine Fenster und ist wahrscheinlich schallisoliert, aber abgesehen davon könnte eine Folterkammer wirklich schlimmer aussehen. Es gibt eine Pritsche und einen Tisch, einen Stuhl, ein Klo und ein Waschbecken. Werkzeug zum Rausreißen von Fingernägeln oder so sehe ich nicht.

Michael hebt eine Kette vom Boden hoch. Am Ende sind Handschellen befestigt, die klickt er mir um die Gelenke.

»Muss das sein?«, frage ich und strenge mich an, möglichst tough zu klingen. Ich überlege lieber nicht, wer sonst schon alles in diesen Handschellen gesteckt hat. Die Kette ist fest an der Wand verschraubt. In der Mitte des Bodens ist ein Abfluss, damit man den ganzen Raum mit Wasser ausspritzen kann, wenn es nötig ist.

»Ich gehe hoch, rede mit den Wachen. Ich komm bald zurück.«

Ich beäuge ihn misstrauisch. Gerne würde ich fragen: Und dann? Aber er ist schon durch die Tür verschwunden. Nachdem sie hinter ihm zugeklappt ist, höre ich, wie er den Riegel schließt, laut und endgültig.

Einen Moment lang gibt es nur noch mich und mein Atemgeräusch. Ich will zur Tür, aber die Kette ist zu kurz. Ich stehe da, starre keuchend das Gucklock an und versuche, meine Panik abzuschütteln.

Als sich das Handy in meinem Ärmel rührt, erschrecke ich.

»Was für eine blöde Idee, mich anzurufen«, sage ich, als ich das Ding endlich am Ohr habe. »Er ist eben erst weg.«

»Ich sehe ihn – Kameras oben –«, erwidert Boyboy. »Wo – du?«

Ich bin geradezu unsinnig erleichtert, Boyboys Stimme zu hören, auch wenn sie leise ist und immer wieder unterbrochen wird. Eine Kamera. Da ist eine geheime Kamera in Mr Gs Arbeitszimmer, möchte ich schreien, aber erst mal gibt es dringendere Probleme. »Ich bin im Keller eingesperrt.«

Ich höre ein Scharren. »– Nicht – Plan eingezeichnet, Tiny«, nörgelt Ketchup, als ob das meine Schuld ist.

»Ach, echt?«, antworte ich. »Das haben Folterkammern so an sich.«

»– Was?«

»Nichts. Was tut Michael? Sieht's aus, als ob er mich an die Wachen verpfeift?«

»Lass mich – Bescheid.«

Während Boyboy nachsieht, höre ich Bug Eyes Stimme: »Du – cool, Tiny Girl, klar?« Auch wenn ich nicht genau mitkriege, was er sagt, weiß ich, dass es keine Frage ist, sondern ein Befehl.

»Ja.«

»Verdammt, Tiny – geschnappt wirst? – hätt ich nie – du und – *Shoga*-Freund –«

»Halt die Klappe, Ketchup«, sagt Bug Eye. »– nicht ihre Schuld.«

Aber Ketchup nörgelt weiter. »Ich – doch gesagt, die Kinder – in der Schweiz oder –«

Ich prüfe die Handschellen. »Sie hätten wirklich in der Schweiz sein sollen. Keine Ahnung, wieso er auf einmal hier ist.«

»Die Wachen – zurück – ihre Posten. Ich glaub nicht – verraten hat, dass du –«, sagt Boyboy.

Bug Eye ergänzt: »Sieht so – Michael zurück – Büro –«

»Er wird gleich wieder hier sein.« Ich klemme mir das Telefon zwischen Wange und Schulter und ziehe eine Klammer aus meinen Haaren.

»Erzähl bloß – nichts diesem – Tiny«, sagt Ketchup.

Ich verdrehe die Finger, um die Haarklammer ins Schlüsselloch der Handschellen zu fummeln. »Für wie blöd hältst du mich? Du weißt, dass ich das nicht mache. Hast du was von der Festplatte erwischt, Boyboy?«

»Was? – noch nicht sicher – Daten verarbeiten.«

Kurz fürchte ich, die Verbindung ist hin. »Hallo? Hallo?« Die Klammer fällt mir runter.

Dann höre ich Bug Eye sagen: »Hör zu, Tiny, wir müssen – beiß die Zähne zusammen. Wir – Omoko zählt auf –«

»Warte«, sage ich. Ich bekomme kaum noch Luft. Bewegen sich die Wände auf mich zu? Reiß dich zusammen, Tiny Girl. Atme. »Boyboy?« Meine Stimme bricht. Dann höre ich nur noch Rauschen. Ich lasse mich nach unten sinken und hebe die Klammer auf. Der Boden ist feucht und die Kälte kriecht mir in die Knochen. Ich kriege das Schloss nicht auf, meine Hände zittern zu sehr. Ich stecke sie zwischen meine Knie, damit sie wieder ruhig werden.

Einen Augenblick lang ist die Verbindung wieder da. »Wir – wenn du draußen bist«, sagt Bug Eye.

Ich mache den Mund auf, um zu antworten, aber dann rauscht es wieder und sie sind endgültig weg.

Regel 7: Egal wie schlimm die Situation ist, in der du steckst, denk dran, dass dir schon Schlimmeres passiert ist und du es überlebt hast.

Du bist schon mal im Dunkeln allein gelassen worden. Das hier ist nichts. Das ist kein Höhlenboden mit scharfkantigen Steinen, die dir in die nackten Füße schneiden. Hier krabbelt nichts auf dir herum und es tropft dir auch nichts auf die Schultern.

Das hier ist nicht *diese Nacht*.

Michael bleibt lange weg. Als er wieder auftaucht, ist da erst nur seine körperlose Stimme aus einem unsichtbaren Lautsprecher irgendwo in der Wand.

»Du hast die Handschellen abgemacht.«

Ich spähe durch das Guckloch, aber das bringt nichts. Es ist zum Reinschauen gedacht, nicht zum Rausschauen. »Die Dinger haben nicht zu meinen Outfit gepasst.«

»Stell dich an die hintere Wand.«

Ich rühre mich nicht.

»Mach schon, Tina.«

Ich lasse die Luft ausströmen, die ich angehalten habe, und weiche langsam zurück. Die Tür öffnet sich.

»Bleib hinten«, sagt Michael. »Stell dich an die Wand.«

Ich sehe ihn böse an, tue aber, was er sagt. Er hat einen Laptop – nicht den von Mr Greyhill – und die Pistole mitgebracht. Und eine Plastikflasche mit Wasser. Er stellt sie auf den Tisch und bedeutet mir mit einer Handbewegung, dass ich sie nehmen soll. Lässt sich das Ding irgendwie als Waffe benutzen? Nein. Ich schnappe sie mir und stürze alles auf einmal hinunter. Michael beobachtet mich. Ich beobachte ihn.

»Wieso bist du hier?«, fragt er.

»Hast du mich an die Wachen verpfiffen?«

»Was verdammt noch mal tust du hier, Tina?«

Hat er mich verraten? Ich glaube kaum, aber sicher kann ich nicht sein. Vielleicht warten die Typen von der Security schon im Tunnel. Michaels Gesicht ist starr wie eine Maske, es verrät nichts. Schließlich zucke ich mit den Achseln. »Ich wollte Bargeld, Schmuck, irgendwas. Ich kenn mich hier aus. War ein leichtes Ziel.«

»Du wolltest uns also einfach nur ausrauben.« Michaels Stimme trieft vor Unglauben. »Dir ist schon klar, dass das hier eine richtige Festung ist, oder? Wie bist du überhaupt reingekommen?«

Als ich still bin, sagt er: »Herrgott, Tina, unsere Wachen sind nicht zum Spaß da. Wenn du's geschafft hast, hier reinzukommen, dann garantiert nicht bloß, weil du denkst, du kannst in Dads Schreibtischschublade ein bisschen Kleingeld finden. Wenn die dich erwischen, wie du an seinem Computer rummachst, was denken die dann wohl?«

»Ich hab mich bloß ein bisschen umgeguckt«, wiederhole ich, aber ich weiß selbst, wie unsinnig das klingt.

Er kramt in seiner Tasche. »Nur umgeguckt? Auf seinem Computer? Auf der Festplatte? Sind auf diesem Ding hier kopierte Dateien?« Er hält mir den USB-Adapter hin.

Ketchup hat recht, denke ich, und mir wird ganz schlecht. Wie konnte ich mich bloß schnappen lassen? Ich bin so dumm.

Meine fehlende Antwort sagt Michael alles, was er wissen muss. Einen Moment lang sieht er mich nur böse an, dann knallt er die Faust auf den Tisch, dass ich zusammenzucke. »Warum, Tina? *Warum?* Nach der Beerdigung haust du ab und verschwindest. Keine Anrufe, keine Briefe, nichts. Ich dachte, du wärst tot! Und dann kreuzt du aus dem Nichts einfach hier auf und …« Er fährt sich verzweifelt durch die kurz geschnittenen Haare. »Und du hast diese Tattoos da und … Sind das Banden-Tattoos?«

Als ich immer noch nichts sage, wirft er die Hände in die Höhe. »Du bist also jetzt in einer Straßengang, und das soll Grund genug sein, um uns auszurauben? Wieso würdest du so was tun? Wir sind … du bist …« Er stockt, findet keine Worte für das, was er offenbar als Verrat ansieht.

Und ich halte es nicht mehr aus.

»Du willst also wissen, *warum*?«, frage ich und setze mich in Bewegung.

Er schnappt sich die Waffe und gleich darauf bin ich ganz nah an seinem Gesicht. Dass der Lauf der Pistole nur noch ein paar Zentimeter von meinem Herz entfernt ist, kümmert mich nicht. Mir ist alles egal. Ich steche ihm immer wieder mit dem Finger in die Brust, unterstreiche jedes einzelne Wort: »Du. Willst. Wissen. *Warum?*«

In einer entlegenen Ecke meines Hirns sagt eine Stimme, ich soll das lassen. Ich weiß, dass das besser wäre. Ich sollte mir erst anhören, was Bug Eye zu sagen hat, und bis dahin cool bleiben, aber es ist zu spät, ich kann nicht mehr zurück. Ich bin schon jahrelang still gewesen, habe gewartet, nachgedacht, gegrübelt, habe das verwundete Tier in meiner Brust gesund gepflegt, habe es gefüttert, trainiert und umsorgt und jetzt lässt es seine Muskeln spielen und zeigt Klauen und Zähne, hart wie Diamanten und scharf wie Rasiermesser.

Mama dachte, wir wären in Sicherheit und die Männer in der Nacht weit weg. Doch dann hat uns der Vater dieses Jungen gezeigt, wie wenig sicher wir sind. Er hat uns gezeigt, dass es überall Männer in der Nacht gibt. Ich kann nicht hier rumstehen und seinem verzogenen Herrn Sohn zuhören, der mich mit seiner Warum-Frage traktiert. Wenn er es nicht weiß, muss er es eben erfahren. Ich beiße zu und spucke ihm jedes Wort einzeln vor die Füße.

»Weil dein Vater meine Mutter umgebracht hat.«

7

Gleich nach Mamas Beerdigung habe ich Kiki genommen und bin mit ihr weg von den Greyhills. Wir waren noch in unseren Sonntagssachen. Ich habe sie zu Mamas Kirche gebracht, damit sich die Nonnen um sie kümmern. Die wollten mich auch dabehalten, aber ich bin weggelaufen, runter zu den Docks. Dort habe ich mich zwei Wochen lang in einem kaputten Schiffscontainer verkrochen, unsicher, ob ich leben oder sterben will. Manchmal wurde ich mitten in der Nacht von den Ratten wach, die mir über die Beine rannten, aber nicht mal das hat mir was ausgemacht. Ich war am Ende, kaum noch ein Mensch. Meine Mutter war ermordet worden und ich hatte gehört, was Greyhill im Garten zu ihr gesagt hatte. Da konnte ich unmöglich in seinem Haus bleiben. Und Kiki, das war klar, durfte auch nicht dort bleiben. Doch ich konnte mich auch nicht um sie kümmern. Ich bin nicht stolz darauf, dass ich sie einfach bei den Nonnen abgegeben habe. Aber so war es eben.

Bug Eye fand mich, als ich gerade eine Mango an einem Straßenstand geklaut hatte. Der Straßenhändler hatte mein Handgelenk gepackt und ich war viel zu schwach, um wegzulaufen. Der Mann würde mich gleich grün und blau schlagen. Er hatte die Faust schon gehoben, als Bug Eye sich einmischte und einen Geldschein hinlegte, mit dem er locker fünfzig Mangos hätte kaufen können. Dann drehte sich Bug Eye um und sagte im Weggehen über die Schulter: »Meine kleine Schwester ist eine Nervensäge. Tut mir leid, *bwana*. Komm schon, Tiny Girl.«

Und ich ging mit ihm. Nur weil er meine Mango noch in der Hand hatte. Und vielleicht auch wegen des Namens, den er mir gegeben hatte – er klang wie mein eigener, oder jedenfalls ähnlich genug. Und in mir war nicht mal ein Hauch von Widerstand.

In dieser Nacht schlief ich im Lagerhaus der Goondas. Ich legte mich zwischen eine ganze Meute von schnarchenden Straßenkindern, ohne Hoffnung, dass am nächsten Tag irgendwas besser werden könnte. Vielleicht wäre wirklich alles so weitergegangen und ich wäre für immer ein nutzloser Haufen Fleisch und Knochen geblieben.

Aber am nächsten Tag wachte ich im Morgengrauen auf, weil sich eine Hand in meine Tasche schob.

Erst fuhr ich zurück wie bei einem Stromschlag, dann packte ich den Kerl. Doch der Junge mit dem wieselartigen Gesicht entwischte mir und tänzelte weg.

»Gib das her«, forderte ich mit eingerosteter Stimme.

»Nein«, sagte er hämisch. »Was ist das überhaupt?« Er schielte auf das Gebetskärtchen, das er mir aus der Tasche gezogen hatte, und drehte es hin und her.

»Gib das zurück!« Meine Stimme wurde lauter und ich rannte zu ihm. Ich schnappte nach der Karte, bekam sie aber nicht zu fassen. »Die gehört mir!«

Am Rande nahm ich wahr, wie sich die anderen um uns herum aufrichteten. Sie sogen die Luft ein, witterten Blut.

Der Dieb war größer und älter als ich. Er hielt die Karte hoch über seinen Kopf und sein zerlumptes Shirt flatterte lose um seinen Körper, als er hochsprang, um mir auszuweichen. Ihm war klar, dass die Karte zwar wertlos sein mochte, für mich aber wahnsinnig wichtig war.

Macht war die Währung, die ihn interessierte.

»Willst du das Ding? Dann komm und hol's dir«, sagte er. Er

wedelte mit dem Papiergesicht der heiligen Katharina vor meiner Nase herum. Dann bog er die Karte und machte einen Knick hinein.

Da kam Leben in mich, zum ersten Mal seit Wochen. Rasend vor Wut stürzte ich mich auf ihn, kämpfte mit Fingernägeln, Zähnen und Zehen, nutzte alles, was mein ungezähmter Schmerz mir eingab.

Ich hörte die anderen über mich lachen: *He, guckt euch die Wildkatze an.* Aber dann schubste Bug Eye mich weg und sagte: *Gib das zurück, Ketchup.* Der Junge grinste bloß gemein, trotz der blutigen Schrammen, die ich ihm ins Gesicht gekratzt hatte.

Sein Blick verhakte sich in meinem und er ließ mich nicht aus den Augen, während er das Kärtchen zerknitterte und es mir dann vor die Füße warf.

Eine Weile später, nachdem ich geweint und meine Tränen getrocknet hatte, strich ich das Kärtchen wieder glatt und sah mir das Bild der heiligen Katharina an. Ich betrachtete es ganz genau. Schaute das Rad an, auf das sie ihre Hand gelegt hatte. Und das Schwert zu ihren Füßen. Und den Palmwedel, den sie in der Hand trug.

Das Gebetskärtchen war in Mamas Tasche gewesen, als sie starb.

Es war das Einzige, was ich von ihr hatte.

Mama hatte mir die Geschichte sicher hundert Mal erzählt – sie war davon besessen, könnte man sagen. Die heilige Katharina von Alexandrien war klug und schön und wollte sich irgend so einem König nicht beugen, also spannte der sie auf ein Richtrad, was ein Foltergerät ist. Da wirst du mit ausgebreiteten Armen und Beinen auf ein großes Rad gespannt und die Leute schlagen dich mit Stöcken, bis dir alle Knochen im Leib zerbrochen sind und du am Ende bist. Bloß war Katharina heilig, darum ist das Rad kaputtgegangen, als sie es berührt hat. Da hat der König eben ein Schwert genommen und sie stattdessen geköpft. Diese Heiligengeschichten sind ja oft so grausam und verrückt. Der Palmwedel in ihrer Hand soll ihren Triumph zeigen.

Wenn wir uns abends vorm Schlafengehen hinknieten, betete Mama immer: *Heilige Katharina, hilf uns, das Rad zu brechen.* Ich hab nie begriffen, wozu das gut sein soll, denn Katharina wurde am Ende ja trotzdem ermordet. Warum also der Palmwedel? Aber Mama sagte, ich soll still sein, und erklärte mir, dass die heilige Katharina trotz ihres Todes nicht gebrochen worden war. Zum Schluss tippte sie mit dem Finger auf den Palmwedel, wie um zu sagen: *Verstehst du?*

Und vielleicht zum ersten Mal überhaupt verstand ich es.

Auch wenn ein Teil von mir mit Sicherheit tot war und nie mehr zurückkehren würde – ich als Ganzes würde nicht sterben. Ich hatte mich kaputt machen lassen, aber vielleicht konnte ich wieder neu werden. Am Ende würde ich stärker sein. Und wenn ich stark war, konnte ich das Versprechen halten, das ich Mama gegeben hatte, und gut auf meine Schwester aufpassen. Vielleicht konnte sie weiter bei den Nonnen leben und dort das Leben führen, das sich Mama für uns beide gewünscht hatte. Sie würde zur Schule gehen und alles über Gott lernen. Ich aber nicht. Ich würde im Schatten bleiben und aus der Ferne auf sie aufpassen. Ich würde nicht zulassen, dass irgendjemand ihr wehtat.

In der nächsten Nacht schlief ich mit einer Glasscherbe in der Hand und keiner rührte mich an. Als Bug Eye am Morgen herumbrüllte, wir sollten, verdammt noch mal, aufwachen, war ich bereit.

Er wollte herausfinden, was unser besonderes Talent war und welche Art von Goonda wir werden könnten. Ich stellte mich zusammen mit den anderen Rekruten auf, als ob wir uns für eine Schlacht sammeln würden, die lächerlichste kleine Truppe auf Erden. Der Kerl namens Ketchup war nirgends zu sehen, also verwendete ich meine ganze Energie darauf, die anderen einzuschätzen und zu entscheiden, wer schwach wirkte und wen ich in einer Prügelei wohl besiegen könnte. Ich war das einzige Mädchen, aber das war egal. Ich würde stärker sein als die anderen.

Ich ließ allen Schmerz und alle Erschöpfung aus meinem Körper fließen, bis ich vollkommen leer war. Am Vortag war ich noch ein zartes Tongefäß gewesen, zerbrochen und zu Staub zermalmt. Aber dann war ein Sturm gekommen und hatte mich herumgewirbelt. Jetzt war ich ein Brocken Lehm.

Und bereit, mich zu etwas vollkommen Neuem umformen zu lassen.

Regel 8: Mach dir den Wert dessen klar, was du stiehlst.

Frage: Was ist kostbarer als Diamanten und Gold? Was ist die stabilste Währung von allen? Was wird am gefährlichsten, wenn man es stiehlt, und ist wertvoll wie sonst nichts auf der Welt?

Antwort: ein Geheimnis.

In der Folterkammer vergeht eine Stunde in völliger Stille und ich beruhige mich ein bisschen. Falls Michael mich den Wachen ausliefern wollte, hätte er es inzwischen getan, sage ich mir. Vermutlich heißt das, er hat nicht die geringste Ahnung, was er mit mir tun soll. Also habe ich vielleicht, ganz vielleicht, doch eine Chance, heil hier herauszukommen.

Er hat mich noch mal gefilzt und mir die Handschellen wieder angelegt. Diesmal hat er auch daran gedacht, meinen Kopf abzutasten, und alle meine Haarklemmen sind in seiner Hosentasche gelandet. Ich hatte versucht, mein Handy zwischen Klo und Wand zu verstecken, aber er hat auch den Raum gründlich abgesucht. Michael lernt schnell, das weiß ich noch von früher. Ich tröste mich mit der Tatsache, dass mir das Ding sowieso nichts genutzt hätte. Keiner wird kommen, um mich hier rauszuholen.

Michael sitzt die ganze Zeit da, aber bisher hat er nur einen einzigen Satz gesagt: »Mein Dad hat deine Mutter nicht umgebracht.«

Mich interessiert nicht im Geringsten, was er zu dem Thema zu sagen hat. Ich liege die ganze Zeit auf der Pritsche und starre an die Decke. Einer der Wasserflecken da oben sieht wie ein Elefant mit Flügeln aus. Michael hockt vor seinem Computer und versucht rauszukriegen, ob auf dem USB-Adapter irgendwas gespeichert ist. Aber anscheinend gelingt es ihm nicht mal, Zugang zu dem Ding zu kriegen.

»Was machst du überhaupt hier?«, frage ich. »Solltest du nicht in der Schweiz sein, oder so ähnlich?«

Michael rutscht auf dem Stuhl herum. »Die Schule hat mich heimgeschickt.«

»Warum?«

Er antwortet nicht.

Nach einer Weile sage ich: »Weißt du, die hatten was miteinander, meine Mom und dein Dad.« Jetzt bin ich gemein. Das fühlt sich gut an. »Ja, genau. Dein Dad hat sie benutzt, hat ihr ein Kind angehängt, und als er mit ihr fertig war, hat er sie umgebracht.«

»Das stimmt nicht. Er hätte sie nie umgebracht. So ist er nicht.«

»Sag mal, kennst du deinen Vater überhaupt? Der ist nicht gerade ein Heiliger.«

»Ich weiß nicht, wovon du redest«, sagt Michael. »Bloß weil er im Minengeschäft ist, hält ihn jeder für ein Monster, aber das ist falsch. Und außerdem … er hat mir selbst gesagt, dass er deine Mutter nicht getötet hat.«

»Aha, er hat es dir selbst gesagt.«

»Ja«, erwidert Michael störrisch, immer noch ohne mich anzusehen. »Ich habe ihn gefragt.«

Ich sehe ihm beim Tippen zu. »Armer Kerl«, sage ich kopfschüttelnd. »Du vergötterst ihn immer noch, was?«

Er zuckt zusammen. »Halt die Klappe.«

»Und glaubst immer noch alle Lügen, die er dir erzählt – was für ein toller Familienvater und Beschützer er ist und wie hart er arbeitet, um euch alle zu ernähren. Fragst du dich nie, was die Kosten sind? Weißt du nicht, wer er wirklich ist? Wie viele Leben er ruiniert, damit du wie ein Prinz leben kannst? Kleine Leute wie meine Mutter sind ihm egal. Und er hat auch kein Problem damit, dich anzulügen, wenn's um so was geht.«

»Ich hab gesagt, du sollst die Klappe halten!« Michael ist jetzt dicht bei meinem Gesicht und packt mich an der Schulter, als wollte er mich schütteln. »Sei endlich still.«

Ich muss fast lachen. Er ist eindeutig der Sohn seines Vaters. Sein Zorn gefällt mir und ich warte nur darauf, dass er mich schlägt. Doch er lässt mich los, als wäre ich nicht der Mühe wert, und ich sinke zurück auf die Pritsche.

Er dreht sich weg und tigert hin und her, um sich zu beruhigen. Von der anderen Raumseite her fragt er, mit dem Rücken zu mir: »Was hast du in seinem Arbeitszimmer gemacht?«

Ich überlege. »Ich war auf der Jagd.«

Er beäugt mich über die Schulter hinweg. »Wonach?«

»Nach allem. Einfach allem, was ich finde.«

»Was soll das heißen? Hör auf mit den Spielchen. Sag mir, was du damit meinst.«

»*Alles* eben. Bankunterlagen, Beweise, dass er Geschäfte mit Terroristen macht, ihnen Waffen besorgt und Blutgold abkauft. Mit wem er arbeitet und wo. Jedes kleine, schmutzige Detail. Und weißt du was? Ich hab das Zeug. Ich habe alles gefunden.«

Erst Schmutz. Dann Geld und Blut.

Vielleicht täuscht das Licht, aber Michaels blasses Gesicht wirkt auf einmal seltsam grau. Er betrachtet erst mich, dann den USB-Adapter in seinem Laptop. Dann reißt er ihn heraus, lässt ihn auf den Boden fallen und zerquetscht ihn mit der Ferse wie eine Kakerlake.

Lächelnd betrachte ich die Bruchstücke, lehne mich zurück und lasse den Kopf in meine gefesselten Hände sinken. »Das bringt nichts. Das Teil war nur ein Hilfsmittel. Damit hab ich die Dateien von deinem Vater an meinen Partner geschickt. Ruinier das Ding. Verprügel mich. Egal, was du tust, es ist nur noch eine Frage der Zeit, bis jede miese, illegale Aktion deines Vaters an die Öffentlichkeit kommt.«

»Ist es das, was du willst? Seinen Namen durch den Dreck ziehen?«

»Ja«, sage ich.

Das und noch viel mehr.

»Tja, dafür ist es aber zu spät«, erklärt Michael bitter. »Diese Lügen waren schon lang und breit in der Presse, ohne dass es ihm groß geschadet hätte. Keiner kann was beweisen. Weil es nämlich nicht stimmt. Die Minen von Extracta halten allen Sicherheits- und Gesundheitskontrollen stand, jedes Mal wieder. Die Arbeiter werden ordentlich bezahlt. Da gibt's keine Sklaven.«

»Wirklich beeindruckend, Mikey. Du weißt ja eine Menge über Daddys Firmen, viel mehr, als ich dachte. Nur schade, dass deine Quellen so schlecht sind. Woher stammen diese Infos denn? Lass mich raten. Etwa vom Ostafrika-Chef der Extracta Mining Company, Mr Roland Greyhill, dir besser bekannt als Daddy?« Ich schüttele in gespieltem Mitleid den Kopf. »Ich wette, seine Festplatte erzählt eine andere Geschichte. Aber es stimmt, Extracta steht schon jetzt unter Beobachtung. Wenn alles rauskommt, werden die dort einen Sündenbock brauchen. Rat mal, wer das sein wird.«

»Woher willst du wissen, was auf der Festplatte ist? Hast du die Dateien durchgesehen?«

»Das … ich weiß es eben.«

»Nein.« Er schüttelt nachdenklich den Kopf. »Dazu hattest du keine Zeit. Du warst nicht lang genug da drin. Du hast gar nichts gesehen. Dad hat keine Sklaven. Und er arbeitet auch nicht mit Terroristen zusammen.«

Ungeduldig sauge ich Luft ein. Lebt Michael hinter den Schweizer Bergen bei den sieben Zwergen? »Weißt du nicht, wie das im Kongo läuft? Dann kann ich dich gerne aufklären. Milizen und die kongolesische Armee kämpfen gegeneinander und dafür brauchen sie Geld und Waffen. Sie schicken Sklaven in die Goldminen und dein Dad kauft ihnen das Zeug für wenig Geld ab. Dann schleust er das Gold durch die Minen von Extracta, damit es schön sauber und konfliktfrei wirkt.«

Zwischen Michaels Augenbrauen erscheint eine Furche. »Nein. Du bist ja verrückt. Woher hast du diesen Müll?«

»Ich hab meine Quellen.«

»Das sind alles Lügen. Er schafft Arbeitsplätze im Kongo und kurbelt die Wirtschaft an.«

Es klingt wie etwas auswendig Gelerntes. Bestimmt hat er diese kleine Rede schon öfter gehalten.

»Ach komm, Michael.« Beinahe tut er mir leid. »Das ist doch Gehirnwäsche. Niemand wird so reich wie dein Vater, indem er sich an die Regeln hält.« Ich wedele mit meinen gefesselten Händen im Raum herum. »Ihr habt eine Folterkammer, verdammt noch mal!«

»Das ist keine Folterkammer, sondern ein Panikraum.«

Ich schüttele die Handschellen. »Und die hier? Sollen die etwa verhindern, dass ich in Panik ausbreche?« Ich beobachte, wie er sich windet, weil er darauf nichts zu sagen weiß.

Ein mieses Gefühl kriecht mir in den Bauch, und das gefällt mir gar nicht. Ist schließlich nicht mein Problem, wenn dieser Schönling die Wahrheit nicht sehen will. Denk nicht an Michael, denk an Mama, sage ich mir. Denk an die ganzen schlimmen Sachen, die Greyhill getan hat. Dafür muss er bezahlen. Ich habe einen Plan und an den halte ich mich. Ich kann mich nicht mit den Gefühlen von verwöhnten reichen Jungs aufhalten. »Was du denkst, ist egal«, sage ich. »Es kommt sowieso bald raus. Dann siehst du's selbst.«

Michael scheint mit sich zu kämpfen. Irgendwann fragt er mehr sich selbst als mich: »Lässt sich das noch stoppen? Ich meine, falls das Material überhaupt existiert. Kannst du verhindern, dass diese angeblichen Beweise nach draußen gehen?«

Ich antworte nicht gleich. Was fragt er da? Will er mir drohen? »Hör mal, egal was du tust, mich foltern, mich umbringen, das ändert gar nichts. Ich hab das Ganze nicht mehr in der Hand. Es wird veröffentlicht und fertig.«

Was ehrlich gesagt nicht ganz stimmt, aber die Einzelheiten muss

Michael nicht wissen. Mein Job ist es, die ganzen dreckigen Details an Donatien weiterzugeben. Garantiert würde Omoko auch einen anderen Weg finden, um Mr Greyhills Namen zu ruinieren, aber ich will, dass Donatien alles zusammenschreibt und veröffentlicht. Er kann es in die großen Zeitungen bringen. Er hat schon so viel drangesetzt, um Greyhill zu erledigen, und wird es genau so machen, wie es gemacht werden muss.

So wie sich Boyboy danach auf die genau richtige Art in Mr Greyhills Bankkonten hacken wird.

Und so wie ich das mit dem Blut erledigen werde.

Auf die richtige Art.

Michael hebt das Kinn. »Was ist, wenn ich beweisen kann, dass mein Dad deine Mutter nicht umgebracht hat? Könntest du das Ganze dann stoppen?«

Ich runzle die Stirn. Normalerweise merke ich ziemlich schnell, ob jemand einfach nur Schwachsinn redet, aber Michael war schon immer schwer zu durchschauen. »Wie meinst du das?«

Er antwortet nicht.

»Weißt du irgendwas?«

Er rührt sich nicht, behält mich nur immer weiter im Blick.

Ich springe auf die Füße, will mich auf ihn stürzen. Nur die Handschellen und die Kette halten mich zurück. »Treib keine Spielchen mit mir, Michael! Weißt du was über den Mord an meiner Mutter?« Es fehlt bloß ein kleines Stück, aber ich komme nicht an ihn ran. »Gibt es ein Video von dem Abend? Von der Kamera im Arbeitszimmer? Hast du das? Sag schon.«

Seine Nasenflügel beben. »Nein.«

Ich muss wieder ruhig werden, brauche die Gefühllosigkeit, die ich mir so hart erarbeitet habe, um mich auszulöschen. Es gibt mich nicht. Ich will und werde nicht existieren, nicht für ihn. »Dann weißt du gar nichts«, bringe ich irgendwann heraus und trete ein Stück zurück.

»Du willst meinen Vater ruinieren – uns alle ruinieren –, bloß weil du *glaubst,* dass er deine Mutter umgebracht hat. Du weißt es nicht mal sicher!«

»Ich weiß es gut genug! Und du weißt es auch, sonst hättest du ihn doch gar nicht erst gefragt.«

»Er hat gesagt, dass er sie nicht umgebracht hat, und ich glaube ihm!«, schreit Michael.

Was spielt das für eine Rolle, ob Michael es glaubt oder nicht?, frage ich mich. Er ist egal. Lass es gut sein.

Aber das kann ich nicht. »Ich hab sie gesehen«, erkläre ich.

Michael erstarrt. »Du hast gesehen … wie er sie getötet hat?«

»Nein«, sage ich. »Aber das war auch nicht nötig. Am Abend vor ihrem Tod hab ich die beiden im Garten gesehen. Sie haben sich gestritten. Meine Mutter kannte seine Geheimnisse und hat ihm gedroht, alles zu verraten. Und weißt du, was er zu ihr gesagt hat?«

Michael bewegt sich nicht.

»Er hat gesagt: ›Wenn du das tust, Anju, dann bringe ich dich um.‹« Ich mache eine Pause, lasse die Worte wirken. »Am nächsten Tag hat sie eine Nachricht an einen Reporter geschickt, dass sie sich mit ihm treffen will. Acht Stunden später war sie tot.«

8

Regel 9: Die Polizei ist nichts für Diebe und Geflüchtete.

Vielleicht wäre mein ganzes Leben anders gelaufen, wenn ich die beiden an diesem Abend nicht im Garten gesehen hätte. Vielleicht hätte ich mich irgendwie mit ihrem Tod abgefunden, wäre mit Kiki zur Schule gegangen, hätte geschluckt, dass da wirklich nur ein Einbruch gewaltsam entgleist war, wie Mr G behauptete. Ich hätte versuchen können zu vergessen.

Aber ich habe die beiden gesehen.

Ihre wütenden Stimmen haben mich aus dem Bett geholt. Sie standen unter dem Frangipani-Baum. Seine roten Blüten pulsierten im Dunkeln wie wachsame Sterne. Greyhill hatte die Hände um Mamas Hals gelegt. Er sprach leise und seine Drohung klang fast innig.

Beim Anblick der beiden stieg der vertraute Geschmack von Panik in meinen Mund. Als ich losheulte, löste sich Greyhill von ihr und verschwand.

Sobald er weg war, ging ich zu Mama, die mich in den Arm nahm und lange festhielt. Ich sollte mich beruhigen, meinte sie, es gäbe nichts, wovor ich Angst haben müsste. Er hätte das nicht ernst gemeint. Alles würde gut werden.

Ich hätte zur Polizei gehen können. Hätte den Beamten erzählen können, was ich gesehen und gehört habe, hätte sie ermitteln lassen und darauf warten können, dass am Ende die Gerechtigkeit siegt.

Aber sicher.

Klare Sache.

Und danach hätten Kiki und ich bis ans Lebensende glücklich und zufrieden in einem Gummibärchen-Schloss im Regenbogenland gelebt.

Nein, hier in Sangui City gilt (das ist ganz einfach, merk's dir gut): Der Polizei gehst du am Arsch vorbei.

Vor allem, wenn du klaust, und erst recht, wenn du aus dem Kongo geflüchtet bist. Leute wie wir laufen für die Polizei nur zum Geldautomaten, weil die dauernd irgendwelche Fantasie-Gebühren erheben: dafür, dass du die Straße langläufst; dass du einen Leberfleck am Kinn hast; dass du rote Schuhe anhast. Was ein kleines Flüchtlingsmädchen gesehen zu haben glaubt, interessiert die einen Scheiß.

Nichts da. Wenn du ein Problem hast, musst du selber sehen, wie du weiterkommst.

Natürlich waren die Cops am nächsten Tag da und haben den Tatort untersucht, haben Fotos gemacht und das legendäre Greyhill-Anwesen angegafft. Und sie haben sich Notizen gemacht, in ihrem grässlichen Englisch und mit ihren kümmerlichen Schreibkenntnissen. »Schus-Wunte in Bauch«, so lautete die offizielle Todesursache. Steht so in den Unterlagen. Ich habe sie alle. Boyboy hat sich in den Polizei-Server gehackt und mir das ganze Material besorgt.

In den Notizen steht, zur Tatzeit seien nur *bwana* Greyhill und ein paar Bedienstete im Haus gewesen, und die seien alle überprüft worden. Mrs Greyhill und die beiden Kinder waren im Strandhaus der Familie, ein paar Fahrstunden entfernt. Mr G hörte ein Geräusch in seinem Arbeitszimmer. Er ging rein und entdeckte das tote Hausmädchen. Sie hatte wohl einen Einbrecher überrascht. Der Dieb beziehungsweise Mörder war schon lange weg. So was passiert eben. Fall erledigt.

Ich kann mir gut vorstellen, wie die *polisi* nachher darüber geredet hat: Schaut mal, hat sicher einer gesagt, dieser Mr Greyhill ist ein König Midas, wie das hier so schön heißt. Er bringt Gesteine aus dunklen Orten in fernen Ländern, an die wir sonst nicht gerne denken. Greyhill macht seinen Profit und Sangui hat was davon. Wenn wir es schlau anstellen, kriegt die *polisi* auch was ab. Es ist doch so: Die Hände von Mr Greyhill sind vielleicht nicht sauber, aber der Schmutz und das Blut sind mit Goldstaub vermischt.

Der Tod ist immer tragisch. Aber wer war schon dieses Hausmädchen? Irgend so ein Kongo-Flüchtling ohne Papiere, Teil des Mülls aus den Minen, der von den Bergen runtergeschwemmt wird und die Straßen unserer Stadt verstopft. Diese Leute verderben die Sitten. Nehmen uns die Jobs weg. Und mal ehrlich, so unter uns: Was hatte das Hausmädchen überhaupt in dem Arbeitszimmer zu suchen? Wir wollen ja keine Gerüchte verbreiten, aber in neun von zehn Fällen stecken hinter solchen Einbrüchen doch die Angestellten. Gutes, ehrliches Hauspersonal ist wirklich schwer zu kriegen.

Anteil nehmendes Kopfschütteln. Ein fester Händedruck. Und der Fall ist abgeschlossen.

9

Als ich in der Folterkammer wieder aufwache, vermute ich, dass es Morgen sein muss. Wissen kann ich es nicht, ohne Fenster und ohne mein Telefon. Unfassbar, dass ich überhaupt eingeschlafen bin. Vom Vorabend erinnere ich mich nur noch an eines: Nach Michaels Verschwinden habe ich dagelegen, den Wasserfleck an der Decke angestarrt, der wie ein Elefant mit Flügeln aussieht, und mich gefragt, ob ich hier unten wohl sterben würde. Und wenn ja, wie viele Freitage wohl vergehen müssten, bis Kiki kapieren würde, dass ich nicht mehr zurückkomme.

Ich wasche mir das Gesicht, gehe aufs Klo, hocke mich auf die Pritsche. An den Gelenken wird die Haut schon wund. Ich reibe sie mir unter den Handschellen.

»Ein Buch wär nicht schlecht«, grummele ich und tippe ungeduldig mit dem Fuß auf den Boden.

Michael hat nichts gesagt, nachdem ich ihm von meiner Beobachtung erzählt habe. Er hat nur den Computer genommen und ist gegangen. Auch als ich ihm hinterhergebrüllt, ihn verflucht und ihm Fiesheiten an den Kopf geworfen habe, hat er nicht reagiert. Er hat einfach die Tür hinter sich zugemacht und mich hier sitzen lassen, allein mit meinen Gedanken und der Frage, was wohl als Nächstes passiert.

Anfangs wollte ich Mr Greyhill nur umbringen. Wenn es mir um das Prinzip Auge um Auge gegangen wäre, hätte ich eigentlich jemanden töten müssen, den er liebt. Das hätte gepasst. Aber ich bin kein Verbrecher; ich bin nicht *er*.

Ein paar Monate nachdem ich zu den Goondas gekommen war und langsam wieder stärker wurde, fing ich an, Mr G in meiner freien Zeit zu beobachten. Ich versteckte mich in einer Gasse bei seinem Büro und sah zu, wie er kam und ging, rein und raus, Tag um Tag, als ob alles in Ordnung wäre. Als ob die Welt nicht auf einmal sinnlos geworden wäre. Ich habe überlegt, mir über Bug Eye eine Knarre zu besorgen und es einfach so auf der Straße zu machen, auf ihn zuzutreten und mich dann von seinen Bodyguards erledigen zu lassen. Das hätte ich auch gemacht, aber eins hielt mich davon ab, etwas Kleines und Großes zugleich: Kiki.

Mir wurde klar, dass ich das Versprechen, das ich Mama gegeben hatte, nicht halten konnte, wenn ich starb. Ich wusste nicht, was dann mit ihr passieren würde. In Gedanken ging ich alles durch. Vielleicht bekäme sie weiter ihr Stipendium und könnte bei den Nonnen bleiben, aber das war ungewiss. Und wenn nicht, was dann? Wer würde sich um sie kümmern? Ihre ganze Familie wäre tot. Auf der Straße würde sie nie überleben. Auf keinen Fall. Allein schon die Vorstellung ließ mich zittern.

Ratlos ging ich zurück zu den Goondas.

Ich wusste, Mr G musste bezahlen, aber ich hatte keine Ahnung, wie. Ich erzählte Bug Eye meine Geschichte – was ich tun wollte und warum das nicht möglich war. Ich hätte besser den Mund gehalten, aber das war mir damals nicht klar. Ich hatte noch nicht gelernt, wie wertvoll Geheimnisse waren. Aber vielleicht ist es ja so, wie Mama immer gesagt hat: Alles, was passiert, hat einen Grund, auch die schlechten Dinge und die Fehler.

Bug Eye hat es jedenfalls unserem Boss erzählt, Mr Omoko.

Ezra Omoko ist ein stiller Mann mittleren Alters, hier in Sangui City geboren und aufgewachsen. Nicht besonders groß, an den Schläfen schon langsam grau, keine Tattoos. Er zieht sich an wie ein Lehrer, trägt Chinohosen und Polohemden. Trotzdem sollte man sich in ihm nicht täuschen. Er ist der König unter den Goondas. Er kümmert sich um alle, die ihm gute Dienste leisten. Er verteilt die Beute großzügig. Aber ich habe mit eigenen Augen gesehen, wie er einen Goonda, der ihn hintergangen hatte, einen Kopf kürzer gemacht hat. Und in der Tasche trägt er wie einen Talisman einen Beutel mit Eckzähnen seiner Feinde herum.

Kurz nachdem ich mich bei Bug Eye ausgeheult hatte, kreuzte er in dem improvisierten Kraftraum auf. Die anderen Goondas hatten längst genug für den Tag, ich war allein und trainierte meinen linken Haken an einem zerschlissenen Autoreifen.

»Du willst also Roland Greyhill töten?«, fragte Mr Omoko, der ein Stück weit weg im Dunkeln stand.

Ich drehte mich um. Ich hatte noch nie mit dem großen Boss höchstpersönlich geredet. Ihn zu fragen, woher er das wusste, wäre Unsinn gewesen. Also holte ich tief Luft und sagte: »Ja.«

»Und warum willst du so was Blödes tun?«, wollte Omoko wissen.

Ich wurde ganz klein. Erst zwei Tage vorher hatte jemand erzählt, Mr Omoko hätte als kleiner Junge lebenden Schlangen die Köpfe abgebissen. Ihr Gift machte ihm nichts. Der Clou an der Geschichte war, dass an seinem Biss jetzt angeblich jeder starb.

Ich raffte meinen ganzen Mut zusammen, um zu antworten, aber bevor ich so weit war, redete er schon weiter. »Warum willst du das tun, *kijana*, wenn du ihn erst ruinieren und *dann* umbringen kannst?«

Omoko trat aus den Schatten, legte väterlich den Arm um mich und führte mich in sein Büro. Wir unterhielten uns eine Weile. Er gab mir ein Buch, *Der Graf von Monte Christo*, und meinte, ich soll mich bei ihm melden, wenn ich es gelesen hätte.

Ich brauchte einen Monat und die Hilfe eines gestohlenen Wörterbuchs, aber ich schaffte es. Als ich wieder zu ihm kam, wollte Mr

Okomo wissen, was ich gelernt hätte. »Viele große Wörter«, sagte ich. Und dann: »Ich weiß nicht. Der Graf hat sich gerächt, aber ob ihn das glücklich gemacht hat, kann ich nicht sagen.«

Omoko sah mich nachdenklich an. »Glücklich oder unglücklich, ist hier nicht die Frage. Wenn Leute Rache nehmen, tun sie das nicht, weil es sie glücklich macht. Sondern weil sie nicht anders können. Begreifst du das?«

Ich dachte nach. Doch, das verstand ich.

»Ich habe gehofft, dass du lernst, wie das ist mit der Rache«, fuhr Mr Omoko fort. »Wenn du beschließt, dich zu rächen, musst du das als Berufung, als deine Lebensaufgabe ansehen. Wie ein Priester sich berufen fühlt, Gott zu dienen. Rache ist nichts, was du erledigst und damit ist es vorbei. Sondern etwas, das du jeden Tag tust, so wie du einen Tanz lernst. Bevor du tanzen kannst, musst du Zeit investieren. Du musst die Regeln und Rhythmen lernen und sichergehen, dass du nicht vor der Zeit loslegst. Wenn du den Tanz meistern willst, musst du Blut und Schweiß reinlegen. Genau das hat der Graf gelernt: dass Rache seine Berufung ist und dass er Disziplin braucht, um sich zu rächen. Du musst es ganz tief in dir drin wollen, mehr als alles andere auf der Welt. Du musst Geduld haben. Du musst dich von allem trennen, was dich ablenkt: Freunden, Hobbys, Zielen. Du musst den richtigen Moment abwarten können. Du musst Hunger leiden und bereit sein, dir selbst die Knochen zu brechen und sie neu zusammenzusetzen, damit du es schaffst. Es fordert Opfer, die du nie für möglich gehalten hättest. Du arbeitest jeden Tag daran, bis es keinen Unterschied zwischen dir und deiner Rache mehr gibt. Du bist die Rache. Bist du dazu imstande?«

»Ich – ich glaub schon.«

Er betrachtete mich mit kühlem Blick. »Wenn du's nur *glaubst,* funktioniert es nicht. Du musst dir sicher sein«, sagte er. »Du kannst ihn jetzt umbringen. Das wäre einfach. Aber eins mach dir klar: Wenn du das tust, werden Leute um ihn trauern. Klar, sie wissen auch, dass er einer von den ganz großen Kerlen war und als Geschäftsmann vielleicht so was wie *fragwürdige Prinzipien* hatte. Aber hierzulande genießt keiner so viel Ansehen wie die großen Kerle. Er würde noch im Tod verehrt, gefürchtet und bewundert. Er hat deine Mutter umgebracht, Kleine. Ist es das, was du willst?«

»Nein.«

Natürlich war es das nicht.

Mr Omoko erklärte mir, ich solle warten und geduldig sein. Und in der Zwischenzeit immer stärker werden, mir selbst die Regeln setzen, nach denen ich leben wolle, Meisterin werden im Ausüben meiner Rache. Ich sei zwar klein, aber schon auf dem Weg, eine Diebin mit geschickten Händen und leisen Füßen zu werden, und das sei fürs Erste ganz brauchbar. Aber wenn ich eine Diebin sein wollte, dann eine gute.

Die beste.

»Wieso helfen Sie mir?«, fragte ich.

Er lächelte. »Ich habe selbst Unrecht erlebt, als ich jung war. Ich finde mich in dir wieder. Du bist schlau. Ich vertraue deinem Urteil. Wenn du sagst, dass du Grund hast, Vergeltung zu üben, glaube ich dir. Natürlich möchte ich einen Anteil, wenn du ihm sein Vermögen nimmst. Aber auch das nur dann, wenn du meine Hilfe willst.«

Die wollte ich.

»Gut.«

Für eine Diebin wie mich würde es eines Tages eine Gelegenheit geben, hatte er mir damals erklärt.

Und dieser Tag sollte heute sein.

Stunden vergehen, vielleicht auch Tage. Ich weiß es nicht. Ich laufe hin und her, her und hin, brülle wild herum, drohe und fluche, bis die Wände beben, danach folgt Stille und irgendwann fängt das Ganze von vorne an.

Der Masterplan ist einfach. Er stammt von mir; Omoko hat mir nur geholfen, ihn zu verfeinern.

Erst stehle ich alle schmutzigen Infos über Mr Greyhill und gebe sie an Donatien weiter, diesen Reporter, den meine Mutter kannte. Donatien weiß alles über Blutgold. Er wird die Story richtig aufziehen und kann sie durch seine guten Verbindungen in allen großen Zeitungen unterbringen. Und diese Story unterscheidet sich von allen anderen, es gibt nämlich Beweise.

Aber Mr Greyhills Namen in den Schmutz zu ziehen ist nur der Anfang. Den Goondas geht es um den nächsten Schritt: Geld. Greyhill hat sein Raubgut irgendwo gebunkert; da ist sich Omoko sicher. Auf Offshore-Konten wahrscheinlich. Boyboy geht davon aus, dass die Schatzkarte auf der Festplatte gespeichert ist. Wir finden die Konten, Boyboy hackt sie, alle kriegen ihren Anteil und gehen froh nach Hause.

Alle außer mir. Ich bin nämlich noch nicht fertig.

Während die Goondas es sich mit ihrer Beute gut gehen lassen, werde ich Mr Greyhill beobachten. Ich möchte mitansehen, wie seine Welt langsam zerbröselt. Ich will sehen, wie ihn sein Unternehmen feuert. Ich will sehen, wie seine Schulden eingetrieben werden. Ich will, dass die Banken seine Häuser und Autos kassieren, ihm das Reiche-Männer-Spielzeug abknöpfen. Vielleicht verlässt ihn seine Frau. Und seine Kinder werden endlich kapieren, wer er wirklich ist.

Aber das wird immer noch nicht genug sein. Er hat Kiki und mir alles weggenommen und ich will, dass er weiß, wer es sich zurückholt. Also werde ich, wenn die Zeit reif ist, aus dem Schatten treten. Ich will den Blick in seinen Augen sehen, wenn er es begreift. Er muss erfahren, dass ich es war, Tiny Girl, die den großen Mann zu Fall gebracht hat.

Und dann werde ich ihn töten.

Ich höre, wie die Tür der Folterkammer entriegelt wird. Inzwischen habe ich stundenlang herumgebrüllt, dass Michael kommen und mich herauslassen soll, aber auf einmal fürchte ich, es könnte jemand anderes hinter der Tür sein.

Sein Gesicht zu sehen ist eine seltsame Erleichterung. Er trägt den Laptop wie ein Tablett vor sich her, beladen mit Essen und mehr Wasser. So, wie er aussieht, hat er noch weniger Schlaf abgekriegt als ich, und diesmal hat er die Pistole nicht dabei. Ziemlich verwegen. Oder einfach dumm. Er stellt alles auf den Tisch und setzt sich auf einen der Stühle, anscheinend in der Erwartung, dass ich den anderen nehme.

»Hast du keine Angst, dass ich dich zusammenschlage und abhaue?«

Die Stichelei entlockt ihm kein Lächeln. »Ich denke, du willst erst mal hören, was ich zu sagen habe.«

»Du willst also immer noch schachern?« Ich setze mich ihm gegenüber. Ich habe wahnsinnigen Hunger, zwinge mich aber, das Essen zu ignorieren, obwohl mein Magen knurrt und mir das Wasser im Mund zusammenläuft. Seit Kikis Hefebrötchen ist viel Zeit vergangen. Dampf steigt von dem Hähncheneintopf und dem schön sämigen Berg *ugali* auf. Ich lasse Michael nicht aus den Augen. »Ich hab dir schon gesagt, das bringt nichts.«

Er verschränkt die Hände auf dem Tisch. Irgendwas ist seltsam an ihnen und auf einmal begreife ich: Das liegt an der makellos glatten Haut. Da sind keine Narben oder Schrammen an den Fingerknöcheln wie bei allen anderen Leuten, die ich kenne. Wie von selbst, als ob meine Augen nicht mit meinem Gehirn verbunden wären, wandert mein Blick zu seiner Armbeuge und sucht nach den Folgen der einzigen Verletzung, von der ich weiß, aber die Stelle ist unter dem Ärmel versteckt.

»Mein Dad hat deine Mom nicht getötet«, sagt er.

Ich warte, bis ich wieder ruhig sprechen kann. »Ich dachte, wir hätten das geklärt.«

»Du hast bloß Vermutungen. Nur weil er sie bedroht hat, heißt das noch nicht, dass er sie auch umgebracht hat. Außerdem kann ich mir nicht vorstellen, dass er mich anlügen würde. Nicht bei so was.«

Ich möchte ihn schlagen. Ich möchte so fest zuschlagen, dass seine hübschen kleinen Augäpfel schielen.

»Du musst doch zugeben, dass du nicht sicher sein kannst«, fährt er fort. »Solange du kein Geständnis hast oder mit eigenen Augen siehst, was wirklich passiert ist, wirst du's nie wirklich wissen.«

Ich schiebe den Stuhl so abrupt vom Tisch zurück, dass die Beine schrill über den Betonboden quietschen. Ich will so weit von Michael weg wie möglich. Wie können wir jemals Freunde gewesen sein? Zusammen gespielt und uns gekabbelt haben und geweint, wenn der andere Ärger bekam?

Er wartet. Er beobachtet mich genau. Ich gebe mir Mühe, die Muskeln in meinem Gesicht unter Kontrolle zu halten. Klar, vordergründig betrachtet kann man auch Zweifel haben. Natürlich weiß ich das. Ich habe viele Nächte schlaflos dagelegen, hoch zu den Sternen gestarrt und mir gewünscht, ich hätte einen handfesten Beweis. Nicht nur die Albträume halten mich wach. Dazu jucken die Zweifel wie der Schorf auf einer Wunde. Aber egal, wie viel ich herumgrübele, ich komme immer zu dem gleichen Schluss: Er war dazu imstande. Er wollte es tun. Das hat er selbst gesagt. Er hatte, wie es in Krimis immer heißt, Mittel, Motiv und Gelegenheit. Und er wusste, dass ihn keiner davon abhalten oder zur Rechenschaft ziehen würde.

Boyboy hat mir mal was über so eine wissenschaftliche Theorie erzählt. Irgendwas mit einem Rasiermesser. Da heißt es, dass die einfachste Antwort fast immer stimmt. So in der Art jedenfalls. Mr G ist ein böser Mann. Er sagt, er will Mama umbringen, dann wird sie ermordet. Wer soll es denn sonst gewesen sein? Da sind doch gar keine großen Beweise mehr nötig, oder? Ich bin sicher, er war's.

Zu neunundneunzig Prozent supersicher.

Aber Michael hat jetzt das eine Prozent am Wickel, das weiß er ganz genau.

Ich hasse das eine Prozent.

»Hör zu, ich mach dir ein Angebot. Du entscheidest, ob du annehmen oder ablehnen willst.«

»Abgelehnt.«

»Hör's dir doch erst mal an. *Ngai*, du warst schon immer so stur.«

Ich verschränke die Arme vor der Brust.

Michael redet langsam und bedächtig. »Du willst rauskriegen, wer deine Mutter getötet hat.«

»Ich weiß, wer meine –«

»Warte«, sagt er. »Lass mich ausreden. Ich will zurück, was du von Dads Festplatte kopiert hast. Ich mach dir einen Vorschlag: Ich helfe dir, sicher herauszufinden, wer deine Mutter umgebracht hat, ohne jeden Zweifel. Wir suchen Beweise. Wir kriegen raus, warum. Ich habe Zugang zu Orten und Leuten, an die du nicht rankommst. Ich habe Geld und Einfluss. Die Leute reden mit mir. Wir kriegen raus, wer es war, wenn du versprichst, mir im Gegenzug das zu geben, was du von seinem Computer hast.«

»Woher willst du überhaupt wissen, dass ich eine Weitergabe der Daten verhindern kann? Ich hab dir doch gesagt, das Zeug ist nicht mehr in meinen Händen.«

»Kannst du's verhindern?«

Es dauert lange, bis ich antworte. Ich begreife nicht, was für ein Spiel Michael da spielt. Warum bietet er mir nicht einfach Geld an? Warum das hier? Wieso kümmert es ihn so sehr, ob sein Vater diese eine Person getötet hat oder nicht? Glaubt er im Ernst, dass sein Dad ihn nicht anlügen würde? Dass dieser Mann überhaupt einen Ehrenkodex hat? »Was, wenn sich herausstellt, dass es doch dein Vater war?«

»Er war es nicht.«

»Also komm, Michael, das ist doch eindeutig Oxacas Rasierer!«

»Was? Meinst du Ockhams Rasiermesser?«

»Egal. Hör mal, ich sag jetzt nicht, dass ich mich darauf einlasse, das tu ich nämlich nicht, aber nur um das mal durchzudenken: Was ist, wenn wir herausfinden, dass dein Dad sie umgebracht hat?«

»Dann bringst du das Zeug an die Öffentlichkeit. Du tust damit, was du willst.«

Ich runzele die Stirn. Es macht mich fertig, dass ich nicht schlau aus ihm werde. »Du meinst das nicht ernst. Wenn ich mitmache, ziehst du mir irgendwann den Boden unter den Füßen weg. Du schaffst mich aus dem Weg. Wieso soll ich dir vertrauen?«

Auf einmal glühen seine Augen. Ich weiß nicht, ob es Hass ist oder ob irgendwas anderes sie so glänzen lässt, aber in seinem Gesicht zeigt sich endlich ein Gefühl. »Du bist kalt geworden, Tina. Wir waren mal Freunde.«

Ich lache. »Freunde? Du hast mich in eine Zelle gesperrt. Dein Vater hat meine Mutter umgebracht. Du stammst aus einer Familie hochkarätiger Gangster. Wie kommst du drauf, dass ich kalt bin und nicht einfach klug?«

Sein Kiefer bewegt sich, als ob er einen Knochen herauswürgen wollte. »Wenn du klug bist, ist dir klar, dass du es willst. Du willst die Wahrheit, genau wie ich. Darin hast du dich nicht verändert, Tina.«

Er steht auf und öffnet die Tür, um zu gehen. Als er sich noch mal zu mir umdreht, ist der Glanz in seinen Augen verschwunden. Er trägt wieder seine Maske. »Ich kann dir noch was anbieten. Du hast doch die Bilder in dem Tunnel gesehen? Von der Kamera, die auch den Mord an deiner Mutter gefilmt haben muss? Die Aufzeichnung ist verschwunden, aber ich weiß, wer sie hat. Es dauert vielleicht eine Weile, aber ich kann sie besorgen.«

Da ist er. Der Knochen. Ich halte die Luft an. »Wer? Wer hat sie?«

»Das sag ich dir, wenn du bereit bist, mit mir zusammenzuarbeiten. Überleg's dir«, sagt er. »In einer Stunde bin ich wieder da.«

10

Hektisch laufe ich in der Zelle herum, doch der Beton verschluckt das Geräusch meiner Schritte.

Das Video, das Video. Alles in Schwarz-Weiß. Ist das sein Ernst? Kann er wirklich drankommen? Wie lange wird das dauern? Oder lügt er? Das Video. Der Beweis. Wer hat es? Warum? Wo ist es?

Das Video, das Video.

Zehn Schritte zur Tür, acht Schritte zur Pritsche, fünf Schritte zum Tisch. Und wieder von vorne.

Ich führe Selbstgespräche:

Wenn er die Wahrheit sagt und es besorgen kann, werde ich sicher sein. Ich werde sehen, wie er sie umbringt.

Bleib bei deinem Plan, Tiny Girl. Du bist so nah dran.

Bin ich das? Mir kommt's eher vor, als ob ich feststecke.

Er hat es getan. Er hat sie umgebracht. Er verdient den Tod.

Ihr Mörder verdient den Tod. Was ist, wenn er es nicht war?

Er war es. Du weißt doch, was du gesehen hast.

Aber wenn …

Halt die Klappe, verfluchtes Prozent!

Aber noch während ich mit mir kämpfe, begreife ich, dass Michael recht hat. Natürlich will ich alles wissen. Wie kann ich seinen Vorschlag ablehnen und die Chance verpassen, mit eigenen Augen zu sehen, worüber ich all die Jahre gerätselt habe?

Was würde der Graf tun?

Schaffe ich es, mich auf Michaels Plan einzulassen, ohne dass die Goondas es mitkriegen? Boyboy hat gesagt, Greyhills Daten zu entschlüsseln könnte bis zu einer Woche dauern. Also weiß Bug Eye auch, dass wir vielleicht warten müssen. Was ist, wenn ich auf beiden Seiten weitermache? Nur für eine Weile. Muss ja keiner wissen.

Ein Gedanke bremst mich aus. Was tun wir, wenn wir nicht alle Daten von Greyhills Festplatte erwischt haben?

Das ist egal. Du warst ein Mal drin, du kannst auch noch mal rein.

Klar, ich bin eingebrochen und erwischt worden.

Vor und zurück, hin und her durchmesse ich das Zimmer mit meinen Schritten, bis etwa eine halbe Stunde vergangen ist und ich immer noch nichts entschieden habe.

Du hast einen Plan. Einen guten Plan: Schmutz, Geld, Blut. Du hast lange daran gearbeitet, dass alles stimmt.

Aber wenn ich den Schmutz nicht habe, funktioniert der Plan nicht.

Doch, die Daten sind übermittelt. Du hast den Schmutz. Boyboy entschlüsselt das Zeug. In ein paar Tagen wird Omoko sein Geld haben wollen. Du musst es auftreiben, egal wie. Ihn kümmert nicht, wer Mama ermordet hat. Falls es nicht Mr G ist, wird Omoko nicht freundlich gucken und sagen: Kein Problem, Tiny Girl. Macht doch nichts. Waren ja nur ein paar Millionen Schilling. Vergessen wir das einfach.

Michael lügt. Es gibt kein Video.

Aber … wenn es doch eins gibt?

Ich bin so sicher, dass es Mr Greyhill war.

Neunundneunzig Prozent supersicher.

Mama hätte gesagt, ich soll beten. Vielleicht zum heiligen Ignatius, der bei Entscheidungen hilft. Aber ich weiß keine Gebete für ihn. Ich kenne nur ein einziges Gebet – das für Katharina. Fünf Jahre lang ist mir kein anderes Gebet über die Lippen gekommen.

Michael wird jeden Moment zurück sein. Ich stehe vor einer kahlen Wand. Ich starre sie jetzt schon so lange an, dass Pünktchen vor meinen Augen flirren.

Was soll ich tun?

Welche Regel gilt?

Ich versuche alles andere wegzuschieben und mich auf das zu konzentrieren, was wirklich zählt: Mamas Mörder zu bestrafen. Ihren tatsächlichen Mörder.

Ihr Mörder ist Roland Greyhill.

Es sei denn, er ist es doch nicht.

Kann ich Michaels Vorschlag ablehnen in dem Wissen, dass irgendwo da draußen womöglich eine eindeutige Wahrheit bereitliegt und ich drankommen könnte? Würde mir das Video ihren Mörder zeigen? Würde es Mr Greyhill zeigen, wie er abdrückt? Könnte ich endlich sicher sein? Einhundert Prozent sicher?

Ich dachte, ich hätte gelernt, geduldig zu sein. Fünf Jahre lang habe ich gewartet, meinen Plan ausgearbeitet, habe das Rachenehmen trainiert, so wie Mr Omoko es mir gesagt hat. Ich habe alle Schritte gründlich vorbereitet, genau wie der Graf. Kann ich mich dazu bringen, noch länger zu warten?

Ich sehe mich in meiner Zelle um. Habe ich eine Wahl?

Was wird Michael mit mir tun, wenn ich Nein sage? Zu sterben macht mir nicht so viel aus, aber was ist mit Kiki? Und der Rache an Mamas Mörder? Während ich unten festsitze, geht gar nichts voran.

Es gibt eine Regel für einen Moment wie diesen, aber das will ich nicht wahrhaben. Ich mag sie nicht. Sie steckt mir in der Kehle fest. Aber ihr leises, hartnäckiges Rumoren lässt sich nicht länger überhören: Pech gehabt, Tiny Girl. Kann schon sein, dass dir die Regeln nicht passen, aber du musst dich trotzdem an sie halten.

Regel 10: Wenn der Einsatz hoch ist, spiel auf lange Sicht.
Spiel ein langsames, geduldiges Spiel.

Das habe ich gelernt, indem ich Bug Eye beobachtet habe.

Bug Eye ist anders als die anderen Goondas. Genau aus dem Grund ist er die rechte Hand von Mr Omoko. Eine Zeitlang hatte ich ihn genau im Blick, weil ich wissen wollte, was ihn antreibt. Bei den anderen Typen war mir ziemlich bald klar, worauf sie aus waren, aber bei Bug Eye nicht. Du musst wissen, was die Goondas wollen, damit du nicht zu ihrer Beute wirst. Bei Ketchup begriff ich das gleich am ersten Tag. Ihn kickt es, Leuten wehzutun, die kleiner und schwächer sind als er. Simpel. Ich habe ihm später nie mehr Gelegenheit gegeben, mir etwas zu tun. Aber sein Bruder ist viel schwerer zu durchschauen.

Bug Eye ist der gechillteste Typ, den ich je zu Gesicht gekriegt habe. Er hat mich nie so angeschaut, wie es die anderen Goondas tun. Er hat Mädchen, wann immer ihm danach ist, aber er guckt sie nie an. Nicht ernsthaft. Nicht so, als ob er sie wirklich wollte. Er kriegt auch keinen Ständer wegen Geld oder Autos oder fetten Goldketten. Es wirkt, als ob er das alles durchschaut und genau versteht, was es wirklich wert ist.

Er will kein Geld. Er will keinen Besitz. Aber es ist auch nicht so, dass er gar nichts will. Er will sehr wohl etwas. Auf die gleiche Art, wie ich meine Rache will. Er giert danach, kommt vor Hunger fast um. Aber was ist es? Das habe ich begriffen, als eines Tages wieder mal Mr Omoko aufgekreuzt ist.

Omoko war fertig mit dem, was er zu sagen hatte, und beendete das Gespräch mit seinem besten Leutnant, indem er die Hand ausstreckte und Bug Eye den Kopf tätschelte, so wie er das auch bei seinem Lieblingshund tun würde. Das hat keiner mitgekriegt außer mir; es sollte auch keiner mitkriegen. Mr Omoko würde seinen Stellvertreter nie vor versammelter Mannschaft bloßstellen. Er wollte nur deutlich machen, was Sache ist. Genauso gut hätte er sagen können: Siehst du? Das ist Macht. Du bist nah dran, aber bild dir bloß nicht ein, du hättest sie, nicht für eine Sekunde. Was du hast, das habe ich dir gegeben, und wenn ich es dir wegnehme, werde ich lächeln.

Bug Eye hat nicht gezuckt oder die Hand seines Herrn weggeschlagen. Genau darum ist Bug Eye anders als alle. Ich habe gemerkt, was Mr Omoko übersehen hat, etwas Vertrautes. Der Goonda-Boss suchte nach Aufmüpfigkeit und fand keine, aber er hätte nur genauer hingucken müssen. Ich habe es gesehen, obwohl ich weit weg war. Wie Bug Eye kurz die Hände ballte und wieder löste, wie er Mr Omoko hinterhersah und immer weiter in die Richtung schaute, noch lange nachdem er schon verschwunden war.

An diesem Tag ist mir klar geworden, was Bug Eye will. Er will was von Omoko; nur was Omoko hat, zählt für ihn. Am besten ist es, wenn er es ihm mit Gewalt entreißen kann. Mr Omoko trägt seine Krone ganz entspannt, als wäre sie ihm nicht weiter wichtig, aber für Bug Eye wird sie die Welt bedeuten, er wird sie so sorgsam wiegen wie den Kopf eines neugeborenen Babys. Und während er wartet, wird Bug Eye wie ein braver Hund sein: anhänglich und loyal.

Er bildet Omokos Truppen aus, macht Leute zu Schlägern und Gangstern. Er organisiert blutige Überfälle auf die Gegenden von anderen Banden und erweitert den Herrschaftsraum der Goondas. Er schickt Mädchen auf den Strich und stellt sicher, dass die Einkünfte am Ende der Nacht bei ihm landen. Er gibt mir Namen und Adressen von Häusern und Geschäften, die ich ausrauben soll. Er teilt Strafen aus, wenn einer von uns aus der Reihe tanzt. Falls ein Goonda auf dumme Gedanken kommt, wer hier der Chef ist, ist Bug Eye derjenige, der ihn wieder auf Kurs bringt. Meistens reicht ein kleiner Austausch unter vier Augen, ein Hinweis auf die Betonblöcke an den

Fußgelenken anderer Typen. Blöcke, die von einem Landungssteg runtergestoßen wurden.

Haie lieben Bug Eye.

Er tut alles, was Omoko sagt. Er macht sich die Hände schmutzig, damit der große Boss es nicht tun muss. Er isst die Reste vom Teller seines Herrn und beschwert sich nie. Er sorgt dafür, dass sein Bruder immer bei ihm ist. Er weiß, seine Familie wird ihm den Rücken freihalten, wenn es so weit ist.

Bug Eye wartet geduldig auf den idealen Moment, um zuzuschlagen.

So habe ich den Grafen, Bug Eye und Mama im Sinn, denke an die geeignete Art von Rache und überlege, was ich alles tun würde, um sie zu kriegen. Und als Michael zurückkommt, bin ich bereit.

11

»Wenn wir das so ausmachen, will ich raus aus der Folterkammer«, sage ich. »Das ist das Erste.«

Michael zieht eine Augenbraue hoch. »Außer dir gibt's garantiert keine Mädchen, die sich einbilden, sie könnten bestimmen, wo's langgeht, obwohl sie eingesperrt sind. Und außerdem ist das hier keine Folterkammer.«

Auch ich ziehe eine Augenbraue hoch. »Aber auch kein Zimmer in einem Fünf-Sterne-Hotel.«

Michael öffnet den Mund, doch ich rede schon weiter. »Das Zweite: Wie lange dauert es, an das Video ranzukommen?«

Michael weicht meinem Blick aus. »Weiß nicht. Ein paar Wochen vielleicht?«

»Du hast fünf Tage.«

»Fünf! Wieso?«

»Du hast mich gefragt, ob ich die Weitergabe der Daten stoppen kann. Kann ich, aber nur vorübergehend. Leute warten drauf. Leute, die man nicht lange warten lässt. Fünf Tage sind da reichlich.«

»Acht«, brummt Michael.

»Ich kann's mit einer Woche versuchen. Ohne Garantie.«

Michael atmet tief durch. »Okay, gut. Aber wir arbeiten hier. Von hier weg kannst du nicht.«

»In der Folterkammer?«

»Natürlich nicht. Im Haus.«

Ich erschrecke. »Meinst du das ernst? In der Nähe von deinem Dad? Nie im Leben.«

»Du bist verrückt, wenn du dir einbildest, ich lass dich einfach so hier rausmarschieren«, sagt Michael. »Du bleibst hier. Als mein Gast.«

»Aha, *als dein Gast.* Klingt super. Und wie genau willst du deinen Eltern meine Anwesenheit erklären?«

»Ich hab eine Idee«, sagt Michael. »Über die denk ich noch nach. Die beiden kommen erst morgen zurück.«

Die Vorstellung, mich in Mr Gs Haus aufzuhalten, ohne ihn umzubringen, ist unerträglich. Trotzdem ist mir klar, worum es Michael geht. Ich an seiner Stelle würde mir auch nicht vertrauen, dass ich von hier verschwinde und trotzdem Wort halte. Eine Sekunde lang überlege ich, ob ich vorschlagen soll, einfach doch in der Folterkammer zu bleiben.

Aber es ist so: Wenn ich nicht alle Daten erwischt habe, muss ich noch mal in Mr Gs Arbeitszimmer. Und wie ginge das besser als in der Rolle eines willkommenen Gasts? Es schaudert mich. *Willkommen* ist wohl nicht der richtige Ausdruck, wenn ich an Mrs Greyhill denke, aber trotzdem.

»In Ordnung«, sage ich. »Ich lass mir durch den Kopf gehen, ob ich dein Gast sein will. Aber ich muss Kontakt mit meinem Geschäftspartner aufnehmen können.«

»Warum?«

»Ist eben so. Mit ihm muss ich reden, damit die dreckigen Infos über deinen Dad erst mal zurückgehalten werden.«

»Ist er ein Goonda?«

»Hast du was gegen Goondas?«

»Na ja, gerade ist einer von den Kerlen bei uns zu Hause eingebrochen.«

Ich verdrehe die Augen. »Er ist kein Goonda. Er ist ein Superhirn.«

»Na gut, telefonieren geht in Ordnung.«

Ich schüttle den Kopf. »Ich muss ihn persönlich treffen. In der Stadt.«

Michael guckt grimmig, bewegt dann aber doch zustimmend das Kinn. »Aber ich komme mit.«

»Das sehen wir dann. Und, Michael?« Ich mache eine Pause, damit er gut zuhört. »Wehe, das ist eine Lüge. Das mit dem Video und dass du's beschaffen kannst.«

»Ist es nicht. Bei so was würde ich nie lügen. Du kennst mich doch.«

Die letzte Bemerkung ignoriere ich. »Dir ist klar, dass der Film zeigen könnte, wie dein Vater meine Mutter tötet, ja? Du pokerst genauso hoch wie ich. Bist du sicher, dass du so eine Wahrheit packst?«

Michael guckt, als wäre ihm übel, aber er nickt.

»Wenn ich mit Sicherheit weiß, dass es dein Dad war, werde ich nicht zögern. Dann lasse ich ihn bezahlen.«

Michael sieht mich an, als bekäme er mich in diesem Moment zum ersten Mal zu Gesicht.

Gut. So bin ich nämlich.

Er streckt die Hand aus. Auf der Innenseite seines Arms leuchtet deutlich die blasse, halbmondförmige Narbe. Ich gerate kurz ins Stocken, kann meine Hand nicht heben. Ich sehe mich mit fünf Jahren vor ihm stehen, genau wie jetzt, unsere Wunden sind beide noch frisch und unbedeckt. Wer bin ich geworden? Michael hat keine Ahnung, wie weit ich gehen werde, um seinen Vater büßen zu lassen.

Aber ich kann jetzt nicht mehr zurück. Ich nehme seine Hand und schlage ein.

Als Michael mich endlich raus in die Freiheit führt, ist es wieder Nacht. Ich habe das Gefühl, eine Ewigkeit lang unter der Erde gewesen zu sein, aber Michael erklärt mir, dass erst Samstag ist. Na ja, eher Sonntag, früher Morgen, wenn man's genau nimmt. Mein Besuch bei

Kiki am Freitagabend wirkt wie ein Traum von lange her. Diesmal gehen wir nicht durch das Arbeitszimmer. Stattdessen führt mich Michael noch ein Stück weiter durch den Tunnel und schließt eine Tür nach draußen auf. Als ich endlich den ersten Schwall frische Luft einatme, muss ich an mich halten, dass ich ihn nicht aus dem Weg schubse.

Die Tür ist unter einem dichten Gewirr von Ästen versteckt. Ich schaue auf und entdecke Bougainvillea- und Jasminranken an der Wand, in die die Tür eingelassen ist. »Wir sind unter der Terrasse«, sage ich. Auf einen Schlag wird mir klar, wo genau wir uns befinden. »Wir sind durch die *mokele-mbembe*-Tür gekommen.«

Michael guckt, als ob ihm unwohl wäre. »Stimmt. Irgendwann hab ich rausgekriegt, was sich dahinter verbirgt. Kein Drache, so viel ist klar. Dad hat mir vor ein paar Jahren einen Schlüssel gegeben, falls wir bei einem Einbruch oder Überfall durch den Tunnel flüchten müssen.«

Er schiebt die Ranken beiseite und hebt die Hände, damit der Wachmann auf Patrouille ihn sieht und nicht schießt. Der Plan ist, so zu tun, als ob ich eine Freundin von ihm wäre, mit der er im Gebüsch rumgeknutscht hat. Michael denkt, die Wachen werden uns mit Absicht übersehen und zulassen, dass er mich einfach so mit ins Haus nimmt. Als er mir das Ganze erklärt hat, fand ich die Idee ziemlich blöd, aber dann fiel mir ein, dass Michael ja einer der reichsten Jungs in Sangui City ist und für so einen Internatstypen auch nicht schlecht aussieht. Vielleicht ist so was schon vorgekommen. Oft genug, um normal zu sein.

Ich verscheuche die Vorstellung, wie es wohl wäre, mit Michael rumzumachen, und durchkämme stattdessen meine Erinnerung nach dem, was Philippe, der alte Gärtner, über den *mokele-mbembe* gesagt hat. Als Kinder kannten Michael und ich jeden Winkel auf dem Greyhill-Gelände. Eine geheimnisvolle Tür, hinter den Ranken versteckt und abgeschlossen, wäre uns niemals entgangen. Aber auf unsere Frage, was denn dahinter wäre, erklärte uns Philippe, er hätte, als er vor vielen Jahren aus dem Kongo hierherkam, in seiner Tasche einen *mokele-mbembe* mitgebracht.

»Was ist ein *mokele-mbembe*?«, fragten wir.

»Ach, das sind solche großen, grässlichen Ungeheuer, die in Sümpfen und Flüssen leben und im seichten Wasser Kindern auflauern. Ich hab ein Junges gefangen und zu meinem Haustier gemacht.«

Aber aus der kleinen Eidechse war ein gewaltiger Drache geworden, für den Philippes Hütte viel zu klein war. Also hatte er ihn in den Raum hinter der Tür gesteckt, wo er in einem Wasserbecken planschen konnte, und ihm befohlen, alle Eindringlinge zu fressen. Wir hatten gefragt, ob wir den Drachen sehen könnten, doch Philippe hatte nur gesagt: »Wollt ihr das wirklich? Neugierige Kinder frisst er am liebsten.«

Und während Michael mich jetzt an der Hand nimmt und mit einem verlegenen Grinsen in den Lichtkegel der Taschenlampe einer Wache führt, beschwört der Geruch des nächtlichen Gartens noch mehr Erinnerungen herauf. Erinnerungen, die so lange und so gründlich vergraben waren, dass ich kaum fassen kann, wie frisch und klar sie wirken. Auf einmal kann ich mich an die Nächte in unserer Hütte am Ende des Geländes erinnern – Nächte, in denen ich beim Aufwachen aus Albträumen oft merkte, dass meine Babyschwester quengelte und das Bett meiner Mutter leer war. Ich schob meine Angst beiseite, indem ich Kiki hochnahm, ihr sagte, es wäre doch dumm, so laut zu jammern, und sie zurück in den Schlaf wiegte.

Am nächsten Morgen war Mama dann wieder da, und wenn ich sie fragte, wo sie gewesen wäre, wollte sie nichts davon hören. »Ich war gar nirgends«, sagte sie. »Das bildest du dir ein.« Weil irgendwann meine nächtlichen Angstanfälle aufhörten und Kiki bis zum Morgen durchschlief, vergaß ich am Ende, wie oft Mama nachts weg war. Erst jetzt, als ich die *mokele-mbembe*-Tür sehe, fällt es mir wieder ein. Ist sie hier gewesen? Ist sie durch diese Tür gegangen, um sich Nacht für

Nacht mit Mr G zu treffen? Mir wird ganz schlecht bei dem Gedanken, dass sie genau da gestanden haben muss, wo ich jetzt stehe.

Die Wachen lassen uns wie erwartet durch. Michael legt mir den Arm um die Schulter und zwinkert ihnen zu, woraufhin sie grinsen, und ich muss mich beherrschen, ihn nicht zu packen und auf den Boden zu werfen, mit dem Rücken voll in den Dreck. Das kann ich. Bug Eye hat es mir beigebracht.

Michael führt mich zu einem der vielen Gästezimmer. Er bleibt im Türrahmen stehen, während ich alles in Augenschein nehme: schwere Teakholzmöbel mit Schnitzereien im klassischen Swahili-Stil, große Fenster mit seidigen Vorhängen, damit man die Sicherheitsgitter nicht so sieht. Ein riesiges Bett voller Dekokissen, darüber ein hauchdünnes Moskitonetz. Es sieht aus wie in einem Maharadscha-Palast. Allein mit dem, was der Krimskrams auf der Kommode gekostet hat, könnte man Kikis Schulgebühren für ein ganzes Jahr bezahlen.

Luxus hin oder her, ich sehne mich so sehr nach meinem Zuhause auf dem Dach, dass mir die Zähne wehtun, trotzdem frage ich: »Wie willst du deinen Eltern erklären, dass ich hier bin, wenn sie zurückkommen?«

»Lass das meine Sorge sein.«

»Du verpfeifst mich aber nicht an deinen Dad, oder?«

»Ich hab dich wohl kaum aus dem Keller geholt, um dich einfach auszuliefern. Warum sollte ich das tun?«

»Du hast einen Einbrecher geschnappt. Da ist er doch garantiert stolz auf seinen kleinen Jungen.«

Michael lässt sich nicht provozieren. »Wenn ich das täte, würdest du dann zurückgeben, was du gestohlen hast?«

»Nein.«

Michael klingt, als ob er einem kleinen Kind etwas sehr Simples erklärt. »Warum sollte ich das also tun? Wenn wir zusammen was rausfinden wollen, musst du langsam mal anfangen, mir zu vertrauen.«

Sein Ton ärgert mich, aber er hat irgendwie recht. Ich strecke die Hand aus. »Wenn wir uns vertrauen, gib mir mein Telefon zurück.«

»Was? Nie im Leben.«

»Du Heuchler.« Ich grinse. »Wie soll ich ohne das Ding dafür sorgen, dass die Daten von deinem Vater nicht weitergegeben werden?«

Michael beäugt mich. Dann seufzt er tief und kramt das Handy aus der Hosentasche. »Na gut.« Er knallt es mir auf die Handfläche. »Aber nichts Komisches, klar? Wir haben einen Deal.«

»Ich bin nie komisch«, sage ich.

»Ja, schon kapiert.«

Ich schiebe die Zimmertür ein Stück zu. »Ich ruf jetzt jemanden an. Und zwar allein. Nicht verhandelbar. Dann komme ich zu dir, dauert nur ein paar Minuten. Und mach dir keine Sorgen, ich fordere schon keine Einsatztruppe an.«

Michael guckt, als ob er protestieren wollte, aber am Ende sagt er nur: »Mein Zimmer ist den Gang runter, die dritte Tür rechts.«

»Ich weiß, wo dein Zimmer ist, Michael.«

Irgendwas huscht über sein Gesicht, aber bevor ich mir darüber klar werden kann, was es ist, wendet er sich von mir ab und geht. Ich schließe die Tür hinter ihm und bleibe eine Sekunde lang stehen, um zu hören, ob er sich zurückschleicht, um zu lauschen. Ich würde das tun. Obwohl ich nichts höre, gehe ich nach nebenan ins Bad, schließe die Tür und lasse für alle Fälle Wasser in das blendend weiße Waschbecken laufen.

Boyboy geht sofort dran. »Oh mein Gott, Tina, bist du das? Bist du –«

Da ist ein Gerangel und ich höre: »Tiny? Wo steckst du, verdammt noch mal?«

Mavi. Nicht die Stimme, die ich hören wollte. »Hey, Ketchup«, sage ich ruhig.

Ich höre Ketchup fluchen. »Endlich.«

Noch ein Gerangel und dann: »Yo, Tiny Girl, was läuft?« Bug Eye.

Ich bin auf Lautsprecher. Was er sagt, klingt lässig, aber da ist dieser Ton drin. Ich hasse diesen Ton. Er klingt nach Blut. »Red schon, Tiny. Bist du eingesperrt oder was?«

Ich sehe mich im Badezimmer um. Alles weißer Marmor, dazu goldene Armaturen und flauschige Badetücher, die aussehen wie gestapelter Meeresschaum. »So ähnlich. Ich red nur mit dir, Bug Eye.«

Ich höre Ketchup maulen, aber dann ist da nur noch Bug Eyes Stimme, deutlich und dicht an meinem Ohr. »Alles klar. Wo bist du?«

Ich bin froh, dass ich Bug Eyes Blick nicht aushalten muss. Stärkere Leute als ich haben sich unter diesem Blick in die Hosen gemacht. »Ich bin noch drin.«

Bug Eye sagt nichts.

»Aber es ist okay«, schiebe ich schnell hinterher. »Der Sohn – Michael – er liefert mich nicht aus. Nicht an die Cops und auch nicht an die Typen von Mr G.«

Stille.

»Ich hab nichts über dich gesagt oder sonst irgendwas. Du weißt, dass ich das nicht mache.« Immerhin nicht komplett gelogen. »Er hat mich festgesetzt, aber ich hab ihn ausgetrickst. Er hat mich rausgelassen. Er vertraut mir, so halbwegs jedenfalls.«

»Das ist der Sohn von Greyhill, dein kleiner Spielkamerad, was?«

»Ich kenn ihn jedenfalls, ja. Ich meine, das ist nicht mehr wie früher, er ist nicht –«

»Hör zu«, unterbricht mich Bug Eye. »Boyboy ist sich nicht sicher, ob wir alles erwischt haben von der Festplatte.«

Mir wird schlecht. »Ich kann noch mal rein. Er will, dass ich hierbleibe, du weißt schon, bisschen abhängen wie in alten Zeiten.«

Eine lange Pause. »Hast du noch das Equipment, das du brauchst?«

»Das USB-Ding hat er kaputt gemacht, aber ich kann mir von Boyboy ein neues besorgen«, sage ich.

»Boyboy bleibt bei uns, bis er raushat, wie viel wir haben.«

Shonde. Boyboy hat sich von mir versprechen lassen, dass ich ihn nicht zu tief mit reinziehe. Wahrscheinlich flippt er gerade aus, weil er allein mit den Goondas im Lagerhaus ist. Allerdings weiß ich, dass die Goondas mir die Schuld an dem verpatzten Bruch geben. Damit bin ich nicht gerade in der Position, Wünsche zu äußern. Also rede ich mir ein, dass sich Ketchup in Bug Eyes Gegenwart schon benehmen wird.

»Wenn Boyboy fertig ist, lass ihn heimgehen, damit er mir einen neuen Adapter besorgen kann.« Ich versuche meine Stimme möglichst ausdruckslos zu halten, damit es nicht klingt, als wollte ich Bug Eye rumkommandieren.

»Kriegst du ein Problem, wenn du noch mal in das Arbeitszimmer musst?«, fragt Bug Eye. »Dieser Michael hat dich doch nicht laufend unter Kontrolle, oder?«

»Ich krieg das schon hin. Diesmal baue ich keinen Mist.«

Eine Pause entsteht, in der ich Bug Eye atmen höre. In seinem Kopf arbeitet es. Er geht alles durch und arrangiert den Plan so lange um, bis er zufrieden ist. »Okay«, sagt er schließlich. »Das will ich auch hoffen für dich.«

12

Nachdem ich das Gespräch mit Bug Eye beendet habe, warte ich fünf Minuten und schicke dann eine Nachricht an Boyboy: 777. Das ist unser Code für: *Ruf sofort an.* Beim Warten wippe ich mit dem Fuß. Michael wird sich bald fragen, wo ich bleibe.

Dann kommt die Antwort: *Papier bedeckt Stein.*

»Komm schon, Boyboy, ich muss mit dir reden«, flüstere ich. *Papier bedeckt Stein* ist der Code für *Geht nicht/nicht sicher.* Da er in einem Lagerhaus mit lauter Gangstern sitzt, ist das keine Überraschung.

Boyboy: *Schere.*

Gut. Er will sich direkt mit mir treffen: Schere = Beine. Das muss heißen, dass Bug Eye ihn laufen lässt. Ich will alleine mit ihm reden.

Boyboy: *Hol vier Bananen im Eckladen.*

Die Verschlüsselung soll möglichst schlicht wirken, damit jemand, der etwas mitbekommt, vielleicht denkt, Boyboy will sich um vier Uhr in einem bestimmten Laden mit mir treffen. In Wirklichkeit muss ich im Fährfahrplan von gestern nachsehen, um rauszufinden, wann genau ich ihn treffen soll. Den Ort weiß ich. Der Termin muss irgendwann morgen sein, hoffentlich hat er bis dahin gute Neuigkeiten. Vielleicht ist er auf Nummer sicher gegangen und hat Bug Eye gegenüber bloß so getan, als hätte er Zweifel, ob er alle Daten hat. Ich will schon rüber zu Michael gehen, als ich eine letzte Nachricht kriege.

Boyboy: *Bin froh, dass du ok bist.*

Michael hockt in seinem Zimmer auf dem Boden, gegen das Bett gelehnt, den Laptop vor sich aufgeklappt. Ich schließe die Tür hinter mir und sehe mir alles an: den riesigen Fernseher, das Gaming-Equipment, die Poster von Bands, deren Namen ich noch nie gehört habe, Fotos von Michael beim Rugby.

Ich setze mich so dicht neben ihn, wie ich muss, damit ich sehen kann, was er auf dem Computer macht.

»Also, wo ist dieses Video?«

Er klappt den Laptop zu. »Du bist echt anstrengend, weißt du das?«

»Komm schon, Michael. Sag mir wenigstens, wer es hat.«

Michael mustert mich einen Augenblick lang. Seine Wimpern würden jedes Mädchen neidisch machen. Auf einmal kribbelt es mich im Nacken. Ernsthaft, Tina? Das kann doch nur so was wie das Stockholm-Syndrom sein, wenn dir die Augen von diesem Schönling auffallen. Ich verschränke die Arme vor der Brust. »Also, wer?«

Michael holt tief Luft. »David Mwika.«

Mir bleibt der Mund offen stehen. »Was? Ich dachte, der wäre tot! Weißt du, wo er ist?«

Bis zu der Nacht, in der meine Mutter ermordet wurde, war Mwika Mr Greyhills Security-Chef. Danach war er auf einmal weg. Er hat noch seine Aussage bei der Polizei gemacht und ist dann abgetaucht. Vom Radar verschwunden. Ehrlich, ich hab ihn überall gesucht. Boyboy hat Stunden im Netz nach ihm recherchiert. Der Mann hat sich in Luft aufgelöst.

»Warte«, sage ich und runzele die Stirn. »Mwika hat meine Mutter nicht getötet. Das weißt du, oder?«

»Ja, schon klar. Ich hab das Bildmaterial, das ihn im Kontrollhäuschen zeigt, wo er die ganze Nacht Karten spielt. Guck's dir an.« Er klappt den Laptop wieder auf und fängt an zu suchen.

»Hab ich schon gesehen.« Ich winke ab.

»Wirklich? Wie denn?«

»Ist in der Polizeiakte.«

»Aber wie kommst du an –«

Ich unterbreche ihn. »Wieso denkst du, dass Mwika das Video hat?«

Michael senkt den Blick. »Weil mir mein Dad gesagt hat, dass er es hätte, als ich ihn nach dem Mord an deiner Mutter gefragt habe. Er hat gesagt, dass er's nicht gewesen ist, aber das Video, auf dem man sehen könnte, wer der Täter war, sei verschwunden.«

Meine Aufregung stürzt jäh in sich zusammen, geht in Flammen auf und stirbt.

Ich klappe zweimal den Mund auf und zu, bevor ich antworten kann. »Du bist ein noch viel größerer Idiot, als ich dachte!«, schimpfe ich und springe auf. »Ist doch klar, dass der Mörder behauptet, er wär's nicht gewesen, nur dass der einzige Beweis dafür leider, leider nicht mehr da ist. Und genau der Typ, der nach dieser Nacht mysteriöserweise verschwunden ist, hat das Material angeblich mitgenommen. Wirklich praktisch!« Frustriert schreie ich auf. »Wie bescheuert von mir, dir überhaupt zuzuhören! Mwika ist tot! Der ist doch längst Haischeiße! Und das Videomaterial ist hin. Dein Dad hat es selbst gelöscht.« Ich bewege mich in Richtung Tür. »Nicht zu fassen, dass ich mich auf diesen Quatsch eingelassen habe. Ich verschwinde.«

»Hey! Warte!«, sagt Michael und springt ebenfalls auf. »Wir zwei haben einen Deal!« Er schnappt meinen Arm.

»Scheiß auf den Deal! Deine Infos stinken zum Himmel.« Ich versuche ihn abzuschütteln. »Du hast gesagt, du kannst das Video besorgen, aber das war gelogen.«

»Halt! Das war keine Lüge. Du kannst ja nicht mal mehr klar denken vor lauter Hass auf meinen Dad!«

»Lass mich los!« Ich schaffe es nicht, mich loszureißen, er ist zu stark.

»Nur wenn du mir zuhörst.«

»Ich hab dir schon viel zu lange zugehört«, sage ich. »Lass mich los oder ich schreie!«

»Tina!«, sagt Michael. »Kannst du dich bitte einfach beruhigen?«

Ich höre auf, gegen ihn anzukämpfen, bleibe aber in Bereitschaft, mich loszureißen. »Was für ein Interesse hätte Mwika denn an dem Material, außer wenn er ... keine Ahnung, deinen Dad erpressen will?«

»Vielleicht ist irgendwas anderes drauf, von dem er nicht wollte, dass es jemand sieht. Vielleicht hatte Mwika selbst die Finger drin.«

»Du hast doch gesagt, dass die Security den Tunnel nicht kannte. Das bedeutet, er kann auch nichts von der Kamera gewusst haben.«

»*Jetzt* kennen die ihn nicht, aber nach dem Mord an deiner Mutter hat Dad alle gefeuert. Vorher wusste Mwika Bescheid, und vielleicht hat er dem Mörder davon erzählt. Oder er war es doch selbst. Vielleicht ist das Material, auf dem er Karten spielt, nur ein Fake.«

Ich entspanne mich ein bisschen. Das stimmt. Selbst wenn Mwika sie nicht umgebracht hat, kann er irgendwie verwickelt gewesen sein. Vorausgesetzt, dass überhaupt irgendwas von dem stimmt, was Michael mir erzählt.

Michael lässt mich los. »Es lohnt sich doch, ihn aufzuspüren, oder?«, fragt er. »Ich hab Geld und hab so das Gefühl, er braucht welches.«

»Wieso?«

»Wegen dem Ort, an dem er ist.«

»Und wo ist das?«

Michael verschränkt die Arme vor der Brust. »Mal ehrlich, Tina, für wie blöd hältst du mich? Wenn ich's dir sage, bist du doch im gleichen Moment weg.«

Ich betrachte ihn mit zusammengekniffenen Augen. »Ich halte dich für ziemlich blöd, ja. Weißt du wirklich, wo er ist? Oder hast du diese Info auch von deinem lieben Daddy?«

»Ich weiß, wo er ist«, sagt Michael. »Mach dir keine Sorgen. Er ist nur … schwer zu erreichen. Aber ich krieg das hin.« Er läuft zurück zum Bett und setzt sich hin. »Du hast dich auf einen Deal eingelassen. Also zieh ihn auch durch.«

Mein Hirn sagt mir, ich bin ein Idiot, wenn ich ihm weiter zuhöre. Es ist absolut möglich, dass er lügt. Und wenn nicht, dann hat ihn sein Vater mit fast hundertprozentiger Sicherheit angelogen. Aber nur fast. Dieses verdammte eine Prozent. Es hält meine Füße davon ab, sich zur Tür zu bewegen. Was ist, wenn Mwika das Video wirklich hat? Was verliere ich schon groß, wenn ich hier bleibe, bis Michael ihn erreicht hat?

Deinen Kopf, wenn Omoko nicht an sein Geld kommt.

Deinen Stolz.

Ein gewaltiger Seufzer kommt aus meiner Brust. »Na gut.«

Lächerlich. Du bist lächerlich, Tiny Girl. Wenn es nicht Michael wäre, wärst du längst weg. Aber obwohl ich es hasse, das zugeben zu müssen: Abgesehen von mir scheint Michael der einzige Mensch auf Erden, der sich jemals dafür interessiert hat, was Mama in dieser Nacht passiert ist. Schon bevor wir uns auf diesen Deal geeinigt haben, hat er seinen Vater nach dem Mord gefragt. Das war ziemlich mutig. Dass er ihm glaubt, mag naiv sein, aber immerhin war es ihm wichtig genug, um die Frage zu riskieren.

Langsam lasse ich mich wieder auf den Teppich sinken.

»In Ordnung«, sagt Michael vorsichtig, als ob er Angst hätte, dass ich abhaue, wenn er zu begeistert reagiert. »Also, jetzt dreh nicht gleich durch, aber ich hab einen Vorschlag. Während ich versuche, Mwika aufzutreiben, können wir zusehen, dass wir selbst was rauskriegen. Wenn wir nur eine Woche haben, sollten wir systematisch drangehen und alles genau durchdenken. Vielleicht sieht man den Mörder auf dem Video, vielleicht auch nicht. Wir können trotzdem überlegen, wer die Verdächtigen sind. Falls das Video uns nicht zeigt, was wir brauchen, haben wir bis dahin vielleicht schon eine andere Spur.«

Ich verziehe das Gesicht. »Du willst Detektiv spielen?«

»Möchtest du denn nicht wissen, *warum* deine Mutter umgebracht wurde, sondern nur, wer's war?«

Ich beiße mir auf die Zunge, bevor aus mir herausplatzt, was ich denke: dass ich sehr wohl weiß, wer es war und warum. Es ist zu spät in der Nacht, um noch mal damit anzufangen.

Michael nimmt eine Mappe von seinem Bett und blättert darin herum. Gegen meinen Willen rücke ich ein Stück näher und versuche mitzukriegen, was er da treibt. »Was ist das?«

Er zieht ein einzelnes Blatt heraus und drückt es so an seine Brust, dass ich es nicht sehen kann. »Nachdem ich letzte Nacht mit den Wachen geredet habe, war ich noch mal in Dads Arbeitszimmer, bevor ich wieder zurück zu dir bin. Ich wollte nachsehen, ob alles in Ordnung ist. Der Bildschirm war eingefroren und das hier war immer noch auf dem Notebook zu sehen. Ich hab einen Ausdruck gemacht, bevor ich den Computer runtergefahren habe.« Endlich gibt er mir das Blatt. »Ich, äh, dachte, du würdest das vielleicht haben wollen.«

Mein Mund wird trocken.

Es ist das Foto, das ich gefunden habe, kurz bevor Michael mich erwischt hat. Gierig starre ich es an.

»Das ist deine Mom, stimmt's?« Er senkt den Blick. Er weiß, dass sie es ist.

Also ehrlich, keiner kann mir vorwerfen, dass ich da kurz abgelenkt war. Meine Mutter und ein anderes Mädchen strahlen mich an. Sie sind jung, tragen Schuluniform und haben sich gegenseitig die Arme um die Hüften gelegt. Hinter ihnen blühen Blumen. Ich kann mich nicht erinnern, meine Mutter jemals so lächeln gesehen zu haben. Das andere Mädchen wirkt aufgedreht, als wollte sie flirten mit dem, der das Foto macht. Ein Schmerz steigt in meiner Kehle auf. Außer dem alten Flüchtlingsausweis habe ich keine Fotos von Mama.

»Ich hab versucht nachzuschauen, was sonst noch auf der Festplatte ist, aber alles war passwortgeschützt.« Michael wartet. »Wer ist das andere Mädchen?«

Endlich hebe ich den Kopf. »Die ganze Festplatte ist verschlüsselt«, sage ich schnell. »Mein Geschäftspartner arbeitet daran.« Sorgfältig falte ich den Ausdruck erst auf die Hälfte und dann auf ein Viertel zusammen und stecke ihn mir in den BH.

»He, das war für unseren Fall!«

»Ich werf es ja nicht weg, Michael. Und nenn es nicht *Fall*.«

»Kennst du das andere Mädchen?«

»Nein.«

»Aber –«

»Ich hab dir doch gesagt, ich kenne sie nicht.« Das Blatt brennt an meiner Brust. Ich merke selbst, dass das wie eine Lüge klingt, aber ich weiß es wirklich nicht. Ein Freundin? Eine Verwandte? »Was hast du sonst noch in der Mappe?«, frage ich.

Michael zögert, dann greift er doch wieder nach den Papieren. »Nicht viel. Ich hab versucht, jemanden zu bestechen, um an die Polizeiakte deiner Mutter zu kommen, aber anscheinend hast du die schon.«

»Da ist nichts Brauchbares drin.«

»Ich würde sie trotzdem gern sehen.« Er blättert durch die Mappe und macht bei einem dicken Papierbündel halt. »Hast du die Immigrationsunterlagen?«

Ich brauche einen Moment, bis ich begreife, was er meint. »Unsere Flüchtlingsakte? Hast du die? Wie bist du da so schnell drangekommen?«

Er weicht meinem Blick aus. »Die hatte ich schon.«

Ich runzele die Stirn. »Wieso?«

»Vor einem Jahr habe ich versucht, dich und Kiki zu finden«, erklärt Michael. »Ich wollte was über eure Familienangehörigen rauskriegen, zu denen ihr vielleicht gegangen sein könntet …«

»Wie bist du da drangekommen?«

»Es hat seine Vorteile, reich und verwöhnt zu sein. Man kann Sachen kaufen.« Er wirft mir aus dem Augenwinkel einen Blick zu. »Aber außer dieser Akte hab ich nicht viel gefunden. Keine Verwandten hier, keine in eurem Dorf im Kongo, nichts.«

»Du weißt also, aus welchem Dorf ich komme?«

»Steht in der Akte.«

»Was ist da sonst noch drin?«, will ich wissen und greife danach.

Er hält das Papierbündel über seinen Kopf. »Geburtsdaten, Fotos, solche Sachen. Und das Protokoll der Anhörung, in der es um den Aufenthaltstitel für deine Mutter ging. Sie musste erklären, warum sie den Kongo verlassen hat, als Beweis, dass sie wirklich geflüchtet ist.«

»Das steht da drin? Warum sie geflüchtet ist?« Ich strenge mich an, meine Überraschung zu verbergen. Keine Ahnung, warum, aber ich bin nie auf die Idee gekommen, dass die Akte vom UN-Flüchtlingsbüro irgendwelche wichtigen Infos enthalten könnte. Vor allem, weil die dort immer so nutzlos wirken. Seit Mama gestorben ist, musste ich schon ein paarmal hin, um die Flüchtlingsausweise von Kiki und mir verlängern zu lassen, aber die fragen mich dort nur, wo wir wohnen und ob wir in die Schule gehen. Wenn wir hinmüssen, kämme ich mir die Haare, trage Kleidung, die meine Tattoos verdeckt, und erzähle ihnen Geschichten: Kiki hätte ein Stipendium für ein privates Internat, ich würde bei einer netten Familie wohnen und in eine öffentliche Schule gehen, ich wäre nämlich nicht so schlau wie meine kleine Schwester, aber sonst ginge es mir super. Und dann lächle ich und sie lächeln, und wenn sie mich danach fragen, versichere ich ihnen, dass ich keine »sexuellen Handlungen zur Sicherung des Lebensunterhalts« betreibe und auch nicht »Zuflucht in negativen Bewältigungsstrategien« suche, oder wie auch immer die dort Prostitution und Dealen nennen.

Weil ich ihnen keine Arbeit mache, mögen sie mich. Unsere Papiere werden abgestempelt und wir können wieder los. Ich würde den ganzen Aufwand nicht betreiben, wenn Kiki den Ausweis nicht für die

Schule bräuchte. Falls irgendwer wissen will, wer ich bin, reichen mir meine Goonda-Tattoos, jedenfalls bei denen, auf die es ankommt.

Aber mir war überhaupt nicht klar, dass Mama dort erzählt hat, was ihr passiert ist. Keiner bei der UN hat uns jemals gefragt, warum wir aus dem Kongo weggegangen sind.

»Hast du die komplette Akte?« Ich beuge mich vor, um mir das Ding zu schnappen. Aber sein Arm ist länger als meiner. Ich strecke mich und komme dabei näher an seine Brust, als mir lieb ist. Er ist warm und riecht herb und irgendwie nach Junge. Auf gute Art, nicht auf schlechte.

Reiß dich zusammen, Tina.

»Die Schulen, die da drinstehen – die Angaben sind alle falsch, oder?«, fragt Michael. Unsere Gesichter sind dicht beieinander.

Ich gebe auf und ziehe mich zurück. »Aha? Woher willst du das wissen?«

In Michaels grünen Augen blitzt Wut auf. »Hör mal, du bist doch diejenige, die ohne ein Wort abgehauen ist, Tina. Fünf Jahre lang habe ich mich gefragt, was mit euch beiden ist.«

Wir funkeln uns an. Auf einmal finde ich ihn überhaupt nicht mehr hübsch.

»Wo, verdammt noch mal, ist Kiki?«

»Ihr geht es gut«, sage ich steif.

»Aber wo *ist* sie?«

»Das ist unwichtig.«

»Also wirklich, Tina, sie ist genauso sehr meine Schwester wie deine.«

»Ist sie nicht!«, erwidere ich.

»Na sicher ist sie das. Der gleiche Vater, klar? Dass du sie dir geschnappt hast und mit ihr abgehauen bist, ändert daran nichts.«

Egal, wie sehr ich ihm widersprechen will, formell hat er recht. Trotzdem wird sie nie im Leben auf die gleiche Art seine Schwester sein, wie sie meine ist. »Sie geht auf eine Klosterschule. Hier in Sangui. Dort ist sie sicher.« Ich halte inne. »Sie ist die Schlauste in ihrer Klasse. Hat ein Stipendium.«

»Und wieso bist du nicht auch dort?«

Weil ich viel zu sehr damit beschäftigt bin, die Rache an deinem Dad auf die Reihe zu kriegen, denke ich, sage stattdessen aber: »Weil immer nur eine aus jeder Familie ein Stipendium kriegen kann.«

»Wir hätten für dich bezahlt«, sagt Michael.

Abrupt stehe ich auf. Ich fühle mich so langsam wie ein Tier in einer Falle. »Hör mal, können wir uns wieder auf das konzentrieren, worum es hier eigentlich geht? Du und Kiki, ihr mögt den gleichen Vater haben, aber mit dem Mord an Mama hat das nichts zu tun.«

»In Ordnung«, sagt er kühl. Endlich gibt er mir den dicken Stapel Papier aus der Mappe.

Ich schnappe gierig danach und sinke auf den Boden. Schnell blättere ich durch die Seiten, will alles auf einmal aufnehmen. Bei den Fotos halte ich kurz inne. Da ist eins von Mama und eines von mir als Sechsjähriger, beide haben wir struppige Haare und hohle Wangen. Ich blättere langsamer. Da sind Nahaufnahmen von den Verbrennungen und Schnittwunden auf Mamas Armen, dann folgt eine Seite mit der Überschrift »Verfolgungsgeschichte«.

Michael lässt sich neben mir nieder und liest über meine Schulter hinweg mit, während ich die ersten Zeilen überfliege:

Antragstellerin (AST) ist eine einzelne Frau aus der Ethnie der Nyanga, die aus Nord-Kivu in der Demokratischen Republik Kongo (DR Kongo) kommt. Sie ist nach geltender Definition als Flüchtling einzustufen, nachdem sie nachgewiesen hat, dass sie ihr Herkunftsland aus wohlbegründeter Furcht vor Verfolgung aufgrund von Nationalität und Zugehörigkeit zu einer bestimmten sozialen Gruppe verlassen musste (Opfer ethnisch bedingter Gewalt und besondere Bedrohungssituation als kongolesische

Frau) und aufgrund dieser Furcht nicht in die DR Kongo zurückkehren kann. (Abkommen über die Rechtsstellung der Flüchtlinge, 1951, Art. 1A Nr. 2, und Protokoll von 1967) Ihre Furcht ist begründet gemäß laufenden Bedingungen, wie nachgewiesen durch aktuelle Informationen seitens des Herkunftslandes und die hierin dokumentierte politische wie menschenrechtliche Situation in der DR Kongo.

Nachdem ich noch mehr juristisches Kauderwelsch übersprungen habe, lese ich:

Sie ist verwitwet. Ihr Ehemann wurde bei einem Angriff auf ihr Dorf getötet –

Verwitwet? Das stimmt nicht. Ich sehe Michael an. »Das hier ist ziemlich persönlich. Wenn du vielleicht bitte …«

Er windet sich. »Ich hab das sowieso schon alles gelesen.« Aber dann setzt er sich zurück auf sein Bett und nimmt seinen Laptop.

Ich schaue wieder in die Akte. Meine Mutter hat nie geheiratet. Über meinen guten alten Papa hat sie nur gesagt, ich soll froh sein, dass ich ihn nicht kenne. Jedenfalls *glaube* ich, dass sie nicht geheiratet hat. Sie hat mir gegenüber nie einen Ehemann erwähnt und von sich selbst auch nie als Witwe gesprochen.

Ich lese weiter. Es gibt noch mehr Details, die nicht stimmen. »Wir sind aus Kasisi, nicht aus Walikale«, flüstere ich. Sind das einfach Fehler oder hat sie die UN-Behörden bewusst angelogen? Aber warum sollte sie das tun? Verwirrt versinke ich wieder in dem Text und lese fieberhaft weiter.

Ihr Dorf wurde während ihrer Kindheit und Jugend mehrfach angegriffen, sowohl von verschiedenen ethnisch ausgerichteten regierungsfeindlichen Milizen, unter

anderem Mai-Mai und M23, als auch von Regierungstruppen. Rebellen wie Regierungssoldaten plünderten Nahrungsmittel und Nutztiere, um ihre Truppen ernähren zu können. Oft wurden dabei Dorfbewohner verletzt oder getötet. Dorfbewohner wurden entführt und zum Dienst bei den Milizen gezwungen oder mussten Sklavendienste für die Truppen verrichten …

So weit alles normal. Diese Geschichten kennt jeder, der dort gelebt hat. Die unbezahlten Regierungstruppen sind übel und die Milizen noch schlimmer, aber wirklich groß ist der Unterschied nicht.

An dem bewussten Tag erfolgte ein schwerer Angriff auf das Dorf der AST, wodurch sie gezwungen war, mit ihrer kleinen Tochter zu fliehen. Ihr Ehemann wurde bei dem Angriff getötet. Gemeinsam mit ihrer Tochter floh sie noch am gleichen Tag nach Bukavu –

Ich halte inne, lese den Abschnitt noch mal, um zu prüfen, ob ich irgendwas übersprungen habe. »Das stimmt nicht«, murmele ich. »Die haben da alles rausgelassen über … Oder hat sie ihnen das gar nicht gesagt?«

»Was?«, fragt Michael.

Ich schrecke zusammen. Ich bin so darauf konzentriert, das, was auf den Seiten steht, mit meinen spärlichen Erinnerungen abzugleichen, dass ich seine Anwesenheit fast vergessen habe. Ich schaue kurz hoch, dann lese ich weiter.

»Du treibst mich in den Wahnsinn, Tina. Was nuschelst du da vor dich hin? Red endlich.«

Soll ich es ihm erzählen oder nicht? Am Ende sage ich nur: »Der Name von dem Dorf ist falsch.«

»Das ist alles?«

Wieder senke ich den Blick. »Ja.«

Wozu soll ich erklären, dass das, was hier steht, nicht mit dem zusammenpasst, woran ich mich erinnere? Ich vertraue Michael nicht, außerdem hat das bestimmt sowieso nichts mit dem Mord an Mama zu tun.

Aber Michael lässt sich nicht so einfach abspeisen. »Tina, wenn dir irgendwas auffällt, was uns weiterbringen kann –«

»Die haben dich von der Schule geschmissen, stimmt's?«

Die Frage aus dem Nichts überrascht ihn, genau wie ich gehofft habe. »Darum bist du hier in Sangui statt in der Schweiz, oder? Du hast keine Ferien. Ich hab extra nachgeguckt, damit ich sicher sein kann, dass du nicht hier bist.«

»Ich – rausgeschmissen wurde ich nicht. Nur vorübergehend vom Unterricht ausgeschlossen.«

»Warum?«

Er sagt nichts, mahlt nur mit dem Kiefer. »Wegen einer Prügelei.« Dann fährt er fort: »Du wechselst das Thema.«

»Du verdrischst also Leute, was? Wie der Vater, so der Sohn«, antworte ich und überfliege den Rest der Seite. Es steht sonst nicht mehr viel in unserer Verfolgungsgeschichte. Einzelheiten zu unserer Ankunft in Sangui, aber kein Hinweis darauf, dass Mama bei Mr G gearbeitet hat. Stattdessen heißt es, sie hätte sich mit Almosen einer Kirchengemeinde durchgeschlagen und ab und zu etwas verdient, indem sie auf die Kinder anderer Leute aufgepasst oder Wäsche gewaschen hat. Das Interview muss stattgefunden haben, bevor sie bei ihm angefangen hat. Oder sie hat diesen Teil auch weggelassen.

»Der Kerl hat mich Mulatte genannt.«

Ich schaue auf. Die Maske ist weg. Was Michael denkt, steht ihm ins Gesicht geschrieben: Er ist stinksauer. Aus irgendeinem Grund werde ich rot und wende das Gesicht ab, als ob ich es gewesen wäre, die diesen Ausdruck gebraucht hat. »Klingt nach einem guten Grund für eine Prügelei«, sage ich.

Michael seufzt und klappt seinen Laptop zu. »Lass uns Schluss machen, ja? Es ist fast drei Uhr morgens und meine Eltern wollen früh zurück sein. Sie möchten vor der Kirche noch hier frühstücken.«

Ein Schauer läuft mir den Rücken herunter. Ich hatte fast vergessen, dass ich in ein paar Stunden Mr Greyhill gegenübertreten muss. Ich will schon vorschlagen, dass ich mich einfach im Wandschrank verstecke, in der Hoffnung, dass mich kein Hausmädchen entdeckt, da sagt Michael: »Ich habe mir inzwischen eine Geschichte überlegt, und die geht so: Ich erzähle meinen Eltern, dass ich dich bei der Ankunft am Flughafen getroffen habe.«

»Am Flughafen? Wieso? Ich war noch nie im Leben am Flughafen.«

»Du bist aus deinem Internat zurückgekommen.«

Jetzt muss ich wirklich lachen. »Internat? Michael, ich hab gerade mal die Grundschule geschafft. Ich kann überhaupt nur lesen, weil ich Bücher von reichen Leute klaue.«

»Würdest du lieber erklären, was du die ganze Zeit in Sangui City getrieben hast?«

»Ich kann doch sagen, dass ich – keine Ahnung, bei irgendwelchen Verwandten gewohnt habe oder so?«

»Gibt nichts Besseres als ein europäisches Internat, um Mom zu beeindrucken. Und wenn du erst mal schön sauber und ordentlich angezogen bist, ist das alles leichter.« Michael mustert mich. »Allerdings musst du die Tattoos unbedingt bedecken. Und wir reden erst mit Dad. Er wird wollen, dass du bleibst. Also sorgt er auch dafür, dass Mom Ja sagt.«

Ich ziehe eine Augenbraue hoch. »Warum soll er denn wollen, dass ich bleibe?«

Michael seufzt entnervt. »Weil er sich Sorgen um dich gemacht hat, als du abgehauen bist. Du und Kiki, ihr liegt ihm am Herzen.«

»Na klar.«

Michael ignoriert die Bemerkung. »Wie gesagt, wir holen uns erst die Unterstützung von Dad. Sonst denkt sich Mom irgendwas aus, wie sie dich loswerden kann. Du kennst sie ja. Sie benimmt sich weißer als Dad.«

Und ob ich mich erinnere. Wie könnte ich die bösen Blicke vergessen, die sie meiner Mutter immer zugeworfen hat, oder auch mir, wenn ich und Michael mal wieder beim Miteinander-Spielen erwischt wurden? Mrs Greyhill gehört quasi zum Hochadel hier in Sangui. Hauptsächlich Immobilien, die Familie mischt aber auch in der Politik, den Medien und der Schifffahrt mit. Für Flüchtlingspack wie mich hat sie nicht viel übrig.

Ganz abgesehen von der Sache zwischen ihrem Ehemann und meiner Mutter.

Hurra, das wird ein Spaß!

»Am besten sagst du, dass du in Paris zur Schule gehst«, überlegt Michael laut. »Da fahren sie nie hin. Du kannst dir ausdenken, was du willst. Du kannst behaupten, du hättest ein Stipendium, genau wie Kiki. Du sprichst doch Französisch, oder?«

»Nein, ich war ja erst fünf, als ich aus dem Kongo weg bin.«

»Na ja ... egal, meine Eltern können auch kein Französisch.«

Ich sinke zusammen. »Aber ich weiß nichts über Internate. Und über Paris schon gar nicht. Kleider und so weiter hab ich auch nicht.«

Michael wedelt meine Proteste weg. »Halt es ganz simpel. Die Pariser sind unfreundlich. Du bist im Vorkurs für Jura. Deine Fächer sind interessant, bis auf Weltgeschichte, das ist dir zur eurozentrisch.«

Ich starre ihn an. »Euro-was?«

»Und Jenny besitzt jede Menge Klamotten. Der Wandschrank bei dir im Zimmer ist voll davon. Nimm dir einfach irgendwas; sie hat so viel Zeug, dass es keinem auffällt.«

Ich stemme die Hände in die Hüften. »Wir machen das anders: Ich gehe einfach nach Hause und du kannst kommen und mich heimlich irgendwo in der Stadt treffen.«

Die Vorstellung, so zu tun, als wäre ich eine Internatsgöre, ist schon schlimm genug, aber tagelang in Mr Greyhills Nähe zu sein, vielleicht eine ganze Woche? So lange unter einem Dach mit ihm zu wohnen, ohne ihn umzubringen – das halte ich nie durch.

Aber Michael schüttelt den Kopf. »Mom hat mir schon unmissverständlich klargemacht, dass ich wegen der Sache mit dem Schulausschluss Hausarrest habe. Vielleicht schaffe ich es, mal ein paar Stunden am Stück zu verschwinden, aber im Wesentlichen hänge ich hier fest.«

»Ich weiß nicht …«

Denk an den ersten Schritt deines Plans, Tiny. Du weißt nicht, ob ihr alles habt, was auf der Festplatte war. Du hast Bug Eye gesagt, dass du hier bleibst, falls du ein zweites Mal in Mr Gs Arbeitszimmer einbrechen musst. Das ist *die* Gelegenheit, praktisch vor ihrer Nase noch mal reinzukommen.

»Komm schon«, sagt Michael. »Ist doch nur für ein paar Tage. Wenn wir diese ganze Geschichte mit deiner Mutter raushaben, dann kannst du wieder zurück, das versprech ich dir. Dann darfst du auch wieder wie ein Goonda aussehen und riechen.«

»Hey!« Ich starre ihn wütend an.

Er schenkt mir ein halbes Lächeln. »Du riechst nämlich schon ein bisschen.«

Ich verkneife mir jede Erwiderung. Eine ordentliche Internatsschülerin würde nie jemandem in die Fresse hauen, auch wenn er es verdient. Ich muss einfach durchhalten, bis ich alle Daten habe. Dann kann ich die Lage neu einschätzen. Und wenn ich ehrlich bin, findet ein winzig kleiner Teil von mir die Aussicht, die Greyhills reinzulegen, auch ein bisschen prickelnd. »Ich denk drüber nach«, sage ich, stehe auf und gehe zur Tür. »Wenn ich morgen früh noch da bin, weißt du die Antwort.«

»Ein Deal ist ein Deal.« Michael sagt es leicht dahin, trotzdem liegt Schärfe in seiner Stimme. »Du kannst nicht weg. Wenn du an

Mwika drankommen und dieses Video haben willst, musst du hierbleiben und die Sache zusammen mit mir durchziehen.«

Ich schaue an ihm vorbei und stelle mir vor, wie ich ihm alles wegnehmen werde: das schöne Haus, sein Spielzeug, sein edles Internat, seine Fähigkeit, Versprechungen und Deals zu machen … sogar seinen Vater. Ich weiß nicht, ob das Grummeln in meinem Bauch mit Nervosität zu tun hat oder etwas anderes ist. Schuldgefühle? Nein. Ich schiebe den Gedanken weit von mir.

»In Ordnung«, sage ich. »Vorkurs für Jura und Euro-Dingsbums, so machen wir das.«

13

Als Mama und ich schon eine Weile bei den Greyhills lebten, erklärte uns ein anderes Hausmädchen, wie Würgefeigen wachsen. Einer dieser Bäume warf seinen Schatten auf die Hütten des Hauspersonals. Michael und ich spielten gerne darin, wir kletterten auf das Geflecht aus verschlungenen Ranken, während Mama und das andere Hausmädchen Bohnen pulten.

»Wenn sie jung und schlank ist«, sagte das Hausmädchen, »pirscht sie sich an einen stolzen, starken Baum heran, der die Nase hoch in die Luft reckt. Sie schmeichelt und liebkost ihn, nährt ihn mit ihren süßen Früchten und schlingt die Arme um ihn. Mit der Zeit wird ihre Umarmung aber immer fester, sie wächst immer höher an dem anderen Baum hoch und breitet sich oben im Licht aus. Irgendwann begreift der stolze Baum, dass er erwürgt wird, aber da ist es schon zu spät. Aus dem Grund sieht man manchmal hohle Würgefeigen. Der Baum in ihrem Innern ist nämlich verrottet. Die Würgefeige«, schloss das Hausmädchen ihre Erklärung ab, »ist schlau, aber böse.«

»Nein«, widersprach meine Mutter und wedelte mit der Schürze, die sie sich über ihren wachsenden Bauch gebunden hatte. Die Hühner kamen gelaufen und pickten die Bohnenhülsen zu ihren Füßen auf, als ob sie ein Gott wäre. »Die Feige ist nicht böse«, sagte sie. »Sie ist einfach ein Baum. Sie findet einen Weg, um zu überleben.«

Ich schrecke aus dem Schlaf hoch. Eine Sekunde lang weiß ich nicht, wo ich bin. Ich kämpfe mich aus einem Wirrwarr von Decken und Laken. Ich habe in diesem viel zu bequemen Bett viel zu lange geschlafen. Das Licht, das durchs Fenster hereinströmt, zeigt mir, dass die Sonne schon hoch am Himmel stehen muss.

Der Geruch nach Kaffee und in Butter gebratenem Toast zieht durchs Zimmer. Unten höre ich Stimmen. Die Greyhills sind zurück, begreife ich, und mir wird ganz schwummrig. Wie konnte ich nur so lange schlafen? Das gehörte absolut nicht zu meinem Plan. Im Gegenteil, ich wollte früh aufstehen und mich auf die Begegnung mit den Greyhills vorbereiten, statt Stunden nach allen anderen mit Schlaffalten im Gesicht angewackelt zu kommen.

Michael hat gesagt, seine Eltern würden wahrscheinlich frühstücken und dann direkt in die Kirche gehen. Kann ich warten, bis sie weg sind? Aber das macht sie vielleicht misstrauisch, und außerdem muss ich ihnen sowieso irgendwann begegnen, wenn ich hierbleiben will.

Ich streife meine Jeans und mein T-Shirt über und klopfe notdürftig meine Haare in Form. Auf dem Weg zur Tür komme ich an einem Spiegel vorbei und bleibe stehen. Oh Mann.

»So kriegst du keinen dran, Tina«, erkläre ich meinem Spiegelbild.

Ich habe Ringe unter den Augen. Meine kurzen Haare sind zwar sauber, aber auf der einen Seite ganz platt gedrückt. Meine unförmigen schwarzen Straßenklamotten zeigen auf den ersten Blick, was ich bin: eine Einbrecherin. Ein Internatsmädchen sieht jedenfalls anders aus.

Michael sagte, im Wandschrank wären Kleider – anscheinend Sachen, die seine Schwester Jenny nicht mehr haben will. Seufzend durchquere ich das Zimmer, lege unterwegs mein Shirt und meine Jeans ab und schiebe die schwergängigen Türen auf.

Das Wort überquellen trifft es nicht. Passender wäre *explodieren*.

Das Ding ist vollgestopft mit Designer-Kleidchen, Blusen und Jeans. Glitzerzeug und Blümchen. Grelles Neon und Leopardenmuster. Edelstein-Töne und schlichte weiße Baumwolle. Kleider aus traditionellen *kanga*-Stoffen für offizielle Anlässe, in allen Regenbogenfarben. Der Boden ist bedeckt mit Schuhen, Hunderten von Schuhen. Fünfzehn Zentimeter hohe Stilettos und golden glitzernde Flipflops. Manche scheinen noch nie getragen worden zu sein.

In dem Gefühl, diesem Overkill vielleicht nie wieder zu entkommen, stürze ich mich in den Wandschrank. Jenny ist zwei Jahre jünger als ich und meiner Erinnerung nach ein kleines Kind mit verschmiertem Gesicht, das Michael und mich immer damit genervt hat, dass es mitspielen wollte. Doch in diesem Schrank ist nichts Kindliches. Mit ihren vierzehn Jahren muss Jenny schon einen Körper haben, wie ich ihn nie kriegen werde. Diese Kleider brauchen Kurven. Ich kämpfe mich durch die Wandregale, bis ich eine grüne Bluse gefunden habe, die meine Tattoos verdeckt, dazu eine Jeans ohne Geglitzer. Die Klamotten sitzen viel enger, als ich das gewöhnt bin, und ich zerre an dem weichen Stoff herum. Dass so viel von meinem Körper sichtbar wird, passt mir gar nicht. Aber offenbar sind es die schlichtesten Kleidungsstücke, die Jenny besitzt – bestimmt waren sie deshalb ganz hinten im Schrank.

Sauber bin ich zum Glück schon. Gestern Nacht habe ich mir noch ein Bad eingelassen, und zugegeben, an den Luxus könnte ich mich gewöhnen. Auf meinem Dach sammle ich Regenwasser für kalte Duschen aus dem Eimer. Nicht schlecht, aber heißes Wasser aus dem Wasserhahn ist ein kleines Wunder, und für das, was ansteht, kann ich Wunder gut gebrauchen.

Ich habe so ziemlich alle Fläschchen mit duftendem Zeug benutzt, die im Badezimmer rumstanden, manche sogar zweimal. In der Wanne wurde mir klar, warum reiche Leute so anders riechen: Sie riechen nach Reichtum. Nicht einfach nach Blumen, sondern gleich nach der ganzen Botanik. Meine Haare zu waschen und zu pflegen hat

Ewigkeiten gedauert. Der Dreck unter meinen Nägeln war am Ende nicht einfach Dreck, sondern verfärbte Haut; ich musste meine Finger schrubben, bis sie wund waren. Nur die Vorstellung, wie Mrs Greyhill die Nase rümpfen würde, falls ich doch noch irgendwie nach Straße rieche, hat mich bei der Stange gehalten. Nach dem Baden war ein Schmutzring auf der weißen Emaille.

Als ich fertig angezogen bin, schubse ich meine alten Klamotten unters Bett – das Hausmädchen wird schon nicht so gründlich putzen. Dann stelle ich mich vor den Spiegel und begutachte das Ergebnis. Nicht schlecht, das muss ich sagen. Ich straffe die Schultern und drücke den Rücken durch, dann zupfe ich meine Haare zurecht. Flechten wäre besser, aber im Augenblick muss ein kurzer Afro genügen. Ich vergewissere mich, dass wirklich nichts von den Tattoos zu sehen ist, und setze ein munteres Lächeln auf.

Ja, ich habe Manieren. Ich quatsche mit meinen Freundinnen über Jungs. Fragt mich ruhig, auf welche Uni ich will!

Kurz bin ich verzweifelt. Ich sehe das wilde Tier in meinen Augen, es will raus, zeigt Klauen und Zähne.

Ich ziehe das Foto von meiner Mutter als junges Mädchen heraus und starre es an. Dann schaue ich wieder in den Spiegel. Ich beuge mich vor, suche sie in meinem Spiegelbild.

»Du kriegst das hin«, flüstere ich. »Du musst nur lügen und lächeln. Lächeln und lügen.«

Und nach dieser kleinen Aufmunterungsrede stecke ich das Foto wieder ein, öffne die Tür und trete nach draußen.

Vom Gang vor dem Esszimmer aus höre ich den Klang einer gedämpften Unterhaltung und das kultivierte Klappern von Silberbesteck auf Porzellan. Die Stimmen lassen mein Herz rasen.

Mrs Greyhill sagt gerade: »Es wäre eindeutig besser gewesen, wenn Michael um Erlaubnis gebeten hätte, *bevor* er sie hierher gebracht hat, aber …«

Ich höre Schritte hinter mir und drehe mich um.

»Du hast lange geschlafen«, stellt Michael fest.

»Wie spät ist es denn?«, frage ich stirnrunzelnd und zerre an den Manschetten meiner Bluse.

»Fast zehn. Komm schon«, sagt er und setzt ein Lächeln auf. »Sie freuen sich, dich zu sehen.« Er nimmt mich am Ellbogen und schiebt mich ohne viel Trara ins Esszimmer. Er räuspert sich und stellt mich vor. Da stehe ich nun vor den Greyhills wie ein Bauerntrampel vor dem Königspaar. Eine Sekunde lang sind alle wie erstarrt.

Mr Gs Kaffeetasse schwebt vor seinen Lippen. Er trägt Anzug und Krawatte und glotzt mich an, als ob ich zwei Köpfe hätte. Mrs G, die geglätteten Haare zu einem perfekten Knoten geschlungen und mit Perlen im Ohr, sieht aus, wie ich sie in Erinnerung habe: schön und ernst. Nur noch etwas verkniffener. In ihren Gesichtszügen mischen sich Höflichkeit und Bosheit. Der Mahagoni-Tisch unter ihren Ellbogen wirkt wie ein schwarzer See. Das Holz glänzt so sehr, dass sich Kristall und Porzellan wie kleine weiße Boote darin spiegeln.

Auf einmal habe ich das Gefühl, meine Füße wären um zwei Größen gewachsen. Schweißtropfen kitzeln mich im Nacken und ich habe Angst, mein hämmerndes Herz könnte sich unter der Bluse abzeichnen wie ein gefangener Frosch.

Dann steht Mr G auf und kommt auf mich zu. Ich stehe wie gebannt da. Es dauert Ewigkeiten, bis er um den Tisch herum ist. Mrs Greyhill beobachtet ihn genau. Er ist blass, groß und breitschultrig. Seine Augen liegen tief in den Höhlen und sind von einem stechenden Grün, genau wie die von Michael – fast alienartig. Ihr Blick bohrt sich in mich.

Er streckt mir seine Hand zu einer förmlichen Begrüßung entgegen. Ich fasse sie mit meinen feuchten Fingern und muss mich anstrengen, das Atmen nicht zu vergessen. Ich bin ihm so nah, bin so dicht an meiner Rache. Er ist hier, direkt vor mir. Meine Hand berührt seine. Ich rieche sein teures Rasierwasser. Ich könnte mir ein Messer vom

Tisch schnappen und es ihm in die Brust rammen. Michael neben mir ist so angespannt wie ein überdehntes Gummiband.

»Hallo, Christina«, sagt Mr Greyhill nach einer Weile. »Schön, dass du hier bist.«

»Vielen Dank für Ihre Gastfreundschaft«, höre ich mich sagen.

Michael stößt mich mit einem Stuhl an und ich zucke zusammen. Erst als er sich räuspert, begreife ich, was er will, und lasse mir den Stuhl so hinschieben, dass ich mich setzen kann. Geht das hier so? Ich fühle mich absolut seltsam. Mein Blick wandert über die vielen Teller an meinem Platz. Alle mit Goldrand und hauchdünn. Herrgott, warum sind da nur so viele Einzelteile?

Mrs G beobachtet mich und nippt an ihrem schwarzen Tee. »Clotilde«, sagt sie, »würden Sie unseren Gast bitte bedienen?«

Sofort ist ein Hausmädchen an meiner Seite. Während sie mir Essen auflegt, mustert sie mich mit verstohlenen Blicken, auch wenn sie sich alle Mühe gibt, das zu verbergen. Sie muss mitbekommen haben, dass die Tochter der ermordeten Hausangestellten wieder aufgekreuzt ist. Clotilde arrangiert Eier, Toast und geschnittenes Obst auf meinem Teller. Während sie mir Tee eingießt, sehe ich, wie Michael demonstrativ seine Serviette nimmt und sie sich in den Schoß legt. Ich mache es ihm nach.

»Ich bin …« Mr Greyhill unterbricht sich und wirft einen Blick auf seine Frau. »Wir sind sehr froh, dich zu sehen. Es ist so viel Zeit vergangen.«

»Danke, Mr Greyhill«, sage ich und zwinge mich hinzuzufügen: »Es ist schön, Sie alle wiederzusehen. Danke, dass ich hier sein darf.«

Michael betrachtet seine Mutter so nervös, als ob er Angst hätte, sie könnte jeden Moment in Flammen aufgehen. Unter dem Tisch grabe ich die Fingernägel in mein Knie und verlange mir ein Lächeln ab. Das Lächeln kommt mir absurd vor und danach weiß ich nicht weiter, also greife ich schnell nach der Teetasse, was damit endet, dass der erste brühheiße Schluck auf meiner Bluse landet. Ich laufe knallrot an.

»Michael sagt, du wirst ein paar Tage bei uns bleiben?«, fragt Mrs G, während sie mit erhobenen, perfekt in Form gezupften Augenbrauen zuschaut, wie ich mit der Serviette an mir herumwische.

»Wenn das für Sie in Ordnung ist, würde ich das gerne tun«, antworte ich.

»Nun ja, Michael soll uns eigentlich fragen, bevor er Leute einlädt –«

»Natürlich ist es das«, wirft Mr Greyhill ein. Seinem Gesicht ist nicht anzusehen, ob ihn meine Anwesenheit freut oder nicht.

»Ja, du bist herzlich willkommen. *Karibu*«, murmelt Mrs Greyhill mit einem dünnen Lächeln. »Aber bei wem hättest du denn sonst wohnen wollen?«

»Bei meiner Tante«, antworte ich wie aus der Pistole geschossen und gleichzeitig sagt Michael: »Bei ihrer Cousine.«

Wir werfen uns einen Blick zu und ich stottere: »Eigentlich ist sie meine Cousine, aber sie ist schon älter, darum nenne ich sie Tante.«

»Ich hab sie überredet, dass sie erst mal mit hierherkommt«, sagt Michael.

Wie kriegt sie das bloß hin?, frage ich mich, während ich Mrs Greyhill beobachte. Wie kann ihr Mund lächeln, wenn ihre Augen gleichzeitig spitz und scharf wie Messer gucken? Ich kann den Blick kaum von ihr lösen.

»Hast du denn jetzt Ferien, meine Liebe?«, fragt sie.

»Mhm, ja, Madam.«

»Seltsam. Ich frage mich, wieso Michael und Jenny dann nicht auch freihaben.«

Ich zucke ratlos mit den Schultern, was hoffentlich schön unschuldig wirkt. »Das sind wohl irgendwelche französischen Feiertage.«

»Aha, so ist das. Die Franzosen schätzen ihre Feiertage, nicht wahr? Arbeitsmoral ist nicht ihre Stärke.«

Herrgott, kann sie denn nicht aufhören, mich anzustarren? »Ja, Madam. Ich meine, nein, ist es nicht.« Ich beäuge das Essen auf meinem Teller, als ob ich noch nie ein Ei gesehen hätte, wische mir die verschwitzten Hände an den Oberschenkeln ab und denke an meine kleine Schwester. Sie hätte hier keine Probleme. Sie weiß, wie man sich richtig benimmt. Die Nonnen sind streng und garantiert bringen sie ihr auch Tischmanieren bei. Vielleicht hätte sie es sogar in den Genen – ein angeborenes Wissen, wie man in Gegenwart des eigenen Vaters am Frühstückstisch sitzt, welcher Teller wofür gedacht ist und wie man auf die richtige Art mit den Greyhills redet.

Ich sollte etwas essen. Ich will nach einer Gabel greifen, doch dann wird mir klar, dass sie alle ein bisschen anders aussehen. Ist das Absicht? Ich schaue heimlich zu Michael und nehme die, die er genommen hat.

Mrs Greyhill schiebt graziös ihr Essen auf dem Teller herum. »Du hast eine hübsche Bluse an. Ich glaube, Jenny hat auch so eine.«

Die Gabel rutscht mir weg und ist schon auf den Teller gescheppert, bevor ich sie wieder zu fassen kriege. In den Achseln der hübschen Bluse sammelt sich Schweiß. »Ich …«

Da mischt sich Michael ein.

»Tinas Gepäck ist unterwegs verloren gegangen. Ich hab gesagt, sie kann sich was von Jenny borgen.«

Mrs Greyhills Blick wandert zu dem Teefleck auf meiner Brust. »Oh.«

»Nimm dir, was immer du brauchst«, erklärt Mr Greyhill, während er seiner Frau einen spitzen Blick zuwirft. »Bitte fühl dich wie zu Hause, Christina.«

»Danke. Ich weiß nicht, wann ich wieder an meine Sachen komme …«

»Wenn sie die überhaupt wiederfinden«, wirft Michael ein. »Ich hab Christina bei der Gepäckausgabe gefunden, wie ein verlorenes Hündchen stand sie da.«

Wut blitzt in mir auf und verdrängt immerhin einen Teil meiner

Nervosität. Ich schnappe sie mir und lächle Michael an: »Mein Gepäck war verloren, nicht ich.«

Endlich löst Mrs Greyhill den Blick von mir und schaut auf eine schmale goldene Uhr an ihrem Handgelenk. »Christina, kommst du mit uns zum Gottesdienst?«

Wieder antwortet Michael für mich. »Ich glaub nicht, dass Christina der Sinn nach Kirche steht. Wir bleiben hier.«

Mrs Greyhill blinzelt mit ihren langen falschen Wimpern. »Ich möchte, dass du uns begleitest, Michael. Christina kann sich etwas Passendes zum Anziehen von Jenny ausborgen.«

»Nein, Sandrine, das geht schon in Ordnung«, wirft Mr Greyhill ein. »Lass die beiden hier bleiben.«

Mrs Greyhill möchte widersprechen, das spüre ich deutlich, aber nicht in meiner Gegenwart.

»Michael«, sagt Mr Greyhill, während er die Zeitung aufschlägt.

Michael versteift sich auf seinem Stuhl. »Ja, Sir?«

»Du machst heute deine Arbeiten für die Schule fertig.«

»Ich – es gibt so viel –«

Mr Greyhill schüttelt die Zeitung zurecht und wirft seinem Sohn über die Titelseite hinweg einen Blick zu.

Michael schluckt. »Ja, Sir.«

In der darauf folgenden Stille gelingt es Mrs Greyhill, ihre Freundlichkeit wieder anzuschalten. »Du hast also ein Auslandsstipendium bekommen, sagt Michael. Was für eine glückliche Fügung.«

»Ich kann es selbst kaum glauben«, stimme ich ihr zu und schaue kurz zu Michael hinüber.

»Und deine Schwester Catherine? Geht es ihr gut?«, fragt Mr G, legt die Zeitung beiseite und rührt ausgiebig seinen Kaffee um.

Die Frage erwischt mich unvorbereitet. Ich habe mir nicht überlegt, was ich über Kiki sagen soll. Ich würde mir gern selbst einen Tritt verpassen. Am Ende nicke ich. »Sie geht hier in Sangui zur Schule. Auch mit einem Stipendium.«

»Ihr habt also beide anonyme Wohltäter«, sagt Mrs Greyhill. »Das ist ein großes Glück. Die meisten Waisen haben ein entsetzlich hartes Leben.«

Ich widerstehe der Versuchung, über den prächtigen Mahagonitisch zu klettern und sie zu erwürgen. »Ja, Madam.«

»Wir haben uns gefragt, was mit euch passiert ist«, sagt Mr Greyhill.

»Ich hätte schreiben sollen«, antworte ich in dem Versuch, mich zu sammeln. »Aber nachdem das mit meiner Mutter passiert ist … da wollte ich einfach alles vergessen.« Mit aller Beherrschung, die ich aufbringen kann, ringe ich mir ein Tapferes-kleines-Mädchen-Lächeln ab.

Für eine Sekunde bricht Mr Greyhills Fassade auf und seine Gesichtszüge werden seltsam schlaff. »Natürlich.«

Mrs G zeigt keine Regung, aber die Sehnen an ihrem Hals spannen sich an. »Clotilde«, sagt sie so laut, dass ich zusammenzucke.

Clotilde steht fast im gleichem Moment in der Tür, viel zu schnell. Sie hat gelauscht. Ich muss daran denken, vorsichtig zu sein.

Sie kommt mit der Teekanne angelaufen, aber Mrs Greyhill hebt ihre manikürte Hand. »Sagen Sie dem Fahrer, dass wir bereit sind. Ich bin gleich in der Eingangshalle.« Ohne ein weiteres Wort oder auch nur einen Blick zu ihrem Mann und ihrem Sohn steht sie auf und verlässt mit klappernden Absätzen den Raum.

Der zornige Klang ihrer Schuhe sendet eine willkommene Welle der Erregung durch meinen Körper. Mr Greyhill wischt sich den Mund, wobei seine Schultern ein wenig nach unten sacken, und steht auch auf.

In einer plötzlichen Eingebung erhebe ich mich von meinem Stuhl, so wie Leute das in Filmen tun. Michael beobachtet mich genau. Anscheinend macht er sich Sorgen, ich könnte etwas tun, was er bereuen würde.

Aber ich lächle nur. Ich bin schließlich eine wohlerzogene junge

Dame. »Ich wünsche Ihnen eine gute Zeit beim Gottesdienst, Mr Greyhill.«

»Danke, Christina«, sagt Mr G, bevor er genau wie seine Frau das Esszimmer verlässt.

»Und sprechen Sie ein Gebet für meine Mutter«, sage ich leise in die leere Luft, nachdem er weg ist.

14

Regel 11: Wenn du vorwärtskommen willst, musst du manchmal erst ein ganzes Stück zurück.

Mama hat immer gesagt, ich bräuchte Vorbilder. Sie dachte da wohl an die Heiligen. Aber wenn du eine Diebin bist, hast du andere Helden: Catwoman. Und Robin Hood, das ist klar. Aber nicht nur die. Es gibt noch andere, die du dir merken solltest: Phoolan Devi, die »Banditenkönigin« aus Indien mit ihren Rachefeldzügen. Cheng I Sao, Kapitänin von dreihundert Schiffen im Südchinesischen Meer und eine harte Piratenlady. Nicht gerade die klassischen Helden. Fast alle auch Mörderinnen. Die kriegen mit Sicherheit keinen Preis für Fairplay. Aber wenn du glaubst, sie hätten keine Regeln gekannt und kein Gefühl für Recht und Unrecht, dann täuschst du dich gewaltig.

Was haben sie gemeinsam? Na ja, erst mal sind sie gute Diebinnen gewesen, das ist klar, sonst wären sie nicht so berühmt geworden. Aber es gibt noch etwas, das sie verbindet, nämlich das, was sie überhaupt erst zu Diebinnen und Geächteten gemacht hat: Sie tragen alle ihre eigenen kleinen Monster in sich. Furien, die nach Blut verlangen. Ungeheuer mit Klauen und Schuppen, die in Momenten geboren wurden, als die Welt so furchtbar aus dem Ruder lief, dass alles möglich war, sogar die Geburt von Monstern.

Denn in diesen Momenten ist es passiert. An irgendeinem Punkt hat ihnen jemand etwas angetan. Etwas Schlimmes. Etwas dermaßen Schlimmes, dass Monster daraus entstehen. Sie wurden mit elf Jahren zum Heiraten gezwungen. Vom eigenen Vater als Prostituierte verkauft, damit der seine Schulden zahlen konnte. Von Zuhältern ausgebeutet und als Eigentum betrachtet. Geschlagen und beinahe für immer gebrochen.

Aber nur beinahe.

Schlag nach, dann siehst du's selbst.

Jede Aktion ruft eine Gegenreaktion hervor, sagt Boyboy immer. Meine Heldinnen sind nicht extrem. Sie tun nur, was nötig ist, damit das Universum wieder ins Gleichgewicht kommt.

Sie gehen zurück, um vorwärtszukommen.

Normalerweise machen Mädchen nicht beim kompletten Goonda-Bootcamp mit. Sie werden in kurzen Röcken auf die Straße geschickt oder, wenn sie Glück haben, für Botengänge eingesetzt. Aber Mr Omoko sagte Bug Eye, er soll für mich eine Ausnahme machen, also habe ich mit den Jungs trainiert, damit ich Soldat werden kann.

Ich habe damals beschlossen, mir ein paar einfache, glasklare Ziele zu setzen und meine Rache erst anzugehen, wenn ich wirklich gut vorbereitet wäre. Fürs Erste würde ich schneller rennen, besser klettern und härter kämpfen als irgendeiner der Goonda-Jungs, und ich würde auch klüger sein. Ein vollkommener Schatten, ein Nichts.

Ich zog aus dem Lagerhaus aus und fand einen besseren Unterschlupf: mein Dach. Die Goondas haben es noch nicht gefunden, und so soll das auch bleiben. Ich wollte sichergehen, nie wieder mit Fingern in meinen Taschen aufzuwachen. Aber morgens kam ich zurück und stand als Erste da, bereit für Bug Eyes Training: Kämpfen, Taktik, Waffen. Wir sind nämlich eher eine Armee als eine Gang.

Zuerst bin ich immer nur fertiggemacht worden, genau wie die anderen. Aber mit der Zeit lernte ich, mit schmutzigen Tricks zu kämpfen und auf leise Schritte zu achten, die sich hinter mir anschlichen. Ich lernte, Leuten wehzutun und mir nichts anmerken zu lassen, wenn mir jemand wehgetan hatte. Das Training war nicht schön, aber nach einer Weile stellte ich fest, dass mir Schmerz lieber war als Leere. Das kleine Monster in mir nährte sich an der Gewalt und wurde stark. Ich stellte es mir als einen grünen Tiger mit gewaltigen Reißzähnen vor. Der Tiger schlich leise im Käfig meiner Rippen hin und her und leckte sich die Lippen.

Beim Training ging es zum Teil um die klassischen Bandengeschichten. Wir mussten zusehen, wie die älteren Jungs es anstellten. Sie gingen zu einem Ladenbesitzer und fragten ihn nach »Chai«. Wenn der daraufhin nicht ein Bündel Geldscheine zückte, brachen sie ihm die Finger, zertrümmerten die Ladeneinrichtung und warfen seinen Töchtern vielsagende Blicke zu. Ich hab das auch ein paarmal gemacht, aber Bug Eye fand mich nicht besonders überzeugend. Meistens lachten mich die Leute aus – ein kleines Mädchen, das Tee haben will.

Also überlegte ich, ob es nicht auch ein Vorteil sein könnte, ein kleines Mädchen zu sein. Ich entwickelte meine eigene Version des Rempeltricks, mit dem jeder Taschendieb sein Brot verdient. Ich würde tausendmal besser werden, als Ketchup es je sein würde. Ich brachte jeden Tag Stunden damit zu, meinen Körper in die unnatürlichsten Haltungen zu biegen, um mich mühelos durch vergitterte Fenster zwängen zu können. Und irgendwann beschloss ich, Bug Eye zu zeigen, was ich draufhatte. Vielleicht würde ihm dann einfallen, wie er mich besser einsetzen konnte?

Bei meinem ersten Einbruch bin ich in das Haus eines Kredithais eingestiegen. Es ging nicht darum, etwas zu stehlen, sondern eine Botschaft für ihn an seine Wohnzimmerwand zu schreiben: »Hallo, Familie. Sagt Baba, er soll zahlen. Schöne Grüße von den Goondas.« Es hat funktioniert. Er hat gezahlt. Gleich am nächsten Tag. Hat das Geld selbst ins Lagerhaus gebracht. Und ich hatte meine Nische gefunden. Es gab genug Goondas, die Arme brechen und Fenster zertrümmern konnten. Sollten die anderen Typen ruhig den Knüppel machen – ich würde das Skalpell sein.

Mit der Zeit wurde ich eine immer bessere Diebin, arbeitete mich hoch, stahl Bargeld, Schmuck, Elektronik. Und bald wurde mir etwas klar: Wenn ich mich in einen dunklen Laden oder in das vornehme Haus eines Händlers schlich oder mit präziser Choreografie ein Opfer in der Menge anrempelte, fühlte ich mich mehr wie ich selbst als sonst. Ich war eine neue Person. Eine Diebin. Robust und stark. Ungebrochen.

Als es Zeit wurde, mir Tattoos machen zu lassen, gab es gar keine Frage. Das Erste, was ich mir wünschte, war ein Rad auf dem einen Arm und ein Schwert auf dem anderen, genau wie auf Mamas Gebetskärtchen für die heilige Katharina. Ich habe später noch andere Tattoos bekommen, aber eigentlich haben immer nur diese beiden wirklich gezählt.

Ich musste immer noch mit den anderen Typen trainieren. Wir rannten, wir kletterten, wir prügelten uns. Manchmal kam Mr Omoko vorbei und sah uns dabei zu. Bei diesen Gelegenheiten zogen die Jungs alle eine große Schau ab. Omoko hat eine Eliteeinheit von Bodyguards und zu der wollten später alle gehören. Es kursierten Millionen von Geschichten über das Geld, die Autos und die Mädchen, die das direkte Umfeld von Omoko bekam, aber er nahm nur die Besten.

Bug Eye ließ uns Trainingskämpfe vor ihm austragen. Ich hasste das. Ich konnte mich gegen die Jungs behaupten, das war nicht das Problem, trotzdem fühlte ich mich wie ein Affe an der Leine, dem befohlen wurde zu tanzen. Die anderen Goondas kapierten nicht, wieso ich mich nicht bei Omoko einzuschleimen versuchte, aber das war mir egal. Er wusste ja, dass ich nicht sein Bodyguard werden wollte. Wir hatten miteinander gesprochen. Meine Bestimmung lag woanders.

Nach diesem ersten Jahr redete Mr Omoko kaum noch mit mir. Aber das machte mir nichts aus. Sein Schweigen war Zustimmung genug. Das hier war nur die Generalprobe. Sobald ich gezeigt hatte, was ich konnte, begann mir Omoko Sonderjobs zuzuteilen. Bug Eye überbrachte sie mir. Erst waren es einfache Sachen: nachts in einen unbewachten Laden eindringen. Leute beschatten und heimlich beklauen. Dann schwerere: in gesicherte Häuser einbrechen, mit Wachpersonal und Sicherheitselektronik. Safes knacken. Nicht Sachen stehlen, sondern Informationen. Als sein IT-Typ nicht weiterkam bei dem Versuch, sich in den E-Mail-Account eines Politikers zu hacken, sagte ich: Lasst mich das versuchen – ich kenne da jemanden, der ist ein Technik-Genie und schuldet mir einen Gefallen.

Nie bin ich erwischt worden. Niemals.

Nur jetzt.

15

Während seine Eltern im Gottesdienst sind, gehen Michael und ich alles durch, was wir über den Mord an Mama haben, in der Hoffnung, mit frischem Blick neue Details zu entdecken. Der Tag ist hell und sonnig, aber wir schließen uns in Michaels Zimmer ein und lassen die Rollos runter. Das ist heftig, aber auf jeden Fall besser als zufällig hereinstolpernde Hausmädchen oder durchs Fenster hereinspähende Gärtner. Ich wette, die denken alle, dass wir hier drin rummachen, erst recht nach Michaels kleiner Einlage gegenüber den Wachen gestern Nacht, aber das ist egal. Dass die Leute glauben könnten, ich treibe es mit dem Sohn des Hauses, ist mein geringstes Problem.

Ich habe im Fährfahrplan nachgesehen und weiß, dass ich Boyboy um drei Uhr nachmittags treffen soll. Ich mache mir keine Sorgen, wie ich aus dem Haus verschwinden kann, aber es wird nicht besonders gut kommen, wenn ich mich schon in ein paar Stunden einfach so absetze.

»Wir sollten die Szene nachstellen«, sagt Michael nach einer Weile. »Wie bei einem Theaterstück.« Als ich nicht antworte, macht er weiter: »Der Täter oder die Täterin muss durch den Tunnel gekommen sein. In dieser Nacht zeigt keine der anderen Kameras irgendwen außer Dad und deiner Mutter hier im Haus. Wie kann die Person, die es getan hat, also reingekommen sein?«

»Interessante Frage. Wahrscheinlich durch die Eingangstür, es war ja dein Dad.«

»*Tina* …«

»Schon gut. Ich weiß nicht, wie dieser geheimnisvolle Mörder reingekommen ist. Aber auf irgendeine magische Art hat er es eben geschafft, und dann hat er meine Mutter umgebracht.« Ich lege den Kopf schief. »Oder meinetwegen auch die Mörder*in*. Eine eifersüchtige Geliebte vielleicht? Wie viele hat dein Vater denn?«

Michael kneift die Augenbrauen zusammen. »Das ist kein Witz.«

»Glaub mir, das weiß ich. Okay, die eifersüchtige Geliebte oder der böse Mörder ziehen ihr Ding durch. Peng. Dann passiert was?«

»Er – oder sie – verschwindet durch den Tunnel.«

»Und dann? Springt derjenige über die Mauer oder was?«

»Du hast das ja auch gemacht«, stellt Michael fest.

Da hat er natürlich recht. »Aber ich hatte eine Leiter. Und jemanden, der den Elektrozaun für mich abgeschaltet hat.«

»Also ist es möglich«, sagt Michael mit einer Selbstgefälligkeit, die mich ärgert.

»Okay, mag sein. Aber ein Schuss ist laut. In dem Moment, als die Pistole losging, hätten sich die Wachen doch sofort in Bewegung setzen müssen, oder? Wieso haben sie den Kerl da nicht geschnappt?«

»Tja, darüber habe ich –«

»Vielleicht haben sie ihn ja doch erwischt. Und dann hat ihn dein Dad umgebracht. Oder sie. Er hat den Mörder oder die Mörderin in Stücke geschnitten und den Haien zum Fraß gegeben. Das wäre eine Möglichkeit.«

Michael wirft mir einen bösen Blick zu.

»Meiner Mutter hat das nichts mehr gebracht, aber für dich und deinen Dad wäre das doch irgendwie besser, oder?«

»Mein Dad schneidet keine Leute in Stücke.«

»Nein«, sage ich, »er bezahlt nur Leute dafür, dass sie es tun. Und die Haie müssen schließlich auch von irgendwas leben, stimmt's?«

»Vielleicht sollten wir lieber über Motive nachdenken statt über die Beseitigung von Leichen.«

»Ich will ja nur helfen.«

Michael seufzt. »Okay, lass uns überlegen, welche Tatverdächtigen es gibt. Welche Feinde hatte deine Mutter?«

Mein Grinsen vergeht mir. »Deinen Vater.«

Michael holt tief Luft, aber seine Stimme bleibt ruhig. »Und im Kongo?«

»Hab ich doch schon gesagt, deinen Vater.«

»Wovon redest du?«

Ich sehe ihn mit zusammengezogenen Brauen an. »Die sind sich dort begegnet. Sie kannte ihn von früher.«

Michael runzelt die Stirn. »Warte mal. Du behauptest also, sie waren damals im Kongo verfeindet?«

»Sie wusste Sachen über Extracta. Schlimme Sachen. Um die ging es, als sie meinte, sie wollte damit an die Presse, an dem Abend, als er gedroht hat, sie umzubringen.«

»Aber wenn die beiden Feinde waren, warum ist sie dann hergekommen, den ganzen weiten Weg aus dem Kongo, und hat bei ihm Arbeit gesucht? Und wieso hätte er dann gesagt: ›Na klar, willkommen in meinem Haus‹?«

»Ich ...« Ich schüttle den Kopf. »Sie ist hergekommen, weil ... Ehrlich gesagt weiß ich nicht, warum wir hier gelandet sind. Vielleicht hat er sie gezwungen, für ihn zu arbeiten.«

»Klingt nicht besonders plausibel. Sie hätte dich doch nicht mitgebracht, wenn es hier nicht sicher wäre, oder? Und er hat sie auch nicht gezwungen ... na ja, du weißt schon ... Kiki ...« Michael schaut auf seine Hände.

»Er hat sie nicht gezwungen, Sex mit ihm zu haben? Das kannst du ruhig laut aussprechen.«

Michael zappelt herum. »Ich meine, ich hab die beiden doch auch zusammen gesehen – wie sie sich geküsst haben und so. Er hatte nicht noch einen Haufen anderer Frauen. Die haben sich ... wirklich gerngehabt.«

Ich quetsche meine Hände in die Achselhöhlen. Über all das zu reden quält mich so sehr, dass ich kaum still sitzen bleiben kann.

»Sonst irgendwer?«, fragt Michael. Ihm ist das Thema anscheinend genauso unangenehm. »Feinde, meine ich«, ergänzt er rasch.

Angespannt zucke ich mit den Schultern. »Keine Ahnung. Ich glaub nicht.«

»Was hat sie gemacht, bevor sie nach Sangui gekommen ist? Hatte sie irgendwie Ärger oder ...«

»Sie war doch Krankenschwester. Sie hat Leuten geholfen.«

»Auch Krankenschwestern können Feinde haben. Fällt dir denn nichts ein?«

»Nein. Keine Ahnung.« Ich stehe auf und laufe im Zimmer auf und ab.

Woher soll ich wissen, ob sie Feinde hatte oder nicht? Donatien, der Reporter, ist der Einzige, der mir etwas über ihr Leben im Kongo erzählt hat. Aber er weiß auch nur ein paar Bruchstücke. Wichtige Bruchstücke, aber das reicht nicht. Und Mama selbst hat nie mit mir über den Kongo gesprochen. Wenn ich zurückdenke, kommt es mir so vor, als ob es für sie nichts gegeben hätte, worüber sie hätte nachdenken oder reden wollen.

Michael schreibt *Anju Yvettes Vergangenheit im Kongo?* auf eine Liste, die er angelegt hat. »Kennst du irgendwen, den du nach ihr fragen könntest?«

Ich antworte nicht gleich. »Ja, vielleicht.«

»Wen?«

Wieder zögere ich. Würde Donatien Michael erkennen? Wahrscheinlich nicht. Michael ist fast immer in der Schweiz und Mrs G achtet geradezu besessen darauf, dass ihre Kinder nicht in den Zeitungen vorkommen. Sogar ich habe ihn kaum erkannt. »Ich schick ihm eine SMS. Vielleicht trifft er sich mit uns.«

Während ich auf mein Smartphone tippe, fragt Michael: »Was ist mit dem anderen Mädchen auf dem Foto?«

Ich schüttele den Kopf. »Ich hab's dir doch schon gesagt. Ich weiß nicht, wer sie ist.«

Meine Mutter sieht auf dem Bild so glücklich aus. Die beiden müssen Freundinnen gewesen sein. Aber wie soll ich es anstellen, dieses Mädchen zu suchen? Kennt Donatien sie vielleicht?

»Sollen wir die Polizeiakte noch mal durchgehen?«, fragt Michael.

Ich verziehe das Gesicht. »Okay. Aber ich habe mir die Sachen schon hundertmal angeguckt, und ich schwöre, die kommen mir von Mal zu Mal nutzloser vor.«

Auf seinem Computer gehe ich in meine Online-Daten und rufe den Ordner auf. Dann schiebe ich ihm den Laptop rüber und lasse ihn durchscrollen.

»Das ist alles?«, fragt Michael nach ein paar Sekunden.

»Verblüffend, oder? Da kriegt man doch gleich mehr Vertrauen in das Justizsystem von Sangui City, oder?«

»Die können nicht mal ›Bericht‹ richtig schreiben. Da ist ein l drin.«

»Wart ab, bis du die Seite für die Analyse gesehen hast«, sage ich. »Die ist nämlich komplett leer.«

Ich gehe zum Fenster und spähe an den Rollos vorbei nach draußen. Ich halte diese Polizeiakte nicht aus. Sie macht mich zu wütend. Das Protokoll über die Vernehmung von Mr G und David Mwika ist nicht mal eine Seite lang. Die Formulare sind noch schlimmer. Die meisten sind halb leer. Die Unterschriften von Vorgesetzten fehlen. Drei Fotos sind in der Akte: die Leiche meiner Mutter; eine Nahaufnahme der Schusswunde; und aus irgendeinem verqueren Grund der Büffelkopf über dem Kaminsims in Mr Gs Arbeitszimmer.

»Vielleicht war's der Büffel«, sage ich düster.

»Die beiden Namen, die du markiert hast – wer sind diese Leute?«

Ich gehe rüber zu ihm, um zu sehen, was er meint. »Das sind die Einzigen außer Mr G und dem Personal, die den Tag über im Haus waren, jedenfalls nach Aussage von Mwika und deinem Dad. Ich hab sie recherchiert. Joseph Gicanda ist ein Armeegeneral aus Ruanda und Ali Abdirahman so ein reicher Typ aus Somalia, dem eine Reederei gehört. Extracta benutzt die Firma, um Bodenschätze von Sangui City nach China und Dubai zu transportieren.«

»Irgendeine Verbindung zu deiner Mutter?«, fragt Michael.

»Nicht dass ich wüsste.«

»Vielleicht hat sie gelauscht und irgendwas über einen von denen erfahren«, sagt Michael. »Und derjenige hat das rausgefunden. Wir sollten da nachforschen.« Er schreibt die Namen auf die Liste und tippt sich mit dem Stift ans Kinn. »Wer vom Personal hatte an dem Tag Dienst?«

»Du meinst, es war vielleicht ein anderes Hausmädchen oder ein Gärtner oder so?«

Michael überlegt. »Eher nicht. Dad hätte so jemanden auf keinen Fall gedeckt. Er hätte ihn gleich der Polizei übergeben.«

»Vielleicht hat er die Person getötet und die Leiche verschwinden lassen.«

Michael lässt den Stift aufs Papier fallen. »*Ngai*, du hältst meinen Dad wirklich für ein Monster, was?«

Ich antworte nicht. »Ich weiß jedenfalls nicht, wer vom Personal es gewesen sein könnte. Sie hatte nicht sonderlich viel mit den anderen zu tun, so viel weiß ich noch.«

»Hast du sie nie mit irgendwem reden sehen? Einem Gärtner? Oder einem von den Security-Typen?«

Ich schüttle den Kopf. »Ab und zu mal mit einem von den andern Hausmädchen, aber mit keinem der Männer.«

»Du warst noch klein, vielleicht hast du's einfach nicht gemerkt.«

Ich gucke ihn böse an. »*Ngai*, du hältst meine Mutter wirklich für eine Nutte, was?«

»So hab ich das nicht –«

»Egal.«

Ich stehe auf, laufe wieder zum Fenster und schiebe das Rollo beiseite. Sieht immer noch nach Garten aus da draußen. Michael studiert weiter die Polizeiakte, aber ich habe genug. Ich kann das verdammte Ding praktisch auswendig.

Auf der nächsten Seite wird er eine komplette Liste der Leute finden, die an dem Abend bei den Greyhills waren: Mr Greyhill; Mwika; die Köchin, die damals um die hundert Jahre alt war. Zwei andere Hausmädchen, ein Gärtner, ein Fahrer und vier Security-Leute. Alle anderen hatten an dem Abend frei. Kiki und ich sind nicht aufgeführt, obwohl wir da waren. Wahrscheinlich zählen die unehelichen Kinder eines Dienstmädchens nicht. Der Polizeibeamte hat auf der Liste ausdrücklich festgehalten, dass Mrs Greyhill und die Kinder am Tag vorher ins Strandhaus der Familie an der Küste abgereist waren, und die Köchin hat das bestätigt.

Dann kommen die Aufzeichnungen des Polizisten. So knapp wie nur möglich fasst er Mr Gs Darstellung der Ereignisse zusammen: Mr G hört einen Schuss, geht durchs Haus, um nachzuschauen, braucht dafür aber ein paar Minuten. Der Polizist fragt nach, warum er nicht zuerst die Wachen alarmiert hat, worauf Mr G antwortet, das wüsste er nicht. Sogar dieser Dummkopf von einem Polizisten muss das merkwürdig gefunden haben, denn neben Mr Gs Antwort steht ein kleines Fragezeichen.

Mr G findet meine Mutter, sie ist tot. Keine Rede von dem Tunnel. Und keine Rede, wohin der Mörder verschwunden sein kann. Die Mordwaffe ist die Pistole, die ich in Mr Gs Schreibtisch gefunden habe. Er glaubt, dass es ein Einbrecher gewesen ist, aber gestohlen wurde nichts und auf den Bildern der Überwachungskameras ist kein Eindringling zu sehen. Stellt der Polizeibeamte irgendwas davon infrage? Natürlich nicht.

Mwika sagt im Prinzip das Gleiche, bringt aber noch ein Detail. Ich warte, dass Michael darauf stößt.

Und tatsächlich hebt er bald den Kopf. »Mwika sagt, ein paar Minuten vor dem Mord ist der Strom ausgefallen«, erklärt er mir.

Ich nicke. »Und die Überwachungskameras waren gestört. Aber dann sind sie wieder angegangen, gerade rechtzeitig, um Mwika zu zeigen, wie er zu der Zeit, als dein Dad angeblich den Schuss gehört hat, im Kontrollhäuschen sitzt.«

»Ziemlich praktisch für Mwika, was?«, fragt Michael.

»Du bist derjenige, der mich nicht an ihn ranlässt«, sage ich. »Ich würde ihm verdammt gern ein paar Hundert Fragen stellen.«

Michael guckt mich grimmig an. »Ich arbeite dran.«

»Tja, dann arbeite härter.«

Mein Telefon brummt. Eine Textnachricht mit der Antwort von Donatien.

In einer Stunde im Samaki-Lokal.

Perfekt. Wir fahren hin und treffen ihn, dann haue ich ab und gehe zu Boyboy.

»Komm«, sage ich und schlüpfe in meine Schuhe. »Wir kriegen nie was raus, wenn wir bloß hier im Dunkeln hocken.«

Michael rührt sich nicht. »Ich hab Hausarrest, das weißt du doch«, sagt er. »Meine Eltern können jede Minute zurück sein.« Er wirft einen Blick auf seine Armbanduhr. Nur so zum Spaß überlege ich, wie viel ich unten bei den Lagerhäusern wohl dafür bekäme.

»Willst du mir helfen oder nicht?«, frage ich. »Der Typ, der meine Mutter kannte, kann sich mit uns treffen, aber wir müssen gleich los.«

Michael betrachtet erst die Papiere auf dem Boden und dann seinen Laptop. Es gibt nichts mehr, was wir uns noch anschauen können. Er weiß, dass wir ohne neue Infos in einer Sackgasse stecken.

»Ich werd wahnsinnigen Ärger kriegen«, murmelt er, folgt mir aber durch die Tür nach draußen.

16

»Wohin gehen wir?«, fragt Michael, als wir aus dem Haus treten. »Und wen treffen wir?«

»Wir brauchen ein Taxi in die Stadt«, sage ich, während ich die Auffahrt entlang zum Tor laufe.

»Ich habe einen Fahrer.«

»Aber traust du ihm? Erzählt der nachher nicht deinem Dad, wo wir hingefahren sind?«

Michael runzelt die Stirn, was Antwort genug ist. Er sieht sich um und scheint um eine Entscheidung zu ringen. »Okay. Warte hier.«

Während Michael weg ist, schaue ich auf dem Telefon nach der Uhrzeit. Keine Ahnung, wie ich es hinkriegen soll, ihn nachher abzuschütteln, damit ich Boyboy treffen kann. Aber ihn mitnehmen kommt absolut nicht infrage. Kann ich ihn irgendwas erledigen lassen? Ihm sagen, dass wir uns hinterher hier treffen? Ich bezweifle schwer, dass er sich auf so was einlassen wird …

Ein dröhnendes Brummen unterbricht meine Gedanken. Ich schaue auf und der Mund bleibt mir offen stehen. »Du machst Witze, oder?«

Michael rollt auf einem Motorrad heran, das Gesicht unter einem Helm verborgen. Das Teil ist knallrot und riesig, eine europäische Marke. Es hat keinerlei Ähnlichkeit mit den *piki-piki*-Dingern aus China, mit denen sonst Leute und Waren durch die Stadt kutschiert werden.

»Deine Eltern erlauben, dass du dieses Ding fährst?«

Michael nimmt den Helm ab. »Von mir erfahren sie nichts, wenn du nichts sagst. Es gehört Dad. Er hat es sich in einem schwachen Moment gekauft, Midlife-Crisis oder so. Fährt aber nie damit. Der würde mich umbringen, wenn er wüsste, dass ich es genommen habe. Er weiß nicht mal, dass ich fahren kann.«

»Aber du kannst es?«

»Klar.«

»Verpfeifen dich die Wachen nicht?«, frage ich.

»Ich besteche sie.«

»Na klar. Kannst du nicht einfach deinen Fahrer bestechen?«

Er grinst. »Hast du Schiss?«

»Nein. Gib mir das Ding«, sage ich und setze den Helm auf, den er mir hinhält.

Es fühlt sich an, als ob ich mir einen Kochtopf aufgesetzt hätte. Kein Mensch trägt so was auf einem *piki-piki*. Michael winkt mit der Hand, dass ich näher kommen soll, und klickt etwas unter meinem Kinn zusammen, wodurch sich das Ding ein bisschen mehr wie ein Helm und ein bisschen weniger wie ein Kochtopf anfühlt, aber groß ist der Unterschied nicht. Dann drückt er auf eine Taste an seinem Helm. Jetzt scheint sein Mund direkt an meinem Ohr zu sein, so klar höre ich ihn. »Ist wie ein *piki-piki*. Nur ... schneller.«

»Ich hab keine Angst.« Ich schwinge mich hinter ihm auf das Motorrad. Einfach wie ein *piki-piki*, sage ich mir.

Michael schiebt uns ein Stück nach vorne. »Du musst dich gut festhalten.«

Ich rutsche nach vorne, bis ich dicht an Michaels Rücken bin. Mit einer Hand kann ich mich an einem Griff an der Seite festhalten, aber den anderen Arm muss ich um Michaels Taille schlingen. Die Stellen, an denen sich unsere Körper berühren, spüre ich ganz genau. Er zeigt mir, wo ich die Füße hinstellen soll, dann dreht er sich um. Unsere Helme stoßen aneinander.

»Bereit?«

Mein Magen zieht sich zusammen. Weil ich nicht weiß, wie meine Stimme klingen würde, nicke ich nur.

Dann donnern wir durch das Tor und die Straße runter.

Ich packe ihn mit beiden Händen um die Taille. *Das ist so schnell,* denke ich blöde.

Die *piki-piki*-Motoren klingen wie Hummeln und die Dinger haben kaum mehr Geschwindigkeit als ein Fahrrad. Dieses Teil kommt mir wie ein Gepard auf der Jagd vor. Im Augenblick zählt nur, nicht runterzufallen. Bei der ersten Kurve drücke ich die Oberschenkel zusammen; wie ich Michael berühre, ist mir inzwischen egal.

»Leg dich mit in die Kurve!«, brüllt Michael und ich versuche, seine Bewegungen mitzumachen. Wir neigen uns zur Seite, ich könnte mit der Hand fast den Boden berühren, aber Loslassen ist das Letzte, was ich tun würde.

Die Villen am Ring fliegen so schnell an uns vorbei, dass sie zu verschwimmen scheinen. Michael witscht um ein Auto, das ihm zu langsam fährt, und ich stoße einen spitzen Schrei aus. Ich höre ihn lachen. »Alles klar dahinten?«

»Bestens!«, sage ich mit piepsiger Stimme. Ich räuspere mich.

Die Straße vom Ring runter in die Stadt windet sich in vielen Kurven, aber immerhin gibt es im Unterschied zu den meisten Straßen in Sangui City hier keine Schlaglöcher. Nach ein paar Minuten gewöhne ich mich an die Geschwindigkeit. Mein Herz rast jetzt nicht mehr vor Angst, sondern wie im Rausch. Meine Hände sind eingeschlafen, weil ich mich so sehr festgekrallt habe. Ich lockere sie ein bisschen und Michael holt tief Luft – anscheinend habe ich ihm die Lungen zugedrückt oder so.

»Und, wie findest du's?«, fragt er.

»Schnell!«

Michael lacht. »Das war noch gar nichts!«

»Nein! Nicht noch schneller!«

Michael nimmt das Gas zurück. »Tut mir leid. Beim Fahren fühle ich mich … keine Ahnung. Wach. Lebendig.« Er hält inne und überrascht merke ich, dass da ein Zögern in seiner Stimme ist. »Ich dachte, das gefällt dir.«

Ich gehe alle meine Sinne durch. Die Luft rauscht an mir vorbei. Sonne und Schatten gleiten über meine Arme und Beine, während wir durch einen Tunnel aus Jacarandabäumen fahren, die die Straße säumen. Ihre Blüten liegen auf dem Boden wie lila Staub. Das ist wirklich schön. Und außerdem weiß ich, was er meint – diese eine Sache zu haben, die dir das Gefühl gibt, ganz du selbst und wirklich lebendig zu sein. So habe ich mich gefühlt, als ich vor zwei Nächten in das Greyhill-Haus eingestiegen bin. Wie wenn keiner in der Welt mir sagen könnte, was ich zu tun habe. Wie wenn kein anderer das hier besser hinbekäme als ich. Auch wenn es einem Angst macht, fühlt es sich doch absolut *richtig* an.

»Tut es auch«, sage ich.

17

Unten in der Stadt müssen wir langsamer fahren und sofort fange ich unter dem Helm an zu schwitzen. Mir war vorher nicht wirklich klar, wie viel kühler es oben auf dem Ring ist. Außerdem macht das Fahren hier unten längst nicht so viel Spaß, mit dem vielen Verkehr, den Schlaglöchern und dem Staub. Je näher wir dem Talkessel kommen, desto voller wird es. Überall Fahrräder und Hühner und Kinder und Ziegen, und jede Menge Leute, die stehen bleiben und das Motorrad angaffen, als würde es die Wiederkunft Christi ankündigen.

Ich sage Michael, wo er langfahren soll, und er kurvt durch die vollen Straßen. Wir müssen so ziemlich auf die entgegengesetzte Seite von Sangui City, über die Brücke und dann durch die Altstadt mit ihren schmalen, gewundenen Sträßchen. Wir fahren die Biashara Avenue runter und kommen sogar an Kikis Schule vorbei. Ich höre die Mädchen auf dem Hof schreien und lachen und recke den Kopf, als wir am Eingangstor vorbeifahren, aber ich kann Kiki nicht entdecken. Und was sollte ich ihr auch sagen, falls ich sie sehen würde? »Hallo, Schwesterherz. Kannst du dich noch an Michael erinnern, deinen Halbbruder? Sein Dad hat Mama umgebracht. Also dann, bis bald!«

Genau. Sie wird nichts von alldem erfahren. Niemals.

Vom Rücksitz des Motorrads aus verblasst alles Harsche an der Altstadt; ich sehe sie jetzt so, wie die Touristen sie wahrnehmen müssen: ein weitverzweigtes Gewirr von Kalksteingebäuden und wogenden Palmen; Marktstände mit gelben und roten Mangos, zu perfekten Pyramiden gestapelt, üppige Bündel mit Grünzeug, Bananen, zu Girlanden geknüpfte Pfefferschoten. Ernst dreinblickende Männer tragen lange weiße *kanzus,* Frauen sind in farbenprächtige *kangas* gehüllt oder von Kopf bis Fuß unter schwarzen *buibuis* versteckt, die sich wie schwarze Segel im Wind bauschen. Der Himmel ist blau und klar, darunter funkelt das Wasser neonblau. So betrachtet, sieht es hier aus wie im Paradies.

Wir sind beinahe beim Fischmarkt, als Michael sich räuspert. »Verrätst du mir denn, wen wir überhaupt treffen?«

Wir fahren an der großen grünen Moschee im Zentrum der Altstadt vorbei, wo die Straßenhändler vor dem Swahili-Museum die Touristen mit ihren Waren traktieren: billigem Rasta-Schmuck und Sarongs; Elefanten und Impalas aus Holz, die aufgereiht wie Soldaten auf Massai-Decken stehen. Michael lenkt das Motorrad um einen uralten Mann mit einem Eselkarren voller Holzkohle. Weder der Mann noch der Esel scheinen es eilig zu haben.

»Bieg da vorne links ab.«

Stattdessen stoppt Michael an einer ruhigen Stelle mit Blick über den Hafen und die Läden.

»Was machst du?«, frage ich.

Er nimmt den Helm ab und dreht sich auf dem Sitz zu mir um.

»Okay«, sage ich und ziehe meinen Helm auch ab. »Er heißt Donatien.«

»Aber wer ist er? Ein Goonda? Ich will da nicht so ahnungslos reinstolpern.«

Beinahe muss ich lachen. »Nein, kein Goonda. Bloß so ein Typ, der meine Mutter kannte. Jetzt mach schon, wir verspäten uns.«

»*Woher* kannte er deine Mom?«

Ich kaue auf meiner Unterlippe. »Du darfst aber nichts sagen, okay? Der killt mich, wenn er mitkriegt, dass ich dir von ihm erzählt habe.«

»In Ordnung …«

»Und falls du ihm irgendwas tust – falls ihm was passiert, egal was, dann erfahre ich das.«

»Bildest du dir ein, ich würde ihn an die Haie verfüttern oder was? Du glaubst das vielleicht nicht, aber ich habe im Leben noch keinen getötet, und ich versprech dir, dass ich heute nicht damit anfange.«

Ich fummle am Riemen des Helms herum. »Er ist ein Reporter.«

»Ein Reporter?!«, schreit Michael. »Gibst du ihm die Sachen von Dads Computer?«

»Nein!« Jedenfalls nicht jetzt, ergänze ich im Stillen. Ich achte darauf, weiter Blickkontakt zu halten, denn Wegschauen ist ein glasklares Signal, dass jemand lügt. »Er macht solche Sachen inzwischen nicht mehr. Er hat … Ärger gekriegt.«

Aber ich wette, eine Story über Michaels Vater würde sein Ansehen schnell wiederherstellen.

Donatien hat keine Ahnung, dass ich kurz davor bin, ihm die Infos seines Lebens auf dem Silbertablett zu servieren. Trotzdem bin ich absolut sicher: Er wird sich die Finger lecken nach einer Möglichkeit, die Wahrheit über Extracta und deren Oberboss in Ostafrika zu enthüllen. Seit Greyhill ihm seine Karriere ruiniert hat, ist er besessen von der Idee, den Konzern in die Knie zu zwingen. Aber dafür braucht er Beweise, wie er sagt. Handfeste Beweise, nicht nur Theorien. Theorien und Spekulationen haben ihm den ganzen Ärger überhaupt erst eingebrockt.

Ich habe ihn vor zwei Jahren ausfindig gemacht, über einen Artikel, den er kurz nach Mamas Tod in der größten Zeitung Sanguis veröffentlicht hat. Er wagte zu fragen, warum der Mord an ihr nicht untersucht wurde, und deutete an, die Polizei könnte Mr G gedeckt haben, der wahrscheinlich der Täter gewesen sei. Donatien wurde daraufhin zurückgestuft, und er ist sich sicher, dass Greyhill mit seinen guten Kontakten dahintersteckte.

Ich hätte mich auf den Artikel hin so oder so auf die Suche nach Donatien gemacht, aber den Ausschlag gab das, was er über Mama schrieb. Er klang so wütend. Fast als ob er sie gekannt hätte.

Und wie sich herausstellte, war das auch so.

Ich spüre Michaels Anspannung, die nicht nachgelassen hat, und versuche von ihm wegzurücken. Ich überlege abzusteigen, aber das würde alles noch mehr verzögern.

»Und auf was für eine Art kannte er deine Mom?«

»Er hat einen Beitrag über Extracta im Kongo geschrieben«, erkläre ich widerwillig. »Wie sie den Milizen Gold abkaufen, statt selbst danach zu schürfen. Sie war seine Quelle.«

Ich habe ziemlich lange gebraucht, um an ihn ranzukommen, aber man kann jeden mürbe machen, wenn man nur lange genug vor seinem Haus und seinem Arbeitsplatz und den Lieblingskneipen rumhängt. Donatien gab irgendwann auf und war bereit, mit mir zu reden. Ich glaube, er war auch ein bisschen einsam. Nachdem ich ihn überzeugt hatte, dass ich wirklich Mamas Tochter war, machte er auf. Er erzählte mir, dass er Mama vor elf Jahren in Kasisi, unserer Heimatstadt, kennengelernt hätte und dass sie ihm bei seinen Recherchen helfen wollte.

Michael kneift die Augen zusammen. »Seine Quelle? Was genau hat sie ihm denn gesagt?«

Ich werfe einen sehnsüchtigen Blick auf unser Ziel. »Hör zu, wenn man erst mal den richtigen Einstieg gefunden hat, dann redet Donatien. Er *liebt* es, über Konfliktrohstoffe und den Kongo zu sprechen, aber er ist ziemlich empfindlich, also lass mich die Fragen stellen, in Ordnung? Können wir jetzt los?«

Michael lässt seinen Blick über den Hafen schweifen, wo die Dhaus mit ihren weißen Segeln durch die Strömung gleiten. In der Ferne tuckert eine gedrungene Fähre in einer Wolke von blauem Dieselqualm zum Ufer. Sogar von hier aus sieht man den Rost auf ihrem Rumpf und die Menschenmassen, die sich auf dem Schiff drängeln.

Es kostet mich viel Kraft, Michael nicht ins Gesicht zu schreien, dass wir nur Zeit verlieren. Aber irgendwann setzt er den Helm wieder auf und startet den Motor.

In dem lauten, im Freien gelegenen Lokal riecht es nach gebratenen Kartoffeln und Masala-Gewürz. Der Laden ist beliebt, an den billigen weißen Plastiktischen sitzen vor allem Fischer, die das, was sie mit dem Morgenfang verdient haben, gleich wieder vertrinken.

»Zieh deine Röcke hoch, Junge«, sage ich, als ich Michaels Gesicht sehe. »Ist ein bisschen dreckiger, als du es gewöhnt bist.«

»Ich war schon an solchen Orten. Das ist okay.«

»Klar warst du das. Jetzt hör zu«, sage ich und senke die Stimme. »Egal was du tust, erzähl Donatien auf keinen Fall, wer du bist, okay? Ich glaub nicht, dass er dich erkennt. Oder noch besser, sag gar nichts.«

»Na super«, sagt Michael. »Ich sitze also einfach so da?«

»Tu, was ich dir sage, ja? Das ist meine Welt und hier bist du *mein* Gast.«

Ich führe Michael an einem Lautsprecher vorbei, aus dem Rumbaklänge dröhnen. Die Mädels vom Strich mit ihren kurzen Röcken und langen Fingernägeln drängen sich an einem Ende der Bar. Sie werfen ihre Zöpfe über die Schulter und behalten mich genau im Blick, um sicherzugehen, dass ich nicht in ihrem Revier wildere. Es riecht jetzt noch durchdringender, auch nach saurem Bier und Männern, die in ihren Fischerbooten schlafen.

Mir macht der Gestank genauso wenig aus wie der Lärm. Letztlich ist es hier privater als in vielen schäbigen Hinterzimmern, die Donatien als festen Ort für unser Treffen hätte aussuchen können. In solchen Kneipen würde er nie mit mir reden. Er sagt, da bedienen zu viele gelangweilte Jungs, deren Ohren größer als ihr Hirn sind.

Donatien sitzt schon an seinem Stammplatz in einer schattigen Ecke der Terrasse. »Wer ist das?« Er reckt sein stoppeliges Kinn in Michaels Richtung, bevor wir uns überhaupt gesetzt haben.

Donatien ist der einzige *mzungu* in dem Laden, wenn man Michael nicht mitrechnet, aber obwohl ihn seine käsig weiße Haut herausstechen lässt, wirkt er hier wie zu Hause. Um ihn herum sammeln sich leere Bierflaschen. Ein Haufen gebratener Fische steht vor ihm, ein paar davon schon bis auf die glitzernde Wirbelsäule abgegessen.

»Der ist nicht weiter wichtig«, sage ich.

»Du weißt, dass ich nicht mit Fremden rede, Tiny.«

»Das ist ein Freund. Alles okay. Der quatscht nicht.«

»Du hast aber keine Freunde.«

»He, danke vielmals, Donatien. Ist ein neuer Flüchtling. Ich zeig ihm die Gegend.«

»Dafür ist der doch viel zu weich.« Eigentlich meint Donatien, er ist zu weiß, aber das will er nicht sagen.

»Das sag ich ihm auch schon die ganze Zeit«, antworte ich.

»Sie sind Reporter, reden aber nicht mit Fremden?«, fragt Michael.

Ich feuere einen bösen Blick auf ihn ab und signalisiere ihm, er soll die Klappe halten.

»Nicht mit solchen, die ich nicht kenne«, sagt Donatien. »Aber ich bin kein echter Reporter. Ich mache Sport.« Er spricht es wie ein schmutziges Wort aus.

»Ist doch auch Reportage, oder?«

Donatien knurrt herablassend und sieht nach, wie viel Bier er noch hat. Dann hebt er die Flasche, damit der Kellner ihm noch eine bringt. »Wo wir gerade drüber reden, ich hab nicht viel Zeit. Ich muss in einer Stunde los, über ein wahnsinnig wichtiges Juniorenliga-Cricket-Spiel schreiben.« Er schwenkt die Hand über seinen Teller mit Fischen. »Wollt ihr auch was?«

»Nur Limonade.«

Donatien schnippt mit seinen öligen Fingern nach dem Kellner. »*Sampson, leta Tuska baridi sana. Na soda mbili.*«

Ein Mann bringt ein frisches Tusker-Bier. Es ist kalt, sehr kalt, Donatien prüft das am Flaschenhals, bevor der Kellner das Bier öffnen darf. Zwei Fantas landen vor Michael und mir. Ich trete Michael unter dem Tisch ans Bein, als ich sehe, dass er drauf und dran ist, die Flasche oben mit dem Ärmel abzuwischen.

Donatien trinkt einen genüsslichen Schluck von seinem Bier, dann mampft er weiter seinen Fisch, mit den Fingern, genau wie jeder Einheimische hier. Er formt *ugali*-Brei zu einem Klumpen und schnappt sich damit Fisch und Chilis. Nachdem er den Happen runtergeschlungen hat, rülpst er, ohne sich zu entschuldigen. »Selber schuld. Ist der beste Fisch in der Stadt.«

»Donatien ist Franzose«, erkläre ich Michael. »Er ist wählerisch mit dem Essen.«

»Belgier«, korrigiert mich Donatien. »Wie oft muss ich dir das noch sagen? Ich hasse die gottverdammten Franzosen.« Er sieht mich mit blutunterlaufenen Augen an. »Also, Winzling, was gibt's?«

Ich ziehe das Foto aus der Tasche. »Weißt du, wer das ist?«, frage ich und zeige auf das Mädchen neben meiner Mutter.

Donatien kneift die Augen zusammen, wischt sich die Hände ab und greift nach dem Foto, um es genauer zu betrachten. »Keine Ahnung.«

Ich versuche meine Enttäuschung zu verbergen. »Bist du sicher? Das war auf seinem Computer.«

»Wie meinst du das, auf *seinem* Computer?«

»Du weißt schon. Seinem eben. Guck nicht so.«

»Tina, du hast doch keine Dummheiten gemacht, oder? Wenn du bei –«

»Was? Meinst du im Ernst, ich bin da eingebrochen?«, spotte ich und ignoriere, dass Michael zusammenzuckt. »Ich bin gut, aber so gut auch wieder nicht. Jemand hat das Ding für mich gehackt. Bist du sicher, dass du sie nicht kennst?«

»Wann ist das Bild gemacht worden?«, fragt Donatien und betrachtet noch mal die beiden Mädchen. »Deine Mutter ist noch jung.« Er wirft einen kurzen Blick auf Michael, anscheinend immer noch misstrauisch. »Die haben ja noch Schuluniformen an. Das muss gewesen sein, bevor ich sie kennengelernt habe.« Er schiebt das Foto über den Tisch und ich verstaue es sorgfältig.

Ich warte, bis er wieder mit einem großen Bissen Fisch zugange ist, bevor ich noch mal nachlege. »Da ist was, was ich mich immer wieder frage. Woher wusste Mama so gut über das alles Bescheid?« Ich mache weiter, einem warnenden Blick von Donatien zum Trotz. »Wie kann eine Krankenschwester jemanden kennenlernen wie ...«

»Tina ...«

»... du-weißt-schon-wen?«

Donatiens Hand wandert zu der Narbe an seinem Hals. »Wenn du reden willst, Christina, muss sich erst mal dein neuer Kumpel verpissen.«

Ich sehe Michael an und bewege das Kinn in Richtung Ausgang. Er zieht ein brummiges Gesicht, steht aber auf und schlängelt sich durch das Lokal nach draußen, sodass wir jetzt allein sind. Donatien sieht ihm hinterher.

Ich beuge mich vor. »Donatien?«

Er fährt mit den Fingern über die kleinen Rauten an seinem Schlüsselbein, wo das Fleisch wieder zusammengenäht wurde. »Traust du ihm? Du musst aufpassen, vor wem du redest, Tina.«

»Ich weiß. Du hast recht. Mach dir keine Sorgen. Ist bloß so ein grünschnäbeliger Flüchtlingsjunge. Keine Ahnung, warum ich den mitgenommen habe.« Ich warte, bis Donatien noch einen Schluck Bier intus hat, dann sage ich: »Also, woher kannte sie Mr Greyhill?«

Donatien stellt langsam die Bierflasche ab. Fliegen schwirren um seinen Fisch, aber das scheint er nicht wahrzunehmen. »Was treibst du, Tina? Wozu diese ganzen Fragen?«

»Ich bin nur ... Wieso willst du mir nicht sagen, woher sie wusste, was Extracta treibt?«

Diesen Kurs habe ich schon öfter probiert, aber immer ohne Erfolg. Donatien kann den ganzen Tag über die Rebellen reden, die mit von Sklaven geschürftem Gold handeln, und über zwielichtige Bergbaufirmen wie Extracta, die diesen Typen Waffen verkaufen, aber sobald ich mehr über Mama wissen will, warum sie bereit war, mit ihm zu reden, oder woher sie von den Deals zwischen Extracta und den Milizen wusste, macht er total dicht.

»Ist nicht meine Sache, dir das zu sagen«, erklärt er.

»Also muss ich warten, bis ich tot bin, damit ich sie selbst fragen kann?«

Er schreckt zusammen. »Ist doch egal, woher sie das hatte. Sie wusste es eben.«

Ich sehe, wie sein Mundwinkel zuckt, als ob etwas aus ihm rauswill. Ich warte. Als ich schon fast aufgegeben habe, fährt er sich mit der Hand übers Gesicht und sagt: »Sie hätte sich nie bereit erklären sollen, mit mir zu reden.«

Das ist keine Antwort auf meine Frage, aber besser als gar nichts. Ich beuge mich vor. »Weil Greyhill davon Wind gekriegt und dich beinahe umgebracht hat?«

Er hat mir von diesem Tag in Kasisi erzählt, unmittelbar bevor Mama und ich von dort weg sind. Mama sollte ihn in seinem Hotel treffen und an einen Ort im Dschungel führen, wo die Gold-gegen-Waffen-Deals gemacht wurden. Er wollte sich verstecken und alles fotografieren. Als es an diesem Abend an der Tür klopfte, machte er auf, in der Annahme, sie stünde vor der Tür. Stattdessen waren da ein paar Typen mit frisch geschärften *pangas*, großen langen Messern, wie man sie benutzt, um sich durch Gestrüpp zu hacken. Oder durch Fleisch. Donatien hat mir etliche Male erzählt, wie viel Blut sie in ihn hineinpumpen mussten (einen ganzen Liter) und wie viele Stiche nötig waren, bis sie ihn wieder zugenäht hatten (dreiundvierzig). Wie er danach nie mehr etwas von meiner Mutter hörte, bis sie sich fünf Jahre später wieder an ihn wandte, an dem Tag, bevor sie ermordet wurde.

In der Zwischenzeit hatten Mama und ich unsere eigenen Probleme.

Aber daran will ich jetzt nicht denken. Ich will mehr über Mr Greyhill wissen. »Wozu hat er so lange gewartet, bevor er sie um die Ecke gebracht hat, Donatien? Und warum ist sie ausgerechnet zu ihm gekommen, wo doch gerade seine tollen Milizen-Freunde sie aus dem Kongo vertrieben haben?«

Er mustert mich.

»Red schon, Donatien. Ich bin kein Kind mehr! Keine Ahnung, was du mir da nicht erzählen willst, aber ich komm damit zurecht!« Ich senke meine Stimme. »Wenn du's mir nicht sagst, geh ich los und frag ihn selbst. Ich habe es satt, im Dunkeln zu tappen. Und bild dir bloß nicht ein, das würde ich nicht tun.«

Ich sehe ihm an, dass er in Gedanken tausend verschiedene Dinge abwägt, aber am Ende sagt er nur: »Vielleicht war er gar nicht derjenige, der sie zur Flucht gezwungen hat.«

Ich warte, aber es kommt nichts mehr. »Das versteh ich nicht. Wer denn sonst?«

»Es waren noch andere Leute an den Deals beteiligt. Greyhill hat die Übergaben nicht selbst gemacht.«

»Was? Aber du hast gesagt –«

»Ich habe gesagt, deine Mutter hat die Übergaben gesehen und wusste daher, dass Gold gegen Geld und Waffen eingetauscht wurde. Aber als ich sie gefragt habe, ob ein weißer Amerikaner die Deals durchzog, sagte sie Nein. Ich war's, der ihr gesagt hat, dass meiner Meinung nach Roland Greyhill der Drahtzieher hinter dem Ganzen ist.«

Donatien sieht mich nicht an. Warum ist er so verdammt zugeknöpft bei diesem Teil der Geschichte? »Also hat sie ihn im Kongo noch gar nicht gekannt? Wer hat das Ganze denn dann abgewickelt?«

Donatien kneift die Lippen zu einer dünnen Linie zusammen. »Hat sie nicht gesagt. Nur dass der Kerl ganz oben aus Kenia kam.«

»Hast du später rausgefunden, wer es war?«

»Nein«, sagt Donatien und lehnt sich zurück. Er guckt an mir vorbei aufs Wasser. »Das weißt du doch. Ich hab alle Ermittlungen fallen lassen. Erst nach dem Mord an ihr hab ich wieder damit angefangen.«

Auf einmal macht mich fertig, wie wenig ich im Grunde weiß. Ich meine, wer war meine Mutter wirklich? Eine Krankenschwester. Mehr hat sie mir nicht erzählt. Das ist alles, was ich Michael sagen kann, wenn er mich fragt. Aber woher wusste sie dann so gut über das Blutgold Bescheid? Wie konnte sie wissen, wann und wo die Deals durchgezogen wurden? Der Austausch fand mitten im Dschungel an geheimen Orten statt, behauptet Donatien. In meinem Kopf wirbelt alles. Ich kriege die Einzelteile nicht zusammen, sie ergeben kein klares Bild. Wie kann es sein, dass ich so wenig darüber weiß, wer sie war und was damals im Kongo passiert ist? Eine Frage surrt wie ein Moskito in meinem Kopf herum. Ich beiße mir auf die Lippe. »Sie steckte da aber nicht etwa mit drin, oder? In diesen Gold-Deals?«

Auf einen Schlag ist Donatien wieder ganz bei mir. »Nein, nichts in der Art.«

»Woher weißt du das?«

»Das hätte sie nie gemacht.«

»Aber wie willst du das wissen?« Ich haue mit der Faust auf den Tisch. »Du hast sie doch kaum gekannt! *Ich* hab sie kaum gekannt!« Die Worte sind aus meinem Mund, bevor ich es verhindern kann.

Er will mich am Arm anfassen, überlegt es sich aber anders. »Hör mal, Tina, ich geb's ja zu. Ich hab selbst auch in die Richtung gedacht. Als sie mich kurz vor dem Mord angerufen hat, wollte ich nicht mit ihr sprechen. Ich hatte nichts mehr von ihr gehört seit dem Tag, an dem ich fast umgebracht worden bin.« Er sieht mich schuldbewusst an. »Ich dachte, dass sie mir diese Typen ins Hotel geschickt hat.«

Ich rühre mich nicht. »Du hast sie verdächtigt?«

Er nickt und fährt fort: »Und als sie sich dann mit mir in Verbindung gesetzt hat, habe ich sie darauf angesprochen und sie ... sie hat mich überzeugt. Nein, lass …« Er hebt die Hand, um mich zu stoppen. »Vertrau mir einfach. Sie konnte mich nicht treffen und das war nicht ihre Schuld. Und was mir passiert ist, war auch nicht ihre Schuld. In dieser Nacht sind Männer bei ihr aufgetaucht, genau wie bei mir. Du hast es mir selbst erzählt.«

Das ist wahr. In einem Winkel meines Hirns sehe ich lodernde Flammen, hoch wie Bäume. Ich drücke die Fingerknöchel gegen meine Augen, damit das Bild verschwindet. Ich kann jetzt nicht daran denken. Stattdessen lande ich wieder bei der gleichen Frage. »Warum ist sie dann zu Greyhill gegangen, wenn er euch beiden seine Männer auf den Hals gehetzt hat?«

»Wie oder warum es dazu kam, dass deine Mutter am Ende für Mr Greyhill gearbeitet hat – darüber weiß ich nichts. Das wollte sie mir nicht sagen. Aber ich bin sicher, sie hatte einen guten Grund. Sie muss gedacht haben, dass es der beste Weg wäre, für deine Sicherheit zu sorgen. Deine Mutter war … na ja, sie war wie du. Tough, aber gut.« Donatien kneift die Augen zusammen. »Warum stellst du heute so viele Fragen, Tina? Ist irgendwas los? Du wirkst irgendwie durch den Wind.«

Ich starre ihn an, dann lasse ich meinen Blick raus aufs Wasser wandern und denke an das, was ich mit den Greyhills vorhabe. »Du kennst mich nicht. Ich bin nicht so gut.«

Er will mir widersprechen, aber ich unterbreche ihn. »Sieh mal«, sage ich und schlucke die Gefühle weg, die sich einen Weg nach oben bahnen wollen, »ich will einfach nur mit Sicherheit wissen, dass er sie umgebracht hat. Das ist alles.«

Donatien holt tief Luft. Er lässt seine Bierflasche auf dem Tisch kreisen, wo sie eine feuchte Spur hinterlässt. Er muss das Gleiche denken wie ich – dass meine Mutter bei der Frage, wo wir in Sicherheit wären, wirklich Mist gebaut hat.

»Greyhill hat sie auf dem Gewissen, Tina. Wenn ich jemals in irgendeiner Sache sicher war, dann in dieser. Sie hat mich kontaktiert, um mit mir über ihn zu sprechen, und am Ende war sie tot. Keiner hatte mehr zu verlieren als er, wenn sie redete.«

Das weiß ich alles. Aber dann höre ich mich sagen: »Ich brauche Beweise.«

»Und wie willst du die …« Er runzelt die Stirn und dann sehe ich in seinen Augen, wie etwas in ihm klick macht. »Oh mein Gott. Dieser Junge. Ich dachte gleich, dass er mir irgendwie bekannt vorkommt. Ist das …« Seine Augen werden groß vor Angst.

»Mach dir keine Sorgen wegen ihm«, sage ich.

Donatien beugt sich vor und packt meinen Arm. »Ist das Michael Greyhill?«, flüstert er rau. »Tina, wieso bist du mit ihm zusammen? Was treibst du da?«

»Ich hab gesagt, du sollst dir keine Sorgen machen.«

Ich will aufstehen, aber Donatien hält mich immer noch fest. »Mit diesen Leuten ist nicht zu spaßen, Tina«, zischt er. »Die lechzen nach Blut. Denk an deine Mutter. Egal was du vorhast, du musst es sofort bleiben lassen.«

Ich reiße mich los. »Das tue ich gerade«, sage ich. »Ich denke an meine Mutter. Aber ich weiß wirklich zu schätzen, was du für mich getan hast, Donatien.«

»Tina –«

»Ich muss los«, sage ich. »Ich meld mich wieder.«

Ich drehe mich um und bin weg, bevor er aus dem Stuhl hochkommt und mich zurückhält.

18

Als ich sieben wurde, kam ich in die Schule. Nicht mit Michael – er ging irgendwohin, wo die halbjährlichen Schulgebühren ein kleines Vermögen kosteten –, aber es war eine anständige Schule nahe beim Ring. Ich bin sicher, dass Mr G für mich bezahlt hat. Jeden Morgen holte mich ein Bus von einer Straßenecke beim Greyhill-Anwesen ab und brachte mich später wieder zurück. Die Lehrer waren klug und freundlich. Ich lernte lesen und zählen und die kenianische Nationalhymne singen. Wir malten mit richtigen Buntstiften und spielten Ball auf dem Rasen. Das war alles sehr hübsch und ich konnte mich glücklich schätzen.

Aber ich hasste es.

Ich hasste es, Mama zurückzulassen. Ich hasste es, Kiki zurückzulassen. Jeden Tag ließ ich mir etwas einfallen, stellte mich krank oder versteckte mich, und jeden Tag wurde ich am Ende von Mama mit festem Griff hinaus in die Welt geführt, in unbequemen Schuhen und einer kratzigen Uniform. Von den Krokodilstränen, die mir die Wangen hinunterliefen, ließ sich Mama nicht erweichen. Du bist zu groß für so was, sagte sie mit feurigem Blick. An der Ecke warteten wir dann auf den Bus, sie mit Kiki auf der Hüfte, und sie erklärte mir bei der Gelegenheit immer wieder, wie froh ich sein konnte, auf diese Schule zu dürfen. Wusste ich denn nicht, wie viele Kinder gerne zur Schule gehen wollten und nicht konnten? In meiner Schule gab es

Musikunterricht. Und ein Schwimmbecken. Und am Nachmittag hatte ich Gymnastik. Gymnastik!

Kiki war erst ein Jahr alt und wusste nicht, warum ich so einen Schmollmund zog, aber ihre Lippen zitterten genau wie meine, und das ärgerte Mama noch mehr. Lass das Weinen! Sonst fängt deine Schwester auch noch an und dafür habe ich keine Zeit!

Als Kiki dann zwei wurde, war sie alt genug, um mit mir mitzukommen. Es gab bei der Schule nämlich auch eine Krippe. Dort müsste sie hin, sagte Mama, keine Diskussionen. Aber am ersten Tag, als Mama versuchte, sie mit mir in den Bus zu setzen, bekam Kiki einen Wutanfall. Sie heulte. Sie kreischte, als ob jemand sie abstechen würde. Sie wollte nicht weg von Mama. Ich setzte mich auf meinen Platz im Bus und sah zu, wie der Fahrer uns musterte und dann auf die Uhr schaute. Mama versuchte Kiki zu beruhigen und auf den leeren Platz neben mir zu setzen, aber das ging einfach nicht. Kiki bockte und krümmte sich und brüllte immer weiter. Ich sah das alles und wusste nicht, was ich tun sollte. Schließlich verstand ich Kiki. Ich wollte ja auch nicht in die blöde Schule mit ihren blöden Liedern und dem ewigen Seilspringen. Ich wollte im Garten der Greyhills spielen. Auf den Feigenbaum klettern. Ich würde nicht im Weg sein, wir beide würden das nicht. Ich wollte schon fast meinen großen Mund aufreißen und das laut aussprechen.

Aber dann sah ich Mamas Gesicht. Ich war zwar zu klein, um wirklich zu verstehen, was sie dachte, trotzdem begriff ich, dass ich besser nichts sagen sollte. Sie sah aus, als ob sie am Rand von etwas sehr Hohem stehen und runter ins Tiefe blicken würde. Da wusste ich irgendwie, dass Kiki unbedingt mit mir kommen musste. Mama würde Ärger kriegen, wenn sie mit Kiki an ihrem Rock zu den Greyhills zurückging. Vielleicht hatte Mrs G ein Machtwort gesprochen. Vielleicht war Mamas Platz – und damit auch unserer – in Gefahr. Vielleicht hatte Mama zugesagt, uns zumindest für eine Weile lang außer Sichtweite zu bringen, um Schlimmeres abzuwenden. Das alles verstand ich natürlich nicht; ich wusste nur, dass ich mich schämte, als ich ihren Gesichtsausdruck sah. Für Mama war es wichtig, dass ich aufhörte, mich wie ein Baby aufzuführen.

»Ich nehme sie«, sagte ich und streckte die Arme nach meiner Schwester aus. »Komm schon, Kiki, ich erzähl dir mal, wie schön es in der Schule ist.«

Kiki beruhigte sich und schniefte ein bisschen, dann schaute sie mit ihren großen, bernsteinfarbenen Augen erst mich an und dann Mama. »Schuu?«

Ich pflanzte mir ein großes Grinsen ins Gesicht. »Das ist super da! Die Lehrer sind wirklich nett und es gibt Schaukeln und eine Rutsche und Pausenbrot! Komm, setz dich zu mir!«

»Baubro?«

Sie ließ zu, dass Mama sie auf den Platz neben mich setzte, während die anderen Kinder im Bus uns zuschauten und der Fahrer ungeduldig mit den Fingern aufs Lenkrad trommelte. Sie war so klein, dass ihre Füße einfach nach vorne standen. Ich schlang einen einzigen Sicherheitsgurt um uns beide.

»Du findest bald viele Freunde«, erklärte ich ihr. Und das stimmte auch. Die Leute liebten Kiki, mit ihrem sonnigen Lächeln und ihren runden Bäckchen. Jedenfalls die meisten.

»Ich stehe hier und warte auf euch, wenn ihr zurückkommt«, sagte Mama, bevor der Busfahrer die Türen schloss. Vom Straßenrand aus schaute sie zu, wie wir losfuhren. Sie trug schon ihre Hausmädchen-Uniform, bereit für den Arbeitstag, und reckte das Kinn in die Höhe. Sie hatte wieder festen Boden unter den Füßen. Mit einem Winken verabschiedete sie sich von uns.

»Du kannst mich hier absetzen«, sage ich zu Michael.

Wir sind an der Kreuzung zwischen der Dagoretti Road und der Timau Road angekommen, wo gerade ein neues Einkaufszentrum gebaut wird. Autos und Fußgänger drängeln sich aneinander vorbei, jeder will irgendwo anders hin. Seit wir wieder aufs Motorrad gestiegen sind, habe ich kaum mehr ein Wort geredet, obwohl mich Michael schon die ganze Zeit bedrängt. Mir sind immer wieder Donatiens Worte im Kopf rumgegangen: »Greyhill hat sie auf dem Gewissen, Tina. Wenn ich jemals in irgendeiner Sache sicher war, dann in dieser.«

Aber er weiß es nicht, oder? Nicht mit Sicherheit. Und ich auch nicht. Mr G macht schmutzige Geschäfte. Er und Mama haben sich fast täglich gesehen. Vielleicht ist es so, wie Michael sagt, und Mama hat irgendwas über seine Geschäftspartner gehört, was sie nicht hören sollte. Vielleicht hat Mr G ihr sogar direkt etwas gesagt über einen von ihnen. Was, wenn die Infos, die sie an Donatien weitergeben wollte, auch jemand anderen belastet hätten? Und wie kriege ich raus, wer das gewesen sein kann? Haben wir wirklich alles gesichtet, was die Überwachungskameras aufgezeichnet haben? Wissen wir wirklich, wer am Tag des Mordes dort ein und aus gegangen ist? Vielleicht war außer Gicanda und Abdirahman noch jemand da, eine Person, von der Mr G und Mwika der Polizei nichts gesagt haben. Ich mache mir in Gedanken eine Notiz, das Material noch mal durchzugehen.

»Dich absetzen? So war das nicht ausgemacht, Tina.«

Ich zerre mich aus meinen Gedanken. »Halt an!«

Wir sind jetzt etwa fünf Häuserblocks von meinem Dach entfernt, näher will ich Michael nicht kommen lassen. Aber er fährt einfach weiter über die Kreuzung.

»Fahr endlich ran. Ich muss meinen Partner treffen.«

Michael geht vom Gas und biegt in eine weniger belebte Straße ein. Er hält auf dem unbefestigten Fahrbahnrand vor einem gepflegten Wohnkomplex und setzt den Helm ab. »Wir haben verabredet, dass ich mitkomme. Diese Ermittlung ist unser gemeinsames Ding.«

Auch ich zerre mir den Helm vom Kopf. »Bist du immer noch sauer, dass ich dich vom Tisch weggeschickt habe? Ich hab dir doch gesagt, später erkläre ich dir alles.«

»Unser Deal ist, dass wir zusammenarbeiten. Da ist nicht drin, dass du einfach wegläufst.«

»Ich muss meinen Partner treffen, er wartet auf mich. Das hat mit der ›Ermittlung‹ nichts zu tun«, sage ich und male Anführungszeichen in die Luft.

»Ich komme trotzdem mit.«

Ich versuche es anders. »Musst du nicht nach Hause? Ich dachte, du hast Hausarrest. Und dann hast du ja auch noch diese Schulaufgaben oder so.«

»Ohne dich fahre ich nicht zurück.«

»Ich nehm dich aber nicht mit.«

»Das ist keine Bitte.«

Während wir auf dem Motorrad sitzen und uns böse anfunkeln, überlege ich, runterzuspringen und wegzulaufen. Das würde ich schaffen, ganz leicht sogar, und später könnte ich dann wieder bei den Greyhills aufkreuzen. Aber dann riskiere ich, dass Michael mich verfolgt, und darauf habe ich absolut keine Lust. Wenn ich Boyboy verpasse, muss ich erst mal wieder auf eine seiner kryptischen Nachrichten warten, bis wir uns treffen können, und für so was fehlt uns die Zeit.

Aber dann fällt mir etwas ein. »Na gut«, schnaube ich. »Da lang.«

Ich lotse ihn durch die Straßen, immer weiter aus dem Gewimmel. Wir sind jetzt raus aus der Altstadt und am Rand einer Gegend, die später mal ein Vorort werden kann. Im Augenblick gibt es hier nur eine Straße nach der anderen, voll mit grauen, unfertigen Apartmenthäusern. Manche sind eingerüstet und die Bauarbeiter wimmeln wie Ameisen auf ihnen herum, aber die meisten sind irgendwo zwischendrin stecken geblieben, ganz oben ragen Baustahl und Betonwände in den Himmel. Ab und zu, wenn wieder Geld da ist, setzen die Eigentümer eine neue Etage drauf, alles *pole-pole,* immer schön langsam. An meinem Gebäude ist seit Jahren nichts mehr gemacht worden. Der perfekte Ort.

»Da hinten«, sage ich und zeige auf die mit einem Tor versperrte Tiefgarageneinfahrt. Ich springe vom Motorrad und schaue die Straße rauf und runter, um sicherzugehen, dass keiner in der Nähe ist. Das Letzte, was ich brauche, sind Leute, die mitkriegen, wie ein Luxus-Bike hier im Haus verschwindet. Am Tor zerre ich eine verrostete Metallplatte zur Seite und Michael quetscht sich mit dem Motorrad durch. Ich lotse ihn mitten in die dunkle Tiefgarage und sage ihm, er soll parken. Als der Motor aus ist, wirkt die Stille ohrenbetäubend. Ich scheuche uns zu einer Tür mit einem Warnschild: *Hatari!* und öffne das Kombinationsschloss, mit dem sie gesichert ist.

In die Tiefgarage dringt gerade so viel Licht von außen, dass man noch ein bisschen was sehen kann, aber in dem Wartungsraum ist es stockfinster. Ich finde mich tastend zurecht, höre aber, wie Michael in einen Haufen Gerüststangen knallt. Ich schnappe mir, was ich brauche, bevor ich mich umdrehe und nach seinem Arm greife, dann führe ich ihn am Handgelenk durch das Gewirr auf die andere Seite. Ich öffne eine Tür und von weit oben strömt Sonnenlicht durch die staubige Luft auf uns herunter.

Michael folgt mir in das Betonkabuff und blickt nach oben. Wir befinden uns in einem Schacht, in den später mal ein Aufzug eingebaut werden soll.

»Okay«, sage ich. »Der Deal geht so: Weil ich meinen großzügigen Tag habe, werde ich dich nicht dazu zwingen, in der dunklen Tiefgarage zu warten.«

»Was machst du …«

Er ist viel zu langsam für mich. Eine Seite der Handschellen habe ich ihm schon auf dem Weg durch den Wartungsraum angelegt. Jetzt klicke ich die andere blitzschnell an eine stabile Stange.

Michael reißt die Augen auf. »Das kannst du doch nicht machen!«

»Ich hab's schon gemacht, oder?«, sage ich. »Denk dir nichts weiter, ich bin in zehn Minuten wieder da. Ich lass dich nicht stundenlang hier schmoren so wie du mich.«

»Sind die Dinger aus dem Panikraum? Wie hast du die …?«

»Mit denen übe ich«, erkläre ich. »Ich hab immer irgendwo welche verstaut.«

»Du lässt mich einfach so hier?«

»Ich bin nicht weit weg. Bloß da oben.« Michael protestiert, aber ich sage: »Ich lauf dir schon nicht weg, da oben geht's sowieso nirgendwohin.«

Michael sieht sich um. »Ich werde schreien«, sagt er. »Das ist ja wohl ein Geheimversteck, oder? Du wolltest auch nicht, dass mich jemand reinkommen sieht.«

Ich kneife die Augen zusammen. »Das würdest du nicht wagen.«

»Wieso nicht? Wenn du mich hier unten lässt, schrei ich mir die Seele aus dem Leib. Wetten? Ich bin es leid, Tina.« Er holt tief Luft und öffnet den Mund.

»Warte!« Mir ist klar, dass seine Stimme hier richtig laut hallen wird. »Also gut. Hör mal, ich brauche nur ein paar Minuten, um unter vier Augen mit Boyboy zu sprechen. Kannst du mir die geben?«

»Dein Freund heißt also Boyboy?«

»Mein Partner.«

Michael wirft mir einen abschätzigen Blick zu, als wäre nicht er derjenige, der in Handschellen steckt. »Fünf Minuten.«

»Zehn.«

»Und dann wirfst du mir den Schlüssel zu den Handschellen runter?«

»Dann komme ich zurück und wir fahren nach Hause.«

»Auf keinen Fall. Ich will diesen Boyboy-Typen kennenlernen.« Er wartet. »Meine Lungen sind echt gut, Tina. Willst du mal hören?«

»Okay, okay. Ich werf ihn runter.«

Michael schaut kurz auf die Uhr. »Zehn Minuten, dann brülle ich los, dass es die Toten aus den Gräbern holt.«

»Du gehst mir echt auf den Sack«, sage ich.

So wie er guckt, könnte man fast meinen, dass sich Michael ein Grinsen verbeißt. »Also, wie kommt man da hoch?«

Die Wände sind feucht und schleimiggrün, aber aus dem Beton ragen genügend Armierungseisen, um daran hochzuklettern. Ich greife nach einem über meinem Kopf.

»Muss ich denn alles für dich erledigen? Find's doch selbst raus«, sage ich und ziehe mich hoch auf die erste Etage von zehn.

Boyboy zuckt zusammen, als ich den Kopf aus dem Aufzugschacht stecke.

»Hast du alles?«, frage ich, noch bevor ich mich ganz nach oben gehievt habe.

»Herr im Himmel, Tina, hat dir deine Mama keine Manieren beigebracht? Ordentliche Leute rufen *hodi*!« Über den Computerbildschirm hinweg sieht er mich böse an. »Soll ich einen Herzinfarkt kriegen?«

Trotz allem, was passiert ist, entlockt mir sein herrlich normaler Anblick ein Lächeln. »Ich glaub kaum, dass sich jemand im eigenen Zuhause erst anmelden muss, Boyboy. Also, hast du's?«

Boyboy macht keine Anstalten, sich aus dem Safaristuhl zu erheben, in den er sich lümmelt. Abgesehen von der durchgelegenen Matratze in der Ecke ist er mein einziges Möbelstück. Sicher könnte man sagen, dass ich nicht gerade oft Gäste empfange. Aber ich habe mit der Zeit Gefallen gefunden an diesem Stuhl, den ich von der Veranda eines schicken *mzungu*-Restaurants gestohlen habe, wo man den Touristen Straußen- und Krokodilfleisch serviert. Ich unterdrücke meinen Ärger, dass Boyboy wieder mal den Stuhl für sich gekapert hat, und ziehe einen Block aus Porenbeton heran.

Boyboys Finger haben keine Sekunde aufgehört, über die Tastatur seines Laptops zu flitzen, und sie tun es auch nicht, als er grummelt: »Wo ist der Prachtjunge? Ich dachte, ihr zwei spielt jetzt Vater-Mutter-Kind?«

»Unten. Er wartet im Schacht. Er, äh, möchte dich kennenlernen. Ist denn etwas übertragen worden?«

»Du hast ihn in die Bat-Höhle gebracht? Bist du wahnsinnig?« Boyboy mustert mich. »Und was hast du bloß für Klamotten an?«

Die Hitze steigt mir ins Gesicht und ich streiche automatisch die grüne Bluse glatt. Ich widerstehe der Versuchung, Boyboy auf seine eigenen Klamotten hinzuweisen. Er trägt einen gelben *kitenge*-Jumpsuit mit dem Bild eines fliegenden Toasters und dazu Plateau-Schuhe; um den Kopf hat er sich ein Tuch gewickelt. Perfekt für einen Laufsteg in Lagos, aber mein Geheimversteck wird mit diesem knalligen Outfit und dem Motorrad von Minute zu Minute weniger geheim.

»Konzentrier dich, Boyboy! Wie viel hast du runtergeladen von der Festplatte?«

»Schrei mich nicht an.« Boyboy zieht den Kopf ein. »Ich bin seit sechsunddreißig Stunden wach und überlebe nur durch Koffein. Kann sein, dass ich zum wütenden Monster werde und dich vom Dach schmeiße.«

Ich mustere ihn. »Du hast nicht geschlafen?«

Boyboy setzt die Brille ab und fährt sich über die Augen. »Deine Goonda-Freunde haben mich die Nächte durcharbeiten lassen. Ich bin erst vor ein paar Stunden dort weg.«

Ein bohrendes Schuldgefühl packt mich. Boyboy steckt jetzt schon viel tiefer in der Sache drin als bei jedem anderen Job, den er für mich gemacht hat. »Bug Eye sollte dich nach Hause lassen.«

»Na ja, hat er ja auch. Hat eben ein bisschen länger gedauert«, brummelt Boyboy. Er kippt einen der Energydrinks runter, die er geöffnet neben sich bereitstehen hat.

Ich will nicht danach fragen, aber Boyboys Mom ist garantiert durchgedreht, als er zwei Tage lang nicht zu Hause aufgekreuzt ist. Ich werde ganz schön was zu hören kriegen, wenn ich sie das nächste Mal sehe. Ehrlich, sie behandelt ihn, als wäre er fünf und nicht fünfzehn. Sie ist nicht gerade mein größter Fan, aber Boyboy bringt durch unsere Jobs mehr Geld nach Hause, als sie mit ihrem Teestand an der Ecke jemals verdienen kann. Fünf Kinder, das sind ganz schön viele hungrige Mäuler zu stopfen, erst recht für eine alleinstehende Flüchtlingsmutter. Dazu kommt noch der Schutz, den sie durch ihren Goonda-Kontakt kriegen.

Boyboy setzt die Brille wieder auf. »Bug Eye wollte unbedingt wissen, was wir von Greyhills Festplatte haben. Bei Ketchups pausenlosem Gequatsche war das eine ziemlich harte Nummer. Entweder er hat Witze über mich gerissen oder rumgeschimpft, was du bei den Greyhills zu suchen hast. Er glaubt, dass du sie reinlegst.«

»Der ist so was von bekloppt. Ich spiel kein falsches Spiel mit den Goondas. Ich bin doch nicht lebensmüde. Die sind dir nicht hierher gefolgt, oder?«

»Glaub nicht. Ich hab immer wieder versucht, meine Spur zu verschleiern.«

»Also ... was haben wir erwischt?«

»Nur so um die fünfzehn Prozent vom Festplattenspeicher.«

Ich fluche ausgiebig und spähe über die Schulter zur Öffnung des Aufzugschachts. Außerdem senke ich die Stimme, obwohl ich ziemlich sicher bin, dass Michael uns nicht hören kann. »Ich muss also noch mal in Greyhills Arbeitszimmer und Daten überspielen, oder?«

»Wenn du alles willst, dann ja.«

Ich fahre mir mit der Hand über den Kopf und denke nach. »Hör mal«, sage ich leise. »Michael denkt, wir haben alles – jedenfalls genug, um seinen Dad zu ruinieren. Auf die Art hab ich's geschafft, dass er sich auf einen Deal mit mir einlässt und ich aus der Zelle komme. Er glaubt, ich würde den ganzen Dreck für mich behalten, wenn er beweisen kann, dass sein Dad meine Mutter nicht umgebracht hat.«

Boyboy blinzelt. »Was? Wieso hast du das gemacht? Greyhill hat deine Mom ermordet und fertig, das hast du doch immer gesagt.«

Noch ein Blick über die Schulter, dann beuge ich mich näher zu ihm. »Ja, klar. Aber weißt du, Boyboy, es gibt da ein Video. Mr Greyhill hat eine Kamera in seinem Arbeitszimmer, die alles aufgezeichnet hat, in der Nacht, als sie gestorben ist.«

»Was?« Boyboy schnappt nach Luft. »In dem Netz, in das ich mich gehackt habe, war keine Kamera.«

»Weiß ich doch. Die muss getrennt gelaufen sein. Läuft sie immer noch. Na ja, jedenfalls ist das Material aus dieser Nacht verschwunden. David Mwika hat es mitgenommen, als er weg ist. Aber Michael sagt, er weiß, wo Mwika ist, und kann es besorgen.«

»Und das glaubst du ihm?«

Ich kann Boyboy unmöglich ins Gesicht gucken und sagen, dass diese Info von Michaels Vater stammt. Das klingt zu absurd. »Ich meine, wir haben doch Zeit, oder? Sogar wenn ich dir alle Daten besorgt habe, brauchst du noch mal ein paar Tage, bis du sie entschlüsselt hast. Stell dir das vor, Boyboy. Ein Video. Der Beweis, eindeutig für alle Zeiten, dass Greyhill es getan hat.«

»Und wo ist Mwika?«

Ich lasse mich zurücksinken. »Das sagt mir Michael nicht. Er glaubt, dann bin ich weg.« Ich senke den Kopf. »Und da hat er ja auch –«

Boyboy hebt beide Hände, um mich zu unterbrechen. »Moment mal, ich will wissen, ob ich das richtig verstehe. Du hast dich auf einen Deal eingelassen, bei dem Mr Omoko womöglich auf sein Geld warten muss, während du Detektiv spielst?«

»Nein. Omoko wartet doch sowieso eine Woche, bis du alles geknackt hast. Und er weiß auch, dass die Bankdaten zu dem gehören, was du entschlüsselst. Ich hab für meinen Deal mit Michael nur das Zeitfenster genutzt, das wir sowieso haben – außerdem hab ich mir schon gedacht, dass ich wohl noch mal in Greyhills Arbeitszimmer muss. Und so ist es ja auch.«

Boyboy versucht das zu verdauen. »Aber was, wenn ich doch alles erwischt hätte?«

Ich meide seinen Blick. »Hast du aber nicht, also hör auf zu quengeln. Dieses Mal kriege ich alles. Ach so, und ich brauche noch mal so ein USB-Ding. Michael hat das andere kaputt gemacht.«

Boyboy rührt sich nicht. »Aber dieser Deal, der ändert nichts, oder? Du gibst dem Reporter die Infos, ich hacke mich in die Bankkonten, das Geld geht an die Goondas, du tust mit Mr Greyhill, was immer du tun willst und wovon ich absolut nichts wissen will. Schmutz. Geld. Blut.«

Ich kaue an meinen Fingernägeln. »Eins, zwei, drei. Sobald ich das Video gesehen habe.«

»Egal, was drauf ist. Egal, wer deine Mom umgebracht hat. Richtig? Sind wir uns da einig?« Boyboy spricht ganz langsam. »Omoko will sein Geld. Wenn er's nicht kriegt, töten dich die Goondas. Und dann töten sie mich. Und dann fangen sie von vorne an und töten dich ein zweites Mal, damit du's auch wirklich kapierst.«

»Weiß ich doch. An meinem Plan hat sich nichts geändert. Das Video wird zeigen, dass Mr Greyhill meine Mutter umgebracht hat, und dann weiß ich es endlich sicher, zu hundert Prozent, für immer und ewig.«

Boyboy sieht aus, als ob ihm übel wäre. Er macht den Mund auf, um sich weiter mit mir zu streiten, aber dann wird er unterbrochen.

»*Tina.*«

Boyboy späht über meine Schulter zum Aufzugschacht. »Ist er das?«

Ich gehe zu dem Loch. »Schhh«, sage ich und schaue nach unten.

Michaels helle Augen funkeln im Licht. »Wirf den Schlüssel runter!«

»Das waren keine zehn Minuten!«, flüstere ich.

Michael zeigt auf seine Uhr. »Und ob.«

Ich fluche leise, fische den Schlüssel aus dem Versteck zwischen den Seiten eines meiner Bücher und lasse ihn in den Schacht fallen. Ich schaue nicht mal lang genug hin, um zu sehen, ob er zwischen Michaels dämlichen grünen Augen gelandet ist.

Dann gehe ich zurück zu Boyboy. »Mach dir keine Sorgen, ja? Alles wird gut. Aber jetzt schnell, bevor er hier oben ist. War bei den fünfzehn Prozent irgendwas Brauchbares dabei?«

Boyboy ist immer noch ganz grün im Gesicht, setzt sich aber ein bisschen aufrechter hin. »Da gibt's schon ein paar saftige Brocken.« Er deutet auf irgendeinen Zeichensalat auf dem Bildschirm.

Hieroglyphen sind genauso verständlich für mich wie das, was er mir da zeigt. »Was bedeutet das?«, flüstere ich.

»Okay, das ist Geld, das aus China und Dubai auf die Konten von Extracta wandert.«

Ich pfeife durch die Zähne. »Sind das die echten Summen? Ich weiß gar nicht, ob ich so hoch zählen kann.«

»Das ist alles legal. Aber schau mal hier.« Er geht auf eine andere Seite. »Da fließt Geld an irgendeine Militärfirma in Südafrika für ›Sicherheitsdienste‹. Aber das sind, na ja, immer gleich um die hunderttausend Dollar auf einen Schlag, angeblich als Beratungshonorar.«

»Und?«

»Diese Sicherheitsdienste werden in Holzkisten angeliefert, die laut Rechnung mehrere Tonnen schwer sind.«

»Er führt also irgendwas ein.« Ich werfe einen Blick über die Schulter, aber Michael ist noch nicht aufgetaucht. »Meinst du, das sind Waffen?« Mir ist schwindlig vor Aufregung, auch wenn ich mir Mühe gebe, das zu verbergen.

Boyboy nickt. »Da wette ich meine Birkin Bag drauf.«

»Und gibt es irgendwelche Unterlagen, dass diese Waffen an die Milizen gehen? Über Goldankäufe? Oder sonst irgendwas über Kasisi?«

»Nein, bis jetzt nicht.«

Mein Lächeln vergeht. »Nichts?«

»Das ist doch nicht nichts!« Ärgerlich zeigt er auf den Bildschirm.

»Du hast recht«, sage ich und schüttle den Kopf. »Tut mir leid. Wissen Bug Eye oder Ketchup was davon?«

»Nein, die haben keine Ahnung. Ich hab gesagt, ich hätte noch nichts entschlüsseln können.«

»Gut. Aber sie wissen, dass wir nicht alles haben und ich noch mal rein muss.«

»Ja.«

Ich will aufstehen und nach Michael schauen, aber Boyboy legt mir die Hand auf den Arm. »Tina, hör zu, das wird alles zu kompliziert. Vergiss das Video. Du weißt doch, wer deine Mom umgebracht hat. Vielleicht sollten wir einen Schnitt machen. Ich finde einen anderen Weg, Greyhills Konten zu hacken. Du musst da nicht noch mal rein.«

»Ich – nein. Wir brauchen alles. Was wir haben, reicht nicht, um Mr G fertigzumachen.«

Boyboy betrachtet mich prüfend. »Fängst du etwa an zu zweifeln, dass er sie umgebracht hat?«

Ich stehe auf. »Nein. Ich will nur … Wir haben Zeit. Bug Eye hat uns eine Woche gegeben.«

Boyboy guckt immer noch misstrauisch. »Das gefällt mir nicht.«

Ich verschränke die Arme vor der Brust. »Ich – ich kann dich nicht zwingen weiterzumachen. Willst du raus aus der Sache? Dann erzähl ich Bug Eye irgendwas.«

Er schnaubt. »Und wer soll dann die Daten von Mr G knacken?«

Ich antworte nicht. Er weiß, dass ich niemand anderen habe, der das kann, was er kann.

Er seufzt, wühlt in seiner Tasche herum und zieht einen neuen USB-Adapter heraus. »Den darfst du nicht verlieren. Ich hab sonst keinen mehr, und einen neuen machen dauert eine Woche.«

»Und mein Headset hat er auch.«

»Diesmal brauchst du keins, du musst ja keine Kunststückchen mehr machen, um reinzukommen. Benutz einfach dein Telefon und steck das Ding rein.«

Ich lasse den Adapter in meine Tasche gleiten. »Heute um Mitternacht. Ich sage Bug Eye, er soll dich hinfahren. Und ich versuch ihn zu überreden, dass er Ketchup zu Hause lässt.«

Boyboy wirkt erleichtert. »Okay.«

Ich trete von einem Fuß auf den anderen. »Und … danke. Für alles.«

Boyboy räuspert sich und guckt an mir vorbei. »Hallo, schöner Junge«, sagt er leise.

Als ich mich umdrehe, kämpft sich Michael gerade über die Kante vom Aufzugschacht. »Endlich«, sage ich.

Er wischt sich mit dem Ärmel den Schweiß von der Stirn. »Es gibt so was wie Treppen, schon mal gehört?«

»Tiny hat's eben nicht gern, wenn Leute einfach so in ihr Nest krabbeln«, erklärt Boyboy. »Ist auch ziemlich unmöglich, sie hat die Treppen nämlich blockiert. Ich hab Monate gebraucht, bis ich's in unter einer halben Stunde hier hochgeschafft habe.«

»Warte mal. Nest? Wohnst du hier oben?«, fragt mich Michael.

Ich feuere einen fiesen Blick auf Boyboy ab.

Für einen Augenblick sehe ich mein Zuhause mit Michaels Augen: Die rohen Wände aus Betonblöcken, mit klaffenden Löchern, wo Türen und Fenster sein sollten. Die zerfetzte Plastikplane auf der Wetterseite, die den Regen abhalten soll. Eine schmuddelige Matratze, ein kleiner Gaskocher. Mein Stapel mit gestohlenen Taschenbüchern in der Ecke, aufgequollen vor lauter Feuchtigkeit. Eine Wäscheleine. Kahle Wände. Schmutz in den Ecken.

Mir sollte egal sein, was er denkt – ich hab ihn schließlich nicht eingeladen.

Aber durch die Art, wie er sich umsieht, fühle ich mich irgendwie nackt. Er merkt nicht, wie großartig die Aussicht ist oder dass ich hier in Sicherheit bin, das ist mir klar. Sein Blick ist der eines reichen

Jungen, er sieht nur ein armes Flüchtlingsmädchen, das in einer heruntergekommenen Bauruine lebt.

»Nicht alle können sich den Ring leisten«, sage ich.

»Aber es ist ein Penthouse«, ergänzt Boyboy. »Oder kann jedenfalls mal eins werden.«

»Nein, ich mein ja nur ...« Michael wirkt verlegen. »Ganz allein?«

»Ja.«

Er gafft noch ein paar Sekunden lang, dann kommt er wieder zu sich. Er geht zu Boyboy und streckt ihm die Hand entgegen. Falls ihn Boyboys Auftreten und sein schrilles Outfit aus der Fassung bringen, hat er immerhin genug Manieren, sich nichts anmerken zu lassen. »Du musst wohl ... Boyboy sein. Ich bin Michael Greyhill.«

»Ich weiß, wer du bist, *habibi*«, sagt Boyboy zu Michael und schüttelt ihm kurz die Hand.

Dann wirft Michael einen Blick auf Boyboys Computer und wird auf einmal ganz geschäftsmäßig. »Also«, sagt er, »da sind wohl alle schmutzigen Details über meinen Vater drauf.«

Boyboy sieht mich beunruhigt an. Michael beäugt erst den Computer und schaut dann zu einer leeren Fensteröffnung. Als Boyboy begreift, worauf die Frage abzielt, drückt er den Computer fest an seine Brust. »Ich hab Kopien! Lass die Finger von Priscilla!«

Ich trete zwischen die beiden. »Immer mit der Ruhe, Mikey. Wie du mich ja so gerne erinnerst: Wir zwei haben einen Deal.«

Michael rührt sich nicht. In seinem Gesicht zuckt es. Da ist etwas Finsteres in ihm, das mich erstarren lässt. »Was hast du gefunden?«, fragt er.

»Ich, äh, ich hatte keine Zeit, alles zu entschlüsseln«, sagt Boyboy mit piepsiger Stimme.

»Das dauert eben eine Weile.« Ich packe Michael am Arm, um ihn wegzuziehen, aber er steht da wie ein Baum. »Er hält uns über seine Fortschritte auf dem Laufenden. Komm jetzt. Du hast Boyboy kennengelernt. Wir müssen los. Es ist spät und deine Mutter platzt bestimmt vor Wut.«

Michaels Blick wandert zwischen uns hin und her, und kurz habe ich die unbehagliche Vorstellung, er könnte meine Gedanken lesen. »Tina, falls du lügst und die Festplatten-Daten von meinem Vater gar nicht hast …«

»Keine Sorge«, wirft Boyboy ein, »wir haben das Zeug. Und was ich bis jetzt gesehen hab, ist nicht schön. Illegale Gold-Deals, Waffenhandel. Dein Dad steckt bis zum Hals im Dreck.«

Michael schluckt. »Ich will das sehen.«

Boyboy schnappt nach Luft und weicht zurück.

»Noch nicht«, sage ich und versuche zu verbergen, wie nervös ich auf einmal bin. Was habe ich uns bloß damit eingebrockt, ausgerechnet Mr Greyhills Sohn mit hier hoch zu nehmen? »So haben wir das nicht ausgemacht. Wenn du beweisen kannst, dass dein Dad meine Mutter nicht umgebracht hat, bekommst du alles. Aber bis dahin heißt es Finger weg.«

Wieder wandert Michaels Blick zwischen Boyboy und mir hin und her. Er ist größer und stärker als wir beide, und ich bin mir nicht sicher, ob ich ihn stoppen kann, falls er den Computer – oder womöglich auch Boyboy – vom Dach stoßen will.

»Und wenn da was drauf ist, das uns helfen kann, den Mörder deiner Mutter zu finden?«, fragt Michael.

»Boyboy sagt mir Bescheid, wenn er was entdeckt, stimmt's, Boyboy?«

Ich spanne die Muskeln an und mache mich bereit, loszuschlagen, falls Michael irgendwas Dummes versucht. Ich werde auf keinen Fall zulassen, dass er Boyboy den Computer wegnimmt oder ihm etwas tut. Aber dann verfliegt auf einmal Michaels wütender, berechnender Gesichtsausdruck und nur seine Maske bleibt übrig. Er schaut an Boyboy vorbei über die Stadt. »Du hast recht, Tina, wir sollten los.« Er dreht sich um und läuft zum Aufzugschacht.

Ich atme aus. »Wir sehen uns bald«, sage ich zu Boyboy, während ich beobachte, wie sich Michael vorsichtig nach unten lässt. In meinen Adern rast noch das Adrenalin.

Boyboy wirft mir einen Blick zu und bewegt die Lippen: *Sei vorsichtig.*

Ich nicke und folge Michael nach unten.

19

Bis wir zurück bei den Greyhills sind, ist es später Nachmittag. Michael sagt mir, ich soll mich nach oben verdrücken, während er die Strafpredigt seiner Mutter über sich ergehen lässt. Das ist mir sehr recht. Je weniger Zeit ich unter den Augen von Mrs G verbringen muss, desto besser. Garantiert würde sie gerne mir die Schuld geben, dass Michael sich abgesetzt hat. Außerdem muss ich telefonieren.

Ich schließe mich wieder im Bad ein und ziehe mein Telefon raus. Bevor Michael und ich von meinem Dach aufgebrochen sind, hatte ich drei Anrufe in Abwesenheit und fünf Nachrichten von Ketchup. Jetzt sind es sechs verpasste Anrufe – vier von Ketchup und zwei von Donatien. Mit einem miesen Gefühl im Bauch wähle ich Bug Eyes Nummer.

»Hab gehört, du warst heute in der Stadt«, sagt Bug Eye leise und gleichmütig, ohne jede Vorrede.

»Echt?« Ich strenge mich an, damit meine Stimme nicht zu hoch klingt.

»Ketchup hat dich auf einem coolen Motorrad gesehen, auf dem Weg in die Altstadt.«

Ich knalle mir mit der Faust auf den Oberschenkel. »Ich … das gehört alles zum Plan. Ich musste einen neuen Adapter von Boyboy holen.« Ich sage mir, dass ich nur ruhig bleiben und meine Stimme im Griff haben muss. Du hast nichts falsch gemacht, Tina. »Wir haben nicht alles erwischt von der Festplatte, sagt er. Ich muss noch mal rein, den Job fertig machen.« Ich zögere. »Kannst du ihn hinfahren, damit er die Technik macht?«

Ich warte auf eine Antwort, die nicht kommt.

»Tut mir leid, Bug Eye, ich bin erst jetzt von Michael weggekommen. Ich konnte nicht früher Bescheid sagen.«

Bug Eye schweigt. Das ist ein Einschüchterungsspielchen; er will sichergehen, dass ich ihn nicht anlüge. »Gut. Ich bring ihn hin«, sagt er nach einer Weile.

»Danke. Mhm, und kein Ketchup, wenn's geht.«

»Warum?«, fragt Bug Eye misstrauisch.

»Du weißt doch, wie das ist mit Boyboy. Ketchup sagt Sachen, die ihn zapplig machen. Und einen zappligen IT-Typen können wir nicht gebrauchen.«

Bug Eye seufzt. »Na gut. Aber diesmal gehst du rein und ziehst es durch. Kein Murks.«

»Kein Murks.« Ich zähle die Sekunden, während ich darauf warte, dass er wieder etwas sagt.

»Und keine ungenehmigten Ausflüge mehr, ist das klar, Tiny Girl? *Mdosi* Omoko ist niemand, den man im Ungewissen lässt. Mach deinen Job. Bring ihm, was er haben will.«

»Das werde ich.«

»Und wenn nicht, Tiny?«

»Ja?«

»Dann lass dich am besten nicht mehr blicken.«

Ich stopfe die ausgeborgte grüne Bluse unters Bett zu meinen eigenen Sachen und suche mir was anderes zum Anziehen. Nachdem ich mich wieder hergerichtet habe, schlendere ich lustlos nach unten, aber im Wohnzimmer zankt Michaels Mutter immer noch mit ihm rum. Ich gehe nach draußen und lasse die Füße in den Pool hängen.

Von der Veranda der Greyhills aus sieht man in der Ferne die Stadt und den Ozean. Die Hütten der Hausangestellten sind hinter Oleanderbüschen und Frangipanis verborgen. Aber unser altes Zuhause ist da, das weiß ich, am Ende des Geländes. Ich würde gerne hingehen und es mir anschauen, aber inzwischen leben dort andere Leute, neues Personal. Ich sehe alles noch vor mir, das schmale Bett, in dem Kiki und ich schliefen, unseren durchhängenden Sessel, das kleine, gerahmte Bild an der Wand, von dem aus die heilige Katharina auf uns herabschaute, die gestampfte Erde draußen, wo Mama und die anderen Hausmädchen kochten und unsere Wäsche aufhängten. Ich frage mich, ob wohl das »Haus« noch da ist, das ich unter den Ranken der Bougainvillea für Kiki und mich gebaut habe. Vielleicht liegt sogar die Lumpenpuppe noch da, um die Kiki so geweint hat und wegen der ich nicht noch mal umkehren wollte, als wir damals abgehauen sind.

Kiki ist in unserer kleinen Hütte zur Welt gekommen. Von der Klosterschule abgesehen, ist diese Hütte das einzige Zuhause, das sie je gekannt hat. Eigentlich seltsam, dass die anderen Bediensteten ihre Kinder nicht mit hier wohnen lassen durften, sondern sie bei Verwandten in ihren Dörfern oder unten in Sangui lassen mussten, während wir einfach hier lebten, aber zu mir hat nie irgendwer etwas darüber gesagt. Und ich kam auch nicht auf die Idee, Fragen zu stellen, bis es dann keinen mehr gab, den ich hätte fragen können.

Ich wüsste gern, wie Mrs Greyhill reagiert hat, als klar wurde, dass Mama wieder ein Baby bekommen würde, das genauso vaterlos war wie ich. Ich wüsste gern, ob sie da schon mitgekriegt hatte, wie ihr Ehemann meine Mutter anschaute. Ich wüsste gern, was sie dachte, als Kiki auf die Welt kam und ganz rosa aussah. Ob sie da die Babyfotos ihrer eigenen Tochter herausholte, um sie anzustarren und zu vergleichen, und ob sie sich einzureden versuchte, ihr Mann könnte doch unmöglich so dumm sein oder so grausam.

Es gibt eine Menge Dinge, die ich gern wüsste.

Mrs Greyhill lässt Michael irgendwann in Ruhe, weil sie und Mr G sich für eine Abendeinladung fertig machen müssen. Michael erzählt mir nicht, was sie gesagt hat, und ich frage ihn auch nicht.

Nachdem sie weg sind, ziehen wir uns nach oben zurück, aber wir müssen die Tür von Michaels Zimmer offen lassen. Die Hausmädchen sind angewiesen, uns im Blick zu behalten, und sie laufen so oft an der Tür vorbei, dass wir nicht über »die Ermittlung« reden können, wie Michael weiter sagt. Erst versuchen wir es noch mit Flüstern, aber das wird irgendwann so nervig, dass ich beschließe, es für heute gut sein zu lassen.

Als ich verschwinde, brütet Michael immer noch über den UN- und Polizei-Unterlagen und macht sich sorgfältig immer neue Notizen. Ich habe ihm fast alles gesagt, was ich von Donatien gehört habe – mit dem Schwerpunkt auf der Tatsache, dass er von Mr Gs Schuld überzeugt ist. Dass Donatien mich gewarnt hat, ich soll mich von Michael fernhalten, lasse ich weg.

In meinem Zimmer schicke ich Boyboy eine Nachricht, dass er mich anrufen soll, sobald er mit Bug Eye auf dem Weg ist, dann lasse ich mich aufs Bett sinken. Ich ziehe das Foto meiner Mutter aus der Tasche und starre ihr Gesicht so lange an, bis es sich verformt. Ihr Lächeln wird immer breiter, ihre Zöpfe werden immer verschlungener. Die Blumenranken im Hintergrund sind auf einmal voller Dornen, sie krümmen und winden sich um die Arme der Mädchen wie Schlangen um ihre Beute. Das andere Mädchen flüstert etwas in Mamas Ohr und die beiden lachen. Tina, sagt Mama, komm zu uns.

Ich versuche ihr zu erklären, dass das nicht geht, aber mein Mund ist zugenäht wie die Wunde von Donatien. Ich will nach Mama greifen, aber die Ranken fesseln meine Arme und Beine.

Tina!

Sie fängt an zu lachen, aber dann wirft sie den Kopf so weit in den Nacken, dass ihr Mund zu einem klaffenden Spalt wird, und schreit los.

Mit einem Ruck komme ich zu mir. Eine Sekunde lang zapple ich in der Dunkelheit herum. Dann höre ich wieder das Schreien, nur dass es kein Schreien ist, sondern mein surrendes Telefon. Mein Arm ist eingeschlafen und ich muss lange herumtasten, bis ich es endlich finde. »Boyboy?«

»Endlich.«

»Wie spät ist es?«

»Mitternacht! Ich versuch's schon seit einer halben Stunde. Hast du mit dem Märchenprinz rumgemacht?«

»*Mavi!* Ich bin eingeschlafen.«

»Na großartig. Gut zu wissen, dass du die Sache ernst nimmst. Bist du jetzt wach? Und bereit loszuziehen?«

Ich mache das Licht an und blinzele. »Ja«, nuschele ich, immer noch mit den Traumbildern vor Augen. Ich fange an zu zittern. »Gib mir eine Sekunde. Wo ist Bug Eye?«

»Hinterm Steuer. Stinksauer, dass du nicht drangegangen bist.«

Ich schlage mir leicht auf die Wangen, damit ich aufwache. »Kannst du dich in die Überwachungskameras hacken und nachgucken, ob auch alle brav in ihren Betten liegen?«

»Bin schon drin.«

Ich höre, wie Boyboys Finger über die Tastatur fliegen. Während ich warte, suche ich in Jennys Schrank nach schwarzen Klamotten. »Und?«

»Hat dir noch nie einer gesagt, dass Geduld eine Tugend ist?«

»Doch, meine Mutter, tausendmal«, antworte ich und ziehe mir beim Telefonieren ein Top über den Kopf.

»Gut, dass du's beherzigst. Okay, Michael ist immer noch in seinem Zimmer, aber die Greyhills sind nicht da. Es fehlt wohl auch eins von den Autos.«

»Perfekt. Dann sind sie noch auf dieser Abendeinladung.«

»Ich versuch, bei der Sicherheitsfirma reinzukommen, die die Autos überwacht, und die GPS-Daten zu kriegen. Warte mal.«

Ich drehe mich zum Spiegel und merke erst jetzt, dass auf dem Top, das ich für komplett schwarz gehalten habe, lauter dunkelrote Kussmünder sind. Ich verziehe das Gesicht. Wenn Boyboy mich jetzt sehen könnte, bekäme ich ganz schön was zu hören.

Aber egal, das hier ist keine Modenschau. Sondern ein Raubzug.

»Boyboy? Hast du's? Ich mach mich auf den Weg.«

»Warte! Willst du nicht erst sicher sein, dass sie nicht genau jetzt die Auffahrt hochkommen?«

Ich zapple ungeduldig herum, während die Sekunden im Zeitlupentempo verstreichen. Schließlich sagt Boyboy: »Laut Security sind sie ein paar Meilen weg in Miambu. Okay, ich schicke jetzt einen Loop auf die Überwachungskameras.«

»Okay, dann leg ich los.«

»Halt mal. Bug Eye will dich sprechen.«

Ich höre, wie das Telefon weitergereicht wird, und dann ist da Bug Eyes tiefe Stimme. Ich rechne damit, dass er mich wieder runtermacht und mir sagt, ich soll es bloß nicht vermasseln, aber er sagt nur: »Du hast mich verstanden, Tiny Girl. Sobald du fertig bist, haust du ab und kommst zurück ins echte Leben.«

»Jaa«, mache ich, unsicher, wie ich antworten soll. »Ich ruf dich an, wenn ich in seinem Arbeitszimmer bin.«

Ich drücke ihn weg, stecke das Telefon in die Tasche und schüttele Arme und Beine aus, um locker zu werden. Als ich auf den Gang schlüpfe, ist kein Licht mehr unter der Tür von Michaels Zimmer zu sehen. Ich schleiche durch die Grabesstille und spüre, wie mein Puls schneller wird. Ich muss grinsen, als ich merke, wie mein Adrenalinpegel ansteigt. Auf einmal fühlt sich alles richtig an. Ich kenne mich aus. Ich weiß, wer ich bin. Eine Diebin. Eine gute Diebin. Diesmal verschwinde ich erst, wenn ich alle Geheimnisse von Mr Greyhill an mich gebracht habe.

20

Zwei Minuten später habe ich das Türschloss von Mr Gs Arbeitszimmer geknackt und bin drin. »Total einfach«, flüstere ich Boyboy durchs Telefon zu.

Die Verbindung ist schlecht, seine Stimme knistert. »Pass bloß auf, dass dir dein Liebster nicht wieder hinterherschleicht.«

Ich schnaube. »Liebster?«

»Na ja, ich sag bloß, was ich seh. Der Junge ist verknallt in dich.«

»Du hast ihn doch kaum zwei Minuten erlebt«, gebe ich zurück und frage mich, ob Bug Eye wohl zuhört. Im Licht des Telefons habe ich das Zimmer durchquert, jetzt mache ich die Schreibtischlampe an.

»Du vergisst, dass ich – Genie – also eine gute Wahrnehmung.« Boyboys Stimme kommt nur mit Unterbrechungen durch. »– zu dumm – seine Familie zugrunde richten wirst. Ihr zwei – süßes Paar.«

»Das sagst du nur, weil du weit weg bist und ich dir keine reinhauen kann«, antworte ich, aber während ich mich in Mr Gs Sessel zurechtsetze, blitzen Schuldgefühle in mir auf. Ich werfe einen Blick auf das Ledersofa. Der Gedanke an meine tote Mutter, die zusammengesunken dort lag, lässt meine Wut wieder auflodern und der Moment geht vorüber.

In Mr Greyhills Computer und Festplatte reinzukommen geht schnell, wir haben ja inzwischen Übung. Bald lässt Boyboy die

Screens über den Bildschirm fliegen wie ein Pokerprofi die Karten beim Mischen.

»Kommt zu Papa«, sagt er. Nach ein paar Sekunden schnalzt er ungeduldig. »Das Signal ist immer noch schwach. Ich hab die Bandbreite zu boosten versucht, geht aber trotzdem verdammt langsam.«

Er redet mehr mit sich selbst als mit mir, also lasse ich ihn sein Ding durchziehen und drehe mich zu dem Bücherschrank um. Ich klemme mir das Telefon zwischen Schulter und Ohr und fahre mit den Fingern an den Kanten der Regalbretter entlang. Nichts. Keine Scharniere, kein Hinweis auf eine versteckte Tür oder eine Kamera. Ich ziehe Bücher heraus und rücke die Massai-Krieger herum, die auf einem der Regale aufgereiht sind. Aber es bewegt sich nichts.

Ich werfe wieder einen Blick auf den Computer. Der Bildschirm ist voller Codes.

»Halt das Telefon – Computer, Tina. Ich – GPS-Tracker abstellen«, sagt Boyboy. »Der macht – zu langsam. Bug Eye – ihr Auto – ankommt.«

Ich lege das Telefon neben den Computer, gehe wieder zum Regal und fummele weiter daran herum. Wo ist die Kamera? Und wie hat Michael die Tür aufgekriegt? Als er hier reingeplatzt ist, war ich so mit dem Foto von meiner Mutter beschäftigt, dass ich nicht mal gemerkt habe, dass er da ist, geschweige denn, wie er hereingekommen ist. Ich entdecke nichts, was ein Riegel oder eine Klinke sein könnte. Also versuche ich es noch mal und arbeite mich von unten nach oben. Ich bin wieder bei den Massai-Statuen angekommen, als ich leise Boyboys Stimme höre. Er ruft meinen Namen.

Ich schnappe mir das Telefon und halte es an mein Ohr. »Was?«

»Greyhills Wagen – die fahren eben vor!«

Ich fluche, dann sehe ich, wie sich auf dem Bildschirm ein winziges Fenster öffnet. »Was ist das?« Es sieht aus wie Material aus einer Überwachungskamera.

»Der Gang vor dem Arbeitszimmer – behalt ihn im Auge!«

»Wie viel Zeit brauchst du noch?«, frage ich.

»Mehr – ich habe«, sagt Boyboy. »Nur – muss sehen, was ich schaffe.«

Ich sehe mich hilflos um. Warum hat dieses beschissene Zimmer keine Fenster? Vielleicht kommt Mr Greyhill nicht gleich her, aber darauf kann ich es nicht ankommen lassen. Ich brauche genug Zeit, um durch die Bürotür nach draußen zu kommen und um die Ecke zu verschwinden, ohne dass er mich sieht.

»Beeil dich«, sage ich.

»Das hilft nichts«, flötet Boyboy.

Ich hefte meinen Blick auf das Bild vom Gang. Er ist leer. Noch. Wenn Mr G auf dem Bildschirm auftaucht, habe ich etwa zehn Sekunden, bis ich erwischt werde. Es sei denn … Ich lege das Telefon neben den Computer und betrachte wieder das Regal. Irgendwie muss sich das Ding doch öffnen lassen. Aber ich habe alles versucht. Ich drehe mich wieder zum Schreibtisch und taste unter der Tischplatte herum.

»Zu spät«, höre ich Bug Eye sagen. Mit einer Hand greife ich nach dem Telefon, mit der anderen suche ich weiter. »Die Kameras zeigen – er kommt. Greyhill – jede Minute da. Du musst raus, Tina.«

Boyboy ist anscheinend immer noch dran. Dateien schwirren über den Bildschirm.

»Hat er denn alles?«

»Du kannst später noch mal rein!«, sagt Bug Eye.

Ich antworte nicht, meine Finger fahren über die Holzverkleidung am Schreibtisch. Da muss doch ein Hebel oder ein Knopf oder – »Ich hab's!« Ich haue auf einen winzigen Schalter, und als ich mich umdrehe, sehe ich, wie sich geräuschlos das Bücherregal öffnet. Ein kühler Luftzug weht durch den Raum. »Ich hab die Geheimtür aufgekriegt!«

»Herrgott, zum Glück!«, höre ich Boyboy im Hintergrund sagen.

Ich blicke wieder auf den Bildschirm.

Mr Greyhill taucht am Ende des langen Gangs auf.

»Hast du's?«, frage ich.

»Ich bin beinahe – *mavi.*«

»Was?«

Der Bildschirm flackert, dann wird er schwarz.

Boyboys Fluchen kommt laut und deutlich rüber. Auf einmal taucht ein Cartoon-Häschen auf und droht mit dem Finger. »Nein, nein, nein!«, sagt das Häschen.

»Was zur –?« Ich höre, wie Boyboy kurz aufhört zu tippen, dann macht er weiter. Immer mehr Hasen tauchen auf.

»Ich hau ab«, sage ich, greife nach dem Adapter und mache das Licht aus.

»Warte!«, schreit Boyboy. »Das ist eine Forkbomb! Er weiß jetzt, dass jemand drin war!«

Häschen fluten den Bildschirm und das »Nein, nein, nein!« wird immer dichter und lauter.

»Wir haben keine Zeit!« Ich schaue auf und lausche auf das Klicken eines Schlüssels im Schloss.

»Uuuuund – okay! Jetzt raus!«, sagt Boyboy.

Ich reiße den Adapter raus. Der Bildschirm wird schwarz und ich knalle ihn zu. Ich werfe Computer und Festplatte in die Schreibtischschublade und drücke mich durch die Öffnung hinter dem Bücherregal. Ich ziehe es genau in dem Moment zu, als die Tür zum Arbeitszimmer aufgeht. Gegen die kalte, feuchte Wand gelehnt lausche ich mit hämmerndem Herzschlag. Meine Hände zittern, als ich das Telefon wieder ans Ohr nehme. Trotz des Rauschens höre ich, wie Boyboy um Luft ringt. Tiefe, asthmatische Atemzüge, obwohl er selbst gar nicht in Gefahr ist.

»Oh mein Gott – Tina?« Boyboy keucht. »Bist du okay?«,

»Ich hab's geschafft. Bin im Tunnel«, flüstere ich.

Boyboy seufzt erleichtert auf. »Jetzt weiß – warum du der Dieb bist und ich – Nerd. Ich glaub, ich – Panikattacke.«

»Hast du alles?«

»Glaub schon – nachschauen.«

Ich nehme das Telefon, um den Screen neben der Tür zu finden, und drücke auf ein paar Knöpfe, bis er angeht und einen schwachen grauen Lichtschein in den Tunnel wirft.

»Was machst – drin?«, höre ich Bug Eye sagen. »Kannst du – raus – Tür auf der anderen Seite?«

»Augenblick mal«, sage ich. »Ich seh ihn über die Kamera.«

Ich verhalte mich ganz still, als Mr Greyhill ins Bild tritt und sich an seinen Schreibtisch setzt. Er holt erst das Notebook aus der Schublade und dann die Festplatte. Ich halte die Luft an, während ich warte, ob ihm etwas auffällt, aber an seiner müden Körperhaltung ändert sich nichts. Er hat sich einen Drink eingeschenkt, den er jetzt neben den Computer stellt. Ich sehe nur seinen Hinterkopf. Er reibt sich die Augen, dann lockert er die Krawatte und löst die Manschettenknöpfe. Ich sehe, wie er ein Telefon aus der Tasche holt und es sich ans Ohr hält.

Boyboy hyperventiliert jetzt nicht mehr. »Ist da – Eingang – den Adapter am Bildschirm –«, flüstert er.

Ich zögere.

»Mach schon«, höre ich Bug Eye sagen.

Ich finde seitlich am Bildschirm einen passenden Anschluss. »Funktioniert das? Könnt ihr was sehen?«

»Ja«, haucht Boyboy. »Mach – Ton an.«

Ich drücke auf den Lautstärke-Button und höre, wie Mr G in sein Telefon spricht. »Ja, natürlich«, sagt er und gibt etwas in den Computer ein, aber sein Rücken blockiert die Sicht auf den Bildschirm.

»Meinst du, er hat was von den Häschen gemerkt?«, flüstere ich.

»Nein, das hab ich wieder hingekriegt«, erklärt Boyboy. »War aber ein ziemlich gerissenes Miststück.«

»Still.« Ich beuge mich vor.

»Das Gleiche wie immer«, höre ich Mr G mit seiner kalten Obermackerstimme sagen. »Und lass dir von Huan-Chi keine Märchen über Einfuhrzölle erzählen. Er weiß, dass er mit der Nummer nicht durchkommt ... Genau. Nein, das musst du alleine regeln, ich bin bei der Mine. ... Der in Walikale, bei Kasisi. ... Nein, das ist nur der nächste Ort, von dort liegt die Mine zehn Kilometer in Richtung Berge. Da funktioniert nur Satellitentelefon.«

Mein Haut juckt. Kasisi, mein Heimatdorf.

»Das *ist* die Zinnmine. Da bringen sie es hin. Ich will die Proben selbst abholen ... Nein, denen da oben traue ich nicht. Und ich hab dort auch noch was anderes zu erledigen ... ich will mir den neuen *comptoir* angucken, der sich ins Geschäft drängt. ... Nein, ich mach mir keine Sorgen. Der Kerl ist nur schwerer loszuwerden als die andern. ... Nein, die Rebellen werden sich hüten. Die bleiben bei uns. Keiner beschafft ihnen das Zeug, das sie wollen, zu den gleichen Preisen wie wir. ... Ja, hab ich versucht, aber der neue Bursche hat sich anscheinend eine kleine Bande zugelegt. Und irgendwas an seinen Aktionen wirkt, als ob er ... Egal. ... Nein, das ist nichts weiter. Mach dir keine Sorgen. Ich regel das.«

Mir wird ganz kalt bei diesem *Ich regel das*. Seine Stimme klingt genau wie die von Bug Eye, wenn er sich jemanden vorknöpft, der Probleme macht.

Mr G redet weiter. »... Chicago muss das nicht wissen, im Gegenteil. ... Nein, du besser auch nicht. Das ist eben die Art, wie die Dinge hier laufen. Man sollte meinen, die Milizen hätten langsam genug vom Kämpfen, aber ... Klar, das Angebot steht, bloß interessiert sich anscheinend keiner dafür, Geschäfte auf die Art zu machen. Ich erklär ihnen ja dauernd, dass es sogar profitabler wäre, aber ... in diesem Leben nicht mehr.«

Ich strenge mich an, alles, was Mr G sagt, richtig zusammenzubauen.

»Ja, wir arbeiten mit dem, was wir haben. Wenn es sein muss, treffe ich den General in Kigali, bevor ich nach Sangui zurückkomme. Nein, das ist der Teil, über den du nichts wissen musst ... Nein, der ruandische General. Mit diesen kongolesischen Arschlöchern will ich nichts zu tun haben. Armee, Miliz, die meiste Zeit wissen die doch selbst nicht, auf welcher Seite sie kämpfen. Warum soll ich mich mit so was rumschlagen?«

Ein ruandischer General. Ob das dieser Gicanda ist, dessen Name in der Polizeiakte steht?

»... Mach du einfach weiter und schmier die richtigen Leute. Dazu ein paar Johnnie Walkers ... Nimm eine ganze Kiste mit. Ich sollte mir Anteile kaufen.« Er macht ein seltsames Geräusch und ich brauche einen Moment, um zu kapieren, dass er lacht. »In Ordnung ... Ich melde mich, wenn ich zurück bin. Ja, dir auch. Gute Nacht.«

Er drückt das Gespräch weg und legt das Telefon beiseite. Dann nimmt er seinen Drink, lässt die Eiswürfel im Glas kreisen. Ein paar Sekunden lang bewegt er sich nicht. Dann zieht er eine Schublade auf und ich sehe etwas silbern aufblitzen.

Die Pistole.

Wie gelähmt starre ich hin, als er sie in die Hand nimmt und umdreht.

»Was macht er?«, höre ich Boyboy flüstern.

»Keine Ahnung.«

Ein paar Sekunden lang hält Greyhill die Pistole fast zärtlich in der Hand, dann legt er sie wieder in die Schublade. Bisher hat die Rückenlehne seines Stuhls den Bildschirm verdeckt, aber jetzt setzt er sich zurück und der Computer kommt wieder in mein Blickfeld. Als ich sehe, was er betrachtet, schnappe ich nach Luft.

Es ist das Foto von Mama und ihrer Freundin.

Ich balle die Fäuste. Am liebsten würde ich das Bild zerschlagen und sie aus seinem Blick reißen. In meiner Kehle steigt so etwas wie ein Knurren auf.

Genau in diesem Moment klopft es an der Zimmertür, was Greyhill genauso zusammenschrecken lässt wie mich. Er drückt eine Taste auf dem Notebook und Mama verschwindet. »Ja?«

Die Tür öffnet sich einen Spalt. »Kommst du bald ins Bett, Liebling?«, fragt Mrs Greyhill.

»In zwei Minuten.«

Sie verschwindet und Mr G klappt den Computer zu. Er folgt ihr, aber einen Schritt vor der Tür bleibt er stehen und sieht sich um. Er guckt genau in meine Richtung, und obwohl ich weiß, dass er mich nicht sehen kann, würde ich mich am liebsten wegducken. Seine tief liegenden Augen glitzern wie Eis.

Ich halte die Luft an.

Er schaut noch länger in die Richtung meines Verstecks, dann dreht er sich um und verlässt das Zimmer.

Mit einem leisen Zischen atme ich aus.

Am anderen Ende sind Boyboy und Bug Eye ganz still.

»Wie kann ich löschen?«, frage ich Boyboy nach einer Weile mit eingefrorenem Kiefer. Er führt mich durch das Menü, bis ich finde, wonach ich suche: Spuren meiner Anwesenheit in dem Raum. Nachher schleiche ich mich im Dunkeln zurück ins Haus. Die Kamera wird nichts aufzeichnen, wenn ich das Licht auslasse. Dann gibt es nichts mehr, das mich verrät.

SIND SIE SICHER, DASS SIE LÖSCHEN MÖCHTEN?, heißt es auf dem Screen. Er ist auf dem letzten Bild festgefroren, dem Gesicht von Mr G.

Ich drücke auf JA.

21

Als ich am frühen Morgen aufwache, ist es totenstill.

Das macht mich ganz nervös.

Auf meinem Dach ist die Luft morgens erfüllt von dröhnendem Verkehrslärm oder den heiseren Rufen der Ibisse. Aber ich habe vergessen, das Fenster aufzumachen, bevor ich gestern Nacht ins Bett gefallen bin, daher ist es im Zimmer jetzt stickig und still. Doch auch als ich die Vorhänge zurückziehe und das Fenster öffne, höre ich nichts als das höfliche Tschilpen der Vögel im Garten. So bleibt viel Platz für all die Gedanken, die mich bedrängen.

Ich prüfe mein Telefon, aber da ist keine Nachricht von Boyboy zu den Daten von gestern, also schicke ich ihm ein einzelnes Fragezeichen. Wahrscheinlich ist er so früh noch nicht wach, vor allem wenn er gestern noch lange aufgeblieben ist, um die Files zu entschlüsseln. Ich hoffe nur, Bug Eye hat ihm erlaubt, nach Hause zu gehen.

Ich ziehe mich an und stecke den Kopf aus der Tür, um zu sehen, ob Michael schon auf ist, aber seine Zimmertür ist noch geschlossen. Ich gehe nach unten, und als ich höre, wie Mrs G in der Küche dem Hauspersonal ihre Anweisungen für den Tag gibt, bewege ich mich in die entgegengesetzte Richtung, nach draußen auf die Veranda. Die Sonne hat den Dunst noch nicht ganz vertrieben und ein milchiger Schleier liegt über dem Garten. Schillernde Honigsauger flitzen von Blüte zu Blüte. Ich lehne mich gegen die Brüstung, schaue hinaus und spüre, wie die Feuchtigkeit und Kühle der Nacht aus dem Boden aufsteigt.

Bruchstücke aus Mr Greyhills Telefongespräch gehen mir durch den Kopf. Er will zu einer Zinnmine in der Nähe von Kasisi und dort irgendwelche Proben abholen. Wahrscheinlich Gold, oder? Und er will sich um einen *comptoir* kümmern. Donatien benutzt dieses Wort auch manchmal. *Comptoirs* sind Mittelsmänner, die Gold von den Milizen kaufen und es in andere Länder schmuggeln. Meistens sind das kleine Fische. Aber vielleicht geht es hier um jemanden von einer anderen Bergbaugesellschaft, der sich in Greyhills Geschäfte mit den Milizen reinzudrängen versucht? Greyhill will ihn beseitigen, so wirkt es jedenfalls. Oder vielleicht setzt er auch den ruandischen General auf ihn an? Das Ganze klingt jedenfalls ziemlich übel. Und dazu undurchsichtig und verwirrend.

Ob das Datenmaterial von der Festplatte irgendetwas klarer macht? Meine Schultern verkrampfen sich. Diese Files sind so wichtig. Was, wenn sonst nichts Brauchbares darin zu finden ist? Oder wenn Boyboy sie nicht knacken kann? Was ist, wenn ich nicht genug Stoff für Donatien habe? Soll ich dann gleich mit Schritt zwei weitermachen oder –

»Guten Morgen, Christina.«

Ich zucke zusammen. In der feuchten Luft klingt Mr Greyhills Stimme ganz nah. Als ich mich umdrehe, sehe ich, wie er mit zwei Tassen Tee in der Hand auf mich zukommt. Er scheint schon fertig fürs Büro zu sein – er trägt eine Seidenkrawatte und hat die aschblonden Haare so zurückgekämmt, dass sie glatt an seinem Kopf kleben. Er stellt sich neben mich an die Brüstung, so nah, dass ich die Hand ausstrecken und die exakt gebügelten Fältchen an seinem Hemd berühren könnte.

»Guten Morgen, Sir.«

Er reicht mir eine Teetasse.

»Danke.«

»Friedlich hier draußen, findest du nicht?« Er schaut in den Garten. »Ich komme morgens vor der Arbeit gerne hierher. Das klärt die Gedanken.«

Ich folge seinem Blick. Die Dachkante unserer alten Hütte ist hinter den Bäumen noch gerade so sichtbar. »Ja, Sir.«

Er trinkt seinen Tee und ich trinke meinen. Dampf steigt kreiselnd in unsere Gesichter. Außer dem Dampf bewegen sich nur die Vögel. Ich überlege, was ich sagen könnte, aber mir geht immer nur eines im Kopf herum: Mörder, Mörder, Mörder. Weiß er, dass ich es war, die ihn an dem Abend vor Mamas Tod aufgestört hat, als seine Hände schon um ihren Hals lagen? Das war direkt da vorne, unter diesem Baum. Vielleicht sollte ich ihn auf sein Telefonat gestern ansprechen. Was regeln Sie heute, Sir, und wird derjenige das überleben?

Schließlich sagt Mr G: »Du weißt, du kannst so lange hierbleiben, wie du möchtest.«

Ich werfe einen kurzen Blick auf sein glatt rasiertes Gesicht. Die Freundlichkeit in seiner Stimme überrascht mich. »Danke, Sir. Aber in ein paar Tagen muss ich zurück in die Schule.«

»Ja, natürlich. Was sagtest du noch mal, in welche Schule du gehst?«

»Das habe ich noch gar nicht erzählt«, antworte ich vorsichtig. »Auf die Alexander-Akademie in Paris.«

»Aha. Gefällt dir Paris?«

Ich versuche mich zu erinnern, was mir Michael dazu gesagt hat. »Die Leute sind unfreundlich.«

Seine Mundwinkel verziehen sich zu einem kleinen Lächeln. »Kommst du öfter zurück? Nach Sangui, meine ich?«

»Nein, Sir.«

»Bestimmt ist es sehr seltsam, wieder hier zu sein.«

Noch viel seltsamer, als Sie denken. »Ja, Sir.«

Mr G schaut weiter in den Garten. »In meiner ersten Zeit in Afrika konnte ich es kaum abwarten, zurück in die USA zu kommen. Jeder

Urlaub und jede Geschäftsreise ins Hauptquartier nach Chicago war eine Erleichterung für mich. In Amerika gibt es gute Straßen mit Ampeln und man kann nachts draußen herumlaufen, ohne sich Sorgen zu machen.«

Ich sehe ihn an, neugierig wider Willen.

»Aber nach und nach kam mir Amerika mit jedem Aufenthalt merkwürdiger vor. Es war zu kalt, zu steril. Die Läden waren voller Dinge, die man nur in absurden Mengen kaufen konnte. Die Leute verstanden nicht, warum ich nicht nach Hause wollte. Ich verstand es nicht mal selbst so richtig. Ich sorgte dafür, dass meine Reisen immer kürzer wurden. Das war vor zwanzig Jahren. Wenn ich jetzt wegen der Arbeit hinmuss, bleibe ich nie länger als nötig.«

Er nimmt einen Schluck Tee. »Sangui City ist kantig und harsch. Ich bin sicher, das muss ich dir nicht erst sagen. Ein bisschen so, wie damals der Wilde Westen in Amerika gewesen sein muss. Es gibt Verbrechen und Korruption, aber wer schlau ist, kann ein Vermögen machen. Altes und Neues mischen sich – moderne Shopping-Malls neben jahrhundertealten Moscheen. Massai, die ihr Vieh auf dem Mittelstreifen von Autobahnen entlangtreiben. Überall Menschen. Hier ist so viel Energie. So viel Leben. Ich weiß nicht, ob meine Kinder das begreifen.«

Er runzelt die Stirn und betrachtet seine Fingerknöchel. »Seltsam. Wo unsere Seele sich zu Hause fühlt, suchen wir uns fast nie selbst aus.«

Wir schweigen. Ich bin furchtbar verwirrt. Wer ist dieser Mann? Gestern Nacht am Telefon wollte er kaltblütig seine Konkurrenten ausschalten und jetzt spricht er so liebevoll über seine Wahlheimat?

Mr G dreht sich zu mir. »Weißt du, Christina, das, was hier passiert ist, mit deiner Mutter ...«

Mein Körper verkrampft sich. Aus den Augenwinkeln sehe ich seine Gesichtszüge, fast unmerklich zu einer Grimasse verzerrt. Aber er redet nicht weiter, sondern legt mir nur seine Hand auf die Schulter. »Das war entsetzlich. Es tut mir so unendlich leid.«

Ich brauche meine ganze Willenskraft, um ihn nicht abzuschütteln. Von seiner schweren, warmen Hand bekomme ich eine Gänsehaut. »Ja«, flüstere ich und fixiere das Dach unserer alten Hütte. »Ich weiß.«

»Wenn ich irgendwas für dich tun kann …«

Er zieht die Hand zurück, als ob seine Finger meine Verachtung spüren könnten. Sein Gesicht ist jetzt wieder glatt und ohne jedes Gefühl. Michael hat das also von seinem Vater, begreife ich, diese Fähigkeit, alles hinter einer Maske zu verstecken.

»… musst du nur danach fragen«, beendet er den Satz.

Ich brauche einen Augenblick, aber dann gelingt es mir, die Mundwinkel nach oben zu ziehen. »Danke, Sir, das werde ich tun.«

Er wendet sich ab und lässt mich allein. Bald wird sich der Dunst auflösen und die Konturen der Welt werden wieder deutlich sichtbar sein. Für den Augenblick aber verschwimmen sie, und egal, wie sehr ich mich anstrenge, ich kann kaum erkennen, wo das eine endet und das andere beginnt.

22

Ich habe Michaels Zimmer so satt, ich könnte schreien vor Überdruss. Wenn ich noch viel länger in diesem Haus bleiben muss, werde ich noch anfangen, Sachen zu zertrümmern, damit nicht alles so verdammt perfekt ist. Ich warte verzweifelt auf Nachricht von Boyboy, aber nach fünf unbeantworteten Nachrichten schreibt er nur zurück: *LASS MICH IN RUHE, MANN. ALLES OKAY, NOCH NICHT FERTIG.*

Michael ist es leid, dabei zuzusehen, wie ich mit meinem pausenlosen Hin-und-her-Laufen Löcher in den Teppich wetze, aber er ist zu gut erzogen, um etwas zu sagen. Stattdessen tippt er sich bei jedem meiner Schritte mit dem Stift ins Gesicht, während er seine Notizen durchgeht.

Ich höre ihn blättern. »Also, Donatien sagt, er und deine Mom hätten sich am 24. April treffen wollen, um die Fotos zu machen, richtig? Aber dann ist sie nicht aufgetaucht.« Er wühlt im UN-Bericht herum. »Am 10. Mai sind du und deine Mom dann nach Kenia gekommen.« Er legt die Papiere weg. »Was ist dazwischen passiert? Was weißt du noch über die Zeit, unmittelbar bevor ihr von dort weg seid?«

»Nicht viel.«

»Ist denn irgendwas passiert, was sie davon abgehalten haben könnte, Donatien zu treffen? Etwas, das sie dazu gebracht hat, den Kongo zu verlassen und meinen Dad aufzusuchen?«

Ich drehe Michael den Rücken zu. »Darüber will ich wirklich nicht sprechen.«

Ich spüre fast, wie er aufmerksam wird und sich aufrichtet. »Über was denn? Was ist passiert, Tina?«

»Es ist … das hat nichts mit dem Mord zu tun.«

»Wie willst du das wissen? Jetzt sag schon. Mit dem, was wir bis jetzt haben, kommen wir nicht weiter. Alles kann uns helfen. Sieh mich an.«

Widerwillig wende ich mich ihm zu. Sein Gesicht glüht vor Eifer. »Wir sind getrennt worden«, sage ich. »Direkt bevor wir weg sind.«

Michael ist hellhörig geworden, er beugt sich mir entgegen und wartet, dass ich weiterrede.

Mit den Fingerspitzen fummele ich am Saum meines geliehenen Tops herum. »Das steht doch alles in dem Bericht: Es sind immer wieder Milizen und Soldaten gekommen und haben unser Zuhause überfallen. Wir mussten dann wegrennen und uns im Wald verstecken. So war es auch, bevor wir weg sind, und sie hat mich fortgeschickt.« Mein Kehle ist wie zugeschnürt und ich atme tief durch, um mich zu beruhigen. »Ich war eine Weile allein im Dschungel.«

»Eine Weile?«, hakt Michael nach.

Ich zucke mit den Achseln. »Ich war erst fünf, ich weiß es nicht mehr so genau. Ein paar Tage?«

Michael sieht mich mit großen Augen an. »Das hast du mir nie erzählt.«

Der Schmerz in meiner Kehle verwandelt sich in Wut. »Sie hat mich ja nicht ausgesetzt. Irgendwann ist sie gekommen und hat mich geholt.«

»Aber … ein paar Tage. Wo ist sie da gewesen?«

Ich drehe ihm wieder den Rücken zu. »Ich weiß nicht«, sage ich über die Schulter hinweg. »Sie hat es mir nicht gesagt. Ich glaube, Donatien weiß es, aber er will es mir auch nicht sagen. Und ich kann mich selbst kaum an irgendwas erinnern, das hab ich dir doch gesagt.

Nach einer Weile hat sie mich im Dschungel gefunden und wir sind abgehauen. Das war's dann.«

»Und sie hat auch später nie darüber geredet, wo sie gewesen ist?«

Ich schüttele den Kopf.

Michael schweigt und denkt nach. Dann seufzt er tief. »Vielleicht haben wir den falschen Ansatz. Was ist, wenn ihr irgendwas passiert ist und sie sich zu meinem Dad geflüchtet hat? Vielleicht hat er sie beschützt.«

»Sie beschützt? Wieso das denn?«

»Vielleicht hatte sie etwas, das er wollte.« Er sieht mich an und zieht ein Gesicht. »Nein, *so* meine ich das nicht. Was anderes. Gold?«

»Er hatte genug Gold«, sage ich. »Was soll Mama denn aus Kasisi mitgebracht haben, das er nicht selbst hätte kriegen können? Er hatte Geld; er hatte Macht. Sie hatte nichts außer mir.«

»Informationen zum Beispiel?«, überlegt Michael und notiert sich etwas.

Ich tippe mir mit dem Fingernagel gegen die Zähne. Es stimmt: Wer schmutzige Geschäfte macht, muss über alles so viel wie möglich wissen. »Vielleicht irgendwas über die Milizen?«, schlage ich vor. »Oder jemanden, der für ihn gearbeitet hat? Weißt du, Donatien hat gesagt, dass dein Dad den Milizen das Gold nicht direkt abgekauft hat. Anscheinend gab es da einen Typen aus Kenia, der das gemacht hat. Er ist derjenige, den Mama da draußen gesehen hat, wie er die Deals machte. Hast du eine Idee, wer das gewesen sein kann?«

Michael schreibt nicht weiter. »Warte mal, sie hat also meinen Dad im Kongo nie gesehen, sagst du?«

»Ich ... ich dachte das nur.«

»Du *dachtest* es?«, sagt Michael.

»Donatien hat das, mhm, bis gestern nicht so richtig klargestellt. Aber das ändert doch nichts an dem, was dein Dad getan hat«, füge ich rasch hinzu. »Der Kenianer hat nach seinen Anweisungen gehandelt. Und sie wusste, dass dein Dad hinter allem steckt. Das hat ihr Donatien gesagt.«

»Aber sie hat nie mit eigenen Augen gesehen, wie er irgendwas Schlechtes gemacht hat?«

»Tu nicht so, als ob er unschuldig wäre«, schnauze ich. Plötzlich setze ich mich aufrecht hin. »Warte. Mwika! Es kann David Mwika gewesen sein, der die Geschäfte abgewickelt hat! Er ist doch Kenianer, oder?«

Michael guckt zweifelnd. »Viele Leute sind aus Kenia, Tina. Und ich weiß ja nicht ... Er hätte viel unterwegs sein müssen, oder? Für das ganze Zeug im Kongo? Mwika war aber immer hier, bei Dad oder bei uns.«

Trotzdem klingt Mwika für mich am wahrscheinlichsten. Ein treu ergebener Bediensteter, der tut, was sein Herr und Meister will. »Hey!«, sage ich begeistert. »Ich hab eine Idee. Wie wär's, wenn wir ihn direkt fragen?«

Michael kritzelt ärgerlich in seinen Notizen herum. »Ich arbeite dran.«

Mein Hochgefühl verpufft. »Versuchst du's denn überhaupt wirklich?«

»Natürlich! Es ist eben schwer, an ihn ranzukommen.«

»Weißt du denn sicher, wo er ist?«

»Das weiß ich, verdammt. Ich habe zufällig mitgekriegt, wie Dad am Telefon mit der Firma geredet hat, bei der er jetzt arbeitet.«

Mein Puls beschleunigt sich. »Welche ist das?«

Eine Weile lang starrt mich Michael einfach nur an. Schließlich sagt er: »Sie heißt *First Solutions*. Ein Sicherheitsdienst, der im Kongo arbeitet.«

»*First Solutions*. Das ist super. Da finden wir ihn ganz leicht.«

Michael runzelt die Stirn. »Hörst du mir nicht zu? Ich habe versucht, den Kontakt herzustellen, aber es ruft einfach keiner von der Firma zurück.« Er wirkt total frustriert, aber er hat eben keine Ahnung, was Boyboy alles herbeizaubern kann, wenn er nur einen Schnipsel Information hat. Wenn irgendwer Mwika finden kann, dann Boyboy.

Ich höre, wie mein Telefon brummt. Eine Textnachricht. »Endlich«, sage ich, als ich sehe, dass sie von Boyboy ist. »Ich muss los.« Ich stehe auf.

»Was? Nein.« Michael steht auch auf. »Ich kann nicht hier weg. Mom hat mir Hausarrest aufgebrummt, bis ich bald achtzig bin.«

Ich betrachte ihn und würde am liebsten sagen: Wie seltsam, dass du eine Mutter hast, die dich mit Hausarrest bestraft. Das klingt wie aus einem Film.

»Ich bitte dich nicht um Erlaubnis. Ich muss Boyboy sehen.« Ich stecke mein Telefon in die Tasche. »Ich komm wieder«, ergänze ich, als ich die Furche zwischen seinen Augenbrauen sehe.

»Nimm wenigstens einen von unseren Fahrern.«

»Damit er dafür sorgen kann, dass ich nicht abhaue?«

Michael reagiert nicht.

»Na gut, aber er muss mich bei der Raphaelskirche rauslassen und auch wieder dort abholen. Wenn er mich verfolgt, krieg ich das mit und schlitze ihm die Reifen auf.«

»Herrgott, Tina. Sei doch nicht so ein Goonda.«

Das soll wohl ein Witz sein, aber das kümmert mich nicht.

»Ich bin aber einer, reicher Junge. Gewöhn dich dran.«

Als ich aufs Dach komme, ist Boyboy schon da. Auch diesmal thront er auf meinem Safaristuhl. Sein Outfit ist heute etwas zurückhaltender – eine Lederjacke mit spitz hervorstehenden Nieten und Hosen in einer Farbe, die er wahrscheinlich *Seeschaum* nennen würde. Seine Nägel sind in einem blassen Lila lackiert.

»Hoffentlich hast du nichts vergessen«, erklärt Boyboy. »Du gehst nämlich nicht zurück. Anweisung von Bug Eye. Du bleibst bei mir. Wir sind fertig. Das war's. Das ist alles.«

»Ach ja?« Ich gehe auf ihn zu. »Wir haben alles?«

»Genau. Ein paar Tage brauch ich noch zum Entschlüsseln, dann bringst du diesen Pressefuzzi ins Spiel und lässt ihn mit Scheiße schmeißen, danach kommt dann meine persönliche Lieblingsphase in Tiny Girls ultimativem Racheplan.« Er lässt die Fingerknöchel knacken. »Bankkonten ausräumen! Ich hab mir schon die Tasche ausgesucht, die ich mir von meinem Anteil kaufe: eine zinnoberrote Louboutin-Clutch in Lackleder. Das ist das Schwulste, was ich bis jetzt zu Gesicht gekriegt habe. Meine Mutter wird Zustände bekommen und mich anbetteln, dass ich sie nicht außer Haus trage, aber das werde ich tun. Jeden Tag werde ich sie tragen, weil ich sie absolut großartig und wunderbar finde.«

»Na dann.«

Endlich sieht er mich an. »Was heißt hier *na dann*? Sag was, Tina. Du machst mich ganz nervös.«

»Alles in Ordnung«, antworte ich und widme mich mit großem Interesse einem Moskitostich hinten auf meinem Arm. »Hast du mal von einer Sicherheitsfirma gehört, die *First Solutions* heißt? Michael glaubt, dass Mwika im Kongo für die arbeitet. Kannst du gucken, was du über die rauskriegst?«

»Weißt du denn jetzt, wo der Typ ist?«

»Ich hab nicht mehr als diesen Namen. Aber wenn *wir* ihn finden, muss ich nicht auf Michael warten.«

Boyboy wirft mir einen langen Blick zu, dann seufzt er. »In Ordnung. Ich setz es dir auf die Rechnung. Und jetzt komm her, du undankbares Stück. Ich will dir ein paar Sachen zeigen, die ich gefunden habe.«

»Richtig dreckige Details über unsern bösen Mann?«, frage ich, sofort aufgemuntert.

»Aber klar. Fantastisch guter Dreck. Erinnerst du dich noch an diese Zahlung, die ich dir gestern gezeigt habe, und wie die ihn trotzdem nicht eindeutig belastet?«

»Die an diese Firma aus Südafrika, für ›Sicherheitsdienste‹?«

»Genau. Also, ich hab den Schlüsselcode rausgekriegt.« Boyboy deutet auf den Bildschirm und fährt mit seinem lila lackierten Fingernagel an einer Spalte entlang. »Hier steht, wofür er wirklich bezahlt hat: Eine Einheit ›Sicherheitsdienste‹ entspricht zwei Tonnen leichter Munition. Und das hier unten ist eine exakte Aufstellung aller Rechnungsposten – jede Menge Gewehre und solche Sachen. Der Kerl ist ein gut organisierter Waffenschmuggler. Dafür geht er hops, keine Frage.«

»Schön«, sage ich. »Gibt's auch schon eine Verbindung zu den Milizen?«

»Da bin ich noch dran. Das meiste hab ich noch nicht entschlüsselt. Aber wenn das hier schon so detailliert ist, finde ich da garantiert auch noch was.« Boyboy schaut mich erwartungsvoll an. »Das ist jetzt die Stelle, an der du vor Begeisterung Saltos schlägst. Wo bleiben die?«

»Tut mir leid. Super!« Ich mache ein Victory-Zeichen.

Boyboy mustert mich. »Was ist mit dir los?«

Mein Lächeln verrutscht. »Falls du irgendwelche Zahlungen außer der Reihe an Mwika siehst, sag mir Bescheid, ja?«

»Zahlungen?«

»Irgendwas neben seinem Gehalt. Kann sein, dass Mwika mehr war als nur Greyhills Security-Chef.«

»Klar, ich mach die Augen auf.« Er hält inne. »Warte mal. Wie hieß noch mal die Sicherheitsfirma, für die er arbeitet?«

»*First Solutions.* Wieso?«

Boyboy tippt im Dauerfeuer auf der Computertastatur herum. »Die ist hier drin. Ich hab den Namen gesehen, das weiß ich genau.«

Angespannt sitze ich auf meinem Betonblock und warte.

»Hier«, sagt er schließlich. »Ich wusste doch, dass mir das bekannt vorkommt. Zwei Zahlungen über fünfunddreißigtausend US-Dollar.«

Ich beuge mich über ihn, um selbst zu sehen, worum es geht. »An *First Solutions*?«

»Ja, sieht so aus. Mit nur ein paar Tagen Abstand, vor zwei Jahren.«

Ich denke fieberhaft nach. »Bist du sicher?«

»Ja. Jedenfalls nach den Unterlagen hier.«

»Steht da, wohin das Geld gegangen ist? Und gibt's irgendwelche Anhaltspunkte, wo Mwika sein könnte?«

Boyboy fährt mit dem Finger an den Bildschirmzeilen entlang. »Western Union. In Walikale-Stadt.«

»Das ist bei Kasisi.« Mein Herz beginnt laut zu klopfen.

»Da ist auch eine Telefonnummer angegeben. Vielleicht die von Mwika.« Boyboy kritzelt sie auf einen Zettel und gibt ihn mir.

Ich stehe auf und starre das kleine Stück Papier an. Mwikas Telefonnummer. Er ist in Walikale. Endlich ein paar Antworten! Aber ... Ich laufe zu einer Fensteröffnung. Mr G hat ihm Geld überwiesen. Heißt das, Mwika hat im Kongo für ihn gearbeitet? Oder war das Schweigegeld? Ich bleibe abrupt stehen und mir wird ganz schlecht. Vielleicht hat Mwika das Video an Mr Greyhill zurückverkauft? Dann bin ich erledigt. Ich habe nichts. Wenn darauf zu sehen war, wie Mr G meine Mutter ermordet, ist es weg, vernichtet.

»Hast du denn irgendwelche Video-Files in dem Material gefunden?«, frage ich Boyboy.

»Also ehrlich, Tina. Ich hätte es dir doch längst gesagt, wenn ich das Video vom Mord an deiner Mom gefunden hätte, meinst du nicht?«

Also kann es verschwunden sein. Aber vielleicht hat Mr G es doch nie gekauft. Ich tigere weiter auf und ab.

»Hey, bevor du wieder zu grübeln anfängst und den Mund nicht mehr aufkriegst – willst du noch den letzten Clou sehen, den ich gefunden habe?«, ruft Boyboy mir zu.

Ich zirkele wieder zu ihm zurück und schaue über seine Schulter auf den Bildschirm. Ich bin immer noch vollkommen durcheinander. »Das Foto von meiner Mutter?«

»Ich hab's mal unter die Lupe genommen, nachdem Mr Greyhill gestern Abend so hin und weg war davon. Eigentlich nur, damit ich es abhaken kann. Ich dachte nicht ernsthaft, dass ich was finde. Aber guck dir das an.« Er klickt irgendwohin und die Gesichter von Mama und dem Mädchen verblassen. Dahinter taucht etwas auf, das wie der Scan von einem Blatt Papier wirkt. In Handschrift stehen dort lauter Tabellen und Zahlen.

Ich gehe näher heran. »Was ist das?«

»Weiß ich nicht. Wobei das Foto eine Stego-Datei ist, so viel ist klar.«

Ich verdrehe die Augen. »Na klar. Und was bedeutet das?«

»In dem Rauschen sind Daten versteckt.«

»Was für ein Rauschen?«

Boyboy seufzt sein spezielles kleines Seufzen, das er für hoffnungslose Fälle wie mich reserviert hat. »Tu deinem armen Hirn keinen Zwang an, du musst das nicht verstehen. Das ist nur eine Art, wie man etwas verstecken kann. Und zwar so, dass außer mir kein Mensch draufkommt.«

Ich beuge mich vor, um die winzig kleine Schrift zu entziffern. Das Bild ist so verpixelt, dass man kaum etwas lesen kann. Die Überschrift versetzt mir einen kleinen Schlag: *Kasisi*. Ich fahre mit dem Finger über die Spalten. »Sieht wie eine Art Buchführung aus. Kann das vielleicht noch eine Ablagevariante für seine Geheim-Deals sein?«

»Glaub ich kaum. Mr Greyhill macht alles digital. Ich kann mir absolut nicht vorstellen, dass ein Typ wie er einen Bleistift und solches Papier benutzt, du etwa?« Boyboy schiebt mir den Computer hin, steht auf und streckt sich. »Hast du mir das Essen mitgebracht, das ich haben wollte? Tikka Masala? Mit extra *pili-pili*?«

»Ich geh gleich los und hol's dir. Versprochen«, murmele ich und setze mich an seinen Platz.

Die Seite wirkt, als wäre sie irgendwo rausgerissen, zusammengefaltet und hinterher wieder glatt gestrichen worden. Es sind sechs Spalten. In der einen stehen Wörter, seltsame Wörter: *Terminator, Ugly Twin, Slimmy, Earwax*. Wahrscheinlich Namen. Sie klingen wie die von Goondas. Mitglieder von Milizen? Dahinter sind lauter Zahlen aufgelistet. Über einer Spalte steht: *Mobile Interests*.

Ich scrolle weiter runter. Noch so eine herausgerissene Seite, genau wie die erste. Und noch eine. Quer über die letzte läuft ein breiter dunkler Streifen. Die Seiten sind in Schwarz-Weiß gescannt, aber dieser Streifen sieht verdächtig nach altem Blut aus. »Warum hat er das wohl versteckt? Und was ist es überhaupt?«

»Zwei Wörter, Tina: Tikka Masala.«

»Okay, okay«, sage ich, bleibe aber sitzen, während mir eine Million Gedanken im Kopf herumschießen. Was zur Hölle sind *Mobile Interests*? Ich mache ein neues Fenster auf Boyboys Computer auf und suche nach dem Ausdruck. Ich finde aber nichts als einen Haufen Handy-Werbung. Ich starre auf den blinkenden Cursor im Suchfenster, dann tippe ich *Kasisi, Kongo* ein.

Es wird als ein kleiner Punkt auf einem Satellitenbild angezeigt, rote Erde um eine Kreuzung, drum herum Grün. So winzig. Ich zoome näher. Ein paar Seitenstraßen, aber kaum mehr als zwanzig richtige Gebäude, obwohl Kasisi als Stadt gilt. Ich frage mich, wo mein altes Zuhause war. Ich kann mich zwar noch an das Haus selbst erinnern, könnte aber nicht sagen, wo es lag. Straßen führen von der Siedlung hoch in die Berge zu kleinen freien Flecken, die Gehöfte sein müssen. Aber sie reichen nicht sehr weit. Sonst ist ringsum nichts. Meilenweit nur Baumwipfel. Terra incognita. Hier gibt es Monster.

Ich starre ins Grün, bis mir alles vor den Augen verschwimmt. Ich kann mich erinnern, wie ich nach oben in ein Baumdach geschaut habe, so hoch wie das Haus, auf dem Boyboy und ich gerade sitzen. Bäche mit kaltem Wasser, die durch felsige Betten sprudeln. Blumen. Affen, Nashornvögel und Spitzmäuse. Kleine Antilopen mit zierlichen Hufen und Buschschweine mit zuckenden Schnauzen. Tausendfüßler und Schmetterlinge so groß wie meine Hand. Wenn ich mich konzentriere, erhasche ich noch den Geruch von verrottenden Blättern.

Aber irgendwo sind auch die Milizen, Männer, die sich schmale Pfade bahnen, die Gewehre über den Schultern tragen und an deren Brust Grasketten und Amulette baumeln.

Ich reibe mir die Augen und betrachte wieder die versteckten Notizblätter. Diese Seiten müssen nicht unbedingt mit meiner Mutter zu tun haben, sage ich mir.

Aber sie haben es eben doch, das ist mir klar. Mein Bauch weiß Bescheid. Er hat sie in ihrem Foto versteckt. In den Notizen geht es um die Stadt, in der wir früher gelebt haben und aus der wir geflohen sind. Es muss da einen Zusammenhang geben. Ich sehe ihn nur noch nicht.

Da höre ich mich sagen: »Ich fahre hin.«

Boyboy blinzelt. Er weiß genau, dass ich nicht den Tikka-Stand meine. »Wohin?«

Die Idee schockt mich selbst fast so sehr wie Boyboy, aber sobald ich den Satz ausgesprochen habe, wird es real. Es gibt keinen anderen Weg, um rauszukriegen, wer meine Mutter war, was mit ihr passiert ist und welche Geheimnisse sie aus dem dunklen Wald mitgebracht hat. Hier in Sangui kann ich nichts mehr herausfinden. Es gibt keinen, der mir etwas erzählt. Ich muss zurückgehen, um vorwärtszukommen.

Michael hat recht. Ich muss sicher wissen, dass Mr Greyhill sie getötet hat. Wenn David Mwika und sein Video noch existieren, werde ich sie finden. Und wenn nicht, dann ist das, was Mama und mich von zu Hause vertrieben und zu Mr Greyhill geführt hat, vielleicht noch da, versteckt unter den Blättern des Dschungels. Ich werde es ausgraben.

Mir wird klar, dass ich schon von dem Moment an darauf zugesteuert bin, als ich in der ersten Nacht in Mr Gs Arbeitszimmer das Gesicht meiner Mutter auf dem Foto gesehen habe. Die Vorstellung, zurück an den Ort zu gehen, von dem meine Mutter und ich geflüchtet sind, macht mir Angst, aber jede Faser meines Körpers sagt mir, dass ich es tun muss. Ich muss das alles mit anderen Augen betrachten. Ich muss erfahren, was passiert ist. Ich muss alles wissen.

Die vollständigen hundert Prozent.

Für mich. Für sie.

Ich bewege mein Kinn in Richtung der Karte auf dem Screen. »Dahin. In den Kongo. Nach Hause.«

23

Boyboy nimmt es gelassen auf.

»Nie im Leben. Absolut nicht. Bist du verrückt? Du kannst da nicht hin.« Er stampft allen Ernstes mit dem Fuß auf. »Ich verbiete dir das!«

»Boyboy, sei doch nicht so ein Mädchen. Ich mache das.« Ich stehe auf, um meine Sachen durchzusehen und zu überlegen, was ich mitnehmen muss.

»Aber wir haben doch jetzt jede Menge dreckige Details! Willst du ihn nicht bloßstellen? Was ist mit deinem Plan? Schmutz, Geld, Blut?«

»Hab ich gesagt, dass du mitkommen sollst?«

»Darum geht es doch gar nicht! Du meinst, es wäre gefährlich, Einbrecher in Sangui City zu sein? Der Kongo ist kein Spielplatz! Das ist Mordor.«

»Wieso Mordor? Ich will nach Kasisi.«

»Nein«, sagt Boyboy und reckt die Hände zum Himmel, »ich meine Mordor so wie *Herr der Ringe* und Saurons Auge. Du weißt schon, der Inbegriff des Bösen?«

»Keine Ahnung, wovon du redest. Ist das so ein Nerd-Ding?«

»Ja, das ... Ach, egal. Hör mir zu. Man spaziert nicht einfach mal eben zurück in den Kongo. Was glaubst du, warum unsere Eltern uns überhaupt aus diesem Drecksloch rausgebracht haben?«

»Also echt, jetzt übertreibst du. Schließlich leben da immer noch viele Leute, oder?«

»Na klar. Warlords! Milizionäre!«

Ich lege mein zweitbestes Messer neben meinen Rucksack. Und meinen Pullover. Dazu eine Plastikflasche, die ich mit Wasser aus meiner Regentonne fülle. »Nicht nur die«, sage ich. »Auch normale Leute. Bauern und so.« Ich versuche, möglichst ruhig und gelassen zu wirken. Boyboy braucht nicht mitzukriegen, dass ich selbst große Angst habe. Was nimmt man auf eine Reise zum Inbegriff des Bösen mit? Ich greife nach einer Dose Bohnen und stelle sie neben die anderen Sachen.

Boyboy schluckt und ich merke, dass er sich anstrengt, möglichst vernünftig zu klingen. »Tina, *wir* sind die normalen Leute. Und uns sind schlimme Sachen passiert. Bitte, tu das nicht.«

Ich bin dabei, mein Zeug im Rucksack zu verstauen. »Ich muss aber, Boyboy.« Ich schaffe es nicht, ihm ins Gesicht zu sehen. »Dort ist Mwika. Mr Greyhill will auch hin. Der Mord an Mama und zu Hause – das ist alles irgendwie ineinander verknotet. Mach du in der Zeit mit dem Entschlüsseln weiter, ja?«

Boyboy guckt immer noch, als ob ich ihm gerade eine Magenkolik verpasse. »Und was willst du Bug Eye erzählen?«

Ich zögere. Bug Eye hat Boyboy gesagt, ich dürfte nicht mehr zurück zu den Greyhills. »Ich überleg mir was. Vielleicht kann ich sagen, dass Michael misstrauisch wird, wenn ich den Ring jetzt verlasse. In ein paar Tagen bin ich zurück, noch bevor du mit dem Entschlüsseln fertig bist. Bug Eye muss gar nicht mitkriegen, dass ich weg bin.«

Boyboy schlingt nur die Arme um sich und schüttelt den Kopf. Es gibt etwas, das ich ihm nicht sage: Egal, wie viel Angst ich vor Bug Eye habe, irgendwie kümmert es mich nicht besonders, was er tut, wenn er rauskriegt, dass ich die Stadt verlassen habe. Es gibt einfach Sachen, die wichtiger sind als Strafaktionen.

In meinem eigenen Bett zu schlafen fühlt sich gut an. Auch die Schuldgefühle, die ich habe, als erst der Fahrer andauernd anruft und Nachrichten schickt und später Michael selbst, dringen nicht so richtig zu mir durch. Ich bin einfach nur froh und erleichtert, in meiner eigenen Welt zu sein, mit meinen Gerüchen, meinen Sachen und den Lichtern der Stadt, die funkeln wie gestohlene Diamanten auf Samt.

Ich überlege, ob ich Kiki besuchen soll, aber sie erwartet mich nicht, also müsste ich ans Schlafsaalfenster klopfen. Ich will sie nicht in Schwierigkeiten bringen. Außerdem ist erst Montag. Am Freitag bin ich wieder zurück, sage ich mir.

Ich wache auf, noch bevor es hell wird, zittrig und nervös, aber auch gespannt. Endlich tue ich was.

Ich brauche nicht lange, um mich fertig zu machen. Ich putze die Zähne und stecke mir neue Klemmen ins Haar. Ich nehme so viel Geld aus meiner Notfallkasse, wie ich für die Reise zu brauchen glaube, und stopfe die Scheine ins Innenfutter meiner Jacke, die ich unten aufgetrennt habe. Dann zerre ich den Betonblock in die östliche Ecke des Hauptraums und stelle mich drauf. Mit zwei Fingern fühle ich nach der Ritze in der Wand zwischen den Steinen und fummele ein Plastiktütchen raus. Nachdem ich den Staub weggepustet habe, betrachte ich das Gebetskärtchen – das Gesicht der heiligen Katharina, das Rad neben ihr, das Schwert zu ihren Füßen, den Palmwedel in ihrer Hand.

Manchmal kommt es mir vor, als ob wir die heilige Katharina aufgespalten hätten. Kiki hat ihren Namen und ihre Güte. Ich habe die Dinge, die sie getötet haben.

Ich drücke das Plastiktütchen um die Karte und stecke sie in meinen Rucksack zu dem Foto mit meiner Mutter. Vielleicht kann ich eines Tages einen Palmwedel auf meine Arme tätowieren, neben das Schwert und das Rad, als Zeichen des Triumphs. Aber noch ist es nicht so weit.

Auf dem Busbahnhof herrscht wie immer wohlorganisiertes Chaos. Straßenhändler, Schlepper, Taschendiebe und Reisende quetschen sich in der Morgensonne aneinander vorbei. Großäugige Männer und Frauen aus dem Landesinnern klemmen sich ihre Taschen unter die Achselhöhlen und zählen verstohlen die Geldscheine, die sie während der Reise zwischen ihren Brüsten oder in der Unterwäsche versteckt hatten. Männer mit Augen wie aus Stahl und Frauen an Marktständen und Bussen beobachten sie mit geringschätzigem Raubtierblick.

Ich nicke ein paar anderen Langfingern, die in der Menschenmenge ihren Job machen, einen Gruß zu und signalisiere ihnen, dass ich heute nicht arbeite. Sie wirken erleichtert.

Und in diesem Moment entdecke ich sie.

Einer mit einer knalligen gelbgrünen Kappe und in karierten Caprihosen, der suchend über die Menge blickt, und einer, der versucht, so zu gucken, als ob er sich jeden Tag auf dem Busbahnhof herumtreibt, obwohl jeder Idiot sehen kann, dass er ein *sonko* ist und als reicher Junge nie Bus fährt. Dass er es vermeidet, irgendwas anzufassen, ist Zeichen genug. Außerdem ist seine Haut ein ganzes Stück weißer als die aller anderen hier, mal abgesehen von dem blinden Albino-Typen, der mit seiner scheppernden Blechtasse um Münzen bettelt.

Ich marschiere zu ihnen und frage: »Was tut ihr hier?«

Michael bringt es fertig, auch noch erleichtert zu gucken, als er mich sieht.

»Auf dich warten, was denn sonst?«, sagt Boyboy und plustert sich auf. Er will den starken Kerl markieren, schrumpft unter meinem bösen Blick aber gleich wieder zusammen.

»Wie habt ihr mich überhaupt gefunden?«

»Hab das GPS von deinem Telefon angezapft«, sagt Boyboy. Er trägt eine Reisetasche über der Schulter.

»Warum?«, frage ich und beäuge die Tasche misstrauisch. »Und was macht Michael hier?«

Boyboy und Michael werfen sich einen Blick zu.

Ich starre Boyboy mit zusammengezogenen Augenbrauen an. »Hast du ihn etwa angerufen? Und ihm alles erzählt?«

Boyboy stemmt ärgerlich eine Faust in die Hüfte. »Jemand muss auf dich aufpassen und ich hab solchen Männerkram nicht drauf.«

»Ich kann allein auf mich aufpassen! Ich brauch keine Kerle.«

»Das glaubst du. Du bist ein Fischlein, das mit den Haien schwimmen will. Männer, Frauen, ganz egal, je mehr wir sind, desto sicherer ist es.«

Michael hat bisher nichts gesagt. Ich knöpfe ihn mir vor. »Und du machst wahrscheinlich mit, damit du sicher sein kannst, dass ich mich an unsere Abmachung halte?«

Seine Augen funkeln. »Du bist doch diejenige, die abhaut. Da brauchst du dich gar nicht so aufspielen.«

Ich verschränke die Arme vor der Brust und versuche, ihn herablassend anzustarren, aber weil ich einen Kopf kleiner bin, ist das nicht ganz so einschüchternd wie gedacht. »Glaubst du im Ernst, du könntest hinter mir her trotteln?«

»Ich will nicht *hinter dir her trotteln*. Ich will mit dabei sein«, sagt Michael. »*Ich* habe nämlich etwas mit dir ausgemacht und halte mich dran. Ich will rauskriegen, wer deine Mom umgebracht hat. Wenn das heißt, dass wir in den Kongo müssen, um Mwika zu finden, dann auf in den Kongo. Aber es stimmt, ich will auch dafür sorgen, dass du nicht abhaust.«

Ich knirsche mit den Zähnen. »Ich wollte die schmutzigen Infos über deinen Dad nicht rauslassen. Noch nicht. Ich habe mein Wort nicht gebrochen.«

»Unsere Vereinbarung war, dass wir das zusammen machen.«

»Hast du nicht Hausarrest?«

»Wieso kümmert dich das, bei deiner Scheißegal-Haltung?«

Wir starren uns wütend an, bis Boyboy die Augen verdreht und sagt: »*Ngai*, ihr führt euch wie zwei Hähne auf, die um eine Henne kämpfen. Seid ihr jetzt durch mit dem Brustgetrommel? Der Weg ist weit, wir haben keine Zeit zu verschwenden.«

»Ich will aber nicht dabei sein, wenn ihn Daddys Suchtrupp findet!«

»Mach dir keine Sorgen wegen meinem Vater.«

»Ach, wirklich? Wetten, das hat meine Mutter auch gedacht?«

Boyboy setzt seine Sonnenbrille auf und schiebt sich zwischen uns. »Okay! Zeit zum Aufbruch! Welchen Bus nehmen wir?«

Ich atme tief durch. »Das ist also beschlossene Sache, ihr zwei kommt mit?«

Michael nickt.

»Wegen meiner Gesundheit bin ich jedenfalls nicht hier, *habibi.*« Boyboy wedelt die Abgase der Sammeltaxis weg.

»Gut«, sage ich. »Anscheinend bin ich da machtlos. Aber mit dem Bus fahre ich nicht.«

»Privatwagen?«, fragt Boyboy hoffnungsvoll.

»Nein.«

»Na gut, du Reise-Expertin, welches Verkehrsmittel schlägst du sonst vor?«

Ich ziehe an den Trägergurten und schnalle den Rucksack ein Stück fester um meine Schultern. »Wir machen es wie alle Flüchtlinge.«

Boyboy bleibt der Mund offen stehen, als er sieht, wo ich hingucke. »Du machst Witze, oder? Ein Bananenlaster?«

Ich grinse. »Außer du hast ein Privatflugzeug, von dem ich nichts weiß.«

»Michael hat eins«, sagt Boyboy. »Den Waffenschmuggel-Helikopter von seinem Dad.«

Michael verschränkt die Arme. »Mal eben das Motorrad von meinem Dad ausleihen für eine kleine Tour durch die Stadt ist das eine, seinen Hubschrauber stehlen was ganz anderes. Außerdem ist er selbst damit unterwegs.«

Er wirft mir einen auffälligen Blick zu. Weiß er, dass ich die Reisepläne seines Vaters kenne?

Boyboy stöhnt. »Ich hasse Bananenlaster. Ich hab mir geschworen, nie wieder mit den Dingern zu fahren.«

»Dann nimm den Bus, lass dich von Grenzwachen aufhalten und zahl Schmiergeld in drei Ländern«, sage ich. »Ich fahre Laster.«

Boyboy nimmt die Kappe ab, wirft ihr einen bedauernden Blick zu und verstaut sie in seiner Tasche. »Ich muss das mal laut sagen: Das ist das Unglamouröseste, was ich jemals für dich tun werde, Tiny.«

»Ich zwing dich ja nicht!«, sage ich entnervt. »Du willst doch unbedingt mitkommen. Bleib doch einfach hier.«

Boyboy betrachtet mich mit einem seltsamen Blick. »*Wollen* ist nicht der richtige Ausdruck.«

»Das verstehe ich nicht.«

Er will schon antworten, aber dann schüttelt er nur den Kopf und setzt sich in Bewegung, dorthin, wo die Laster stehen. Sogar Michael verzieht das Gesicht, als würde er sich irgendwie für mich schämen.

Bevor er Boyboy hinterherläuft, sagt Michael: »Nicht zu fassen, dass jemand, der so schlau ist wie du, dermaßen idiotisch sein kann.«

24

Regel 12: Sei immer bereit abzuhauen.

An irgendeinem Punkt in deinem Leben wird es dir passieren, dass du entkommen musst. Sei vorbereitet. Vielleicht hast du einen schicken Tunnel, der von Monstern bewacht wird, und draußen warten Autos und Helikopter, die dich schnell wegbringen können. Vielleicht hast du einen Pass und Bankkonten in Europa. Vielleicht hast du ein Motorrad.

Vielleicht hast du aber auch nur deine Füße. Und falls du derart unvorbereitet bist, hoffe ich für dich, dass eine dicke große Frau mit einem Laster vorbeikommt und Mitleid mit dir hat.

Aber so was geschieht normalerweise nur ein Mal.

Mama und ich sind auf einem Bananenlaster aus dem Kongo rausgekommen.

Nachdem wir aus dem Wald waren, haben wir uns auf den Weg nach Goma gemacht, an der Spitze des Kivu-Sees. Über die Zeit unterwegs weiß ich nicht mehr viel. Aber in Goma gab es zu viele Soldaten auf den Straßen, immer wieder waren zu den seltsamsten Zeiten Gewehrsalven zu hören, und nachdem wir ein paar Nächte im Haus eines Pfarrers auf dem Boden geschlafen hatten, zusammen mit einem Dutzend anderer verstörter und zerschundener Menschen, erklärte uns der Pfarrer, die Kämpfe würden schlimmer und wir müssten von hier weg. Er verschaffte uns eine Mitfahrgelegenheit bei einem dickbäuchigen, schielenden Lastwagenfahrer. Der musterte Mama mit seinem guten Auge von oben bis unten und sagte dann, er würde uns mitnehmen, wohin auch immer wir wollten. Wir bedankten uns bei dem Pfarrer, und als er weg war, suchte Mama eine andere Mitfahrgelegenheit. Wieder ein Bananenlaster, aber diesmal war der Fahrer eine große, grimmige Frau namens Paula Kubwa, die von allen *Big Paula* genannt wurde.

Viele, die auf der Flucht waren, wollten mit Paula Kubwa aus dem Land kommen, die angeblich die Tochter eines Milizenführers war. Sie ließ sich weder von den Milizen noch von der Polizei irgendwelchen Unsinn bieten. An den Checkpoints bezahlte sie ihr Schmiergeld wie alle anderen und fuhr weiter. Wenn irgendein Mann sie blöd anredete, ging er gleich bewusstlos zu Boden und seine Freunde machten sich vor Lachen ins Hemd.

Es war nicht einfach, einen Laster zu finden, den eine Frau fuhr. Mama sagte mir später, wir müssten Paula Kubwa mit in unser tägliches Abendgebet aufnehmen, weil sie uns gefunden und uns gerettet hatte. Sie hatte uns aus dem Gedränge der Flüchtlinge ausgewählt, hatte als unsere persönliche Frau Moses das Meer für uns geteilt und uns ins Gelobte Land geführt. Ich weiß nicht, ob ich mich wirklich an ihr Gesicht erinnere oder ob ich es auf der Basis von Mamas Erzählungen nur herbeifantasiere. In meiner Vorstellung war Big Paula ein Berg, zugleich wunderbar und schrecklich, wie ein Engel mit einem Schwert.

Ich bin mir ziemlich sicher, dass sie meine Gebete nicht brauchte.

Wahrscheinlich hätten Boyboy, Michael und ich mit dem Bus fahren und uns irgendwie über die Grenzen schleichen können, aber allein die Vorstellung, acht Stunden lang dicht an dicht mit anderen auf engem Raum zu sitzen, macht mich krank – eingequetscht zwischen Leibern und Gepäck und keiner macht die Fenster auf. Alle essen und furzen und reden viel zu laut, die kleinen Kinder pinkeln sich in die Hosen, weil der Bus nicht anhält, fremde Leute sitzen dir praktisch auf dem Schoß. Vorn im Bus wird auf einem viel zu kleinen Bildschirm die Raubkopie eines Kung-Fu-Films gezeigt und der Ton dröhnt und knistert bis in die letzten Winkel. Eingeschmuggelte Hühner befreien sich und laufen gackernd den Gang rauf und runter, bis irgendein armer Kerl sie sich schnappt und wieder unter sein Sakko stopft.

Ich mag Menschenmengen – für Taschendiebe sind sie ideal –, aber ich muss jederzeit rauskönnen, wenn ich will. Lieber sitze ich für ein paar Schillinge auf der Ladefläche eines Lasters, der Waren ins Landesinnere bringt. Das ist vielleicht unbequemer, aber immerhin weht dir der Wind um die Nase.

Weil ich ein Waisenkind bin und mir niemand was verbieten kann, bin ich einmal bis zum Checkpoint an der Grenze zwischen Kenia und Uganda gefahren. Ich wollte am nördlichen Ufer des Victoria-Sees entlang bis in den Kongo. Ich bin einfach in einen Bus gehüpft, weil ich Lust dazu hatte. Ich habe mich unter die lauten, zappligen Kinder einer zehnköpfigen Familie gemischt, die von ihrem überforderten Vater in den Bus gescheucht wurden. Auf die Art bin ich unter den Augen des Fahrers durchgeschlüpft und habe mich dann ganz hinten im Bus zusammengerollt. Ich wollte nicht wirklich in den Kongo zurückkehren, sondern bloß … ich wollte eben mal hin. Und alles sehen.

Aber bevor ich über die unsichtbare Linie kam, durch die aus Kenia ein anderes Land wurde, habe ich dann doch Schiss gekriegt. Ein Fuß auf die andere Seite und auf einmal wäre ich wieder illegal, mein Flüchtlingsausweis nichts mehr wert. So haben es mir jedenfalls die Schmuggler auf den Lastern erklärt.

Bananenlaster heißen diese großen Pritschenwagen deshalb, weil sie in Sangui gekaufte Sachen – Speiseöl, Töpfe und Pfannen, Medikamente, Zeug aus China – in den Kongo bringen und von dort Gemüse und Obst (eben hauptsächlich Bananen), Bauholz, Kohle und Menschen mitbringen. Manchmal auch ein bisschen Gold, wenn die Fahrer glauben, sie kämen ohne aufzufliegen durch die Grenzkontrollen. Öfter als Gold transportieren sie aber Flüchtlinge, denn an die ist leichter ranzukommen und keiner stiehlt sie dir.

Die Laster fahren hin und her, einer hinter dem anderen auf einer maroden Fernstraße. Wie Kühe, die morgens auf die Weide ziehen und am Abend wieder zurück in den Stall. Auf dieser Fahrt beschloss ich, das mit dem Bus bleiben zu lassen und für den Rückweg nach Sangui lieber einen Laster zu nehmen. Der Mann, den ich fand, sagte, ich könnte schon mitkommen, wenn ich wollte, aber warum wollte ich denn unter freiem Himmel sitzen statt in einem schönen Bus, wenn ich doch Papiere hätte für die Reise durch Kenia? Ich wollte eben. Er zuckte mit den Achseln und nannte mir den Preis – fast so viel wie der Bus –, versicherte mir aber gleich, dass es auch anders ginge, falls ich nicht genug Geld hätte. Als ich ein Bündel Scheine herauszog, glotzte er mit unverblümter Enttäuschung auf meine Oberschenkel.

Ich halte unter den Fahrern Ausschau nach einer großen, starken Frau, aber da sind nur Männer. Wir werden anders fahren als ich beim ersten Mal, über Tansania und Ruanda, um das südliche Ende des Victoria-Sees. Auf dieser Strecke gibt es zwar mehr Grenzen, trotzdem ist es die schnellste Route nach Goma. Wir wollen einen Fahrer mit einem guten Laster, der unterwegs nicht zusammenbricht, einen, der einen Helfer hat, mit dem er sich beim Fahren abwechselt, damit wir nachts durchfahren können und keine Zeit verlieren. Aber erst müssen wir mit den Schleppern reden – den Typen, die das Ganze organisieren und dafür ihren Anteil kriegen. Sie rempeln sich gegenseitig an, winken und schreien und zerren uns an den Armen, um an das Fahrgeld zu kommen.

Sobald wir uns mit einem der Schlepper geeinigt haben, werden wir dem Fahrer vorgestellt. Der mustert uns kurz, dann geht er auf den Schlepper los und beschimpft ihn. Ihr Streit ist hektisch und laut und endet damit, dass der Schlepper die Hände in die Höhe wirft und sich davonmacht.

»Wie alt bist du?«, fragt mich der Fahrer.

»Achtzehn.«

»Schwachsinn! Komm wieder, wenn du zwölf geworden bist.« Er will sich abwenden.

»Na gut, ich bin sechzehn.«

Er blickt von mir zu Boyboy in seinen schicken Hosen, dann mustert er den viel zu bleichen Michael. Mir ist klar, dass er abzuwägen versucht. Anscheinend sind wir Ausreißer. Ich an seiner Stelle würde nicht riskieren, nur wegen uns an der Grenze Schwierigkeiten zu kriegen.

»Wir zahlen extra«, sagt Michael.

Die Augen des Fahrer suchen die Umgebung ab und er kommt näher. Leise sagt er Michael, welchen Preis er will, eine absurd hohe Summe.

»Wir zahlen die Hälfte«, werfe ich ein, als ich merke, dass Michael schon bereit ist zuzustimmen. Ich habe meinen Stolz.

Der Fahrer weiß, dass das ein fairer Vorschlag ist. »Haltet euch bereit, in zwanzig Minuten starten wir.«

Der Helfer lädt unter der Aufsicht des Fahrers Speiseöl in Zwanzig-Liter-Kanistern auf. Sie sind eine gute Handelsware, denn die Kanister lassen sich später auch zum Wassertragen benutzen und dafür kann der Fahrer einen Aufschlag verlangen. Bauchige Aluminiumtöpfe, direkt aus China, werden neben Kartons mit Wäscheseife-Blöcken verstaut. Diese Seifenblöcke lassen sich wie große Butterportionen zurechtschneiden und stückweise verkaufen. Dazu Gummisandalen, gebrauchte Damenschuhe, Fußballtrikots. Kaugummi, Zigaretten, Plastik-Kazoos. Alles kommt hinten auf die Ladefläche und der Fahrer prüft mit konzentriertem Stirnrunzeln, ob die Achse des Lasters auch nicht zu stark durchhängt. Uns muss er schließlich auch noch mit draufpacken.

Während wir warten, gehe ich ein Stück beiseite und rufe in Kikis Schule an. Ich weiß, dass ich bald zurück sein werde, aber ich würde mich schuldig fühlen, wenn ich einfach wegfahre, ohne mich zu vergewissern, ob bei ihr alles okay ist.

Aber eine strenge Stimme am anderen Ende sagt: »Den jungen Damen sind Telefongespräche nur in Notfällen gestattet. Ist das ein Notfall?«

»Na ja, nicht so richtig, aber –«

»Telefongespräche nur in Notfällen«, wiederholt die Frau, und bevor ich darauf reagieren kann, ist die Leitung schon tot. Ich brummele etwas ziemlich Unschönes über die Nonne und wähle noch mal durch. Es klingelt und klingelt, aber keiner geht dran.

Sangui und sogar das Land zu verlassen, ohne mit Kiki gesprochen zu haben, behagt mir nicht. Was ist, wenn ich bis Freitag nicht zurück bin? Die Vorstellung, wie sie im Waschraum sitzt und auf mich wartet, macht mir Bauchschmerzen. Aber ich weiß nicht, was ich sonst tun könnte. Mit ihr wird schon alles okay sein, beruhige ich mich. Ich versuche, das miese Gefühl abzuschütteln, das der Anruf bei mir hinterlässt, werde es aber den ganzen Tag nicht los.

Wir sind nicht die einzigen Passagiere. Als es losgehen soll, finde ich mich in einem Gedränge von Körpern wieder. Alle zerren Koffer mit sich herum und zetern und schreien. Sie wollen in letzter Minute auf den Laster springen, ohne einen Schlepper zu zahlen. Unser Schlepper wehrt sie ab, er schwitzt und schreit und schlägt die Eindringlinge, wobei sein Bauch unter dem Hemd vorrutscht. Ich dränge mich durch die Menge zur Rückseite des Lasters, schiebe Michael vor mir her, während Boyboy dicht hinter uns bleibt. Der Schlepper lässt uns hochklettern, aber vorher schafft er es noch, sich an mich ranzumachen und im Vorbeigehen seinen Schwanz an mir zu reiben. Er lacht leise über das Gesicht, das ich ziehe, und bläst mir seinen Atem entgegen, sodass ich auch noch das Ekelzeug riechen muss, das er gefrühstückt hat.

Zusammen mit uns haben sechs Leute eine Fahrt auf dem Laster ergattert. Wären es mehr, würde das Ding auf dem Boden aufsetzen. Außer mir sind alles Männer. Die drei anderen, die mit uns fahren, sind so groß und dünn und haben derart lang gezogene Gesichter, dass sie mich an Maisstängel erinnern. Sie wirken erschöpft. Einer von ihnen hat ausgehandelt, als Wachmann mitzufahren; er behält alles genau im Blick, damit niemand Waren abgreift, während wir auf dem Weg aus der Stadt im Verkehr feststecken. Die beiden anderen schlafen sofort ein. Der Wachmann wirkt so leicht und klapprig, dass ich mir kaum vorstellen kann, wie er jemanden abwehren soll, der uns ausplündern will. Ehrlich gesagt befürchte ich sogar, dass die Skelettmänner bei einer höheren Geschwindigkeit wie flatternde Hemden vom Laster geweht werden könnten.

Michael will alles Mögliche von den Skelettmännern wissen.

Er stellt eine Frage nach der anderen und die Männer antworten in ernstem, lehrermäßigem Tonfall. Nach einer Weile findet Michael heraus, dass die drei im Kongo vor langer Zeit wirklich einmal Lehrer waren, aber jetzt arbeiten sie als Träger auf den Märkten von Sangui. Die Männer fahren zurück in den Kongo, um nach ihren Höfen zu sehen, und auf dem Rückweg nach Sangui besuchen sie ihre Frauen und Kinder in einem Flüchtlingscamp in Ruanda. Im Kongo seien sie nicht willkommen, erklären die Skelettmänner, und als Michael das hört, bestürmt er sie gleich mit noch mehr Fragen. Wer will sie nicht dort haben? Warum? Und wer kämpft dort gegen wen?

Ich winde mich wegen seiner gewählten Ausdrucksweise, aber die Skelettmänner kommen bestens damit klar.

Der erste Skelettmann sagt: »Das ist kompliziert. Das Grundproblem ist erst einmal die Größe unseres Landes und dass es bei uns so viele verschiedene Völker, Sprachen und Historien gibt. Bekanntlich hat ja der König von Belgien den gesamten Kongo zu seinem Eigentum erklärt. Das muss man sich einmal vorstellen! Alles – die Menschen, die Bäume, die Bodenschätze, sogar die Luft, die wir atmen. Und dieser Mann, der Tausende von Meilen weit weg ist, verkündet einfach, dass jetzt alles ihm gehört.«

Der zweite Skelettmann ergänzt: »Unsere Großväter haben gelacht, bis die Belgier ihnen die Zungen abgeschnitten haben.«

Der erste Skelettmann fährt fort: »Der Weg zur Unabhängigkeit war lang und blutig, und am Ende übernahmen wir ein Gebiet, das nun Grenzen hatte, also ein richtiges Land geworden war. Diese Grenzen zerschnitten die angestammten Gebiete unserer Vorfahren und schusterten ganz unterschiedliche Volksgruppen zu etwas zusammen, das eine Nation sein sollte. Aber *einen* Kongo zu schaffen, so wie die Regierung das will, ist fast unmöglich, besonders im Osten, wo wir herkommen. Die Regierung ist so weit weg. Wir wissen nichts von den Leuten in der Hauptstadt. Unsere Vorfahren waren vor langer Zeit eigentlich Könige in Ruanda. Das war vor der Zeit der Grenzen, vor dem König von Belgien und den Franzosen und Amerikanern.«

Der dritte Skelettmann lächelt. »Das ist eine lange Geschichte. Wir bräuchten eine Woche, um die ganze Geschichte dahinter richtig zu erklären. Aber du wolltest wissen, wer kämpft.« Er wendet sich an seine Freunde. »Wer ist es im Moment?«

»Mai-Mai.«

»M23.«

»Die Armee.«

»Die bekämpfen sich gegenseitig?«, fragt Michael.

»Na ja, kommt auf den Tag an. Wohin wollt ihr?«

»Nach Walikale.«

Die Männer schütteln den Kopf. »Da sind ein paar schlimme.«

»FDLR.«

»CNDP.«

»FARDC, M23 …«

»Und drei verschiedene Mai-Mai-Gruppen.«

Michael und ich werfen uns einen Blick zu.

»Buchstabensuppe«, sage ich. Nur zwei Namen kommen mir bekannt vor – Mai-Mai und die M23. Ich versuche ja schon, den Überblick zu behalten, wenn Donatien über die verschiedenen Gruppierungen und Bündnisse redet, doch das ist schwer. Es gibt so viele.

Michael will eine neue Frage stellen, aber der dritte Skelettmann wedelt mit der Hand, dass er still sein soll. »Haltet euch fern von Männern mit Waffen. Die sind alle gleich! Sogar die Regierungsarmee. Und auch die aus meinem eigenen Stamm. Alles Gesindel. Banden von dreißig oder fünfzig mit einem Anführer. Manchmal sind alle aus dem gleichen Stamm, manchmal nicht. An einem Tag sind sie Rebellen, und wenn ihr Boss eine Vereinbarung trifft, wieder Regierungssoldaten. Und gleich darauf sind sie wieder Rebellen. Dann ändern sie eben den Namen ihrer Rebellengruppe. Mein Neffe ist ein Kämpfer. Er hat mir das alles erklärt.« Der Mann nickt wissend.

»Dein Neffe? Dieser kleine Kerl?«, fragt der erste Skelettmann bestürzt.

Der dritte Skelettmann lässt den Kopf hängen. »Ich weiß. Ich habe ja versucht, es ihm auszureden, aber die jungen Männer hören einfach nicht zu. Sie wollen nicht in die Schule gehen oder auf dem Feld arbeiten. Sie wollen mit Gewehren schießen und Frauen haben.«

»Aber auf welche Felder sollen sie denn?«, protestiert der zweite Skelettmann. »Oder wo können sie in die Schule gehen? Du kannst einfach so erschossen werden, wenn du auf deinem Feld stehst. Die treiben die Kinder vor der Schule zusammen und drücken ihnen Gewehre in die Hand. Oder es geht dir wie mir, du arbeitest dich krumm, um Essen für deine Familie anzubauen, und dann kommen die Soldaten und nehmen dir alles weg.«

Die Männer wechseln in ihre eigene Sprache und reden laut Lingala miteinander, bis einer von ihnen sich wieder an uns erinnert und sagt: »Die Anführer behaupten alle, dass sie Freiheitskämpfer sind, aber wir sehen nichts als ihre Gier nach Blut und Gold. Die jungen Männer, die sich ihnen anschließen, sind meistens fast noch Kinder. Mein armer Neffe. Er war so ein guter Junge.«

Die Männer schließen die Augen, einer nach dem anderen, und erinnern sich an ihre Neffen, Söhne, Brüder. Und eine Weile lang sind sie zu traurig zum Reden.

25

»Boyboy hat mir erzählt, dass du ihm mal das Leben gerettet hast«, sagt Michael.

Wir sind jetzt seit gut sechs Stunden unterwegs. Die Skelettmänner schlafen alle, wie Kommas um die Waren auf dem Laster gekrümmt. Ich habe es geschafft, mich zwischen eine Kiste mit einzelnen Kaugummipackungen und eine Tasche mit Sandalen zu quetschen. Das ist nicht so schlecht. Die Sonne brennt immer noch heiß herunter, doch der Fahrtwind ist kühl und mir gefällt die Aussicht auf den Flickenteppich von kleinen Gehöften auf den Hügeln, die sich zu beiden Seiten der Straße erheben. Aber die müden Stimmen der Skelettmänner gehen mir nicht mehr aus dem Sinn. Sie haben geredet, als wären Krieg und Kämpfe unvermeidlich, als müsste alles für immer so weitergehen. Wenn es für den größten Teil deines Lebens so gewesen ist, kommt es dir vielleicht wirklich so vor. Mama hat immer gesagt, man kann sich an alles gewöhnen.

Michael wartet auf meine Antwort. Er hat sich auf einem Sack Zucker ausgestreckt und die Arme hinter dem Kopf verschränkt, was irritierend bequem aussieht.

Ich werfe einen Blick auf Boyboy, der in einen *kanga* gehüllt mit offenem Mund vor sich hin schnarcht. »Halb so wild. Ich hab nur ein paar Jungs verdroschen, die ihn fertigmachen wollten.«

»Er sagte, die hätten ihn in den Fluss werfen wollen.«

»Wenn er schwimmen gekonnt hätte, wäre das weiter kein Problem gewesen.«

»Also hast du ihm wirklich das Leben gerettet.«

Ich zucke mit den Achseln. »Er übertreibt. Das war keine große Sache. Ich hab einem dermaßen in die Fresse gehauen, dass er geblutet hat. Das waren bloß so ein paar dumme Kerle, die sich aufregen wollten über etwas, von dem sie keinen Schimmer haben. Die haben ihn beschimpft und so. Aber sobald Blut zu sehen war, haben alle angefangen zu flennen und sind abgehauen.«

Michael lacht schnaubend. »Das hätte ich gern gesehen.«

Auch ich kichere in mich hinein. »Ja, das war schon ziemlich gut.«

Wir kommen an einem Mann vorbei, der seine Herde neben der Straße entlangtreibt. Er klopft den Tieren immer wieder mit einem langen Stock auf das Hinterteil, damit sie weitergehen. Der Laster rast an ihm vorüber, ohne auch nur ein bisschen langsamer zu werden, und ich halte den Atem an. Eine Kuh bewegt sich in unsere Richtung, aber der Mann klopft ihr genau auf die richtige Stelle am Rücken und sie trottet ihrem sicheren Tod gerade noch so aus dem Weg.

Als der Mann und seine Kühe aus unserem Blickfeld verschwunden sind, fragt Michael: »Bei diesem Trip geht es nicht nur um Mwika, stimmt's? Du willst in den Kongo, weil mein Dad dorthin unterwegs ist.«

»Du weißt also davon?«

»Er hat mir erzählt, dass er fährt. Er muss ziemlich oft hin, nach dem Rechten sehen. Aber woher weißt *du* von dieser Reise?«

»Ich ... ich hab da meine Quellen.«

»Verbergen sich diese Quellen rein zufällig in geheimen Tunneln?«

Hitze steigt mir ins Gesicht. »Ich – ich hab die Aufzeichnungen doch gelöscht. Wie bist du darauf gekommen?«

»Also hast du dich tatsächlich reingeschlichen.«

Ich stiere ihn böse an. Er hat mich reingelegt und es geschafft, dass ich mich selbst verrate. Ich warte, dass er sauer wird, aber er sagt nur: »Du glaubst also, du kannst herausfinden, ob er deine Mutter umgebracht hat, indem du ihm hinterherspionierst?«

Mir ist klar, worum es Michael geht. Er macht keinen Aufstand, weil ich ihn hintergangen habe, und hofft, dass ich ihm dafür auch entgegenkomme. Aber ich bin an so was nicht gewöhnt – mich *in Gesprächen zu öffnen.* »Ich weiß nicht«, sage ich, was immerhin ehrlich ist.

»Hast du einen Plan, was du nach der Ankunft machen willst?«

»Mwika finden.«

Er nickt. »Boyboy hat gesagt, mein Dad hätte ihm vor ein paar Jahren eine größere Summe gezahlt.«

Ich schaue ihn flüchtig an. »Weißt du, warum?«

Michael schüttelt den Kopf. Ich würde ihn gerne fragen, ob er glaubt, es könnte der Preis für das Video gewesen sein, aber etwas in Michaels Gesicht hält mich davon ab. Wir finden das sowieso bald heraus. Zum ersten Mal überhaupt frage ich mich, ob das hier für Michael vielleicht sogar noch schwerer ist als für mich. Meine Mutter ist schon lange tot, und auch wenn der Schmerz nie vergangen ist, wurde er mit den Jahren doch dumpfer. Aber wie ginge es mir, wenn ich entdecken müsste, dass sie in Wirklichkeit ein richtig böser Mensch gewesen ist, so wie Michael das über seinen Dad herausfinden wird?

Denk nicht solche Sachen, Tina. Du darfst kein Mitleid mit ihm haben. Denk an Mama. Du hast zu hart für das alles gearbeitet.

Der Gedanke an Mama erinnert mich an das andere Mädchen auf dem Foto. Vielleicht ist sie noch in Kasisi und wir schaffen es, sie zu finden. Vielleicht hatte Mama auch andere Freunde, mit denen wir reden können, oder Verwandte. Meine Verwandten. Habe ich welche? Großeltern? Tanten, Onkel? Mama hat nie irgendwen erwähnt, und in ihrer UN-Akte heißt es, sie wäre ein Einzelkind und beide Eltern tot. Aber wenn sie über ihre Heirat gelogen hat, dann vielleicht auch darüber. Der Gedanke, Blutsverwandte in Kasisi zu finden, lässt meinen ganzen Körper prickeln. Wie wären sie wohl? Was würden sie von mir halten?

Ich betrachte meine Tattoos, und als ich mir vorstelle, wie sie mein Aussehen aufnehmen könnten, bekommt meine Aufregung einen Dämpfer. Ich habe das Gefühl, dass Tattoos hier draußen nicht gut ankommen. Und dass Mädchen in dieser Gegend Röcke und Kleider tragen. Puh.

Ich fummle an einem Faden herum, der sich von der Tasche mit den Sandalen gelöst hat. »Was hast du deinen Eltern erzählt, wo du hinfährst?«, frage ich Michael. »Wirst du Ärger kriegen? Werden sie dir irgendwen hinterherschicken?«

Michael betrachtet die vorbeiziehenden Hügel. »Ich hab gesagt, dass ich wieder in die Schule gehe, dass die mich früher zurückkommen lassen. Ein Freund hat für mich bei Mom angerufen und so getan, als ob er der Direktor wäre. Ich hab mich sogar von meinem Fahrer am Flughafen absetzen lassen.«

»Und das haben sie dir geglaubt?«

»Mom war stinksauer, nachdem ich vom Unterricht ausgeschlossen wurde. Sie hat gedroht, unsere Zuwendungen an die Schule einzustellen. Es wäre doch absolut unfair, uns beide auf die gleiche Art zu bestrafen, wenn der andere Typ rassistische Parolen verbreitet hätte. Ich hab gesagt, ihre Drohung hätte funktioniert.«

»Hat sie das denn?«

Michael streckt die Arme aus und betrachtet sie. Auf einmal dämmert mir, dass sie für meine Augen zwar ziemlich hell sein mögen, für Schweizer Augen aber sicher nicht.

»Nein.«

Eine Weile lang schweigen wir. Ich ziehe am Saum des *kangas*, den Boyboy mir geliehen hat, damit ich mich hineinwickeln kann. Auf die Stoffe sind Sprüche gedruckt. Auf diesem hier steht *wache waseme:* »Lass sie reden.«

Michael sagt: »Ich hab meinen Eltern erzählt, du hättest beschlossen, noch ein paar Tage bei deiner Cousine zu verbringen.«

Ich bin nicht mal auf die Idee gekommen, dass sich seine Eltern wundern könnten, wo ich geblieben bin. Ich bin es nicht gewohnt, mich abzumelden, wenn ich irgendwo hinwill. »Danke.«

Er nickt. »Und nachdem ich dir den Rücken freigehalten habe, darf ich dich jetzt etwas fragen.«

»Okay«, sage ich vorsichtig.

»Erzähl mir von deinen Tattoos.«

Diese Frage habe ich nicht erwartet. Ich dachte, er würde mit mir darüber reden wollen, warum ich nach Mamas Tod abgehauen bin. Über meine Gefühle sprechen, Gott behüte! »Da gibt's nicht viel zu erzählen. Alle Goondas haben welche.«

»Warum?«

»Keine Ahnung, das ist einfach so.«

»Bist du die ganze Zeit bei den Goondas gewesen? Seit du weggegangen bist?«

»Ja.«

»Und warst du immer eine Diebin?« Er betrachtet seine Hände. »Musstest du jemals ...«

Ich gucke böse. »Ob ich jemals als Straßenhure arbeiten musste? Nein.«

»Das wollte ich gar nicht –«

»Typen glauben das immer. Dass es nur einen Weg gibt, wie ein Mädchen auf der Straße überleben oder bei den Goondas mitmachen kann. Weil Frauen nämlich nichts anderes lernen können, als die Beine breitzumachen.«

»Okay, Herrgott, tut mir leid. Ich hab nicht –«

»Und selbst wenn ich's getan hätte, ginge dich das überhaupt nichts an.«

Michael hebt die Hände und gibt sich geschlagen. »Ich hab's kapiert.«

Wieder schweigen wir.

»Also«, wagt es Michael noch mal, »was bedeuten deine Tattoos?«

Ich schaue auf die Felder, die sich in Terrassen die Hügel hinaufziehen, zwischen ihnen Lehmhütten wie Tupfen. Ich überlege, welche Antwort ich geben kann. »Es geht den Goondas ums Erinnern«, sage ich. »Große Kämpfe, Tote, ein richtig guter Raubzug. Das ist, als ob du deine Lebensgeschichte aufschreibst, nur eben auf deine Haut statt auf Papier.«

Ich drehe mich um und ziehe mein Shirt ein Stück herunter, damit er das Leopardengesicht auf meinem Schulterblatt sehen kann. Die Flecken wandern meinen Rücken hinunter und verwandeln sich dort in fliegende Vögel. »Das hab ich mir nach meinem ersten großen Einbruch machen lassen.«

Michael sagt nichts, beugt sich aber aufmerksam vor.

»Ich fand mich damals ziemlich schlau. Und ziemlich gerissen. Wie ein Leopard. Wusstest du, dass es mehr Leoparden gibt als irgendwelche anderen Raubkatzen? Man sieht sie nur nicht. Die können dich wie ein Schatten ewig lang verfolgen, ohne dass du es merkst.«

Michael scheint das Tattoo zu amüsieren.

»Ja, das ist kitschig, ich weiß. Aber da war ich dreizehn.«

»Dreizehn! Und die anderen?«

Ich erzähle ihm, wie ich die Schmuckleisten an meinen Armen bekommen habe, die wie Swahili-Hochzeits-Hennas aussehen. Damals hatte ich der neuen Braut eines alten Ölscheichs aus Kuweit einen ziemlich berühmten Smaragd gestohlen. Die beiden waren auf Hochzeitsreise in dem luxuriösesten Strand-Resort von Sangui und ich habe das Henna-Muster auf den Armen der Braut bewundert. Die Bänder winden sich um das Rad auf meinem linken Arm und das Schwert auf meinem rechten.

»Wofür steht das Rad?«

»Die Geschichte ist privat.«

»Es ist seltsam. Da sind Stacheln drauf.«

»Ja.«

»Und es passt irgendwie zu dem Schwert auf dem anderen Arm, genau an der gleichen Stelle.«

»Du beobachtest sehr genau.«

»Und …?«

»Die gehen dich trotzdem nichts an. Möchtest du auch welche? Ich kenn da einen Typen, Spike heißt er …«

Michael grinst und reibt sich die Arme. »Mom würde mich umbringen, aber wirklich.« Der Gedanke scheint ihn aufzuheitern. »Vielleicht später mal.« Er dreht die Arme um und betrachtet sie. Auf der Innenseite seines linken Arms leuchtet ein deutlich blasseres Stück Haut in Form eines Halbmonds.

»Deine Narbe sieht man immer noch«, sage ich.

Sein Blick gleitet über meinen Arm, auf der Suche nach meiner Narbe. Sie ist umgeben von Bögen und Punkten, aber deutlich zu erkennen. Aus irgendeinem Grund wollte ich nicht, dass Spike diese lange, gerade Linie mit den Tattoos überdeckt. Michael streckt langsam die Hand aus und fährt mit den Fingern darüber. Eine Gänsehaut läuft mir über den Arm und das Blut pocht in meinem Hals.

Michael mustert mich. »Stimmt, meine Geschichte steht auch auf meiner Haut.«

Dann lässt er sich zurücksinken und schließt die Augen.

Nacht. Wir bedecken uns, so gut es eben geht, mit den dünnen Decken und Planen, die uns der Fahrer gibt, und versuchen zu schlafen. Irgendwo in Tansania wache ich auf und stelle fest, dass ich zwischen Michael und Boyboy eingekuschelt bin, die beide tief und fest schlafen. Die Sterne der Milchstraße sind wie ein dichtes Band. Ich überlege, ob ich mich anders hinlegen soll, aber der Wind ist kalt, und bevor ich einen Entschluss gefasst habe, ist der Morgen da.

Bis es Mittag ist, liegt Tansania hinter uns. Und bald auch Ruanda.

Wir klettern vom Laster, bevor wir den offiziellen Grenzposten erreichen, und laufen auf ausgetretenen Pfaden durch den Busch. Auch dieser Weg wird von Männern bewacht, aber die kümmern sich nicht darum, wer hier kommt und geht. Für sie zählt nur, dass sie bezahlt werden. Sie lassen nicht mit sich handeln. Wenn du nicht zahlst, was sie verlangen, stoßen sie dich weg und nehmen den Nächsten, der hinter dir in der Reihe steht und das Geld schon in den Händen hält.

»Willkommen im Kongo«, sagt einer von ihnen, nachdem er unsere Geldscheine gezählt hat. »*Bienvenue.*« Er trägt eine AK-47 über einem blauen Fußballtrikot und winkt uns weiter.

Als der Grenzposten nicht mehr zu sehen ist, steigen wir wieder auf den Laster und fahren weiter.

Hinter Goma wird die Straße schmal und holprig. Der grobe rote Schotter rüttelt alles durch und macht es unmöglich zu schlafen. Bald windet sich der Laster immer höher durch Wälder, wo Affen mit traurigen Augen über den Weg springen und die Luft kühl und feucht ist. Die Städte, durch die wir kommen, tauchen aus dem Nichts auf, wie Pilze nach dem Regen, weichen aber so schnell wieder den Bäumen und hohen Gräsern, dass du dich fragst, ob du sie dir nur eingebildet hast. Alles ist so grün wie in Grashüpfer-Träumen.

Manchmal schlängelt sich die Straße zwischen Bäumen durch, die fast kein Licht durchlassen, dann wieder führt sie dicht an schroffen Abhängen entlang. Manchmal sehen wir tief unten die verbeulten Überreste von Lastwagen, um die sich Pflanzen ranken, als wäre der Dschungel ein lebendiges Tier, das alles für sich haben will, was es berührt.

Die Skelettmänner sagen, wir sind bald da.

26

»Kasisi«, sagt einer der Männer, als wir endlich am Rand der roten Piste zum Stehen kommen. Ich sehe mich um, halte begierig Ausschau nach etwas, das mir bekannt vorkommt, aber der Ort weckt nicht mehr heimatliche Gefühle in mir als die anderen verschlafenen Nester, durch die wir gekommen sind. Um die Straßenkreuzung herum gibt es ein paar niedrige Gebäude. Irgendwer war optimistisch genug, die Wände weiß anzustreichen, aber inzwischen sind sie mit verspritztem rotem Schlamm bedeckt. Die Straße ist voller Menschen, Ziegen, Hühner, Hunde und Müll. Ein Stück weiter entdecke ich die Ausläufer eines Marktes – Männer auf Fahrrädern, die kommen und gehen, Frauen, die große Plastikschüsseln mit Obst auf den Köpfen balancieren und sich gegenseitig mit lauten Rufen begrüßen. Der Geruch brutzelnder *mandazi* lässt meinen Magen knurren.

Ich springe vom Laster und mache es den Skelettmännern nach – wir dehnen und strecken unsere Körper, die von den zwei Tagen auf der Straße wie verknotet sind. Die Reise hat länger gedauert, als ich dachte. Es ist Mittwoch, später Nachmittag, und ich weiß nicht, wie wir da rechtzeitig für meine Freitagsverabredung mit Kiki zurück sein sollen. Aber vielleicht haben wir Glück und finden Mwika schnell?

Michael geht zum Fahrer, um nach einem Hotel zu fragen, während Boyboy seine Designertasche an die Brust drückt und düster vor sich hin starrt.

»Kopf hoch, *habibi*«, sage ich und sehe mich um. »Ist doch schön, wieder in der Heimat zu sein, oder? Vielleicht gibt's hier inzwischen sogar Prada.«

»Lass mich zufrieden. He, du Miststück! Lass das!«

Eine Ziege knabbert versuchshalber an Boyboys Hosenaufschlag.

Ich wüsste gern, ob Mr G schon hier ist. Landet er direkt bei der Mine oder kommt er vorher durch die Stadt? Irgendwie kann ich ihn mir an einem Ort wie diesem nicht vorstellen.

Ich höre, wie sich Michael beim Fahrer bedankt. Als er zurückkommt, wirkt er aufgekratzt. »Der beste Platz zum Übernachten ist anscheinend das Gästehaus vom Missionshospital. Da wohnen auch die UN-Leute, wenn sie hier durchkommen. Da gibt's Strom und alles, was man so braucht. Die *piki-piki*-Fahrer wissen, wo es ist. Die können uns hinbringen.«

Die Haare in meinem Nacken richten sich auf. Ein Krankenhaus? Das, in dem Mama gearbeitet hat? Und in dem Gästehaus war damals vielleicht auch Donatien.

»Wir müssen vorher aber ein bisschen Geld wechseln«, sagt Michael mit suchendem Blick. »In dem Gästehaus nehmen sie nur Francs.«

»Mach dir keine Gedanken«, sage ich. »Ich habe Geld.«

»Du hast schon gewechselt? Das ging aber schnell.«

Boyboy mustert mich.

»Ja«, sage ich und tätschele das Bündel mit Geldscheinen, das ich im Hosenbund versteckt habe.

Ich habe mir Michaels Geld plus Zinsen von dem Schlepper zurückgeholt, der mich vorm Losfahren noch begrapscht hat. Die meisten Scheine in dem Bündel sind verschlissene Kongo-Francs.

»Und ich hab sogar schon was über deine Mutter rausgefunden«, sagt Michael leise, während wir uns den *piki-pikis* nähern. Er scheint ziemlich stolz auf sich. »Ein Typ, mit dem der Fahrer geredet hat, kannte ihren Namen. Er sagt, er könnte uns zum Laden ihrer Cousine führen.«

Ich stolpere. »Du hast einen Fremden nach meiner Mutter gefragt?«

Michaels Lächeln verrutscht. »Wieso? Ich dachte, du findest das gut. Das ist doch mit ein Grund, warum wir überhaupt hier sind, oder? Um Leute zu finden, die sie kannten, und mit ihnen zu reden?«

»Aber das heißt noch lange nicht, dass wir losziehen und das jedem Dreckskerl erzählen, der uns über den Weg läuft«, zische ich. Ich sehe mich um. Schon jetzt ziehen wir die Blicke auf uns: Boyboy in seinem Aufputz, der uns zuwinkt, wir sollen kommen und auf die Todesfallen steigen, die er für uns klargemacht hat; ich in meinen Stadtklamotten – damit ich hier nicht auffalle, müsste ich einen Rock tragen, und das kommt absolut nicht infrage – und der hellhäutige, grünäugige Michael, der immer noch viel zu sauber wirkt.

Ich schwinge mich auf den Rücksitz eines Motorrads, das aussieht wie aus Stanniolpapier, mit ein bisschen Draht umwickelt. »Du bist der schlechteste Detektiv auf der Welt. Lass uns los. Es wird schon dunkel.«

Bevor wir unsere Zimmer bekommen, muss erst der Verwalter des Gästehauses gesucht werden. Anscheinend sind in letzter Zeit nicht mehr viele UN-Leute hier durchgekommen, denn die Ordensschwester, die uns empfängt, ringt die Hände und meint, sie wisse nicht, ob man noch Möbel auftreiben könne. Boyboy, Michael und ich verständigen uns mit einem Blick, dass uns alles, was ein Dach und Wände hat, für den Augenblick genügt. Hoffnungsvoll fragen wir nach Decken. Die Schwester sagt, der Verwalter werde wahrscheinlich welche auftreiben können, dann entschuldigt sie sich, sie müsse zurück ins Krankenhaus. Ich schaue ihr nach, während sie eilig wegläuft, und entdecke am Saum ihres Kleides einen dunklen Blutfleck.

Ich lasse die Jungs auf den Verwalter warten und laufe los, um mich auf dem Gelände umzusehen. Die Dämmerung ist schon hereingebrochen, trotzdem brennt nirgends Licht. Frösche quaken und Insekten sirren in einer ohrenbetäubenden Lautstärke. Ich dachte, Michael hätte gesagt, es gäbe hier Elektrizität, aber vielleicht gilt das nur für das Krankenhaus. Ich komme an einem Schwimmbecken vorbei, das jetzt mit Erde gefüllt ist und in dem Gemüse wächst. Die Gästezimmer ziehen sich um den Pool und eine Rasenfläche herum. Daneben liegt das, was früher mal ein Restaurant gewesen sein muss. Jetzt ist es verlassen, kaputte Tische und Stühle stapeln sich an den Wänden und das strohgedeckte Dach sieht aus, als hätte es die Räude. Ich bleibe stehen, betrachte den Mais und die Tomatenpflanzen, die sich in dem nierenförmigen Beet drängen, und frage mich, ob ich das alles hier schon mal gesehen habe.

Von irgendwo hinter dem Garten höre ich die Schreie einer Frau. Ich recke den Hals in die Richtung, aus der sie kommen, und sehe durch eine Hecke hindurch das Schimmern eines fluoreszierenden Lichts. Ich laufe darauf zu und stoße auf einen Betonweg zwischen zwei langen, niedrigen Gebäuden, beide mit vergitterten Fenstern. Von hierher kommt das Licht. Ich gehe zur offenen Tür eines der Häuser und schaue hinein. In den Raum sind circa fünfzig Krankenhausbetten gequetscht; noch mehr Kranke liegen auf Pritschen oder Matten am Boden. Kein Wunder, dass sich die Nonne Sorgen macht, wenn jemand zusätzliche Betten braucht. Ich sehe sie am anderen Ende des Raums, wie sie gegen eine Spritze schnipst, die sie jemandem geben will. Ich bleibe weiter im Dunkeln stehen und höre wieder die Schreie einer Frau. Sie ist außerhalb meines Blickfelds, irgendwo rechts, wo ein anderer Weg zu weiteren Krankenzimmern führt.

»*Habari ya jioni*«, sagt hinter mir eine Stimme und ich drehe mich um. Eine ältere Nonne mit dicken Brillengläsern beobachtet mich von der Türschwelle eines kleinen, vollgestopften Büros aus.

Ich erwidere ihre förmliche Begrüßung und bleibe unsicher stehen. Ich weiß nicht, ob ich bleiben oder gehen soll. Die Frau schreit wieder.

»Mach dir keine Sorgen«, sagt die Nonne, als sie mein Gesicht sieht. »Das sind nur Wehen. Ihr geht es bald wieder gut. Sie ist jung und stark.«

Ich nicke und sauge den Tonfall auf, mit dem sie Swahili spricht. Sie klingt wie meine Mutter. Ich habe meinen Akzent nach all den Jahren in Sangui praktisch verloren. Natürlich gibt es andere Flüchtlinge, die kongolesisches Swahili sprechen, aber etwas an der Intonation der Nonne, wie sie die Wörter ineinandergleiten lässt, ist mir ganz besonders vertraut. Ich muss schlucken. »Tut mir leid. Ich will niemanden stören. Ich kann wieder gehen.«

»Nein, das ist in Ordnung, Liebes. Liegt hier eine Verwandte von dir?« Nachtfalter schwirren um die nackte Birne über ihrem Kopf wie ein hektischer Heiligenschein.

»Ich wohne im Gästehaus.«

Sie zieht die Augenbrauen hoch. »Ach ja? Es gibt hier nicht mehr viele Gäste. Du siehst sehr jung aus für so eine weite Reise. Hoffentlich bist du nicht allein?«

Ich schüttle den Kopf.

»Gut. Ein Mädchen sollte nicht allein in der Stadt herumlaufen.«

»Ich kann ganz gut auf mich aufpassen.«

Sie blinzelt, verkneift sich im Unterschied zu den meisten Leuten aber jeden Kommentar, wie klein und mickrig ich aussehe. Stattdessen sagt sie: »Du bist nicht von hier, oder?«

»Na ja, eigentlich schon, aber ich bin lange weg gewesen.«

»*Karibu*. Willkommen daheim.« Sie lächelt und die Runzeln in ihrem Gesicht lassen mich an die Maserung von Holz denken. Ich beschließe, dieses Gesicht zu mögen. »Ich bin Schwester Dorothy«, sagt sie. »Vielleicht kannst du mir helfen, wo du schon hier bist?«

»Oh, also ...« Ich werfe einen Blick auf die Patienten und frage mich, was genau ich für sie tun könnte.

Sie strahlt mich an. »Komm schon, die beißen nicht. Ich brauche ein paar starke Arme. Wie heißt du denn, Liebes?« Sie dreht sich zu ihrem Büro um und bringt einen großen Stapel kratzig aussehender Polyesterdecken zum Vorschein.

»Christina.« Mein Name ist draußen, bevor ich auf die Idee komme, einen falschen anzugeben.

»Ein schöner Name«, sagt sie schnell. »Nachts wird es hier kühl und wir haben neue Patienten, die das hier brauchen.«

Ich nehme die Decken und frage mich, ob ich ein paar für uns mitgehen lassen soll, nur so zur Sicherheit. Nachdem ich einen Blick über die Schulter zum Gästehaus geworfen habe, folge ich ihr.

Schwester Dorothy beugt sich über eine junge Frau in einem Bett direkt an der Tür. Beide Hände der Frau sind bandagiert, und während die Schwester leise mit ihr spricht, hält sie sie an ihre Brust gedrückt. Schwester Dorothy nimmt eine Decke von dem Stapel in meinen Armen und deckt die junge Frau damit zu. Dann streicht sie die Falten glatt und die Frau schließt die Augen, ohne mich überhaupt wahrzunehmen.

Wir gehen zum nächsten Bett, zu einer alten Frau mit grauen Haaren, die so verdorrt und hinfällig wirkt, dass sie fast zwischen den Laken verschwindet. Sie schläft, aber ein kleiner Junge mit großen Augen sitzt neben ihr in dem Bett und saugt an seinem Daumen. Das Kind starrt mich an. Es sieht gesund aus, aber ich frage mich, wo seine Mutter sein mag. Eine weitere Decke wird ausgebreitet und auf einmal fühle ich mich furchtbar schuldig wegen der Überlegung, welche zu stehlen. Wir kommen an das Bett der nächsten Frau, die aufrecht dasitzt und uns beobachtet, als wir näher kommen.

»Eine Novizin?«, fragt sie Schwester Dorothy mit einem Nicken in meine Richtung.

»Nein, ein Gast«, antwortet die Schwester.

Die Nasenflügel der Frau beben. Sie sagt etwas in schnellem Französisch, das ich nicht verstehe. Aber was sie meint, wird klar genug, indem sie auf mein Gesicht zeigt und mit den Händen wedelt, dass ich verschwinden soll.

»Was hat sie gesagt?«, frage ich.

Schwester Dorothy nimmt eine Decke von meinem Stapel. Auf Swahili erklärt sie: »Dass du sehr hübsch bist. Sie hat Angst, dass die Milizen hier eindringen – sie meint, schöne Mädchen locken sie an. Also, Georgette, wir haben das ja schon besprochen. Du musst dich entspannen, sonst kannst du nicht gesund werden. Mach dir keine Sorgen über das Mädchen. Sie ist so willkommen, wie du es bist.«

Schwester Dorothy redet weiter leise mit Georgette darüber, wie sie sich fühlt, während ich unbehaglich von einem Bein auf das andere trete und mich anstrenge, nicht zu lauschen. Georgette bewegt sich mühsam in ihrem Bett hin und her und redet auf Französisch. Die Schmerzen »da unten« gehen einfach nicht weg, kriege ich mit.

Schwester Dorothy nickt und befühlt Georgettes Stirn mit dem Handrücken. »Ich bring dir ein bisschen Aspirin«, sagt sie und wir gehen weiter.

»Sind hier nur Frauen?«, frage ich.

»Nein, es gibt auch Jungen und Männer. Im anderen Flügel, außer sie sind so klein wie der von eben.«

Die Frau im nächsten Bett schläft auch und wir breiten eine Decke über sie. Ein seltsam metallischer Geruch umgibt sie und noch etwas Ärgeres, das mich an einen Metzgerladen erinnert. Ich muss mich zwingen, nicht vor ihr zurückzuweichen. Ein Verband bedeckt fast ihr ganzes Gesicht, und was davon noch herausguckt, wirkt zerschunden und geschwollen. Die Schwester runzelt die Stirn und fühlt der Frau den Puls. »Sie ist heute erst reingekommen. Drei sind es insgesamt«, sagt sie und deutet mit dem Kopf auf die letzten Betten an der Wand.

Auch die beiden anderen Frauen schlafen, ihre Gesichter sind schlaff. Die weißen Verbände an ihren Armen und Köpfen heben sich grell von der dunklen Haut ab. Die im letzten Bett scheint kaum älter zu sein als ich, obwohl das wegen ihrer Wunden schwer zu sagen ist.

»Und da war noch eine, die die OP nicht überlebt hat«, ergänzt Schwester Dorothy. Sie schiebt den Arm der Frau unter die Decke. »Sie sind am Rand der Felder gefunden worden. Man hat sie als tot dort liegen lassen. Jetzt sind sie unter Schmerzmitteln, aber wir haben nicht genug, nur für den ersten Tag. Morgen wird hart werden.«

»Was ist mit ihnen passiert?«

Schwester Dorothy sieht mich an und einen Augenblick lang glaube ich, sie wird mir nicht antworten. Aber dann gleitet ihr Blick durch den Raum, über die still daliegenden Körper und die abwesenden Gesichter. Manche Frauen sehen uns an, aber die meisten starren an die Decke oder haben sich eng zusammengerollt wie geballte Fäuste. Schließlich sagt Schwester Dorothy so leise, dass nur ich sie hören kann: »Das Gleiche wie allen. Der Krieg.«

Mein Kopf ist immer noch voller Bilder von geschundenen Leibern, als wir uns mit den Nonnen zum Essen setzen, nachdem die mit ihren Abendgebeten fertig sind. Ich bin froh, dass Michael und Boyboy mich nicht in ihre hitzige Debatte einbeziehen, ob das Tier, das ihnen auf dem Weg zum Speiseraum begegnet ist, nun ein normaler streunender Kater oder eine Zibetkatze war. Das eine bringt angeblich Glück und das andere nicht. Ich mache mir nicht die Mühe zu fragen, was eine Zibetkatze ist, obwohl ich das vielleicht sollte. Dieser Ort könnte Glück gut brauchen.

Wir quetschen uns zu etwa einem Dutzend Ordensschwestern und einem Priester an den Tisch. Der Strom ist jetzt auf dem ganzen Gelände abgeschaltet worden, es gibt nur flackernde Öllampen als Beleuchtung. Die Nonnen erzählen uns, dass das Hotelrestaurant demontiert wurde, weil sowieso kaum mehr Gäste kommen; alles noch Brauchbare wurde gereinigt und weiterverwendet. Sie haben ihre eigene Küche und nach dem Dankesgebet tischen sie dampfende Schüsseln voller *dengu, sukuma* und *matoke* auf.

»Das sind bloß Bohnen, Kohl und Bananen«, erkläre ich Michael, der anscheinend nicht weiß, was er mit dem Essen auf seinem Teller anfangen soll. »Sei nicht unhöflich.«

Michael nimmt vorsichtig einen Bissen, grummelt zustimmend und fängt bald an, sich den Bauch vollzuschlagen. Das Geschnatter der Nonnen schafft eine behagliche Atmosphäre und das Essen hilft auch, jedenfalls fühle ich mich so langsam ein bisschen besser. Die Erschöpfung von der langen Fahrt holt uns ein. Boyboys Kopf sinkt immer tiefer über seinen Teller.

»Seid ihr von der Schule aus hier?«, fragt der Priester, Pater Fidele. »Oder was bringt euch sonst nach Kasisi?« Er ist jung und wirkt nett. Sein Gesicht ist immer noch rundlich wie vom Babyspeck.

Die Gespräche verstummen, nur das Klappern der Löffel auf den Tellern ist zu hören, während die Nonnen erwartungsvoll auf unsere Antwort lauschen. Ich räuspere mich und wische mir den Mund ab. »Ja«, sage ich. »Wir, äh, wir machen bei einem Projekt mit.«

»Wir sollen die Leute aus dem Dorf zu ihren Anbaumethoden befragen«, springt Michael mir bei. »Wir haben einen Kurs in ökologischer Nachhaltigkeit belegt.«

Boyboy hustet, ich lächle und nicke Michael zu, dankbar, dass er mir aus der Patsche geholfen hat.

»Das klingt aber anspruchsvoll für Oberschüler. Und ihr seid ohne Begleitung unterwegs?«

»Wir sind an der Uni«, versichert ihnen Boyboy.

Eine der älteren Nonnen mokiert sich über die anderen. »Das ist doch nicht weiter seltsam. Ich bin in dem Alter auch schon alleine unterwegs gewesen wegen Schulangelegenheiten.«

»Aber das war zu einer Zeit, in der es auf den Straßen noch nicht von Rebellen gewimmelt hat«, antwortet eine andere.

»In den letzten Tagen haben wir immer wieder von Überfällen auf Dörfer ein Stück weiter nördlich gehört«, sagt Schwester Dorothy.

»Wir sind sehr vorsichtig«, sage ich. »Und wir übernachten immer bei Pastoren oder Priestern.«

»Bei denen müsst ihr aber auch vorsichtig sein«, sagt eine Nonne, woraufhin die anderen lachen. Dafür kassiert sie einen strengen Blick von der Schwester, die hier wohl das Sagen hat, und murmelt eine Entschuldigung.

»Schon in Ordnung«, sagt Pater Fidele. Auch er lacht. »Wir beten für eure Sicherheit auf der Reise.«

»Danke.«

»Schwester Dorothy sagt, du kommst ursprünglich von hier, Christina?«, fragt der Priester.

Ich rutsche auf meinem Stuhl herum. Ich hätte mir für die Nonne eine andere Geschichte einfallen lassen sollen, aber dafür ist es jetzt zu spät. »Ja. Ich war fünf, als ich von hier weggegangen bin, vor ungefähr elf Jahren, mit meiner Mutter.« Ich zögere und schaue zu Michael und Boyboy, aber die warten auch, dass ich weiterrede. Kann ich nach Mama fragen? Schließlich sind es Nonnen, überlege ich. Und ein Priester. Sie kümmern sich um die Dorfbewohner. Hoffnung flammt in meiner Brust auf. Wenn ich nichts sage, verpasse ich vielleicht meine Chance. »Sie war Krankenschwester«, sage ich bedächtig und beobachte ihre Gesichter. »Gut möglich, dass sie hier gearbeitet hat.«

»Oh? Wie hieß sie denn?«

Ich atme tief durch. »Anju Yvette Masika.«

Meine Worte treffen auf völlige Stille und ich sehe, wie ringsherum Löffel in der Luft schweben bleiben und Augen sich weiten. Eine der Nonnen bekreuzigt sich sogar unauffällig. Mir wird schlecht. Doch dann ist der Moment vorbei, genauso schnell, wie er gekommen ist, und alle essen weiter, als wäre nichts passiert. Aber ich sehe, wie Schwester Dorothy einen Blick mit der älteren Nonne wechselt, bevor sie sich wieder ihren Tellern zuwenden.

»Haben Sie sie denn gekannt?«, fragt Michael, feinsinnig wie immer, als niemand etwas sagt. Ich würde ihm gerne unter dem Tisch ans Bein treten, habe aber Angst, eine Nonne zu erwischen.

Ein paar Köpfe werden geschüttelt. Niemand erklärt uns diese seltsame Reaktion, der Priester räuspert sich nur, um einen Nachschlag zu verlangen. Die Nonnen überschlagen sich, ihm seinen Wunsch zu erfüllen, und wechseln dann das Gesprächsthema. Es geht erst um die schwindenden Vorräte an Medikamenten und die Überlegung, jemanden nach Goma zu schicken, um Nachschub zu holen, dann um die Frage, wie schlimm die Malaria-Saison dieses Jahr wohl werden wird. Ich werfe Boyboy einen Blick zu und er hebt eine Augenbraue. Irgendjemand weiß hier was.

27

Nach dem Essen will ich Schwester Dorothy abpassen und unter vier Augen mit ihr reden, aber eine junge Frau, die im Krankenhaus arbeitet, ist schneller und zieht sie schon am Arm, bevor Schwester Dorothy überhaupt aufgestanden ist. Die anderen Nonnen verschwinden wie Gespenster in Zweier- und Dreiergrüppchen und ich habe nicht die geringste Gelegenheit, irgendwen nach meiner Mutter zu fragen. Man gibt uns Öllaternen und mir bleibt nichts übrig, als hinter Boyboy und Michael herzutraben, während sich eine Mischung aus Erschöpfung und Beklommenheit in mir breitmacht.

Die Räume, die wir aufschließen, sind feucht und wirken vernachlässigt. Geckos stieben im Lampenlicht in alle Richtungen und bellen aufgeregt. Betten gibt es keine, aber der Verwalter hat ein paar Stühle und auch Pritschen aufgetrieben, die mich an das Ding erinnern, auf dem ich im Greyhill-Verlies geschlafen habe.

Ich rechne halb damit, dass sich Michael über den Zustand der Räume beschwert, aber er wirft nur seine Tasche auf eine der beiden Pritschen und sagt: »Trautes Heim, Glück allein.«

Boyboy drückt versuchshalber auf einen Schalter an der Wand, aber nichts passiert. »Ohne Strom macht es mein Laptop nicht mehr lang«, sagt er.

»Hoffentlich trocknet dir ohne Bildschirmzeit nicht das Hirn ein.«

Er verzieht das Gesicht. »Keine Angst, Süße, meine Hirnpower reicht meilenweit. Es geht um den Computer. Morgen lade ich ihn auf. Ich hab ein Solarpanel mit. Bis dahin werd ich allerdings nicht viel tun können.«

»Was war eigentlich eben beim Essen los?«, fragt Michael.

»Keine Ahnung. Jedenfalls ist klar, dass sie Mama gekannt haben.« Nachdenklich kaue ich an meinem Fingernagel.

»Die Stadt ist klein. Kann doch sein, dass hier jeder jeden kennt.«

»Trotzdem, die haben sich komisch benommen«, sagt Boyboy. Er holt seinen Computer heraus und startet ihn.

»Also, was machen wir morgen?«, fragt Michael. »Mwika ist zuletzt in Walikale-Stadt gesehen worden, was noch mal ein paar Stunden weiter die Straße hoch liegt. Sollen wir dort hinfahren oder bleiben wir erst mal hier und sehen uns um?«

»Boyboy, kannst du die Kontaktnummer aus den Unterlagen von Mr G benutzen und ihn aufspüren?«, frage ich. »Ich will hier nicht weg, solange wir nichts Konkretes wissen.« Ich ignoriere Michaels finsteren Blick wegen den gestohlenen Daten von seinem Dad.

»Kann ich versuchen. Ich geh mal davon aus, dass *First Solutions* nicht unbedingt die Art von Firma ist, die ein Ladengeschäft hat oder so?«

Michael schüttelt den Kopf. »Wenn es doch nur so einfach wäre. Ich weiß nicht mal, wo die ihren Sitz haben. Anscheinend schicken die ihre Leute einfach überall hin, wo sie gebraucht werden. Ich versuche seit Tagen, sie zu erreichen, aber es geht keiner ans Telefon. Ich habe dutzendweise Nachrichten hinterlassen. Vielleicht ist die Kontaktnummer, die du hast, besser.«

»Was hast du durchgelassen?«, fragt Boyboy und schaut über den Bildschirm.

»Durchgelassen?«

Boyboy verdreht die Augen. »Hast du ihnen gesagt, wer du bist?«

»Natürlich nicht!«

Boyboy guckt unbeeindruckt. »Sag mir, was du über sie hast, dann schau ich, was ich tun kann, um sie aus der Reserve zu locken. Irgendjemand muss doch wissen, wohin Mwikas Gehalt geschickt wird.«

Michael sieht wieder mich an. »Und was tun wir beide, während er da dran ist?«

»Wie weit weg ist die Mine von Extracta? Können wir hinfahren und dort ein bisschen rumstochern?«

Michael windet sich. »Du willst da hin? Sollten wir nicht in der Nähe bleiben, falls Boyboy Mwika findet?«

»Wir sind verdammt weit gefahren. Willst du einfach hier rumsitzen und nichts tun?«

»Wir wollen Mwika finden, richtig?«, fragt Michael. »Ich meine, sonst brauchen wir doch nichts.«

Ich stehe auf. »Ich möchte rauskriegen, was Mama über deinen Dad wusste – woher sie das wusste, was sie Donatien sagen wollte.«

Aus den Augenwinkeln sehe ich die Anspannung in Michaels Schultern. Er sagt nichts.

»Was ist mit der Geheimdatei in dem Foto von deiner Mutter?«, fragt Boyboy. »Könnt ihr zwei etwas tun, um rauszukriegen, was dahintersteckt? Die muss doch irgendwie wichtig sein.«

»Was für eine Geheimdatei?«, will Michael wissen.

Ich sehe Boyboy durchdringend an.

Boyboy blinzelt. »Ach, egal. Nichts weiter.« Er taucht wieder hinter seinem Bildschirm ab.

»Was für eine Datei?«, wiederholt Michael und dreht sich zu mir.

»Ich ... Sie war in den Daten von deinem Vater. Ich dachte, dass das nichts ist, was du unbedingt wissen musst. Bis jetzt jedenfalls. Ich meine, vielleicht hat das ja gar nichts mit Mama zu tun.«

»Zeig sie mir«, verlangt Michael.

Boyboy sieht mich an und ich seufze. »Mach schon.«

Er holt die handgeschriebene Liste mit Namen und Zahlen auf den Bildschirm und zeigt sie Michael.

»Was ist das?«, fragt er und seine Augen blitzen. »Und wann genau hattest du vor, mir das zu zeigen?«

»Ich zeig's dir jetzt, oder nicht?«, sage ich. »Außerdem wissen wir selbst nicht, was es ist. Nur lauter Namen und Zahlen.«

Michael deutet auf den Bildschirm. »*Mobile Interests.* Weißt du, was das ist?«

»Nein«, sage ich und verschränke die Arme.

Er guckt finster. »Tja, wenn du mir das gezeigt hättest, hätte ich's dir sagen können.«

»Was ist es denn?«, frage ich gespannt.

Michael betrachtet mich ungläubig. Er macht den Mund auf, als ob er losschimpfen wollte, aber dann schüttelt er nur den Kopf. »Das war die Lastwagenfirma, mit der Extracta gearbeitet hat«, erklärt er. »Die haben Erz nach Sangui City transportiert, bis Dad herausgefunden hat, dass die ihn bestehlen.«

»Woher weißt du das alles?«, frage ich.

»Das war ein irres Drama bei uns zu Hause, weil Moms Familie Anteile an der Firma hatte.« Sein Gesicht ist immer noch verzerrt vor Wut.

Ich lehne mich zurück. »Okay, das ist eine brauchbare Information.«

»Du darfst mir solche Sachen nicht verheimlichen, Tina.«

»Stell dich nicht so an«, sage ich und stehe wieder auf. »Ich muss dir nicht alles sagen.«

»Musst du doch, wenn du willst, dass ich dir helfe, den Mörder deiner Mutter zu finden.«

Ich fuchtele mit dem Finger vor seinem Gesicht herum. »Ich wette immer noch, dass es dein Vater war, also gibt es ja wohl keinen Grund, meine Geheimnisse ausgerechnet mit dir zu teilen, oder?«

»Okay, Kinder, okay«, sagt Boyboy und stellt sich zwischen uns. »Das ist genug lustiges Theater für einen Abend. Wir waren alle zu lange mit dem Bananenlaster unterwegs, jetzt brauchen wir erst mal unsern Schönheitsschlaf. Ihr zwei könnt morgen weitermachen, wo ihr aufgehört habt.«

»In Ordnung«, sage ich. Ich schnappe mir eine Laterne und rausche ab. Ich höre Michael und Boyboy hinter mir weiterreden und knalle meine Zimmertür zu. Für wen hält sich Michael eigentlich? Er sollte gar nicht hier sein. Ich hätte das alles alleine machen können.

Du weißt aber immer noch nicht, wo Mwika ist.

Na ja, dann eben ich und Boyboy. Ich lasse mich auf meine Pritsche sinken und betrachte die Decke. Wut pocht in meinen Adern wie ein Fieber.

In der Stille merke ich wieder, wie laut die Insekten und Vögel da draußen sind. Der Regen, der auf das Blechdach prasselt, klingt wie tausend winzig kleine Steine. Im dämmrigen Schein der Laterne ziehe ich das Foto meiner Mutter und das Gebetskärtchen aus der Tasche. Ich betrachte erst die Karte und dann das Foto. In meinem Hinterkopf spukt der Gedanke, dass es zwischen beidem eine Verbindung geben muss. Allerdings habe ich keine Ahnung, worin die bestehen könnte. Das Foto ist vom ständigen Herumtragen schon ganz verknittert, doch Mamas Augen und ihr Gesicht sind klar wie eh und je. Etwas an dem Gesicht des Mädchens neben ihr zupft an den Fäden meiner Erinnerung. Es ist so vage, als würde man durch Spinnweben greifen. Alles löst sich bei der geringsten Berührung auf. Dieses Mädchen hat meiner Mutter einmal etwas bedeutet. Die beiden müssen Freundinnen gewesen sein. Wieder flackert Wut in mir auf. Sollte ich nicht wissen, wer die Frau ist? Warum hat mir Mama nie von ihr erzählt?

Die immense Größe dessen, was ich alles nicht weiß über meine Mutter und ihr Leben, legt sich schwer auf meine Brust und droht mich zu zerdrücken. Alles, was ich hier tue, tue ich für sie, aber sie hat es nicht für nötig gehalten, mir von dem zu erzählen, was *vorher* war. Dachte sie etwa, ich wollte das nicht wissen? Schließlich ist es auch meine Geschichte, und ich werde das Gefühl nicht los, als hätte sie alles für sich behalten. Nicht nur das Schlechte, sondern auch das Gute. Ihre Freunde, ihre Familie. *Meine* Familie. Zum ersten Mal seit Langem denke ich an meinen Vater. Wer war er? Vielleicht ist er auch hier, genau in dieser Stadt. Kann sein, dass ich auf der Straße schon an ihm vorbeigegangen bin.

Ich starre die heilige Katharina mit ihren rosigen Wangen und ihrer wehmütigen Miene an. Sie ist so unerschütterlich wie immer. Ich atme tief durch, um mich zu beruhigen, und die Luft, die von draußen hereinweht, füllt meine Lungen, ein schwerer Geruch nach feuchter Erde und verrottenden Blättern. Ich sollte schlafen. Ich drehe die Laterne herunter, bis die Flamme flackert und erlischt, dann strecke ich mich auf der Pritsche aus. Das Foto und die Karte lege ich mir auf die Brust. Von Boyboy und Michael ist jetzt nichts mehr zu hören, da ist nur noch der nächtliche Aufruhr der Insekten. Die Geräuschkulisse klingt seltsam vertraut, was nicht weiter überraschend ist. Ich muss diese Krabbeltiere schon als kleines Kind gehört haben. Oder ihre Ururgroßeltern.

Wenn Kiki das hier doch bloß erleben könnte! Manches ist ganz anders, als ich es mir von Sangui City aus vorstelle, wenn ich an den Kongo denke. Klar, hier ist es gefährlich, aber es gibt eben auch diese ganzen Insekten und Frösche, die ihr Ding machen. Es gibt den Regen und Leute, die sich überlegen, ob sie es wohl vom Markt bis nach Hause schaffen, bevor er losprasselt. Ich denke an all die Hirten am Straßenrand, die wir vom Bananenlaster aus gesehen haben, an die Frauen auf den Feldern und an die Kinder, die in einem der Orte, durch die wir gefahren sind, auf dem Schulhof gespielt haben. Wahrscheinlich passieren hier eine Million kleiner Dramen, genau wie überall auf der Welt. Der Krieg kann nicht alles zum Stillstand bringen. Ich will, dass Kiki von diesem Teil unserer Herkunft erfährt. Als ich vor mehr als vierundzwanzig Stunden in Sangui aufgebrochen bin, dachte ich noch, ich würde ihr nie von dieser Reise erzählen. Aber vielleicht sollte ich das doch tun. Im Grunde bin ich wie Mama, ich verstecke Dinge vor meiner Familie, weil ich mir einbilde, es wäre besser so. Andererseits ist Kiki noch so klein. Was soll ich ihr sagen, wenn sie mich fragt, warum ich hierhergefahren bin? Dass ich ihren Vater mit seinem Blut für den Tod unserer Mutter bezahlen lassen will? In meinem Kopf dreht sich alles. Aber es geht bei dieser Reise nicht nur um Blut und Tod. Es geht auch um quakende Frösche und freundliche Nonnen.

Ich döse weg, meine Gedanken flimmern. Der Regen klopft wie Fingerkuppen. Aber dann merke ich, dass es nicht nur der Regen ist. Da klopft tatsächlich jemand behutsam an meine Tür. Ich setze mich auf und stecke das Foto und die Karte in die Tasche von meinem Kapuzenshirt.

»Wer ist da?«, flüstere ich und stelle mich darauf ein, Michael oder Boyboy klarzumachen, dass ich absolut keine Lust auf Küssen und Knutschen habe.

»Schwester Dorothy.«

Ich springe auf und öffne die Tür. Ich kann gerade so eben die Umrisse ihres Gesichts sehen. »Moment mal, ich hole Licht.«

»Nein. Kein Licht. Komm mit.«

Ich schlüpfe aus dem Zimmer, ohne mir auch nur Schuhe anzuziehen, und folge ihr den überdachten Weg entlang. Regen spritzt von den Rändern hoch auf meine Fußgelenke und lässt mich frösteln. Erst denke ich, sie führt mich zurück zum Krankenhaus, wo immer noch ein paar Kerosinlampen brennen, aber dann biegt sie ab, auf eine kleine Kapelle zu.

Der schwache Lichtschein vom Krankenhaus reicht nicht so weit; hier herrscht dichte schwarze Finsternis. Schwester Dorothy läuft im Regen über das Gras, während der Donner grollt. Schlamm dringt zwischen meine nackten Zehen, als ich ihr hinterherlaufe. Sie geht nicht zur Eingangstür vorne, sondern um die Kapelle herum zu einer Tür mit einem Vorhängeschloss. Sie öffnet das Schloss mit einem Schlüssel, der an einer Schnur um ihren Bauch hängt, und deutet mir, ich soll reingehen.

Drinnen wische ich mir den Regen mit den Ärmeln aus dem Gesicht. Nach einem kurzen Ratschen springt eine Flamme auf und endlich erblicke ich im Licht einer Kerze das Gesicht von Schwester Dorothy. Ich sehe mich in der Kapelle um und erkenne gerade eben so die ehrwürdigen Bankreihen und die schlichten bunten Glasfenster, von Regentropfen gesprenkelt.

»Tut mir leid, dass das so eine Nacht-und-Nebel-Aktion ist«, sagt sie und öffnet hinter dem Altar eine weitere Tür, die in eine Kammer führt. Dort ist es muffig und kühl wie in einem Keller, was kein Wunder ist, denn der Raum ist in den Hügel hineingegraben, an dem die Kapelle steht. Verstaubte Kisten und Flaschen mit Messwein sind an den Wänden aufgereiht, trotzdem ist noch Platz für einen kleinen Tisch und zwei Stühle.

Schwester Dorothy schließt die Tür hinter sich und setzt sich mit einem müden Seufzen. »Wenn ich gewusst hätte, wer du bist, hätte ich dir gleich gesagt, dass du hier in der Stadt gut aufpassen musst, was du redest.«

»Wieso?«

»Deine Mutter.«

Ich kralle mich am Tischrand fest. »Was ist mit meiner Mutter? Haben Sie sie gekannt? Warum haben heute beim Essen alle so seltsam –«

»Setz dich«, unterbricht mich Schwester Dorothy und ich lasse mich auf den Stuhl ihr gegenüber sinken. Sie schenkt mir ein erschöpftes Lächeln. »Es ist lange her, seit irgendwer Anju erwähnt hat.« Ihre Augen schimmern im Licht und ich frage mich, ob sie in meinem Gesicht wohl nach Zügen meiner Mutter sucht. »Du wurdest hier geboren. Im Krankenhaus. Das hast du nicht gewusst, oder?«

Ihre Worte treffen mich wie ein Schlag. »Wirklich?«

»Du hattest recht, deine Mutter hat hier gearbeitet«, sagt Schwester Dorothy und berührt das silberne Kreuz an ihrem Hals. »Sie hat eine Ausbildung zur Krankenschwester gemacht. Und es gab eine

Zeit, da wollte sie Nonne werden.« Sie hält inne und zieht gedankenverloren das Kreuz an der Kette entlang, hin und her.

»Nonne?«, frage ich blinzelnd. »Mama? Was ist passiert? Bitte, wissen Sie irgendwas? Ich will rausfinden, wer sie umgebracht hat.« Die Augen von Schwester Dorothy heften sich wieder an mein Gesicht und ich beuge mich vor. »Haben Sie das gewusst? Dass sie ermordet worden ist?«

»Ja. Die Neuigkeiten aus Sangui kommen hier an. Bist du deshalb da? Um ihren Geist zu verfolgen?«

»Ich – ich verfolge ihren Mörder.« Ich mustere meine schmutzigen Fingernägel, die in meinem Schoß liegen. »Ich will ihn für sein Verbrechen bezahlen lassen.«

Schwester Dorothy reagiert nicht schockiert und sie schimpft auch nicht, wie ich es erwartet hätte. Stattdessen betrachtet sie mich genau. »Du warst ein Kind, als ihr weggegangen seid. Was weißt du noch über die Zeit hier in Kasisi?«

»Nichts.«

»Überhaupt nichts?«

Hilflos zucke ich mit den Achseln und meide ihren Blick. »Nur Bruchstücke. Wie wir weggelaufen sind.«

Eine Weile lang rührt sie sich nicht, schaut nur abwesend über meine Schulter auf die Wand, aber ich weiß, dass sie mir gleich etwas erzählen wird. Ich halte die Luft an.

Als sie endlich anfängt zu sprechen, ist es, als ob die Wörter Steine wären, die sie erst finden und dann mühsam aus dem Mund herausschieben müsste. »Seit zwanzig Jahren werden Mädchen, *Kinder*, hierher zu mir gebracht und ich versuche, so gut ich kann, sie wieder heil zu machen. Nach all der Zeit kann ich nicht mehr so tun, als würde ich verstehen, warum Schlimmes passiert, oder als wüsste ich, ob das einen Sinn hat und wie Gott überhaupt …« Sie unterbricht sich, spitzt die Lippen, dann redet sie weiter. »Ich kann nicht so tun, als gäbe es das Böse in der Welt nicht, als etwas Echtes, Reales, mitten unter uns. Ich werde dir etwas erzählen, damit du wachsam sein kannst.« Sie wirft mir einen kurzen Blick zu. »Verstehst du das?«

Ich nicke langsam. Ich bin nicht sicher, ob ich das wirklich tue, aber ich will, dass sie weiterredet.

Daraufhin nickt sie auch. Dann schaut sie wieder die Wand an. »Deine Mutter gehörte zu meinen Lieblingen. Wir sollen ja eigentlich keine Lieblinge haben, aber so ist es eben. Sie kam mit achtzehn hierher, um Krankenschwester zu werden. Sie war sehr intelligent. Immer neugierig und mit einer unglaublichen Energie. Sie wäre eine wunderbare Nonne geworden.«

Schwester Dorothys Mund zittert.

»Der Überfall kam, während wir schliefen. Es war in der Trockenzeit, die Zeit der Angriffe, die Rebellen hatten ein Dorf nach dem anderen attackiert. Wir dachten, wir wären hier sicher. Die Regierungssoldaten hätten uns beschützen sollen, aber es waren keine da. Keiner kam, als wir um Hilfe riefen.«

Sie braucht einen Augenblick, holt tief Luft, bevor sie weiterredet. Als sie es tut, klingt ihre Stimme seltsam unbeteiligt, fast als würde sie etwas auswendig Gelerntes aufsagen. »Sie haben fünf Frauen mitgenommen: vier Schwesternschülerinnen und eine Lehrerin.«

Mein Mund wird trocken.

»Sie blieben drei Monate weg. Zwei sind nie mehr zurückgekommen. Von den dreien, die wiederkamen, war eine die Lehrerin. Sie hat Kasisi sofort verlassen; ich weiß nicht, was später mit ihr passiert ist. Eine war eine gute Freundin deiner Mutter, auch sie war Schwesternschülerin.« Endlich sieht mich Schwester Dorothy wieder an. »Und eine war deine Mutter. Sie war kaum noch am Leben, als sie zurückkam, und in ihrem Leib trug sie dich.«

28

Ein paar Sekunden lang sitze ich bewegungslos da. Schwester Dorothy beobachtet mich genau, sagt aber nichts, wartet nur. Der Raum kippt seitlich weg.

»Mein Vater war einer von denen? Von den Männern, die sie verschleppt haben?«

»Ja.«

Ich bringe die Worte kaum heraus. »Wissen Sie, wer es war?«

»Nein. Es müssen mehrere gewesen sein, die ...« Ein Zittern überläuft Schwester Dorothy und sie wendet den Blick ab.

Ich fange wieder an zu atmen, trotzdem habe ich das Gefühl, gleich ohnmächtig zu werden. Vor nicht mal einer Stunde habe ich über meinen Vater nachgedacht und jetzt ... ich hatte gedacht, es wäre ein Freund gewesen, jemand, über den meine Mutter einfach nicht reden wollte. Niemals hätte ich mir vorstellen können, dass mein Vater ein Mann war, der ... der ... ich kann die Worte nicht mal denken. Auf einmal wird mir ganz heiß, ich habe das Gefühl, mich gleich übergeben zu müssen. Ich beuge mich vor und presse die Stirn gegen meine Fäuste.

Eine Weile lang spülen Wellen von Übelkeit über mich weg. Als ich den Kopf hebe, greift Schwester Dorothy in das Regal hinter sich. Sie holt eine Flasche Messwein aus den Spinnweben, dazu zwei kleine Gläser, und schenkt uns beiden ein. Es ist still wie in einem Grab, doch dann ertönt ein Donnergrollen und meine Ohren hören auf zu klingeln. Ich höre das gedämpfte Schnurren des Regens.

»Ich dachte, Nonnen trinken keinen Alkohol.« Betäubt starre ich auf das Glas, das vor mir steht.

»Alle versagen vor der Güte des Herrn. Ich denke, Er wird einer alten Frau vergeben.« Sie hebt das Glas an ihre Lippen.

Bei dem Gedanken an Wein wird mir schwummrig, aber dann strecke ich die Hand aus, schnappe das Glas und kippe alles auf einmal hinunter. Der Wein ist säuerlich süß und schwer, aber er wärmt mich. Mir fällt ein, dass es die Goondas genauso machen, wenn es um den Tod geht. Wenn einer stirbt, holen sie eine Flasche und trinken so lange, bis keiner mehr irgendeinen Gedanken fassen kann. Goondas und Nonnen, beide trinken auf die Toten. Ein verrücktes Kichern will meinen Lippen entweichen, aber ich halte es zurück und atme tief durch, um mich wieder zu fangen.

Die Worte von Schwester Dorothy klingen nach: Zwei sind nie mehr zurückgekommen. Von den dreien, die wiederkamen ... Ich blicke auf. »Die andere Schwesternschülerin, die sie mitgenommen haben, ist sie noch hier in Kasisi?«

»Ja«, sagt Schwester Dorothy stirnrunzelnd. »Catherine ist hier.«

Der Name jagt mir einen Schauer durch den Körper. Catherine – so wie Kiki, denke ich. Und wie die heilige Katharina.

»Schwester Dorothy«, sage ich und ziehe das zerknitterte Foto aus der Tasche. »Ist sie das?« Ich zeige auf das Mädchen neben meiner Mutter, das Mädchen, das aussieht, als ob ihr die ganze Welt offenstünde.

Der Blick der Schwester wird sanft. »Ja«, sagt sie. »Das ist Catherine.«

Mein Herz hämmert. »Ich will mit ihr reden. Wissen Sie, wo sie wohnt?«

»Ich weiß nicht, ob das eine gute Idee ist ...«

»Warum?«

Schwester Dorothy füllt erst mein Glas wieder auf und dann ihr eigenes. »Catherine … tut sich schwer.«

»Was soll das heißen?«

Sie spricht langsam und bedächtig. »Wenn ein Mädchen von den Milizen verschleppt wurde und dann wiedergefunden wird, ist das ein großes Glück. Als wäre sie von den Toten auferstanden. Doch mit der Zeit lässt das Glück nach und dann wollen alle, dass das Mädchen vergisst. Aber das geht nicht. Manche dieser Frauen haben gesundheitliche Probleme. Sie haben Schmerzen oder können keine Kinder mehr bekommen. Für die anderen sind sie eine beständige Erinnerung daran, dass die Familie und das Dorf nicht stark genug waren, um solche Dinge zu verhindern. Manchmal geben die Leute den Frauen die Schuld oder behaupten, sie würden jetzt zu den Rebellen gehören und seien als Spione zurückgeschickt worden. Wenn sie Kinder haben, sagen manche, dass das Gespenster oder Hexen wären – dass sie das Böse in sich tragen.«

Mir wird kalt. Das bin *ich*.

»Manche dieser Frauen gehen weg und versuchen, irgendwo anders neu anzufangen. Und andere finden, wenn sie nicht arbeiten oder heiraten können, keinen anderen Weg zum Überleben als …« Sie zögert. »Catherine … verkauft sich.«

Ich blinzele. »Sie ist Prostituierte?« Schwester Dorothys Gesicht ist Antwort genug. »Die Leute geben ihr die Schuld? Sie *wollte* doch nicht entführt werden!«

Die Schwester sieht auf einmal sehr alt aus. »Menschen sind komplizierte Wesen, mein Liebes. Die Wege, die sie finden, um sich das Schlimme in der Welt zu erklären, sind nicht immer richtig. Manchmal sind es nur die einfachsten. Es sind Erklärungen, die sie so weit beruhigen, dass sie nachts schlafen können, und die sie entlasten von ihrer eigenen Schuld.«

Ich drehe das Glas auf dem Tisch herum. »Das ist doch beschissen.«

»Ja. Vermutlich ist das … *beschissen.*«

»Ich muss mit Catherine sprechen«, wiederhole ich.

Und Schwester Dorothy wiederholt: »Ich halte das nicht für eine gute Idee.«

Ich betrachte den Raum, als würde ich ihn zum ersten Mal sehen. Fensterlos. Dunkel. Geheim. »Es geht gar nicht darum, dass sie eine Prostituierte ist, oder? Sie wollen einfach nicht, dass ich mit ihr rede. Warum haben Sie mich hierhergebracht? Warum wollen Sie nicht, dass uns die anderen Nonnen zusammen sehen?«

Sie trinkt einen Schluck Wein. »Nicht nur die Nonnen, alle. Reden ist gefährlich. Das letzte Mal, dass ich deine Mutter gesehen habe, war genau hier. Da hat sie mit einem Weißen gesprochen, der im Gästehaus wohnte. Wir haben später erfahren, dass er ein Reporter war.«

Donatien, denke ich.

»Ich habe die beiden überrascht. Sie hat nicht gesagt, worüber sie mit dem Mann geredet hat, aber sie wirkte nervös. Im Krankenhaus war in dieser Zeit viel los, also habe ich mir nichts dabei gedacht, bis dieser Mann am nächsten Tag beinahe umgebracht worden wäre. Und dann hörten wir, dass das Haus deiner Mutter niedergebrannt worden war und dass ihr beide, du und deine Mutter, verschwunden wart. Ein paar Tage vergingen, und dann kamen die Männer wieder und haben nach ihr gesucht. Sie dachten, wir verstecken sie.«

»Welche Männer?«

Sie schüttelt den Kopf. »Die bösen Männer. Die gleichen wie beim ersten Mal. Milizen. Sie kamen ans Tor und begannen in die Luft zu schießen, und dazu haben sie ihren Namen gerufen. Die Patienten waren verrückt vor Angst. Und als wir ihnen sagten, wir wüssten nicht, wo sie ist, haben sie angefangen, Leute zu verprügeln und Sachen kaputt zu schlagen, genau wie beim ersten Mal.«

Sie holt zitternd Luft, bevor sie weitersprechen kann. »Danach gab es Gerede, über deine Mutter und über das, was dem Reporter passiert ist. Die Leute hatten Angst. Die Mutter Oberin hat den Reporter nach Sangui City zurückgeschickt und uns verboten, Anju jemals wieder zu erwähnen, damit die Milizen nicht zurückkämen.«

»Sie wollte, dass alle vergessen, was passiert war? Dass sie so tun, als hätte es Mama nie gegeben?«

Schwester Dorothy seufzt. »Die Leute, die in diesem Krankenhaus arbeiten, sind gute Leute, Christina. Wir würden nicht hierbleiben und jeden Tag dieses entsetzliche Leid anschauen, wenn uns die Menschen hier nicht am Herzen liegen würden. Wir fühlen uns von Gott dazu berufen. Die Nonnen, die Männer und Frauen, die hier arbeiten, sind gut.«

Wieder starrt sie an mir vorbei auf den grauen Beton. »Aber die grässliche Wahrheit ist nun mal, dass jeder, der hierbleibt, sich entscheiden muss, nicht zu viele Fragen zu stellen. Wir dürfen den Teufel nicht bei seinem menschlichen Namen nennen. Du weißt nie, wer zuhört und Informationen zurückhält bis zu dem Moment, an dem er oder sie mit den Milizen verhandeln und verhindern muss, dass der eigene Ehemann oder die eigenen Kinder mitgenommen werden.«

Sie betrachtet mich wieder. Und sie erkennt tatsächlich meine Mutter in mir, das merke ich. »Du solltest von hier verschwinden. Nimm deine Freunde und fahr zurück nach Sangui City. Vergiss die Rache.«

»Das kann ich nicht.«

Anscheinend wusste sie schon, dass ich das sagen würde. »Dann werde ich beten, dass Gott dich findet und dir beisteht.« Sie leert ihr Glas. »Aber manchmal fürchte ich, dass Er diese Gegend schon vor langer Zeit aufgegeben hat.«

29

Regel 13: Das Gute an schlechten Nachrichten ist, dass sie immerhin wahr sind.

Wenn du den größten Teil deines Lebens mit Halbwahrheiten und Vermutungen zugebracht hast, kommt dir etwas Wahres vor wie festes Land mitten im Ozean.

Wobei mir die Wahrheit von gestern Nacht nicht unbedingt beim Einschlafen geholfen hat.

Der Junge sollte uns den Weg zu Catherines Haus zeigen, aber jetzt kauert er wie eine Kröte im Schlamm und weigert sich weiterzugehen. Er zeigt den Pfad entlang und erklärt uns – teils mit den Händen, teils in einer Mischung aus Swahili und einer Sprache, die wir nicht kennen –, dass wir nur noch ein kleines Stück weitergehen müssen. Er hebt die Hand. »Fünf Minuten.«

»Hör mal, wir haben dich bezahlt, damit du uns hinführst. Und zwar den ganzen Weg!« Boyboy hat eine Hand in die Hüfte gestemmt, mit der anderen fächelt er sich die Stirn. Er zieht sein Telefon aus der Tasche und schaut drauf.

»Gibt's was Neues von dem *First-Solutions*-Typen?«, frage ich.

Boyboy hat gestern Nacht noch ein paar Stunden herumgesucht und war am Morgen Ewigkeiten lang am Telefon. Die letzte Spur, auf die er gestoßen ist, klingt hoffnungsvoll. Verrückt, wie viele Leute aus den Löchern kriechen, wenn du mit ein bisschen Geld vor ihrer Nase herumwedelst.

Ich hätte wohl darauf drängen sollen, dass Boyboy mit seinem Computer im Gästehaus bleibt und weiterarbeitet, aber nachdem ich ihm in groben Zügen erzählt habe, was ich von Schwester Dorothy weiß, hat er darauf bestanden, mit uns zu Catherine zu kommen. Und ich hatte einfach nicht die Kraft, mich mit ihm zu streiten. Ich wollte Boyboy eigentlich gar nicht von Catherine erzählen, aber er hat es aus mir rausgequetscht. Als ich zum Frühstück kam, meinte er, so wie ich aussehe, hätte ich mir entweder einen ganz grässlichen Magenvirus eingefangen oder irgendwas sei mit mir los. Zu Michael habe ich aber nichts gesagt. Er weiß nur so viel: Schwester Dorothy hat mir bestätigt, dass Catherine tatsächlich die Freundin meiner Mutter gewesen ist und dass sie noch hier in der Gegend lebt. Er ist der Einzige von uns dreien, der beschwingt und ausgeruht wirkt; mit großen Schritten marschiert er vor uns her wie ein Pfadfinder mit seiner Patrouille.

»Immer noch kein Netz«, grummelt Boyboy und stopft das Telefon wieder in die Tasche.

Es hilft auch nicht gerade, dass die Luft in dem Wald, durch den wir seit einer guten Stunde laufen, so unglaublich warm und feucht ist. Wir sind alle tropfnass. Links von uns rauscht ein Bach durch ein enges Bett. Der Regen der letzten Nacht hat das Wasser ansteigen lassen und ganz schlammig gemacht, was den Eindruck, dass wir eher durch den Dschungel waten als laufen, noch verstärkt.

Unser erstes Ziel heute Morgen war, in Erfahrung zu bringen, ob es Gerüchte über Mr Greyhill und seine Anwesenheit in der Gegend gibt. Aber ohne die Leute auf der Straße direkt nach ihm zu fragen, war kaum etwas rauszukriegen. Wir dachten uns, wenn ein reicher *mzungu* in die Stadt kommt, würde das doch ein bisschen Wirbel verursachen, aber davon war nicht das Geringste zu spüren. Michael meinte, er könnte vielleicht in einer Werkswohnung bei den Extracta-Minen untergekommen sein. Herauszufinden, wo Catherine arbeitet, ist leichter gewesen. Wir wurden in eine Bar geschickt. Der Koch dort sagte, sie wäre nicht da, aber nachdem er sich vergewissert hatte, dass keiner etwas mitbekam, meinte er, wir könnten seinen Neffen anheuern und uns von ihm zu ihrem Haus führen lassen. Oder, wie sich jetzt herausstellt, immerhin bis fast dorthin.

»Komm schon«, dränge ich den Jungen.

Der schüttelt entschieden den Kopf. Er ist ein guter Junge, sagt er, und ihr Haus ist ein Nest für Teufel. Darum geht er keinen Schritt weiter.

Michael wischt sich den Schweiß vom Gesicht. »Es ist gleich da vorne, ja? Bist du sicher?«

Der Junge nickt und zieht seinen Finger versonnen durch den Matsch. »Fünf Minuten«, wiederholt er.

Fünf Minuten kann anscheinend alles zwischen einer Minute und einer Stunde Gehzeit bedeuten. Sein Onkel hat uns versichert, das Haus von Catherine läge nur fünf Minuten weit weg. Eher fünf Kilometer, wie es aussieht.

»Komm«, sage ich und fasse Boyboy am Ellbogen. »Wir müssen fast da sein. Zieh nicht so ein Gesicht. Ich hab dir gleich gesagt, du sollst diese Schuhe besser nicht anziehen.«

Der Junge wartet, bis wir ein Stück weit den Pfad hinunter sind, dann flitzt er los und rudert dabei wie wild mit seinen knochigen Armen. Ich bin genauso skeptisch wie die anderen beiden, ob wir Catherines Haus wirklich finden werden, aber zu unserer großen Erleichterung kommen wir bald über eine Hügelkuppe, wo sich der Urwald zu einer Lichtung mit einem sonnenbeschienenen Feld weitet. Auf einer Weide neben einer Lehmhütte grasen Schafe und Ziegen.

Ein, zwei Sekunden lang stehen wir einfach still da, um wieder zu Atem zu kommen.

»Bist du sicher, dass wir hier richtig sind?«, flüstert Boyboy. »Sieht nicht wie ein Teufelsnest aus.«

»Jedenfalls ist es das letzte Haus an diesem Pfad.«

Auf der anderen Seite des Feldes steigen die Berge und der Dschungel steil an. Die Hütte sieht aus wie eine Handvoll anderer, an denen wir vorbeigekommen sind. Die rote Erde rundherum ist sauber gefegt und auf beiden Seiten der Türöffnung hängen rostige Dosen mit blühenden Fuchsien. In der Türöffnung bauscht sich ein Leintuch im schwachen Wind. Etwa dreißig Meter von der Hütte entfernt gibt es einen sorgfältig gebauten Viehpferch, in dem kleine weiße Schmetterlinge über dem Kuhmist tanzen. Ein ganzes Stück weiter weg sehe ich, wie ein schlaksiges Mädchen Wäsche über Sträucher hängt, die voller Blüten in Rosa und Orange sind. Auf einmal fliegt mich aus einem staubigen Winkel meines Gedächtnisses der Name der Pflanze an: Lantane oder Teufelsblume. Die ganze Szenerie wirkt schön wie auf einer Postkarte und ich weiß nicht recht, ob sie mir wirklich bekannt vorkommt oder ob ich mir das nur wünsche.

»*Hodi*«, rufe ich vom Rand des Hofs, um auf uns aufmerksam zu machen. »Hallo?« Meine Nerven sirren vor Anspannung. Endlich werde ich das geheimnisvolle Mädchen von dem Foto kennenlernen.

Aus der Hütte kommt keine Antwort, also umrunde ich sie, denn von dahinter weht der Geruch nach Holzrauch zu mir. Boyboy und Michael folgen mir. Doch noch bevor wir um die Ecke sind, hören wir ein Bellen und ein riesiger gelbbrauner Hund schießt mit gesträubtem Nackenfell und wütendem Knurren auf uns zu.

»Whoa!«, rufe ich und hebe die Hände. Boyboy hinter mir schreit schrill auf und taumelt zurück.

»Hallo«, brüllt Michael. »Ist da jemand? Kann uns einer helfen?«

Eine Frau taucht hinter dem Hund auf, aber unsere Hoffnung, sie könnte uns retten, zerschellt an der AK-47, die sie über der Schulter trägt. Sie zielt nicht auf uns, aber das ist auch nicht nötig. Wir weichen alle zurück.

»Wer seid ihr? Was tut ihr hier?«, fragt sie. »*Askari!*«

Als er seinen Namen hört, lässt der Hund das Bellen, bleibt aber ganz in der Nähe seiner Herrin, immer noch mit gesträubtem Fell.

Ich halte den Atem an. Die Frau kommt mir bekannt vor. Sie könnte das Mädchen auf dem Foto sein, aber ihr Gesichtsausdruck wirkt so anders, dass es schwer zu sagen ist.

»Äh, hallo.« Michael erholt sich als Erster, behält aber die Waffe im Auge. »Ich bin Michael und das sind meine Freunde Christina und Boyboy. Wir sind aus der Stadt hergekommen.«

»Ja und?«

»Wir, na ja, wir hatten gehofft, wir könnten mit Ihnen reden.«

Das Mädchen, das die Wäsche aufgehängt hat, trabt über das Gras zu uns herüber, mit einem zweiten großen Hund an ihrer Seite.

Die Frau mustert uns der Reihe nach mit misstrauischem Stirnrunzeln. »Über was?«

Herumzudrucksen macht keinen Sinn. Ich trete einen Schritt vor. »Sind Sie Catherine?« Als keine Antwort kommt, rede ich weiter. »Es geht um meine Mutter, Anju. Ich glaube, Sie haben sie gekannt?«

Die Frau starrt mich an, als ob ich Chinesisch reden würde, dann verändert sich ihre Miene. Sie könnte nicht böser gucken, wenn ich ihr Matsch ins Gesicht geschleudert hätte. »Anju? Anju Yvette?«

Das Mädchen ist jetzt bei uns angekommen und bleibt ein paar Schritte entfernt stehen, mit weit aufgerissenen Augen. Sie hat knochige Knie und Ellbogen und muss etwa in Kikis Alter sein. Die Frau streckt die Hand hoch, damit sie nicht näher kommt.

»Ja, das ist sie«, sage ich und mache einen hoffnungsvollen Schritt nach vorne. »Dürfen wir –«

»*Nein*«, sagt Catherine mit leiser, gefährlicher Stimme. Sie greift nach der Waffe an ihrer Hüfte und dirigiert uns damit zurück in die Richtung, aus der wir gekommen sind. »Ich will den Namen dieser Frau nie mehr hören, solange ich lebe.«

Dann spuckt sie auf den Boden.

Sie *spuckt*.

»Und jetzt verschwindet von meinem Hof und wagt euch ja nicht noch mal hierher.«

Wir haben keine andere Wahl, wir müssen gehen. Michael versucht noch zu protestieren, aber das Zischen, das er als Antwort bekommt, ist anscheinend das Signal für die Hunde, dass sie angreifen sollen. Mit lautem Bellen stürzen sie auf uns zu. Mit diesen Bestien und einem Maschinengewehr konfrontiert, gibt es nicht mehr viel zu sagen. Wir verziehen uns, so schnell wir können.

»Was zur Hölle hat deine Mutter ihr getan?«, fragt Boyboy, während er über die Schulter nach hinten blickt.

»Ich weiß nicht«, sage ich und schlage einen Busch aus dem Weg. »Ich dachte, sie wären Freundinnen.«

Mit Catherines Reaktion habe ich absolut nicht gerechnet. Ich dachte, sie würde sich freuen, über Mama zu reden. Diese gewaltsame Zurückweisung war ein Schock, sie schmerzt immer noch. Ich bleibe stehen, was auch die beiden Jungs hinter mir zum Anhalten zwingt.

»Wir können nicht einfach weg. Wir müssen mit ihr sprechen«, sage ich.

Michael guckt zweifelnd. Ich weiß, dass er sich fragt, was Catherine eigentlich mit dem Mord an meiner Mutter zu tun haben soll, aber ich bringe es einfach nicht fertig, ihm das alles zu erklären. Ich habe einfach das Gefühl, dass ich mit ihr reden *muss*. Vermutlich ist sie der einzige Mensch auf der Welt, der mir sagen kann, was genau ihr und Mama passiert ist und wodurch am Ende ich zur Welt kam. Sie war befreundet mit meiner Mutter, die beiden müssen das zusammen durchgestanden haben. Mein Drang, mit ihr zu reden, ist größer als mein Plan, den Mörder von Mama zu finden. Es geht tiefer und ist persönlicher.

Warum will sie nicht mit mir reden?

Boyboy stützt die Hände in die Hüften. »Ich gehe da nicht noch mal hin. Die Tante hat einen Rambo-Komplex. Wer hat schon solche Waffen, wenn er nicht selbst zur Miliz gehört?« Genau in dem Moment fiept Boyboys Telefon. Er zieht es aus der Tasche und knurrt, als er sieht, was es ist. »Voicemail. Endlich.«

»Was hast du dem Typen von *First Solutions* dafür zahlen müssen, dass er mit dir redet?«, fragt Michael.

»Nichts.« Boyboy hält sich das Telefon ans Ohr. »Aber du hast jede Menge abgedrückt. Na ja, genau genommen deinen Treuhandfonds, aber es war ja für einen guten Zweck.«

»Was? Wie hast du –«

»Was sagt er?«, frage ich Boyboy und bringe Michael mit einem Blick zum Schweigen.

Boyboy runzelt die Stirn und konzentriert sich auf die Nachricht. Er hebt einen Finger, um uns zu signalisieren, dass wir warten sollen.

Während er die Nachricht abhört, drehe ich mich zu Michael um. »Wir müssen mit Catherine reden. Sie war Mamas Freundin. Sie weiß … einiges.«

Michael sieht Boyboy immer noch ärgerlich an, doch er seufzt und raunt: »Vielleicht können wir Schwester Dorothy dazu bringen, dass sie mit ihr spricht.« Dann guckt er auf einmal beunruhigt. »Was ist denn?«, fragt er Boyboy.

Ich drehe mich um und der Ausdruck in Boyboys Gesicht gefällt mir gar nicht. Er nimmt das Telefon vom Ohr. »Schlechte Nachrichten«, sagt er. »Mwika ist tot.«

Boyboys Kontaktmann hat keine Details genannt, nur dass Mwika vor etwa zwei Jahren bei einer Kneipenschlägerei erstochen wurde, in der Nähe einer Diamantenmine in Katanga, wo er zu der Zeit arbeitete.

»Aber er hat mir Mwikas Mailadresse gesagt. Ich kann mich reinhacken«, sagt Boyboy und legt die Hand auf meinen Arm. »Vielleicht findet sich da irgendwas.«

Michael nickt. »Wir sollten jetzt nicht aufgeben.«

»Wie kann es sein, dass du nichts von seinem Tod gewusst hast?«, frage ich Michael. Vor zwei Jahren hat Mr Greyhill Mwika eine große Summe bezahlt. Da muss es doch einen Zusammenhang mit seinem Tod geben. »*Hast* du's gewusst?«

»Nein!«, sagt Michael und macht einen Schritt auf mich zu. »Natürlich nicht!«

Ich weiche vor ihm zurück und versuche die Wahrheit von seinem Gesicht abzulesen. Er sieht genauso schockiert aus wie Boyboy, aber ich weiß ja, wie gut die Greyhills lügen können. »Nicht zu fassen, dass ich dir vertraut habe«, sage ich. Ohne auf seine Antwort zu warten, wende ich mich ab und laufe weiter den Pfad entlang.

Kein Video. Bei diesem ganzen Deal mit Michael ging es nur darum, Mwika und dieses angebliche Video aufzuspüren, und jetzt stellt sich raus, dass der Kerl *seit zwei Jahren* tot ist. Wusste Michael das? Hat er mir nur was vorgemacht?

Wenn man das mit Mwika und Catherine zusammennimmt, war diese Reise bis jetzt ein absolutes Desaster. Nur eins habe ich herausgefunden, nämlich dass meine Mutter eine ganz entsetzliche, unaussprechliche Scheiße erlebt hat und ich ein Kriegskind bin, das sie niemals gewollt hat. Ein Kind, das ihr Leben ruiniert hat und sie wahrscheinlich an jedem einzelnen Tag daran erinnert hat, was ihr zugestoßen ist. Auf einmal wünsche ich mir ganz dringend, bei meiner Schwester zu sein. Nicht um ihr zu erzählen, was hier läuft, nur um sie zu sehen, um mitzubekommen, wie sie ihren Kopf schief hält und mich fragt, was mit mir los ist, so wie sie das manchmal eben tut. Ich sage es ihr nie, aber es gefällt mir, dass sie mich fragt. Das könnte ich jetzt wirklich gut brauchen.

Als wir ins Gästehaus zurückkommen, gehe ich in mein Zimmer, schließe die Tür hinter mir ab und stehe einfach so da. Ich habe keine Vorstellung, wie es weitergehen soll. Nicht weinen, Tiny Girl. Vielleicht findet Boyboy doch noch was in Mwikas Mailbox.

Vor dem Fenster höre ich die Stimmen von Boyboy und Michael. Boyboy beschwört Michael, er soll lieber nicht an meine Tür klopfen, ich bräuchte einfach ein bisschen Zeit. Ich kriege mit, wie Boyboy seinen Technikkram draußen aufbaut, das Solarpanel prüft und den Computer startet.

Was jetzt? Sollen wir einfach zurückfahren? Ich will mit Catherine reden, aber wie? Hier rumzusitzen und zu schmollen bringt jedenfalls nichts. Ich hole tief Luft und grabe in meiner Tasche nach meinem Telefon. Vielleicht kann ich etwas tun, zum Beispiel selbst Boyboys Kontakt anrufen und Einzelheiten rauskriegen. Vielleicht hatte Mwika ein Haus, einen Ort, an dem er seine Sachen aufbewahrt hat. Ich will schon rausgehen, halte aber inne, als ich sehe, dass ich ungefähr ein Dutzend Anrufe von Ketchup verpasst habe, außerdem drei Anrufe von Nummern, die ich nicht kenne. Aber am beunruhigendsten ist eine Textnachricht von Bug Eye: *wo bist du? ruf sofort an.*

Mein Magen verknotet sich. Während ich auf mein Telefon starre und zu entscheiden versuche, ob ich Bug Eye zurückrufen und so tun soll, als ob alles cool und ich immer noch in Sangui wäre, beginnt es zu vibrieren. Ein eingehender Anruf. Ich fluche und bin sicher, dass es entweder er selbst ist oder Ketchup, aber die Nummer passt nicht. Ich weiß, dass ich besser nicht drangehen sollte – wahrscheinlich rufen sie einfach auf einer anderen Leitung an, um mich endlich dranzukriegen –, aber mich überfällt ein seltsamer Drang. »Hallo?«

»Tina? Bist du das?«

Meine Knie werden weich und ich verliere beinahe den Halt. »Kiki? Alles okay?«

»Ich versuch schon die ganze Zeit, dich zu erreichen!«

»Warum denn? Was ist los?«

Ich höre, wie sie mit jemandem in der Nähe flüstert. »Was? Mit mir ist nichts. Wo bist du?«

Im Hintergrund sind Mädchenstimmen. Mein Herzschlag beruhigt sich so halbwegs und ich fahre mir mit zitternder Hand über den Mund. Dann atme ich tief durch und versuche, möglichst normal zu klingen. »Ich bin nicht in der Stadt.«

»Was? Wieso? Wo bist du? Ich kann dich kaum hören.«

»Ich – ich musste was erledigen. Ich bin auch nur für ein paar Tage weg.«

»Aha. Aber morgen Abend bist du zurück?«

»Ich versuch's. Aber mach dir keine Sorgen, wenn nicht, okay?«

»Eins von den andern Mädchen hat gehört, dass jemand für mich angerufen hat. Das warst du, stimmt's?«

»Ja, aber die Nonne wollte dich nicht ans Telefon holen.«

»Das war Schwester Agnes. Die ist furchtbar streng. Keine Anrufe, keine Smartphones. Sie denkt, wir rufen Jungs an oder bestellen Take-away-Essen oder so. Aber meine Freundin Simone hat ein Handy, das sie in ihrer Matratze versteckt. Sie hat's mir geliehen.« Meine Schwester redet atemlos, ohne Pause. »Dieser Typ hat mir gesagt, dass du aus der Stadt abgehauen bist. Da hab ich mir Sorgen gemacht und hab Simone gefragt, ob ich ihr Telefon benutzen darf.«

»Was für ein Typ?«

»Na ja, wie er heißt, weiß ich nicht, aber er ist gestern in die Schule gekommen, als ich zur Pause draußen war. Er hat gesagt, er ist ein Freund von dir. Und dass ich dich anrufen soll.« Sie wird ganz still. »Tina, wer ist das? Warum bist du aus Sangui weg? Bist du okay?«

»Mir geht's gut«, sage ich und gebe mir Mühe, möglichst normal zu klingen. »Wie hat er denn ausgesehen?«

»Irgendwie tough. Überall Tattoos auf den Armen, genau wie du. Die andern Mädchen haben ja gesagt, er wär süß, aber ich fand, er sah wie ein Erdmännchen aus.«

Ich befeuchte meine Lippen. »Was waren das für Tattoos, weißt du das noch?«

»Nicht so richtig. Es waren so viele. Mhm, ja, auf seinem Handrücken war eine große Tomate, das weiß ich noch.«

Mir wird übel.

Ketchup.

In Kikis Schule. Er hat mit ihr geredet.

Ich bring ihn um.

»Wenn ich mit dir spreche, soll ich dir sagen, dass du ihn anrufen sollst, hat er gesagt. Oder ich soll dir eine Nachricht geben, falls du vorbeikommst.«

»Eine Nachricht? Was für eine?«

»Warte mal. Der Zettel ist in meiner Tasche.« Ich höre sie herumfummeln, dann sagt sie: »Okay, hier steht: ›Tiny, du vergeudest Zeit. Sag deiner Schwester Hallo.‹ Was soll das heißen?« Sie macht eine Pause. »Er hat *vergeudest* ganz falsch geschrieben.«

Ich halte die Hand über das Telefon, damit sie nicht mitkriegt, wie rasselnd mein Atem geht. Ketchup hat versucht, mich zu erreichen. Und als ich nicht reagiert habe, hat er etwas getan, womit er garantiert meine Aufmerksamkeit kriegt. Er teilt mir mit, dass er Kiki persönlich gesehen hat. Dass er weiß, wo sie ist und wie er an sie rankommt. Wie hat er sie bloß gefunden? Ich war so vorsichtig.

»Tina? Ich muss jetzt auflegen. Simone sagt, ich verbrauche ihre ganze Sprechzeit.«

»Ja, okay«, bringe ich heraus. »Hör mal, wenn der Typ wieder in der Schule aufkreuzt, red nicht mit ihm, okay?«

»Nein, mach ich nicht.« Auf einmal stockt ihre Stimme. »Aber du bist in Ordnung, oder? Der tut dir doch nichts Böses oder so? Ja?«

Ich schüttele mich. »Nein, nichts in der Art. Mach dir bloß keine Sorgen, okay? Wir sehen uns bald.«

»Freitag?«

»Freitag. Ich bin auf jeden Fall da.«

»Okay, gut. Tschüss!«

Ich würde ihr gerne sagen, dass ich sie lieb habe, aber ich warte zu lange und die Worte bleiben in meiner Kehle stecken. Dann klickt es und sie ist weg.

30

Regel 14: Der Teufel scheißt immer auf den größten Haufen.

Irgendwann im Lauf des Nachmittags haben Boyboy und Michael mein nervöses Hin- und Hertigern satt. Boyboy bettelt mich fast an, ich soll mir was Vernünftiges suchen, das ich tun kann. Keine Ahnung, was das sein soll. Diese Reise war eine absolut dumme Idee, und jetzt ist meine Schwester in Gefahr.

Auch wenn wir am nächsten Morgen superfrüh aufbrechen, kann ich auf keinen Fall rechtzeitig bei Kiki sein. Ich greife dauernd nach meinem Telefon, um Bug Eye anzurufen, aber dann fange ich wieder an zu grübeln und lege es weg. Soll ich ihm weismachen, dass ich immer noch bei den Greyhills bin? Ketchup hat meiner Schwester gesagt, ich wäre aus der Stadt abgehauen. Aber wie kann er das wissen? Wenn ich anrufe, kann Bug Eye dann irgendwie meine GPS-Daten abgreifen und rauskriegen, wo ich in Wirklichkeit bin? Boyboy hat jedenfalls meinen Weg zum Busbahnhof verfolgt. Also ist das grundsätzlich möglich und Bug Eye könnte tatsächlich irgendwen aufgetrieben haben, der mich orten kann. Wie schlimm wäre das für mich? Und wie schlimm für Kiki?

»Lass uns noch mal in die Stadt fahren«, sagt Michael mitten in meine Gedanken. »Wir können doch den Laden deiner Cousine suchen, den der Bekannte des Lastwagenfahrers erwähnt hat. Vielleicht ist mein Dad inzwischen in der Mine angekommen. Vielleicht finden wir dazu etwas heraus.«

Ich stecke das Telefon ein und verlasse mit Michael das Gästehaus, immer noch unsicher, ob ich anrufen soll oder nicht. Ich beschließe, auf dem Weg darüber nachzudenken. Hier im Gästehaus gibt es nichts zu tun, außer Boyboy verrückt zu machen. Mit Schwester Dorothy kann ich nicht reden, sie hat zu viel Arbeit, und Mwikas Mailbox ist deutlich schwerer zu hacken, als Boyboy dachte. Auch ein Anruf bei dem Typen von *First Solutions* hat nichts Brauchbares ergeben.

In die Stadt zu fahren gibt mir immerhin das Gefühl, etwas Sinnvolles zu tun, aber als wir dort sind, weiß ich immer noch nicht, was ich machen soll. Kikis Schule ist sicherer als viele andere Orte, rede ich mir ein, aber ich weiß, dass das nicht viel heißt. Wenn die Goondas wissen, wo sie ist, finden sie auch einen Weg zu ihr. Wenn es doch bloß jemanden gäbe, den ich anrufen und bitten könnte, ein Auge auf sie zu haben. Doch der einzige Mensch, dem ich vertraue, sitzt hier im Gästehaus und versucht, Mwikas Mailbox zu knacken. Und abgesehen davon, wie könnte er meine Schwester vor den Goondas beschützen?

Als wir auf den Markt zulaufen, schaue ich, ob sich Boyboy gemeldet hat, während wir auf dem *piki-piki* unterwegs waren, aber der einzige Anruf stammt von Ketchup. Schon wieder.

»Hör mal«, sagt Michael. »Du musst mir glauben. Ich wusste nicht, dass Mwika tot ist. Sonst hätte ich mich doch nie mit dir auf diesen weiten Weg gemacht. Ich hätte dich einfach nicht gehen lassen, und fertig.«

Anscheinend glaubt er, ich wäre so schräg drauf, weil ich immer noch wütend auf ihn bin. Ich gucke finster und antworte nicht. Soll ich ihm sagen, was mit Kiki ist? Nein. Sie ist meine Schwester und ich kümmere mich darum. Er würde mich natürlich daran erinnern, dass wir beide auf die gleiche Art mit ihr verwandt sind, aber egal. Es *ist* nicht das Gleiche. Ich beschließe, Bug Eye anzurufen, sobald wir zurück im Gästehaus sind. Ich werde mir eine ruhige Ecke suchen, wo niemand mich hört. Bestimmt kann ich ihn überzeugen, dass alles nach Plan läuft.

Das muss ich, unbedingt.

Als wir dort ankommen, ist der Laden dieser angeblichen Cousine geschlossen. Das war ja klar.

Und trotz der vielen Leute, denen wir auf dem belebten Markt begegnen, hören wir nicht das geringste Gerede über die Ankunft eines reichen weißen Fremden in dieser winzigen Stadt.

Natürlich nicht, auch das war klar.

Ich trete wütend gegen die geschlossene Tür des armseligen Lädchens, das sich hochtrabend *Jesus-Mega-Supermarkt* nennt. Eine dürre Katze, die im Schatten der Blechhütte geschlafen hat, schreckt auf, sonst regt sich nichts.

Michael versucht gar nicht erst, mich zu trösten. Sein Glück, ich bin nämlich drauf und dran, auch ihm einen Tritt zu verpassen. Wir drehen uns nur schweigend um und laufen den Weg wieder zurück, den wir gekommen sind, schlängeln uns zwischen Frauen durch, die über ihrem Gemüse thronen, und an jungen Männern, die Zuckerrohr in Stücke hacken, damit Kinder daran nuckeln können, passieren Stände mit Hühnern in Käfigen, mit Töpfen und Pfannen, mit duftenden Strohkörben, sehen blutige Tierhälften, die an Haken baumeln, damit die Kunden sie in Ruhe inspizieren können.

Michael greift an einem Obststand gedankenverloren nach einer Mango und lässt sie sanft in der Hand hochhüpfen. »Ich bin genauso frustriert wie du, dass wir Mwika nicht gefunden haben.«

Ich schnaube.

»Wie soll ich denn ohne das Video beweisen, dass mein Dad deine Mutter nicht umgebracht hat?«, fragt er.

Die Mangoverkäuferin beäugt Michael kritisch. »Kauf sie, *kijana*, oder lass die Finger weg.«

»Entschuldigung«, sagt Michael und legt die Mango schnell zurück.

Im Weitergehen werfe ich ihm einen Blick von der Seite zu. »Hattest du wirklich keine Ahnung von seinem Tod? Du hast diesen bescheuerten Deal nicht nur abgeschlossen, weil du mich ablenken wolltest oder so?«

Michael bleibt stehen und packt mich am Arm. Sein Gesicht ist jetzt dicht vor meinem. »Nein. Ich habe nichts davon gewusst. Das verspreche ich dir. Wozu sonst der ganze Aufwand, in den Kongo abzuhauen? Boyboys Computer hätte ich mir schon längst geschnappt, wenn ich das wollte. Oder ich hätte euch zwei an die Haie verfüttern lassen können.« Er wartet auf ein Lächeln von mir.

Meine Schultern sacken nach unten. Ich bin so müde. Aber einer meiner Mundwinkel hebt sich, ohne dass ich ihm die Erlaubnis dazu gebe. »Na gut«, lenke ich ein. »Ich glaub dir. So ziemlich.«

Michael erwidert mein Lächeln. »Komm weiter.«

Wir sind erst ein paar Meter gegangen, da spüre ich es. Mein Lächeln verblasst, stattdessen ist da auf einmal das kribbelnde Gefühl, beobachtet zu werden, und als ich aufschaue, könnte ich schwören, dass da gerade Ketchup in einer Seitengasse verschwunden ist. Mit wild klopfendem Herzen renne ich zu der Lücke zwischen den Gebäuden, sehe aber nur eine Frau, die hinter einem Lokal Töpfe ausspült.

»Was ist los?«, fragt Michael, als er mich erreicht.

»Nichts«, nuschele ich. »Ich hab mir eingebildet, ich hätte jemanden gesehen.«

»Wen denn?«

»Egal. Er war's jedenfalls nicht.«

Ketchup ist nicht hier, sage ich mir. Er spukt mir nur im Kopf herum. Dabei wäre es sogar gut, wenn er hier wäre. Dann müsste ich mir keine Sorgen um Kiki machen.

Der Wind ist stärker geworden und treibt Staubwolken durch die schmalen Gänge zwischen den Marktständen. Dichte Wolken ziehen auf, der klare Himmel von heute Morgen ist nur noch eine ferne Erinnerung. Auch die Straßenhändler und ihre Kunden spüren die Veränderung des Wetters. Frauen ziehen ihre Tücher enger um den Körper und sorgen sich um ihre Ware. Sie beäugen den Himmel, wollen die Stände aber erst in letzter Minute mit Plastik abdecken.

Auf einmal packt Michael meine Hand und zerrt mich in einen Stand mit Wänden aus blauer Plane.

»Was machst du?«

Er zieht mich an den ausgeweideten Elektronikteilen auf dem Verkaufstisch vorbei auf die andere Seite. Der Verkäufer starrt uns an, als wir auf der Rückseite seines Stands vorsichtig nach draußen linsen.

»Ich – nichts.«

»Hör mal, ich hab da wirklich keinen gesehen«, sage ich. »Mach dir keine Sorgen.«

Er mustert die vorbeiziehenden Leute weiter scharf. »Ja, schon klar. Aber gerade, als du meintest, du hättest jemanden gesehen, hab ich rauszukriegen versucht, ob uns da ein paar Typen verfolgen.« Er senkt den Blick und merkt, dass er immer noch meine Hand hält. »Sorry«, sagt er und lässt sie schnell los, woraufhin ich aus irgendeinem blöden Grund ein heißes Gesicht kriege und mir wünsche, ich hätte meine Hand von mir aus weggezogen.

Ich weiche seinem Blick aus und schaue mich jetzt auch um. »Siehst du sie immer noch?«

»Nein.«

»Hier wimmelt es von Leuten. Da kann uns nichts passieren.«

Michael guckt mich an. »Du sagst das, als ob du erwartest, dass doch irgendwas sein kann.«

Ich antworte nicht. »Komm, lass uns zurückfahren, bevor der Sturm losbricht.«

Eilig folgen wir der Menge zur Hauptstraße. Der Himmel ist dunkelviolett und scheint zu brodeln. Ein Stück entfernt sehe ich graue Schleier, wo der Regen schon runterkommt.

Wir wollen zu der Stelle, an der gestern die *piki-pikis* gestanden haben. Ein Tropfen fällt auf mein Gesicht und ich sehe, dass die Erde vor mir schon vom Regen gesprenkelt ist. Ich drehe mich zu Michael um, der immer noch prüfende Blicke hinter sich wirft. »Da ist nichts«, versichert er mir.

Wir fallen in einen Laufschritt. Ich sehe schon die *piki-pikis,* aber sie lösen sich auf, entweder bringen sie Leute weg oder suchen Unterschlupf vor dem Regen. Ich fluche leise.

»Du bist doch angeblich so ein toughes Straßenkind. Kannst du da nicht mal ein bisschen Regen ab?«, fragt Michael. Sein Tonfall ist bemüht leicht, aber ich höre die Unruhe dahinter.

»Der Typ in dem blauen Hemd und sein Kumpel mit der Mütze?«, frage ich.

»Genau, wie hast du –?«

»Nicht hingucken. Sonst merken sie, dass wir Bescheid wissen.«

»Vielleicht Taschendiebe?«

Wir laufen schneller und ich gebe die Hoffnung nicht auf, doch noch das letzte Motorrad zu erwischen, das im Leerlauf dasteht, zum Losfahren bereit. Aber in dem Moment stürmt schon eine mollige Frau darauf zu und schwingt sich seitwärts auf den Rücksitz. Der *piki-piki*-Fahrer braust los.

»Sind das die Typen, die du im Markt gesehen hast?«, frage ich. Der Regen legt jetzt richtig los, klatscht auf meinen Schädel.

»Ja.«

»Dann sind das keine Taschendiebe. Die hätten dich gleich dort erwischt.«

»Wieso mich?«

»Weil du nach Geld aussiehst.« Bevor er protestieren kann, sage ich: »An der nächsten Straßenecke schnell nach links und mir nach. Verhalt dich normal. Und dreh dich auf keinen Fall um«, ergänze ich, als ich sehe, wie sich sein Kopf bewegt. »Okay, eins, zwei, drei, *jetzt.*«

Wir witschen zur Seite weg, rutschen durch den Matsch, Michael folgt mir, als ich wegsprinte. Ich düse um eine Ecke und auf einmal finden wir uns in einem Labyrinth von Blechhütten wieder. Ein Wolkenbruch setzt ein. Der Regen prasselt zu laut, um Schritte zu hören, aber hinter uns schreit jemand, da bin ich mir ziemlich sicher.

Ich ducke mich zwischen zwei Baracken und scheuche eine Handvoll nasser Hühner auf, die gackernd davonstieben. Ein zahnloser Alter, der in einer Türöffnung steht, schimpft uns hinterher. Ich bin inzwischen klatschnass und auf den matschigen Wegen haben sich kleine Bäche gebildet. Ich werfe einen Blick zurück und kann niemanden sehen, aber ich höre wieder jemanden rufen. Michael ist dicht hinter mir. Wir fädeln uns zwischen nassen Wäschestücken durch, die wild an Leinen flattern, springen über eine Schubkarre, biegen abrupt um eine Ecke und landen in einer Sackgasse.

»Komm!«, ruft Michael und verschränkt die Hände, damit ich draufsteigen und mich über die wacklige Mauer werfen kann.

»Und du?«

»Ich komm klar. Mach schon.«

Er drückt mich hoch und über die Mauer. Schlamm spritzt auf, als ich auf der anderen Seite lande. Ich höre, wie er sich abmüht, mir nachzuklettern. Im gleichen Moment ruft jemand: »Da ist er!«

Michael kommt mit einem Keuchen neben mir auf. Er hat sich böse die Hand aufgerissen, aber zum Nachschauen bleibt keine Zeit; wir müssen hier weg. Wir schlittern um eine Ecke und Michael taumelt, drückt die Hand an die Brust. Ich schnappe ihn am Ellbogen, sehe rotes Blut von seiner Hand tropfen, wir sprinten weiter und lauschen dabei auf das Platschen rennender Füße hinter uns. Dann enden die Blechhütten ohne Vorwarnung und wir sind am Rand eines halbfertigen Wohnkomplexes – das Gebäude wirkt viel zu hochklassig für diese armselige Gegend. Anscheinend hat keiner dran gedacht, dass das Gelände in der Regenzeit zu einem Sumpf wird, jedenfalls ist das Untergeschoss voll Wasser gelaufen. Algen, Entengrütze und herumschwimmender Müll dümpeln hinter den klaffenden Öffnungen für die Fenster und Türen. Michael will einen Pfad zurück zu den Hütten einschlagen, aber ich packe ihn am Arm: »Hier lang!« Wir springen in das stehende Wasser und waten auf die Tür des verlassenen Gebäudes zu.

Im Halbdunkel merke ich, dass schon jemand in dem Gebäude ist – ein Mann, dürr und mit gelbsüchtigen Augen, steht auf einer klapprig wirkenden Plattform, die auf Betonblöcken aus dem Wasser ragt. Er scheint uns wegscheuchen zu wollen. Auf der Plattform sehe ich die spärlichen Besitztümer eines Obdachlosen, der hier Unterschlupf gefunden hat.

»Hol deine Geldbörse raus«, flüstere ich Michael zu.

»Was?«

»Mach's einfach!«

Michael zieht sie raus und der Mann beobachtet gierig, wie ich ein paar Geldscheine hervorzerre. »Du hast uns nicht gesehen, klar?«, sage ich und wedele mit dem Geld unter seiner Nase. Ich vergewissere mich, dass er mir auch zuhört, drücke ihm das Geld in die Hand und ziehe Michael durch einen überfluteten Gang, auf weitere Räume zu, die – da hilft nur beten – hoffentlich einen Ausgang haben. Das Wasser geht uns bis zu den Knien, aber wir preschen durch, biegen um die Ecke und landen in einem Treppenhaus.

Ich mache eine Kopfbewegung zum oberen Stock und Michael nickt. Vor dem Haus wird herumgebrüllt. Hoffentlich bieten die anderen dem Obdachlosen nicht auch Geld an. Auf glitschigen, mit Moos bedeckten Stufen rutschen wir nach oben und kommen in ein Zimmer mit einer Fensteröffnung hinaus auf die Seite, aus der wir gekommen sind. Rechts und links davon lassen wir uns fallen. Der Regen sprüht uns auch hier ins Gesicht und erst jetzt fällt mir auf, wie verrückt mein Herz klopft.

»Wer sind diese Leute?« Michael bewegt nur die Lippen. Auch er atmet schwer.

Ich schüttele den Kopf und riskiere einen Blick aus dem Fenster.

Schnell ziehe ich den Kopf wieder zurück. »Sie sind direkt da draußen«, hauche ich.

Auch Michael wirft einen kurzen Blick nach draußen, während ich den Raum nach etwas absuche, was als Waffe taugt, aber mehr als eine alte Bierflasche finde ich nicht.

Die Männer stehen am Rand des Wassers und diskutieren, ob sie dem Weg folgen oder das Gebäude durchsuchen sollen. Ich höre, wie einer von ihnen laut pfeift und ruft: »*Mzee!* Hast du hier ein paar Kinder gesehen? Die haben mein Telefon geklaut!«

Ich halte die Luft an und kneife die Augen zusammen.

Unten höre ich ein Platschen, was bedeuten muss, dass der Alte von seiner Plattform geklettert ist und zur Türöffnung geht. »Da lang«, brüllt er und ich bete, dass sein knochiger Finger auf den Pfad zeigt. »Junge und Mädchen? Schnappen sie! Hauen sie fest, für mich auch!«

Ich höre rennende Füße, warte einen Augenblick und schaue dann noch mal kurz nach draußen. Die Typen laufen weg, durch den Regen weiter den Pfad entlang.

»Heiliger Herr Jesus.« Ich sinke in mir zusammen. Michael auch. Ein paar Sekunden lang sitzen wir nur da und ringen nach Luft.

Da taucht ein Kopf an der Treppe auf. »Geld«, krächzt der Mann und hält uns seine knochige Hand hin.

»Okay, okay«, sage ich und komme schwerfällig auf die Füße. »Das hast du dir verdient.«

»Gib ihm alles«, sagt Michael. »Ich würde ihn am liebsten küssen, aber ich bin komplett eingesaut.«

Fassungslos merke ich, dass ich von einem Ohr bis zum anderen grinse. Schnell gebe ich dem alten Mann das Geld. Der presst es mit einem gackernden kleinen Lachen an seine Brust. »Zwei Minute«, sagt er und reckt die Finger. Keine Ahnung, woher dieser Mann kommt, aber Swahili ist nicht seine Stärke. »Zwei Minute, dann weg hier!«

»Klar, *mzee*, machen wir«, sage ich.

Während er die Treppe hinunter verschwindet, lasse ich mich neben Michael fallen und warte, dass meine Beine aufhören zu zittern.

Michael betrachtet seine Hand, die er in sein Hemd gewickelt hat, um das Blut notdürftig zu stillen. Quer über die Handfläche zieht sich eine tiefe, gezackte Wunde. »Was waren das für Typen? Was wollten die?«

»Keine Ahnung. Lass mich mal gucken.« Ich inspiziere seine Hand. »Das muss versorgt werden. Wenn wir zurück im Gästehaus sind, suchen wir eine Krankenschwester.«

Michael sagt nichts. Ich reiße ein Stück aus seinem Hemd. Meine Fingerspitzen kribbeln, als sie dabei seine Brust berühren. Ich wickle den Stoff sorgfältig um seine Wunde.

»Weißt du das wirklich nicht?«

Ich sehe ihn an. »Was meinst du?«

»Es gibt so viel, was du mir verschweigst. Diese versteckte Datei im Foto von deiner Mutter ... Catherine – meinst du im Ernst, ich hätte nicht gemerkt, wie seltsam du dich da verhalten hast? Und wen hast du da in der Gasse gesehen?«

Ich antworte nicht.

»Hör zu«, sagt Michael und zieht seine Hand weg, »wir können nicht rauskriegen, wer deine Mom umgebracht hat, wenn wir unsere Informationen nicht teilen.«

»Der Deal war, dass *du* es rauskriegst. Ich denk ja immer noch, es muss dein Dad gewesen sein.« Ich will wütend wirken, höre aber selbst die Unsicherheit in meinen Worten.

»Komm schon, Tina! Irgendwer hat diese Kerle hergeschickt. Wahrscheinlich jemand, der gehört hat, dass wir nach deiner Mom fragen, und dem das nicht gefällt. Wieso sollte mein Dad so was tun? Der würde mich doch nicht von irgendwem durch die Gegend hetzen lassen.«

»Woher willst du wissen, dass die es auch auf dich abgesehen hatten? Vielleicht wollten sie nur mich«, erwidere ich störrisch.

Michael will antworten, doch da vibriert es in meiner Tasche. Ich ziehe das Telefon heraus. »Hallo? Boyboy?«

Boyboys Stimme kommt nur verzerrt rüber. »Kommt schnell. Ich hab was in Mwikas Mailbox gefunden, das ihr euch anschauen müsst.«

»Was?«

»Ein Video. Beeilt euch.«

31

Wir finden kein *piki-piki*, daher dauert der Rückweg zum Gästehaus ewig. Wenn irgendwer vorbeikommt, ducken wir uns am Straßenrand ins Gebüsch, was uns noch langsamer macht. Wir reden nicht miteinander. Ob das an Michaels Wut liegt oder ob ihm einfach seine Hand wehtut, kann ich nicht sagen. Vielleicht ist er auch nur genauso begierig wie ich, endlich das Video zu sehen.

Als wir ankommen, wird es schon dunkel. Wir laufen schnell zu unseren Zimmern, wo Boyboy auf uns wartet.

»Du musst das versorgen lassen.« Ich zeige auf Michaels Hand.

»Erst wenn wir das hier gesehen haben«, sagt er entschieden. Ich sollte nachdrücklicher sein – die Hand muss unbedingt genäht werden –, aber das schaffe ich nicht. Ich will keine Sekunde länger warten als nötig.

Während Boyboy den Computer startet, sehe ich, dass uns jemand Teller mit *matoke* und Bohnen hingestellt hat. Erst da merke ich, dass ich seit dem Frühstück nichts mehr gegessen habe, und ziehe einen Teller heran. Das Essen ist noch warm und ich nehme ein paar Bissen, aber ich bin so nervös, dass alles irgendwie bitter schmeckt. Also lasse ich es bleiben.

»Das Video war also in Mwikas Mailbox?«, fragt Michael.

»Mwika hat es irgendwem geschickt und dazugeschrieben, er wollte eine halbe Million dafür.«

»Wem denn? Mr Greyhill?«, frage ich.

Boyboy schürzt die Lippen. »Das habe ich noch nicht rausfinden können. Es ist eine Wegwerf-Adresse und ich wollte keine Akku-Laufzeit verschwenden, um nachzuverfolgen, wem sie gehört. Ich konnte nicht besonders lange laden, der Strom reicht gerade noch für das Video, wenn wir Glück haben. Und das Krankenhaus hat schon den ganzen Tag keinen Strom gehabt. Anscheinend gibt's in diesem gottverlassenen Nest nicht mal genug Treibstoff für die Generatoren.«

Aber ich höre nicht richtig zu. Meine Augen kleben an dem unscharfen Bild auf dem Screen. »Ist es das?«

»Ja«, sagt er, drückt aber trotzdem noch nicht auf PLAY. »Aber das ist nicht ... du solltest nicht ...«

»Zeig's uns einfach!« Ich lange über ihn hinweg und starte das Video.

Mit einem Ruck setzt sich das Bild in Bewegung. Zuerst ist da nur Rauschen und ein Zeitstempel: der Tag vor fünf Jahren, an dem meine Mutter ermordet wurde. Der Zeitpunkt: 01.13 Uhr. Mein Atem wird schneller, als das Licht angeht und der Raum in Schwarzweiß sichtbar wird.

Ich beuge mich vor. »Das ist es. Greyhills Arbeitszimmer.« Mein Herz trommelt. Es ist der Blick der Kamera vom Bücherregal.

Die Kamera schwenkt zur Seite. Die Regaltür geht auf, begreife ich. Dann schließt sie sich und das Arbeitszimmer ist wieder zu sehen.

Und da steht, plötzlich wie durch Zauberhand, meine Mutter.

Auf einmal sehe ich nur noch verschwommen. Ich blinzele energisch, um die Tränen wegzukriegen. Mama ist durch den Tunnel gekommen. Ich hatte also recht. Sie ist nachts doch weg gewesen und hat sich mit Mr Greyhill getroffen.

Trotz der unansehnlichen schwarzen Uniform, die sie als Hausmädchen trägt, ist ihre Schönheit nicht zu übersehen. Sie geht um den Schreibtisch, streift ihre Schuhe ab. Sie ist viel kleiner, als ich sie in Erinnerung habe, und so verletzlich wie ein frischer Baumschössling. Während sie sich langsam Richtung Sofa bewegt, löst sie die Zöpfe aus dem Knoten in ihrem Nacken und schüttelt den Kopf. Sie massiert sich die Kopfhaut mit den Fingerspitzen. Legt ihre Ohrringe ab. Steckt sie in die Tasche.

Ich kann kaum noch atmen. Sie scheint sich wohlzufühlen in diesem Raum. Wie zu Hause.

Ich kann das nicht anschauen. Ich muss aber. Ich kann nicht. Aber wegsehen geht auch nicht.

Wieder schwankt die ganze Szene und Mama verschwindet aus dem Blick. Ich hebe mich auf die Knie. »Was –?« Dann wandert die Kamera zurück und zeigt wieder den Raum.

Und da ist er.

Er ist ihr aus dem Tunnel gefolgt.

Ihr Mörder.

Mein Gesicht ist nur noch Zentimeter von dem Laptop entfernt. Michaels Schulter drückt gegen meine, er will auch alles sehen. Von dem Mann ist nichts als sein Rücken zu erkennen. Ich habe gerade noch Zeit, seine Hautfarbe und seine dunklen Haare zu registrieren – schwarze Haut, nicht Mr Greyhill –, bevor er die Hand mit der Waffe hebt.

Meine Mutter dreht sich zu ihm.

»Nein«, flüstere ich. »Nein. Geh weg …«

Der Ausdruck in ihrem Gesicht, als sie die Pistole sieht, ist seltsam. Sie wirkt nicht überrascht. Sie scheint damit gerechnet zu haben. Eine ganze Weile lang starrt sie ihn an, dann verändert sich ihr Blick. Er wird irgendwie härter, fast … herausfordernd.

»Nein«, stöhne ich und schüttele den Kopf.

»Mach das aus! Sieh das nicht an, Tina!«, sagt Michael, als würde er jetzt erst begreifen, was gleich passieren wird, aber ich schlage wütend seine Hände vom Laptop weg.

»Tina«, bettelt er.

Ohne ein Wort macht Mama einen Schritt auf ihren Mörder zu, und dann, einfach so …

BAMM.

Sie stolpert zurück.

Ein Schrei wie von einem Tier bricht aus meiner Kehle und ich reiße die Hände zum Gesicht. Boyboy neben mir würgt. Aber ich kann den Blick nicht abwenden. In der Nähe ihres Herzens zeigt sich schimmernder Glanz. Blut strömt auf ihre schwarze Uniform. Sie taumelt nach hinten. Ihre Knie knicken ein, das Sofa fängt sie auf.

Sie lässt den Kopf in die Kissen sinken, als wollte sie sich nur kurz ausruhen.

Und für eine Weile passiert nichts. Fast eine Minute lang ist da nur sie. Sie sitzt da, ihre Brust hebt sich und senkt sich, als ob sie erschöpft wäre, einen schnellen Sprint hinter sich hätte. Der Mörder legt die Pistole auf Mr Greyhills Schreibtisch, genau in die Mitte. Er hört nicht auf, Mama zu beobachten, und dreht sich kein einziges Mal zur Kamera um.

Ich mache ein Geräusch, immer wieder und immer wieder.

Dann schwenkt die Kamera noch mal seitlich weg und wieder zurück.

»Er ist durch den Tunnel abgehauen«, krächzt Michael. »Ich hab sein Gesicht nicht gesehen. Habt ihr's gesehen? War es Mwika?«

Ich kann nicht antworten. Ich kippe zur Seite, aber Boyboy fängt mich auf.

Meine Mutter stirbt und ich sehe zu. Jemand muss ihr doch helfen. Bitte. Und in diesem Moment fliegt hinter ihr die Bürotür auf, kurz ist alles verschwommen, dann sehe ich Mr Greyhill, wie er vor ihr kniet und auf ihre Brust drückt.

»Was macht er?«, keuche ich. Schwarz strömt es zwischen seinen Fingern durch.

Es ist zu viel. Meine Augen versagen. Ich kriege keine Luft mehr. Etwas Nasses strömt mir über Gesicht und Hals. Mein Herz fühlt sich an, als ob es durch ein Sieb gepresst würde. Kurz flattert eine absurde Hoffnung in mir auf. Er wird sie retten. Er bringt sie ins Krankenhaus und alles wird gut.

Und da sehe ich, dass sie den Kopf hebt und die Augen öffnet. Sie ist noch bei Bewusstsein. Einen Moment lang glaube ich, sie will Mr Greyhill wegstoßen. Aber sie schaut ihn nur an, streckt die Hand aus und berührt sein Gesicht. Er drückt sich hinein in ihre Berührung und zittert dabei am ganzen Körper. Dann erschlafft ihre Hand und ihr Kopf sinkt nach hinten.

Und meine Mutter stirbt.

Ihre Seele löst sich von ihrem Körper und ist verschwunden.

Ich kann nicht atmen.

Ich höre etwas. Meinen Namen. Ich spüre Hände auf meinem Arm, auf meinem Rücken. Ich kann mich nicht rühren.

Die Welt wirbelt zusammen auf einen einzigen grellen, grässlichen Punkt, an dessen Rand Funken sprühen.

32

Ich kann mich nicht erinnern, aber ich muss aufgestanden sein und das Zimmer verlassen haben. Ich finde mich draußen auf dem Gras wieder, sauge keuchend die feuchte Luft in meine Lungen. Die Welt pulsiert und verschwimmt. Durch den Widerschein der Lampe leuchten die Regentropfen in der Dunkelheit auf wie Millionen kleiner Nadeln. Ich kann nicht aufrecht bleiben, klappe nach vorne und halte mich an den Knien fest, spüre den Regen auf dem Rücken.

So vornübergebeugt höre ich Schritte hinter mir. Sie halten an. Ich muss mich nicht umdrehen, um zu wissen, wer das ist: Michael. Still steht er da und betrachtet meine hochgezogenen Schultern, bis ich es irgendwann nicht mehr aushalte und mich mit geballten Fäusten zu ihm umdrehe.

»Was denn?«, keuche ich. »Was soll ich denn jetzt sagen? Okay, du hast recht gehabt! Es war nicht dein Dad! Er hat sie nicht umgebracht!«

»Tina.« Er streckt den Arm aus.

Ich weiche taumelnd zurück und falle beinahe hin. »Fass mich nicht an!«

Er tut es nicht. Er macht nur einen langsamen Schritt auf mich zu. Ich stehe da, der Regen prasselt auf mich herunter. Ich zittere am ganzen Leib und mir ist heiß, als ob ich Fieber hätte.

»Es tut mir so leid, Tina«, sagt er. »Du hättest das nicht sehen –«

»Sei still! Sei einfach still!«

»Das ändert alles nichts«, setzt er noch einmal an und bewegt sich wieder auf mich zu. »Vielleicht war es Mwika. Wir suchen weiter nach ihrem Mörder. Ich helfe dir.«

»Ich will deine Hilfe nicht! Du bist mir scheißegal, du und dein Dad. Mwika und Omoko auch!«

Michael guckt verwirrt und mir wird klar, dass er gar nicht weiß, wer Mr Omoko ist. Ich brülle herum wie eine Wahnsinnige. Das kümmert mich nicht.

»Komm wieder rein, Tina. Der Regen …« Er nimmt mich am Handgelenk.

»Lass das.« Ich versuche, mich loszureißen, aber er hält mich fest. »Lass das«, wiederhole ich. Ich kann ihm nicht ins Gesicht sehen. Ich ertrinke. Ich muss mich hinsetzen. Wenn ich mich nicht hinsetze, falle ich.

»Tina.« Er kommt noch näher. »Sieh mich an. Es tut mir so leid …«

»Nein«, flüstere ich, aber ich stecke fest, kann nicht vor und nicht zurück. Licht und Dunkelheit wirbeln innen und außen. Die Regentropfen sind wie Blasen auf meiner Haut. Ich kriege immer noch keine Luft.

»Alles wird gut«, sagt er so leise, dass ich es kaum höre. Sein Gesicht schwebt vor mir. Ich spüre seine Arme unter meinen Handflächen, wie Äste von einem Baum, stark und stabil. »Wir hören nicht auf. Wir finden raus, wer sie umgebracht hat.«

Er ist jetzt so nah, dass ich trotz des Regens die Hitze spüre, die von seinem Körper ausgeht. Seine Augen leuchten. Ich sehe nichts als sein Gesicht, so weich und so vertraut. Mir ist furchtbar schwindelig. Mein Körper gibt den Kampf auf. Meine Augenlider sinken nach unten. In meinem Mund ist ein seltsamer Geschmack, wie Kreide.

Moment, sagt leise eine Stimme in meinem Kopf. Da stimmt etwas nicht.

Ich reiße die Augen auf. »Nein«, würge ich heraus und befreie mich schwerfällig aus Michaels Umarmung. »Nein.«

»Tina, warte …«

Aber ich stolpere zurück, drehe mich weg und renne in die Nacht hinaus.

33

Regel 15: Eine Regel von meiner Mutter: Lauf.

»Komm nicht zurück. Wag nicht mal, dich umzuschauen. Lauf so schnell, wie wenn du beim Wettrennen alle Jungen besiegst. Lauf in den Wald und warte an unserem Platz auf mich. Weißt du noch? Findest du ihn? Gut. Und jetzt los. Lauf.«

Nachts durch den Urwald zu rennen ist nicht so einfach, wie es in Filmen aussieht. Im Boden sind Löcher, es gibt umgestürzte Bäume und Dornenranken und unsichtbare Viecher, die stechen und kratzen. Wenn es dazu auch noch dunkel ist und du ein kleines Kind bist, ist es fast unmöglich. Außer hinter dir riecht es nach Benzin und aufsteigendem Rauch und das einzige Licht ist der schwache Widerschein von Flammen auf den Unterseiten der Blätter über dir, genau aus der Richtung, wo dein Zuhause liegt. Dann hat das Licht nichts Tröstliches und du rennst immer weiter. Du willst die Dunkelheit und die Dornen und suchst nach Erdhöhlen, weil sie besser sind als das, was du hinter dir in den Flammen gelassen hast.

Ich stehe da, mitten in diesem dummen Regen, wie so ein dummer Straßenhund.

Ich bin mir vage bewusst, dass ich Seitenstechen habe und dass meine Füße brennen. Stehen geblieben bin ich aber nur, weil ich am

Rand eines Wasserlaufs bin. Ich sehe bloß die schwarz schimmernde Oberfläche, die so wütend brodelt, als würden sich lauter Aale darin schlängeln. Meine Zehen graben sich in den weichen Schlamm am Rand, meine Beine wollen nicht stillhalten und spielen mit der Idee, ins Wasser zu springen.

Ich bin im Urwald, aber ich weiß nicht mehr, wie ich hierhergekommen bin. Meine Lungen brennen. Hier ist nichts außer diesem tosenden Wasserlauf, den tropfenden Blättern und dem Schrillen der Insekten. Irgendwo hier muss es eine Brücke geben. Meine Gedanken sind langsam, so träge wie der Schlamm, der unter meinem Gewicht nachgibt, allmählich wegbricht und ins Wasser platscht. Wie lange stehe ich schon hier? Ich mache einen Schritt zurück. Mir ist heiß, Schweiß tropft mir vom Körper und meine Füße tun furchtbar weh. Jetzt fällt mir der steinige Weg wieder ein. Mein Kopf ist wie eine Melone auf einem Stock und zieht mich zur Seite. Vor mir, am anderen Ufer des Wasserlaufs, liegt eine Lichtung. Blasses Gras. Eine dunkle Hütte, kaum sichtbar. Kein Licht, um etwas zu erkennen, außer einem fernen Wetterleuchten.

In dem Strauch hinter mir bewegt sich etwas. Wahrscheinlich der *mokele-mbembe,* der auf seinen schuppigen Beinen aus dem Wasser gekrochen ist, seinen Drachenschwanz schwingt und sich schon die Drachenzähne leckt, um mich im nächsten Moment zu verschlingen. Soll er doch.

In dem Moment, in dem meine Knie den Boden berühren, greift eine starke Hand nach meinem Ellbogen. Ein viel zu helles Licht scheint mir ins Gesicht.

»Mama«, sage ich.

Kurzes Gras, durch das ich stolpere. Es kitzelt meine Knöchel.

Ein Gesicht in einem Fenster, umgeben von orangefarbenem Licht. Der *mokele-mbembe*? Es hat Hörner. Nein, keine Hörner, Ohren. Ein Hund.

Wasser, eiskaltes Wasser, spritzt auf meine Beine und Arme.

Meine Mutter sagt meinen Namen – »Christina« –, als ob ich etwas angestellt hätte, und ich will antworten – »ja, ich bin da« –, aber mein Mund bewegt sich nicht.

Ein Geruch, den ich seit Jahren nicht mehr erlebt habe: Decken, die auf Lantanenbüschen zum Trocknen in der Sonne hingen.

Und dann nichts mehr.

Ich wache alleine auf, in einem durchhängenden Bett, das knarrt, wenn ich mich bewege. Als ich mich aufzusetzen versuche, dröhnt mir der Schädel und einen Moment lang sehe ich nichts mehr. Ich schaffe es, den Kopf zu drehen und zu blinzeln, und als meine Augen wieder funktionieren, sehe ich aus Baumschösslingen geflochtene, mit Lehm verkleidete Wände. Der Boden ist mit dicht gewebten Grasmatten ausgelegt. Es riecht nach Holzrauch und trockener Erde.

An den Dingen um mich herum kann ich erkennen, dass hier eine Frau und ein Mädchen wohnen – Kleider, die an Haken hängen, und Sonntagsschuhe, ordentlich aufgereiht neben der Tür. Schulbücher und eine Bibel. Ein vier Jahre alter Kalender mit einem Bild von weißen Kindern beim Eislaufen hängt neben dem Foto eines ernst dreinblickenden älteren Ehepaars. Über den Köpfen der beiden liegt eine AK-47 auf einem Vorsprung zwischen Wand und Dach, außer Reichweite für Kinder.

Sonnenlicht dringt in scharfen Linien zwischen den Läden und unter der Tür durch. In der Nähe singen Vögel und ein Stück weiter weg höre ich, wie Ziegen meckern und ihre Glöckchen klingeln lassen. Langsam stehe ich auf. Meine Kleider sind immer noch feucht. Abgesehen von den Kopfschmerzen und meinen wunden Füßen scheint mit mir alles in Ordnung zu sein. Ich brauche eine Weile, bis ich zur Tür gestolpert bin. Mein Mund ist knochentrocken. Ich fühle mich wie eine mit Sand gefüllte menschliche Hülle.

Ich drücke die Tür einen Spalt auf und blinzele ins Helle. Da ist der

Hof aus roter Erde; an dem schraffierten Boden sehe ich, dass er gerade erst mit einem Reisigbesen gekehrt worden ist. Weiter weg Gras und Urwald. Ich trete nach draußen und sofort brennt die Sonne heiß auf meiner Haut.

Ich weiß, wo ich bin.

»Catherine?«, krächze ich. Ich räuspere mich und versuche es noch mal. Plötzlich fällt mir wieder ein, wie ich letzte Nacht den Pfad zu ihrem Haus entlanggerannt bin, wie im Fiebertraum. Sie hat mich aufgesammelt, nicht meine Mutter. Meine Erinnerung ist löchrig und verschwommen. Auf einmal überfallen mich abwechselnd Hitze und Kälte in heftigen Wellen und ich renne zum Rand des Hofs, wo ich mich übergebe.

»Hast du letzte Nacht zu viel getrunken?«

Der Brechreiz lässt nach, also fahre ich mir mit dem Ärmel über den Mund und wende mich der Stimme zu.

Catherine ist um die Hausecke gekommen. »Oder bist du schwanger?«

»Nein«, sage ich. »Keins von beidem.«

Sie schnaubt. »Dir ging es richtig übel gestern Nacht. Und du hast lauter verrücktes Zeug über deine Mama geredet.«

Ich versuche nachzudenken. Was ist passiert? Hat mir jemand was ins Essen getan? Alles, was ich gestern zu mir genommen habe, stammte von den Nonnen. »Ich hab nichts getrunken. Vielleicht hat mich irgendwas gebissen.«

»Eine Spinne vielleicht«, sagt sie, scheint mir aber nicht zu glauben.

»Wo hast du mich gefunden?«

Sie deutet mit dem Kinn ein Stück den Hügel hoch. Ich sehe eine dunkle Stelle am Waldrand, wo anscheinend ein Pfad abgeht, auf den Bach zu.

»Wolltest du zu eurem Hof?«

»Unser Hof ...« Langsam geht mir auf, warum mir ihr Zuhause so bekannt vorgekommen ist. Ich schaue von hier zu dem Pfad. »Wir haben da gewohnt.«

Ich setze mich in Bewegung, was mir in der Hitze, mit meinen steifen Gliedern und durch den ansteigenden Hügel allerdings schwerfällt. Hinter mir sagt Catherine kein Wort. Wahrscheinlich lacht sie über mich, also beschließe ich, mich nicht umzusehen. Sobald ich bei dem Pfad bin, ist es wieder schattig, aber ich bleibe stehen, um Atem zu holen und zu warten, dass sich mein hämmerndes Herz beruhigt. »Spinnen«, japse ich. »Oder eine Schlange.«

»Oder dir hat jemand Gift gegeben«, sagt eine junge, hohe Stimme. Ich schaue auf und sehe das Mädchen mit den langen Armen und Beinen. Entweder ist sie sehr leise oder ich bin immer noch sehr benommen, denn sie und ihr gelber Hund sind dicht an mich herangekommen, ohne dass ich es bemerkt habe. Sie tritt noch ein Stück näher und reicht mir einen Stock, auf den ich mich stützen kann, dann wartet sie, dass ich weitergehe. Es ist nicht mehr weit bis zu dem Pfad, der zu dem Bach hinunterführt, und das Wasser ist im Lauf der Nacht deutlich weniger geworden. Jetzt kann ich wohlplatzierte Trittsteine erkennen, die auf die andere Seite führen.

Ich betrachte das andere Ufer und krame in meinen Erinnerungen, ob da irgendwas ist, das zu diesem Ort passt. Der Lehm an den Hüttenwänden bröckelt ab, und was vom Dach noch übrig ist, ist eingefallen und schwarz verkohlt. Den Schuppen gibt es nicht mehr, er ist vollständig niedergebrannt. Unkraut reicht bis zu den Fensteröffnungen. Wo ist mein Kletterbaum? Wo war der Garten? Wir hatten früher mal Hasen, und Hühner hatten wir auch. Die sind schon lange nicht mehr da, aber vielleicht finde ich einen verwilderten Abkömmling auf dem Feld. Ich überquere den Bach. Der Hund platscht durchs Wasser und rennt an mir vorbei, als ich das Ufer hochklettere.

»Willst du Anspruch auf das hier erheben?«

Ich drehe mich um und sehe, wie Catherine hinter ihrer Tochter geschickt über die Steine balanciert.

»Nein.« Ich halte ihr die Hand hin, um ihr die Böschung hochzuhelfen, doch Catherine beachtet sie nicht.

»Ich hab dir gesagt, du sollst nicht noch mal kommen.«

»Ich weiß.«

Sie lässt verächtlich Luft durch die Nase strömen und geht an mir vorbei auf die Hütte zu. Am Ende des Hofs bleibt sie stehen, die Hände in die Hüften gestützt. Ihre Tochter geht weiter, folgt einem unsichtbaren Pfad durch das Unkraut. Da hinten steht ein Avocadobaum, fällt mir ein.

»Warum bist du dann hier?«, fragt Catherine.

Es ist keine Antwort, aber das Einzige, was ich sagen kann: »Meine Mutter ist tot.«

Catherine rührt sich nicht.

»Jemand hat sie umgebracht. Vor fünf Jahren.« Es kommt immer noch nichts, und ich merke, dass mich diese Stille, dieses Fehlen jeder Anteilnahme irgendwie erleichtert. Ich rede weiter. »Ich dachte, ich wüsste, wer sie getötet hat, aber gestern Abend habe ich erfahren, dass ich unrecht hatte. Mit absoluter Sicherheit. Vielleicht bin ich da ein bisschen durchgedreht.« Ich versuche zu lächeln, aber das klappt nicht so recht.

Fünf Jahre habe ich verloren mit meinem Hass auf Mr G. Habe diesen Hass gepflegt. Meine Rache geplant. Den Hass zu meinem Antrieb gemacht. Schmutz. Geld. Blut. Und jetzt … es ist, als hätte ich ein Bein verloren. Ich versuche weiterzulaufen, vergesse aber, dass mir ein Bein fehlt.

»Und weißt du, was seltsam ist?« Ich rede jetzt mehr mit mir selbst. »Ich glaube, eigentlich wusste ich schon, dass er es nicht war.« Ich schlucke und nicke. Catherine sagt immer noch nichts und ich bin ihr dankbar dafür.

Kann ich Mr Greyhill nicht einfach weiter hassen? Das wäre viel einfacher. Meinen Zorn jetzt auf David Mwika zu richten kommt mir vor wie der Versuch, die Erde dazu zu bringen, dass sie sich in die umgekehrte Richtung dreht. David Mwika? Er ist tot. Ich kann ihn nie mehr fragen, warum er es getan hat. Aber war das in dem Video überhaupt er? Dafür habe ich kein Indiz.

»Wer hat sie umgebracht?«, fragt Catherine schließlich. Ihr Gesicht wirkt immer noch hart, aber die unerwartete Sanftheit in ihrer Stimme durchfährt mich und ich sinke zu Boden. Die Welt scheint zu grell; sie ist mir einfach zu viel.

»Ich weiß nicht. Vielleicht einer von den Wachen, mit denen sie gearbeitet hat? Aber ich ... ich habe keine Ahnung, warum.«

Ich sollte nach Hause fahren. Zurück in den Kongo zu kommen war eine dumme Idee. Ich weiß nicht, was ich hier tue. Ich sollte zu Kiki zurückkehren und ... und was? Bug Eye um Vergebung anbetteln? Mr Omoko das Geld von Mr Greyhill geben, wie ich es versprochen habe? Ich habe diese Tür geöffnet und jetzt weiß ich nicht, wie ich sie wieder schließen soll. Wenn ich weitermache, wird am Ende die ganze Familie ruiniert. Michael, seine Schwester, seine Mutter, alle. Darum ging es ja gerade. Aber das kann ich jetzt nicht mehr tun. Oder doch? Nein. Ja. Ich muss. Mr Omoko wartet. Goondas, die den Befehlen nicht gehorchen, werden an Betonblöcke gekettet und ins Wasser gestoßen. Aber vielleicht werde ich sowieso getötet, einfach nur, weil ich so idiotisch abgehauen bin.

Ich drücke mir die Finger gegen die Schläfen, versuche die Gedanken und das Hämmern wegzuschieben.

Ächzend lässt sich Catherine neben mich auf den Boden sinken. Sie zieht die Beine an den Körper und betrachtet den Hof, sieht zu, wie der Hund im Gras über etwas herfällt und wie das Mädchen hinrennt, um nachzusehen, was es ist. »Du kannst dich nicht an mich erinnern, stimmt's?«

»Nein«, sage ich. »Kann ich nicht. Aber du hast meine Mutter gekannt. Wahrscheinlich besser als ich.«

Catherine verlagert ihr Gewicht und zieht ein Stück Papier aus ihrer Schürze. Ihre Hände sind dunkel und rau, an harte Arbeit gewöhnt. Sie faltet das Blatt auseinander und ich sehe, dass es das Foto von ihr und meiner Mutter ist. Sie muss es mir aus der Tasche gezogen haben, als ich schlief. Sie sieht es lange an, dann gibt sie es mir mit Bedacht zurück. »Sie war meine beste Freundin.« Sie kneift den Mund zusammen.

Ich betrachte das Gesicht der jungen Catherine. Sie ist runder und ihre Augen strahlen. Die Catherine, die neben mir sitzt, ist immer noch attraktiv, aber ihre Augen sehen tausend Jahre älter aus.

»Anju war meine Cousine, aber wie eine Schwester für mich. Wir sind zusammen aufgewachsen. Als du auf die Welt gekommen bist, habe ich ihr geholfen.«

Ich starre Catherine an. Sie und ihre Tochter sind mit mir verwandt. Die einzigen Angehörigen, die ich kenne, außer Kiki. Und wie ich da sitze und das Gras rieche und die kühle Luft spüre, die von dem Bach aufsteigt, kommt auf einmal eine andere Erinnerung zurück: das Lachen meiner Mutter und einer anderen Frau über etwas, das ich gesagt habe. Das ist sie gewesen, Catherine. Meine Stimme bricht, als ich sie frage: »Und warum hasst du sie jetzt?«

Catherine seufzt. »Ich glaube, ich hasse sie nicht mehr.«

»Aber gestern ...«

»Gestern habe ich sie gehasst. Ich habe sie geliebt und sie hat mich verlassen, dafür habe ich sie gehasst. Aber jetzt, wo ich dich anschaue ...« Sie sieht erst mich an und dann ihre Tochter. »Jetzt verstehe ich es vielleicht.«

»Bitte, Catherine, was denn? Was verstehst du? Ich kapier das alles nicht.«

Ein Lächeln streift ihr Gesicht. »Keiner nennt mich mehr Catherine, nur die Nonnen. Ich heiße jetzt Cathi.«

Ich senke den Blick. »Meine Schwester heißt Catherine. Sie wird auch von keinem so genannt. Sie ist Kiki.«

»Deine Schwester?« Cathi wirkt überrascht. Ihre Stimme zittert. »Sie trägt den Namen Catherine? Hat deine Mutter geheiratet?«

Ich zögere. »Nein.«

Sie schaut wieder zu ihrer Tochter, die einen langen Stock gefunden hat und damit gegen die Avocados stößt. Cathi legt zwei Finger an den Mund, sagt aber nichts. Eine Avocado fällt vom Baum. Das Mädchen hebt sie auf und tut sie zu den anderen, die sie in ihrem Rock gesammelt hat. Sie muss etwa im gleichen Alter wie Kiki sein, vielleicht auch ein bisschen älter.

»Die haben dich auch mitgenommen, stimmt's?«, platzt es aus mir heraus. »Als sie meine Mutter verschleppt haben? Als sie schwanger wurde mit mir?«

Cathi will aufstehen. Ich habe mich zu weit vorgewagt, etwas Falsches gesagt. »Warte«, sage ich leise und greife nach ihrem Arm. »Bitte. Ich bin hergekommen, um rauszufinden, wer meine Mutter umgebracht hat, aber jedes Mal, wenn ich glaube, der Sache näher zu kommen, wird es immer verwirrender. Hilf mir. Ich muss das verstehen.«

Ihr Arm unter meiner Hand ist starr vor Anspannung. Ich lasse ihn los.

Sie atmet ein paarmal tief durch. »Ich hab Anju zuletzt gesehen, da war noch nicht mal diese Schwester von dir geboren. Ich weiß nicht, wer sie umgebracht hat.«

»Aber du hast sie besser gekannt als irgendwer sonst! Hilf mir zu begreifen, was ihr hier passiert ist. Ich glaub nämlich, dass alles irgendwie mit diesem Ort hier zu tun hat. Mit ihrer – eurer – Gefangennahme und mit dem, was sie gesehen und gewusst hat. Sie ist von hier weggelaufen und vielleicht ist ihr jemand gefolgt. Ich weiß nicht, warum derjenige sie umgebracht hat, aber ... bitte. Ich kenne sie nicht mehr. Vielleicht habe ich sie überhaupt nie gekannt. Erzähl mir einfach alles, was du kannst. Egal was.«

»Du bist zu jung«, sagt Cathi nach einer langen Pause, aber im gleichen zweifelnden Ton wie ich. Sie beugt sich vor. »Meine Anju ... meine arme Anju ... ich vergebe dir, natürlich tu ich das ...« Sie starrt auf die Erde zwischen ihren Füßen und beginnt sanft vor- und zurückzuschaukeln.

Ich strecke den Arm aus, um sie zu berühren, denn ich habe Angst, sie an diese Schwärze zu verlieren, die über ihr schwebt und sie zu verschlingen droht. »Bitte, Cathi. Ich muss zurück nach Sangui, aber ich kann hier nicht weg, wenn ich weniger weiß als vorher.«

Auf einmal hebt Cathi den Kopf, mit glühendem Blick. »Und was wirst du dann tun? Was machst du mit meiner Geschichte? Ich hab keine Antworten. Ich weiß nicht, wer deine Mutter umgebracht hat! Ich weiß nicht, wer der Vater von meiner Ruth ist! Ich kann dir sagen, was uns angetan worden ist, aber wozu? Was bringt es, darüber zu reden? Diese Tage haben mir nur Schlimmes gebracht! Keiner wird bestraft; diese Männer sind immer noch da, nur ein Stück den Berg hoch.« Sie wedelt mit der Hand Richtung Dschungel. »Reden bringt keine Gerechtigkeit! Weißt du, was ich jetzt tue, womit ich mein Brot verdiene? Von den Männern, die in den Bars zu mir kommen, weil ich mein Gemüse nicht auf dem Markt verkaufen darf? Nein. Das ist keine Geschichte, die man erzählt. Das ist nichts als Schmerz.«

»Glaubst du denn, ich würde selbst keinen Schmerz kennen?«

Sie nimmt ihr Schaukeln wieder auf. »Du weißt nichts über Schmerz. Du bist ein Kind. Du hast keine Vorstellung.« Sie krampft die Hand vor dem Mund zusammen.

Wir sitzen da und betrachten die Überreste meines kaputten und verbrannten Zuhauses, während uns die Insekten um die Köpfe schwirren.

Für einen kurzen Moment kann ich die Augen zusammenkneifen und sehen, wie es hier wäre, wenn wir nicht hätten weglaufen müssen: Vorhänge in den Fenstern. Zwei Blumentöpfe an der Tür, so wie bei Cathi. Meine Mutter, die die Wäsche aufhängt. Ich schaue ein Stück weiter Richtung Urwald, wo laut Cathi immer noch die Männer von den Milizen sind.

Ich atme tief durch. »Kann schon sein, dass ich mich an dich nicht erinnere. Aber an diese Nacht erinnere ich mich.«

Cathi neigt den Kopf ein kleines Stück in meine Richtung und beobachtet mich aus dem Augenwinkel.

»Ich war fünf Jahre alt. Ich erinnere mich an lauten Krach, und dass ich Feuer durchs Fenster gesehen habe. Leute haben gebrüllt. Geschrien.« Ich lege die Handflächen zusammen und quetsche sie zwischen meine Knie. »Mama hat mich aus dem Bett gezerrt und durchs hintere Fenster nach draußen gestoßen. Sie hat gesagt, ich soll laufen.«

Ich schlucke, betrachte den Hof und versuche zu sehen, in welche Richtung ich gerannt sein muss. »Ich kann gut rennen. Ich bin lange gerannt, an eine Stelle bei einem kleinen Fluss, an den sie mich oft mitgenommen hat. Vielleicht kennst du sie. Da gibt es eine kleine Höhle. Da habe ich mich versteckt und habe gewartet ... Ich weiß nicht, wie lange. Tage. Ich habe Pflanzen und Früchte gegessen, von denen mir schlecht wurde, und dreckiges Wasser vom Höhlenboden getrunken. Ich hatte Angst vor den Tieren. Ich hatte Angst, jemand könnte kommen und mich finden. Ich hatte Angst, dass keiner kommt und mich findet. Ich hab die Männer gehört, die überall um mich herum durch den Dschungel gezogen sind. Ich sollte in der Höhle bleiben, das wusste ich, aber irgendwann musste ich doch rauskommen und mein Geschäft machen. Ich war gerade dabei, da hörte ich die Männer kommen und ich hatte keine Zeit, zurück in die Höhle zu rennen. Ich hab am Boden gekauert und mich unter Blättern versteckt, auf meinem eigenen Haufen, und hab gehofft, dass sie nicht auf mich treten oder mich riechen. Ein Mann war so nah, dass ich die Hand hätte ausstrecken und seine Schnürsenkel öffnen können. Ich hab seine Augen gesehen.« Endlich sehe ich Cathi wieder an. »Er hätte mich getötet, einfach so, wie er Luft holt.«

Wir sitzen da. Wolken schieben sich über den Himmel. Die Zikaden zirpen in der Hitze. Mein Kopf wird langsam etwas klarer.

»Na gut«, sage ich. »Ich habe nicht umsonst viele Tage in diesem Loch verbracht und in meinem eigenen Dreck gelegen. Als meine

Mutter endlich kam und mich rausholte, sagte sie nicht, wo sie gewesen war. Sie hat nie mehr über diese Zeit geredet, auch nicht über das, was vorher war. Eines Tages hätte ich sie vielleicht gefragt, aber sie ist getötet worden, bevor ich das tun konnte, und ich will wissen, warum. Ich bitte dich nicht. Ich sage dir: Hilf mir zu verstehen.«

Cathis Tocher kommt zurück, mit einem Lächeln wie Sonnenschein auf Wasser und den Rock voller Früchte. Cathi betrachtet sie und sagt lange kein Wort. Ruth zeigt ihrer Mutter, was sie eingesammelt hat, und wirft mir einen verstohlenen Blick zu. Ich kann schon die Frau in diesem Mädchen sehen, wie einen tanzenden Schatten.

»Bring sie *nyanya* Florence«, sagt Cathi. »Ihre alten Zähne werden das mögen. Nimm den Hund mit.«

Das Mädchen nickt und läuft los, jetzt wieder ein Kind, und wir sehen ihr hinterher, bis sie am anderen Ufer des Bachs ist und verschwindet. Die Stille um uns wächst, wird schwer und grün. Dann holt Cathi tief Luft und fängt an zu reden.

34

Eine Geschichte über zwei Mädchen:

Es waren einmal zwei Mädchen, die in einem üppigen grünen Land weit weg von hier lebten.

Eines der Mädchen war laut und lachte gern, das andere war still und ernst. Die eine mochte Jungen und die andere Bücher. Eine war rundlich wie eine Mango und die andere dünn wie ein Bleistift. Eine war hübsch, aber die andere war schön wie der Mond.

So verschieden sie waren, sie liebten sich innig und man sah die eine nie ohne die andere.

Sie wurden älter und wuchsen zu jungen Frauen heran, und weil sie auch nach dem Abschluss der Oberschule nicht getrennt sein wollten, gingen beide als Schwesternschülerinnen in ein Krankenhaus in ihrer Heimatstadt. Die Mädchen arbeiteten hart und wurden starke Frauen und kluge Heilerinnen.

Nach einem Jahr in der Ausbildung gab der Liebste der Lauten ihrem Vater fünf Kühe und hielt um ihre Hand an. Die Stille freute sich für ihre Freundin, hatte aber schon vor langer Zeit beschlossen, sich mit Gott zu vermählen.

Beide waren zufrieden, die andere glücklich zu sehen, trotzdem wünschten sie sich im Grunde ihres Herzens, niemals voneinander getrennt zu sein.

In der Mitte ihres zweiten Ausbildungsjahres gab es im Krankenhaus Gerüchte, in den Bergen sei Gold gefunden worden. Die Ordensschwestern bekreuzigten sich und sagten: »Macht euch bereit, der Krieg kommt; wir haben das schon erlebt.«

Zuerst war da nur ein Grollen in der Ferne: Leute, die verschwanden, knapp werdendes Essen und Medikamente. Es war nicht wirklich Krieg, sondern wirkte mehr wie ein weit entferntes Heulen wilder Hunde. Ein bisher nicht gehörtes Zittern, gegen das man die Fenster schloss und das man wegzuschieben versuchte.

Deshalb waren die Mädchen trotz der Warnungen der Schwestern unvorbereitet, als der Krieg reißend und schlitzend durch das Eingangstor brach. Er bewegte sich schnell. Sie waren nicht darauf vorbereitet, wie er Blut vergoss und Bettpfannen herumschleuderte und über die Nonnen lachte, die zu Gott beteten. Er erschoss einen Priester. Er nahm mit, was immer ihm gefiel. Morphium und süße Dosenmilch. Und bevor er abzog, legte er seine Hand auf fünf junge Frauen, darunter auch die beiden Freundinnen, die sich niemals trennen wollten, und sagte: Die gehören mir. Und er nahm sie fort in die Nacht.

Diese Nacht war dunkel. Es war eine sehr dunkle und lange Nacht. Eine Nacht, die Monate dauerte, auch wenn schwer zu sagen war, wie viele. Die Mädchen nutzten ihre Monatsblutungen, um die Tage zu zählen, und als die aufhörten, wurde das Zählen schwer.

Die Kriegsherren brachten die Frauen, die sie verschleppt hatten, in die Berge, in ihr Reich, wo Bäume den Blick in den Himmel versperrten. Dort merkten die Frauen, dass manche der Männer eigentlich kleine Jungen mit roten Augen und schlaffen Gesichtern waren. Wenn die Männer und Jungen in den Kampf zogen, trugen sie Blätter und Blumen im Haar, weil sie das unsichtbar machte für Kugeln. Es gab auch noch andere Frauen im Reich der Kriegsherren, aber die sprachen eine fremde Sprache, wenn sie überhaupt redeten, und bewegten sich wie Geister.

Die Männer hatten diesen Platz gewählt, weil ihr Gott hier wohnte, in einer tiefen Höhle in den Bergen. Jeden Tag wurden die fünf Frauen zusammen mit anderen Gefangenen dorthin gebracht, um dem Gott des Goldes in den Flanken zu stochern und seinen glänzenden Schorf herauszuholen.

Und die Nächte? Jede Nacht war die Hölle, verkörpert als Junge oder Mann, fünf- oder sechsmal hintereinander. Die Laute kannte diese Männer nicht; sie schloss nur die Augen und ließ ihre Seele wegdriften, während sie wartete, dass es vorbeiging.

Doch der Krieg erblickte die Schönheit der Stillen, sie wurde aufgespart und dem Mann wie ein Geschenk übergeben, den man Nummer Zwei nannte.

Dieser Mann war nicht immer anwesend im Reich, er kam und ging auf Befehl eines mächtigen weißen Mannes. Er pflegte in einem Helikopter voller Waffen und Geld zurückzukommen. Wenn er da war, verlangte er immer nach ihr. Keiner außer ihm durfte die Stille berühren.

Es hieß, er käme aus der Stadt des Blutes, aus Sangui.

Was den fünf Frauen geschah:

Die eine lief weg und die Jungen lachten und jagten ihr eine Kugel in den Rücken.

Eine Frau begann in der Höhle des Gottes vergiftetes Wasser zu trinken und hörte auch nicht damit auf, als die anderen sie anflehten, es bleiben zu lassen. Sie starb im Wahnsinn an einem Fieber.

Eine Frau war die Lehrerin der beiden Mädchen gewesen, eine Ordensschwester, und wann immer sie konnte, lenkte sie die Hölle von ihnen ab. Aber meistens konnte sie es nicht.

Und die beiden Mädchen überlebten, aber nur weil keine von ihnen sterben und die andere allein in diesem schrecklichen Reich zurücklassen wollte.

Eines Tages wurden die Männer von anderen Männern überfallen, die haargenau wie die ersten Männer aussahen, und es wurde gekämpft. Schüsse und Explosionen erschütterten die Erde, und in dem Chaos sagte die Lehrerin: Lauft. Und die Mädchen und die Lehrerin liefen und liefen und liefen, bis sie in ihre Stadt kamen, in das Krankenhaus stolperten und endlich, endlich in Sicherheit waren.

Nachdem sie entkommen waren, glaubten die beiden Freundinnen, alles würde besser werden, und eine Weile lang war es auch so.

Aber bald nachdem ihre Wunden geheilt waren und sie aufstehen und wieder herumlaufen konnten, bemerkten sie etwas Merkwürdiges: einen Geruch. Die Menschen in ihrer Umgebung schraken zusammen und zogen sich vor ihnen zurück. Die drei Frauen schnüffelten in der Luft und versuchten herauszufinden, woher der Geruch kam. Er stank wie ein Abtritt oder ein Berg medizinischen Abfalls und wurde stärker, wenn sie alle drei zusammen waren. Irgendwann kamen sie darauf, dass der Gestank nicht vom Wind herbeigetragen wurde; er ging von ihnen aus, stieg aus ihren Poren, verfing sich in ihren Haaren, wohnte in ihrem Atem.

Die Frauen schrubbten und schrubbten sich, sie tranken süßen Tee, aber egal was sie taten, die Hölle, durch die sie gegangen waren, haftete an ihnen und erfüllte alles mit ihrem Gestank. Er war durchdringend, beschämend und unmöglich loszuwerden.

Ein Geruch, der kein Geruch war.

Und eines Tages nahm der Liebste der Lauten seine Kühe zurück. Später erfuhren sie, dass er eine Woche wartete und sie dann dem Vater eines anderen Mädchens gab.

Der Bauch der Stillen wurde rund und groß und die Mutter Oberin rief sie in ihr Büro und erklärte ihr, dass sie sehr wohl noch Krankenschwester sein könne, doch das Leben im Kloster sei nicht mehr geeignet für sie. Für eine Mutter sei das nicht möglich.

Die Lehrerin, die mit ihnen geflüchtet war, ging fort in eine Stadt namens Sangui; sie sagte, sie könne sich nicht mehr erinnern, wie Gott aussehe. Sie fragte die beiden Mädchen, ob sie mit ihr kommen wollten. Die Stille wäre vielleicht mitgegangen, doch inzwischen war ihr Bauch zu dick und sie konnte nicht reisen. Und die Laute wollte ihre Freundin nicht verlassen.

Es gab ein Reißen und Schreien und ein Baby wurde geboren. Sie gaben ihr den Namen Christina.

Die beiden Frauen zogen zurück auf die Höfe ihrer Eltern, die dicht beieinanderlagen. Der Mutter und der Vater der Lauten starben innerhalb eines Jahres nach ihrer Rückkehr in dichter Folge. Der Vater der Stillen war gestorben, während sie in dem schrecklichen Reich gewesen war. Ihre Mutter wurde immer kleiner.

Die Stille arbeitete immer noch als Krankenschwester, aber die Hände der Lauten zitterten bei jeder neuen Frau, die zerbrochen ins Hospital gebracht wurde. Sie versuchte stattdessen Gemüse zu verkaufen, doch bald konnte sie das Starren und die gerümpften Nasen der anderen Marktleute nicht mehr ertragen.

Also fand sie eine neue Beschäftigung. Sie mochte jetzt keine Jungen mehr, doch für diese Arbeit musste sie sie auch nicht mögen. Sie musste nur die Augen schließen und ihre Seele wegdriften lassen.

Obwohl die beiden Frauen einander noch liebten, wussten sie, dass etwas zwischen ihnen zerstört war und nie mehr vollständig heilen konnte. Beide konzentrierten sich auf das Baby, das schnell heranwuchs. Die Stille ertappte sich manchmal dabei, wie sie das Gesicht ihrer Tochter anstarrte. Manchmal ertrug sie es nicht, ihr eigenes Kind zu sehen, und wenn das passierte, nahm die Laute das kleine Mädchen auf den Arm, ging mit ihr weg und küsste ihr das Salz von den Babybäckchen, bis sie lachte.

Jahre vergingen. Der Krieg lungerte an den Rändern herum, er kam und ging wie die Jahreszeiten. Manchmal stahl er Rinder und Ziegen. Manchmal konnte man sehen, wie er sich in den Bars der Stadt herumtrieb, wie er lachte und trank. Manchmal hörten sie ihn kommen und liefen weg, versteckten sich an einem geheimen Ort im Wald und taten um des Kindes willen so, als ob alles ein großes Abenteuer wäre.

Bei einer dieser Gelegenheiten weigerte sich die Mutter der Stillen, die immer kleiner und schwächer geworden war, mit in das Versteck zu gehen, obwohl ihre Tochter bettelte und flehte. Als sie zurückkamen, fanden sie die Mutter im Bett liegend, so als würde sie vielleicht nur schlafen. Da war wenig Blut, und die Mädchen wuschen die Leiche im Bach und hüllten sie in ihren besten Sonntags-*kitenge*. Sie begruben sie auf dem Hügel, neben dem Vater der Stillen.

Etwas am Tod ihrer Mutter veränderte die Stille. Sie war immer noch still, aber in ihrem Blick lag etwas, das der Lauten Angst machte. Die Stille begann das Kind bei der Lauten zu lassen und wanderte alleine im Wald herum. Bei ihrer Rückkehr waren ihre Füße verdreckt, sie hatte Zweige im Haar und einen Ausdruck in ihren Augen wie ein wildes Tier.

Fünf Jahre nach der Geburt des Kindes kam ein weißer Mann in die Stadt und begann Fragen zu stellen.

Er war nicht der erste Weiße, der hier auftauchte. Der Krieg hatte Piloten und Journalisten und Blauhelme aller Hautfarben gebracht, die den Kämpfen folgten wie Zuschauer. Die Geschäfte liefen weiß Gott gut für die Laute, wenn sie ihre Kunden in den Bars nahe bei den Hotels suchte. Der Krieg brachte auch Weltverbesserer und Missionare, die zugleich fassungslos und fasziniert schienen, und die Männer aus den Minen, die sich verhielten wie Hunde, die nicht bellen, sondern gleich beißen.

Dieser Mann aber war anders. Er stellte zu viele Fragen. Sprach die Namen laut aus, die alle anderen zu flüstern wussten.

Als die Laute mitbekam, dass die Stille mit ihm gesprochen hatte, war sie starr vor Angst. Sie sagte der Stillen, sie solle aufhören, doch die Stille sagte, sie sei es leid, den Mund zu halten.

Der Krieg kam zurück. Die Laute hatte gewusst, dass er das tun würde. Er kam genau in der Nacht, nachdem die Stille mit dem weißen Mann gesprochen hatte. Dieses Mal holte er keine Ziegen und Rinder. Dieses Mal ging es ihm um die beiden Mädchen, die inzwischen Frauen waren. Er jagte sie durch den Urwald. Er legte seine Hand auf sie und sagte: Die gehören immer noch mir. Und er brachte sie zurück in das schreckliche Reich.

Nur das Kind entkam.

Diesmal gab es kein Graben nach Gold. Nur die Hölle. Die beiden Frauen wurden getrennt und die Laute konnte die Schreie der Stillen hören, und auch sie schrie und dachte daran, ihre Seele für immer wegdriften zu lassen. Aber sie wusste, dass das nicht ging, denn das hätte geheißen, die Stille allein hier zurückzulassen.

Doch dann, vier Tage später, war die Stille verschwunden.

Die Männer kamen und brüllten sie an: »Wo ist sie hin? Wo ist sie hin?« Sie schlugen die Laute, die jetzt nicht mehr so laut war. Sie legten Messer ins Feuer und drückten sie ihr zischend an die Beine. Aber das war egal. Die nicht-mehr-so-laute Frau wusste nicht, wie ihre Freundin entkommen oder wo sie hingegangen war. Nur eines wusste sie: Die Stille, die nun nicht mehr so still war, hatte sie verlassen.

Sie war allein in dem schrecklichen Reich.

Sie prügelten sie beinahe tot. Aber weil es ihnen eigentlich nur um die ehemals stille Frau ging, verloren sie irgendwann das Interesse. Sie brachen ihr Lager ab und ließen die ehemals laute Frau allein auf dem

Dschungelboden liegen. Und als die ehemals laute Frau begriff, dass sie nicht sterben würde, gab es nichts anderes zu tun, als nach Hause zu gehen.

Und dort war sie immer noch allein, abgesehen von dem keimenden Leben in ihrem Bauch. Was seltsam war, denn eigentlich hätte es nicht überleben sollen. Aber das tat es, und das war ein Glück oder schrecklich. Oder beides zugleich, denn es war das Einzige, das noch an ihrer Seele haftete und sie daran hinderte, sich für immer davonzustehlen.

35

Als Cathi zu Ende erzählt hat, steht sie auf und streift sich den Schmutz vom Kleid. Sie läuft zum Waldrand und schaut hinein, als ob sie warten würde, dass dort jemand erscheint.

Erst spät am Nachmittag beginnen wir wieder zu reden, und das auch nur, weil Ruth in Plauderlaune zurückkommt. Sie hat sich die Haare von der Enkelin der alten Florence flechten lassen und will von uns bewundert werden. Das genügt, um uns beide wieder ins normale Leben gleiten zu lassen.

»Sehr hübsch«, sage ich und sie strahlt. Obwohl sie Kiki nicht ähnlich sieht, muss ich wieder an meine Schwester denken. Da ist ein Schmerz in meiner Brust und der Drang, dieses Mädchen, das ich gerade erst kennengelernt habe, zu beschützen. Die Vorstellung, das, was ihr selbst passiert ist, könnte eines Tages auch ihrer Tochter zustoßen, muss Cathi verrückt machen. Die beiden sind so weit weg von der Stadt, und Cathi weiß, dass die Männer immer noch da draußen im Dschungel sind. Auf einmal wirken die AK-47 und die beiden riesigen Hunde absolut vernünftig.

»Bleibst du zum Essen, Christina?«, fragt Ruth.

»Ich sollte zurück ins Krankenhaus«, sage ich.

»Ist dir noch schlecht?«

»Nein, nein«, sage ich. »Wir übernachten dort im Gästehaus.«

Cathi runzelt die Stirn. »Es wird schon sehr bald dunkel. Vielleicht solltest du noch eine Nacht bleiben.«

»Meine Freunde werden sich fragen, wo ich bin«, sage ich widerstrebend. Und dann ist da auch noch Kiki. Ich muss zurück, um Bug Eye anzurufen und weitere Besuche von Ketchup abzuwenden. Dass ich wie eine Geisteskranke raus in den Regen gestürmt bin, hat mich nicht nur meine Schuhe gekostet, sondern auch mein Handy. Wobei ich hier oben sowieso keinen Empfang gehabt hätte. Ich bin schon zu lange hier geblieben.

Aber das Aufbrechen fällt mir furchtbar schwer. Cathi kocht schon das Abendessen und der Geruch nach Zwiebeln, Knoblauch und Chili lässt meinen Magen knurren. Dieser Ort ist mir vertraut. Auch wenn meine Erinnerungen an ihn nur ganz schwach sind, weckt er Heimatgefühle.

»Ich habe gedacht, diese Jungs kommen und suchen dich«, sagt Cathi. »Dann könntest du mit ihnen zurück in die Stadt.«

»Ich komm schon klar«, sage ich. »Ich brauch keinen Begleitschutz.«

»Ich gehe auf den Hügel und rufe auf dem Handy Pater Fidele an. Der kann dich zumindest auf halber Strecke treffen. Keiner wird dir was tun, wenn du mit ihm zusammen bist.«

»Ach, lass doch«, sage ich. »Bestimmt hat er viel Arbeit.«

Aber Cathi ignoriert mich und geht mit ihrem Telefon aufs Feld hinaus und den Hügel hoch. Während sie redet, überkommt mich eine Welle von Zuneigung zu Pater Fidele, obwohl ich ihn kaum kenne. Er muss wissen, was Cathi tut, um zu überleben, und trotzdem kann sie sich an ihn wenden, wenn sie Hilfe braucht.

»Er kommt«, sagt Cathi, als sie zurückkehrt. »Wenn du auf dem Hauptweg bleibst, kannst du ihn nicht verfehlen.«

Ich stehe auf und mache mich zum Gehen bereit. »Wiedersehen, Ruth.«

»Auf Wiedersehen, Christina.«

Ich ziehe das Foto von Catherine und meiner Mutter aus der Tasche und strecke es Cathi entgegen. »Behalte es«, sage ich.

Sie nimmt es, als ob es zart wie ein Schmetterlingsflügel wäre, und steckt es zwischen die Seiten ihrer Bibel.

»Danke, Cathi«, sage ich und muss schlucken, damit ich nicht weine.

Sie legt eine Hand auf Ruths Schulter. Die beiden betrachten mich, auch sie mit feuchten Augen. »Wir werden für Anju beten. Und für dich auch.«

»Kommst du irgendwann zurück?«, fragt Ruth leise.

»Hoffentlich.«

»Du bist willkommen«, sagt Cathi. »Du gehörst zur Familie.«

Ich will schnell gehen, damit Pater Fidele nicht so weit laufen muss, bis wir uns treffen, aber der Pfad ist steinig und meine Füße schmerzen immer noch. Ich hätte die Sandalen nehmen sollen, die Cathi mir angeboten hat, aber offenbar ist es ihr einziges Paar. Also bahne ich mir vorsichtig einen Weg zwischen den Felsbrocken hindurch. Außer mir ist auf dem Pfad niemand unterwegs und die einzigen Geräusche sind das Gurgeln des Bachs und das Singen der Vögel in den Bäumen. Die Spätnachmittagssonne schickt ihre goldenen Strahlen durch die Zweige. Während ich laufe, beginnt sich all das Verknotete, Schmerzliche, was Cathi mir über meine Mutter enthüllt hat, ein wenig zu lösen, die Fäden verweben sich neu und verbinden sich mit dem, was ich schon weiß, und langsam formt sich ein Bild.

Ich ordne alles zu einer Art Zeitleiste und sortiere, was ich weiß und was mir immer noch fehlt.

- Mama und Catherine wurden von einer Miliz gefangen und zum Arbeiten in eine Mine verschleppt.
- Nummer Zwei hat Mama herausgegriffen. Dieser Verrückte ist wahrscheinlich mein Vater. Er wurde von einem weißen Mann hergeschickt, das muss Mr Greyhill gewesen sein.

- Mama und Catherine konnten flüchten. Ich kam zur Welt. Zeit verging.
- Donatien tauchte auf und stellte Fragen. Mama war bereit, ihm zu zeigen, wo die Geschäfte stattfanden.
- Bevor sie das tun konnte, kamen die Milizen zu uns nach Hause und nahmen sie und Catherine wieder gefangen. Sie stieß mich aus dem Fenster und ich bin entwischt. Am gleichen Tag versuchte jemand, Donatien zu ermorden.
- Mama konnte der Miliz irgendwie entkommen, fand mich im Dschungel und wir gingen fort aus dem Kongo. Mama brachte uns nach Sangui City.
- Mama fing an, für die Greyhills zu arbeiten, obwohl Donatien ihr gesagt hatte, dass Mr Greyhill der Boss von Nummer Zwei und damit Verbrecher Nummer Eins war. Warum? Warum ging sie zu ihm und warum war er bereit, sie einzustellen?
- Mama bekam Kiki; Mr G ist ihr Vater.
- Mama hat gedroht, Mr G auffliegen zu lassen; er hat gedroht, sie umzubringen.
- Mama ist in Mr Gs Haus ermordet worden, aber nicht von Mr G. David Mwika, der Security-Chef, hat das Video von dem Mord an sich genommen und später versucht, irgendwen damit zu erpressen. Wen?
- David Mwika kann der Mörder sein, aber was wäre sein Motiv gewesen? Und wenn er es nicht war, wer dann? Und warum? Der Täter ließ nichts mitgehen, es war kein Raub. Er war entschlossen, Mama zu töten. War es jemand, der sie davon abhalten wollte, etwas Bestimmtes zu tun? Oder Rache für etwas, was sie schon getan hatte? Oder ein ganz anderer Grund?

Ich laufe erst langsamer, dann bleibe ich stehen und betrachte den Bach. Mir wird klar, dass ich zwar eine Million Fragen habe, aber das, was ich wirklich wissen muss, ist ziemlich einfach. Es gibt eine Frage, auf die ich immer wieder zurückkomme: Warum ist Mama ausgerechnet zu Mr Greyhill gegangen? Warum hat sie sich bei ihm einen Job gesucht? Und warum war er bereit, sie für sich arbeiten zu lassen und auch mich bei sich aufzunehmen – uns also letztlich Schutz zu gewähren? Was hatte er davon? Wenn ich das wüsste, wüsste ich bestimmt auch viel mehr darüber, wer ein Interesse an ihrem Tod gehabt haben könnte.

Also muss ich genau das herausfinden.

Das wird nicht einfach, aber ich weiß, wen ich fragen muss. Ich muss zurück zu Boyboy und Michael und einem Telefon. Entschlossen drehe ich mich von dem Bach weg zurück zu dem Pfad.

Und da steht, direkt vor mir auf dem Weg, Pater Fidele.

Das erschreckt mich und ich weiche zurück. Das Knirschen seiner Schritte muss vom Rauschen des Wassers überdeckt worden sein. Ich spüre, wie die Uferböschung unter meinen Füßen nachgibt und wegrutscht, und er schnappt meine Hand, damit ich nicht falle. »Vorsichtig!«

Ich will mich bei ihm bedanken, doch etwas in seinen Augen hält mich davon ab. Ich habe nicht mal Zeit zum Schreien, bevor er mich mit seinem Klammergriff um mein Handgelenk dicht zu sich heranzieht. Mit der anderen Hand drückt er mir ein Tuch aufs Gesicht. Ich wehre mich, aber als der durchdringende Geruch meine Lungen erreicht, verschwindet alles um mich herum in einem hellen, wirbelnden Nichts.

36

»Gut, und jetzt schling das Tuch auf beiden Seiten herum, damit wir es in der Mitte festbinden können«, sagte Mama.

Wir standen vor unserer Hütte am Rand des Grases, Mama, Kiki und ich. Es war warm und sonnig und von überall auf dem Greyhill-Anwesen kamen die vertrauten Geräusche von Leuten bei der Arbeit. Das Schwatzen der Hausmädchen. Das regelmäßige Hacken des *pangas*, mit dem der Gärtner Büsche zurückschnitt. Die dumpfen Schläge und das gelegentliche Niesen beim Ausklopfen von Teppichen. Eine Party stand bevor.

Mama wurde im Haus gebraucht, also hatte ich auch eine Aufgabe. Ich stand vornübergebeugt da, Baby Kiki als ein warmes, zappelndes Etwas auf meinem Rücken. Mamas sichere Hände führten meine und gemeinsam brachten wir die Enden des *kanga*-Tuchs zusammen – eines über meine Schulter, das andere um meine Taille –, bis Kiki behaglich an mich geschmiegt war. Heute würde ich Kiki mit mir herumtragen, sie überallhin mitnehmen. Mama sagte, das sei eine große Verantwortung, aber ich war schon sechseinhalb und groß genug.

»Kannst du den Knoten machen?«, fragte sie mich.

Das konnte ich. Zuerst machte ich ihn zu fest, aber Mama half mir, ihn zu lockern. Kiki stieß fröhliche kleine Babygeräusche aus.

»Jetzt richte dich langsam auf. Und achte drauf, ob sie nicht wegrutscht.« Mama trat einen Schritt zurück und musterte mich.

Ich sah zu ihr auf und wartete auf ihr Urteil. Ihre Augen sahen alles. Jede flatternde Stoffecke, jede Haarsträhne, die meinen Zöpfen entwischte, den Schorf auf meinen Knien nach dem Spielen mit Michael und dass mein Rock aus zweiter Hand schon wieder zu klein wurde. Mit Sicherheit würde sie etwas finden, was nicht richtig war; das tat sie immer.

So war ich überrascht, als sie sich zu mir herunterbeugte und mich auf die Stirn küsste. »Du bist ein gutes Mädchen«, sagte sie. Ihr Lächeln war etwas so Seltenes und Großartiges, dass ich es am liebsten eingefangen hätte. Ich wollte es mit der Faust packen und später, wenn ich alleine war, noch einmal genau betrachten. »Pass gut auf deine Schwester auf«, sagte sie.

»Das mache ich«, sagte ich.

Und das habe ich getan. Nicht nur an diesem Tag, sondern an jedem Tag seitdem.

Eine Hand schlägt mich hart ins Gesicht. Mein Kopf wird hin- und hergeschleudert. Der Schmerz zieht mich aus der Dunkelheit, aber ein paar Sekunden lang weiß ich trotzdem nicht, was passiert. Dann merke ich, dass mich jemand anschreit.

»Tiny. Tiny Girl. Wach auf.«

Meine Augenlider sind wie zugeklebt. Als ich sie endlich aufkriege, glaube ich erst, da wären mehrere Leute, dann wird mir klar, dass ich nur doppelt sehe. Ich hebe den Kopf in dem Moment, als eiskaltes Wasser mein Gesicht trifft, plötzlich wie ein Schlag. Ich spucke und huste.

Aber es funktioniert, ich bin wach. Ich blinzele und sehe mich um. Der Mensch über mir wird jetzt klarer. Er hält einen Eimer und grinst mich an wie ein Hyäne.

Ketchup.

Ich versuche auf die Füße zu kommen, werde aber zurückgehalten. Meine Hände sind hinter meinem Rücken zusammengebunden, und nach ein paar Sekunden verschwommenen Nachdenkens begreife ich, dass ich an einen Stuhl gefesselt bin. Als das klar ist, steigt auch der Schmerz in mein Bewusstsein, den die Fesseln an Handgelenken und Knöcheln verursachen. Ich bin in einer Art Raum, die Wände sind aus Stoff. Ein Zelt. Ich höre Vogelstimmen; wahrscheinlich ist es Morgen. Da ist ein Stuhl und ein zerwühlter Schlafplatz, sonst gibt es in dem Zelt nur mich und den Goonda. Der Boden unter meinen Füßen ist einfach Erde, mit toten Blättern bedeckt.

Ketchup lacht. »Du siehst aus wie ein Huhn nach dem Regen.«

Ich prüfe meine Handgelenke. Die Fesseln müssen aus Metall sein. Anscheinend haben sie sich schon tief in meine Haut gegraben. »Wo bin ich?«, murmele ich. Mein Gesicht ist taub.

»Nein, Tiny Girl«, sagt Ketchup, packt mich am Kinn und hebt mein Gesicht so weit an, dass es dicht vor seinem ist. »Jetzt stellen *wir* die Fragen.«

Sein Atem stinkt nach billigem selbst gebranntem Schnaps. Seine Augen sind rot und sein Blick wirkt verschwommen.

Ich versuche mich aus seinem Griff zu winden, aber das geht nicht. Mehr als einen dreckigen Blick kriege ich nicht hin. Ketchup? Hier? Also habe ich mir das auf dem Markt doch nicht nur eingebildet. Ich ziehe Speichel zusammen und spucke ihm auf die Hand.

Er beschimpft mich und haut die Spucke zurück in mein Gesicht. Dann macht er einen Schritt zurück, um mich fester zu schlagen, aber genau in dem Augenblick wird die Zeltplane zurückgeschlagen und ein Mann kommt rein.

Ich erkenne ihn erst gar nicht. Das liegt nur daran, dass er so gar nicht hierherpasst. Es ist lange her, dass ich ihn in Fleisch und Blut gesehen habe. Er ist älter geworden seitdem, sein rundes Gesicht wird langsam schlaff, die Haare über seinen Ohren sind grau. Er trägt ein kurzärmliges Polohemd und Chinohosen, alles frisch gebügelt und fleckenlos. Man könnte meinen, er käme direkt vom Golfplatz.

Ketchup zögert und lässt die Hand sinken. »Mr Omoko. Ich wollte Sie gerade holen, Sir.«

»Sie ist also wach«, sagt der Goonda-Boss. Er redet mit Ketchup, sieht dabei aber mich an.

»Ja, ich hab sie grad eben geweckt«, antwortet Ketchup. Er macht Platz, damit Mr Omoko zu mir treten kann.

»Das sehe ich«, sagt er stirnrunzelnd.

Ich frage mich, wo Bug Eye ist. Mr Omoko würde doch nicht Ketchup mitnehmen und ihn zurücklassen.

Der Goonda-Boss setzt sich auf den Stuhl mir gegenüber. »Warten Sie draußen auf uns, Mr Ketchup.«

Ketchup schießt einen finsteren Blick auf seinen Rücken ab. Mr Omoko hat es geschafft, seinen Namen noch viel lächerlicher wirken zu lassen, als er ist. Trotzdem zieht sich Ketchup still zurück.

Mr Omoko holt ein Taschentuch heraus und wischt mir das Gesicht ab. Ich kann mich nicht dagegen wehren. Dann steckt er es weg und sagt: »Du hast die Stadt verlassen. Wir haben uns Sorgen gemacht.«

Nichts in seiner Miene drückt Sorge aus.

Das kalte Wasser hat mein Shirt durchnässt und ich zittere. »Ich dachte, Bug Eye würde es mir verbieten. Also hab ich gar nicht erst gefragt.«

»Nein. Das hätte er nicht erlaubt. Weil ich es nicht erlaubt hätte.« Mr Omoko neigt fragend den Kopf. »Was tust du hier, Mädchen? Wieso haust du ab, wenn du kurz davor bist, dein großes Ziel zu erreichen? Ich dachte, wir hätten einen Plan. Schmutz, Geld, Blut.«

»Ich wollte zurück sein, sobald die Daten entschlüsselt sind und wir mit den Bankkonten loslegen können«, erkläre ich, aber unter dem unbeirrten Blick von Mr Omoko steigt meine Anspannung. In seinen Augen sehe ich etwas aufblitzen, das mich an eine Messerklinge erinnert.

»Aber das war anders vereinbart, oder? Du solltest das Haus der

Greyhills verlassen, sobald sicher war, dass du alle Daten erwischt hast.«

Ich winde mich auf meinem Stuhl. Wo ist Michael? Und Boyboy? Garantiert suchen sie mich inzwischen.

»Ich mag es nicht, wenn man mich im Dunkeln lässt, Tiny Girl«, sagt Omoko. Und auf einmal ist er so dicht vor meinem Gesicht, dass ich keine andere Wahl habe, als den Kopf zur Seite zu drehen. Einen Moment lang ist in mir nur der verzweifelte Wunsch, von ihm wegzukommen, als ob er mich gleich beißen würde. Aber er fragt nur: »Warum bist du hier? Weißt du nicht, wie gefährlich diese Gegend ist?«

»Ich ...«

Er zieht sich zurück und ich atme zitternd aus.

»Zum Glück warst du nicht schwer aufzuspüren«, sagt er.

»Hören Sie, Mr Omoko, die Daten, die wir Mr Greyhill gestohlen haben –«

Omoko unterbricht sich. »Die habe ich. Jedenfalls habe ich den Computer von deinem Freund. Ich kann weitermachen. Es gibt noch mehr Leute in der Stadt, die sich in Bankkonten hacken können.« Er betrachtet seine Fingernägel und in dem schwachen Licht blitzt der dicke Goldring an seiner Hand auf. »Aber vielleicht muss ich mir gar nicht so viel Mühe machen.«

»Sie haben Boyboys Computer?« Ich warte und spüre, wie mir kalter Schweiß unter den Haaren ausbricht. »Das versteh ich nicht. Ist Boyboy hier? Und Michael?«

Mr Omoko lächelt nachsichtig. »Du hältst dich nicht gern an Regeln, Tina, was? Meistens gefällt mir das sogar. Ich setze dich auf Greyhills Schätze an und du bringst sie mir. Nur eben anders als geplant.«

»Wie meinen Sie das? Die Konten –«

»Michael.«

Blut pocht in meinen Ohren. »Was ist mit Michael?«, frage ich langsam.

»Mit ihm kann ich mir die ganze Arbeit sparen.«

Ich schlucke und schaue mich um, als könnte ich durch den Stoff des Zelts nach draußen sehen. »Michael und Boyboy sind hier?«

»Ja, genau. Der Priester hätte euch alle auf einmal schnappen sollen, aber anscheinend bist du ihm entwischt. Du läufst wirklich gerne weg.«

»Sie haben uns betäubt«, sage ich.

»Nein, ich nicht. Ich habe Leute, die so was für mich erledigen – das ist der Vorteil, wenn man der Boss ist. Der Priester hat mir geholfen. Als er mir sagte, dass du in Kasisi bist, wollte ich es kaum glauben. Mein Tiny Girl? Im Kongo? Er sollte dafür sorgen, dass ihr bleibt, wo ihr seid, bis ich da bin. Er hat ein paar Anläufe gebraucht, aber am Ende hat er es geschafft. Zum Glück hat diese Nutte angerufen und ihm gesagt, wo du bist.«

»Sie bezahlen Pater Fidele?«

»Wir haben eine Vereinbarung. Ich schirme sein Krankenhaus von den Milizen ab und verschaffe ihm ein bisschen Luft zum Atmen; er hält mich auf dem Laufenden. Sicher macht ihm das schwer zu schaffen, aber das muss er zwischen sich und Gott klären.« Omoko reibt sich das Kinn. »Zurück zu den Plänen. Sie sind ein bisschen aus der Spur gelaufen, aber das lässt sich wieder hinkriegen. Das mit dem Schmutz musst du vergessen, denke ich mir. Das war sowieso nie der zentrale Punkt. Für die Art von Nachrichten interessiert sich keiner; darüber ist doch schon tausendmal geschrieben worden. Noch so ein weißer Kolonialist, der Afrika ausbeutet. Das ist höchstens Stoff für die letzten Seiten. Lass uns gleich zum Geld übergehen, ja? Mit einem kleinen Dreh.«

Seine Augen leuchten. »Statt anonym Greyhills Bankkonten leer zu räumen, sollten wir ordentlich Spaß haben. Eine Entführung einzubauen macht im Prinzip alles noch ein bisschen kniffliger, das mag sein. Aber nachdem die sowieso schon erledigt ist …« Er zuckt mit den Achseln, wie um zu sagen: Was soll ich da sonst tun? »Und ehrlich gesagt wird es mir große Freude machen, Roland Greyhill betteln zu sehen, wenn er erfährt, dass ich seinen Sohn habe. Noch besser wird es sein, seinen Gesichtsausdruck zu erleben, während er eine beträchtliche Summe Geld auf meine Konten transferiert, um ihn wieder zurückzubekommen.« Mr Omoko kann ein Grinsen nicht zurückhalten. »Das wird fast so gut wie der dritte Schritt.«

Ich schlucke. »Mr Omoko, wir müssen doch nicht ...«

Er beugt sich vor, wie um mir ein besonders prickelndes Geheimnis mitzuteilen. »Schritt drei«, fährt er fort. »Blut.«

Ich winde meine Handgelenke, versuche die Fesseln zu lösen, ohne dass er es merkt. »Mr Omoko, ich weiß, dass ich Mist gebaut habe, aber können wir über diese Sachen nicht erst noch mal reden? Ich meine, der dritte Schritt ist doch gar nicht unbedingt nötig, und –«

»Was gibt es da zu reden?«, sagt Omoko. »Schritt drei ist doch am besten. Ich weiß, du wolltest es selbst erledigen, aber stell dir mal vor: Sobald die Geldgeschichten unter Dach und Fach sind, hebt er zusammen mit seinem Sohn in seinem Helikopter ab. Dann –« Omoko reckt einen Finger und macht eine dramatische Pause. Er tut, als würde er einen Raketenwerfer auf die Schulter heben und den Abzug betätigen. »*WUUUUMS*. Wir schießen sie vom Himmel runter.« Er bewegt in einer großartigen Geste den Arm. »Das wird ein toller Effekt.«

Ich kann den Blick nicht von Omokos Gesicht lösen. Hat er sich schon immer so verrückt angehört? Oder war ich nur so mit meinem Plan beschäftigt, dass ich das nie gemerkt habe? Ich muss irgendwie hier raus. Die ganze Zeit über reibe ich die Handgelenke aneinander und versuche, eine Hand aus den Fesseln zu winden.

»Mr Omoko«, sage ich, bemüht, so sachlich wie möglich zu klingen, »Mr Greyhill ist nicht ganz so schlimm, wie ich dachte. In meiner Zeit hier habe ich manches herausgefunden. Ich hatte unrecht – er hat meine Mutter nicht umgebracht.«

»Das weiß ich.«

Ich versteinere. »Wieso? Wie können Sie das wissen?«

Irgendwas rührt sich in meinem Hirn. Es versetzt meinen ganzen Körper in Aufruhr, irgendeine Erkenntnis, die kurz vor dem Durchbruch ist. Ich starre Omoko an.

»Weil ich sie umgebracht habe«, sagt er ganz nüchtern.

Einen Moment lang bleibt alles stehen. Die Worte setzen sich, dringen nur langsam in mein Inneres vor, wie bei einer Sprache, die ich nicht verstehe.

Weil ich sie umgebracht habe.

Er hat meine Mutter umgebracht.

Das Blut steigt mir in den Kopf.

Er hat sie ermordet. Er ist der Mann aus dem Video.

»Tina, hörst du zu?« Mr Omoko schnipst vor meinem Gesicht. »Dieser dämliche Priester hat dir anscheinend deine Gehirnzellen weggeblasen«, brummt er. Er gibt mir einen Klaps ins Gesicht und ich fahre zusammen, während mein ganzer Körper vor Adrenalin kribbelt.

Er sieht mir in die Augen. »Ich sage dir das, weil ich will, dass du mich verstehst. Wie du gemerkt hast, kommst du nicht von mir weg, wenn ich das nicht will. Wer mir etwas antut, kommt niemals damit durch. Schon gar nicht so eine dahergelaufene Dorfgöre wie deine Mutter, die glaubt, sie könnte ein Geschäft machen, das alles ruiniert, was ich mir in harter Arbeit aufgebaut habe.«

Mir wird bewusst, dass ich die Luft anhalte. Als mein Atem wieder einsetzt, kommt er in großen, gierigen Zügen. »Sind Sie Nummer Zwei?«, quetsche ich heraus.

Er verzieht das Gesicht. »Den Namen mochte ich nie. Aber ja, früher war ich mal Mr Greyhills Nummer Zwei.«

»Aber das bedeutet … Sie sind …«

Wieder nimmt mich Omoko scharf in den Blick. »Ja«, sagt er mit einer gewissen Ungeduld. »Hast du's jetzt kapiert? Ich bin dein Vater.«

Ich gleite weg; ich höre, wie er es sagt, aber es ist, als ob er mit einem anderen Mädchen redet und ich nur zuschaue. Ich wusste es. Natürlich wusste ich es; das ist die logische Schlussfolgerung aus allem. Aber irgendetwas in meinem Innern hat diese Information zurückgehalten, mich noch nicht drankommen lassen. Es ist zu viel.

»Jede andere an deiner Stelle wäre inzwischen längst tot«, sagt er. »Ich bin wütend, dass du weggelaufen bist. Klar bin ich das. Aber ich habe so lange auf dich aufgepasst, da werde ich dich doch jetzt nicht töten. Ich will nur, dass du weißt, ich bin dazu imstande.«

Seine Worte holen mich aus meiner Benommenheit. »Auf mich aufgepasst?« Meine Stimme ist kaum mehr als ein Flüstern. »Was soll das heißen?«

»Was glaubst du denn, warum Bug Eye dich zu den Goondas geholt hat? Nicht aus Mitleid, sondern weil ich ihm gesagt habe, er soll dich suchen. Und warum bist du wohl nicht mit den anderen Mädchen auf die Straße geschickt worden? Wieso konntest du dir erlauben, frech zu sein? Anders zu sein?«

Sein Gesicht ist jetzt so nah, dass ich das Geflecht winziger Adern in seinen Augen sehen kann. »Hast du nie gemerkt, dass du besser behandelt worden bist als die andern? Dachtest du etwa, Bug Eye und diese Idioten hätten dich gern?« Er lacht. »So funktioniert das nicht, Christina.«

Alles Lügen.

Mein ganzes Leben beruht auf Lügen.

Ich schlucke. »Sie haben meine Mutter umgebracht.«

»Deine Mutter hat Greyhill wissen lassen, dass ich ihn bestehle.«

»Aber wieso mussten Sie sie da umbringen?« Ich ringe nach Luft.

Er sieht mich an, als ob ich dämlich wäre. »Christina, in diesem Geschäft ist dein Ruf alles. Wo käme ich hin, wenn ich zulasse, dass eine Frau mir Schwierigkeiten macht und einfach davonkommt?« Er wartet, bis ich es verstanden habe. »Sie war verschlagen, deine Mutter. Die Idee war gut, das muss man ihr lassen: zu Greyhill zu marschieren, ihm meine Geheimnisse zu verraten und dafür Schutz vor mir zu verlangen. Es hat eine Weile gedauert, aber ich habe einen Weg gefunden, beide dafür büßen zu lassen.«

Ich ringe verzweifelt nach Luft. »Sie haben meine Mutter gefoltert. Sie vergewaltigt. Mich gibt es nur wegen dem, was Sie ihr angetan haben.« Ich merke, dass ich mich innerlich auflöse, mich von meinem Körper trenne. »Hat das nicht gereicht?«

Omokos Stimme wird zu einem Knurren. »Sie hat bekommen, was sie verdient hat. Sie hat Greyhill Sachen gesagt, die sie nichts angehen. Meine Sachen. Mein Geschäft. Ich habe jeden Cent von diesem Gold verdient, und das wusste er auch! Ich war loyal. Ich habe getan, was er wollte. Ich habe mich mit diesen Wilden herumgeschlagen, damit er sich die Hände nicht schmutzig machen musste.«

Und auf einen Schlag wird es mir klar. Die versteckte Datei in dem Foto. Mama hat Mr Greyhill Omokos geheime Buchhaltung gebracht. Sie muss mitgekriegt haben, dass er Gold stiehlt, und nach etwas gesucht haben, um das zu beweisen.

Omoko fährt fort: »Sie hat meine Beziehung zu ihm vergiftet. Er hat seine Kontakte genutzt, um meine Bankkonten einzufrieren. Ich musste noch mal bei null anfangen. Meinst du, das ist leicht? Ist es nicht. Es braucht Zeit. Und Geld. Und es kostet Blut. Viel Geld und viel Blut. Mich wieder nach oben zu arbeiten.« Er sieht hoch zur Zeltdecke. »*Goondas*«, sagt er höhnisch. »Bevor ich kam, waren die ein Haufen von Volltrotteln. Die haben sich gegenseitig die Köpfe eingeschlagen wie die Höhlenmenschen.«

Ich strenge mich furchtbar an, alles mitzubekommen und zu verarbeiten, was Omoko sagt, aber heiße Wut hindert mich am klaren Denken. Bald ist kein Platz mehr für irgendwas anderes.

»Also dann.« Mr Omoko schlägt sich auf die Knie und steht auf. »Meine Zeit ist knapp. Es wird so laufen: Wir rufen Roland Greyhill an und sagen ihm, dass wir seinen Sohn haben. Ich weiß aus sicherer Quelle, dass er in der Nähe ist, und wir haben hier eine Satellitenantenne, also kann er seinen Sohn zurückkriegen, sobald er es schafft, Geld auf meine Konten zu überweisen.« Er macht sich auf den Weg. »Wir hätten das Ganze nicht besser aufgleisen können, wenn wir es darauf angelegt hätten.«

Ich hebe den Kopf. »Wir?«

Er bleibt am Ausgang stehen. »Wie bitte?«

»Sie sagen dauernd *wir*. Erwarten Sie etwa, dass ich da mitmache?«

Er blinzelt. »Wenn du willst, ist dein Part vorbei.«

Ich starre ihn an. »Glauben Sie etwa, dass ich einfach weitermache, als ob ich immer noch einer von Ihren Goondas wäre?« Ich muss würgen. Mein Geist wird wieder klarer, das spüre ich, und meine Wut zieht alles zusammen, genau wie eine Explosion die Luft erst verdichtet, bevor sie losbricht. »Ich werde Sie *töten*.«

Mit dem Adrenalin, das durch mich pulst, werde ich meinen Daumen auskugeln und die Metallbänder um mein Handgelenk wegreißen. Ich werde es nicht schaffen, ihn zu strangulieren, aber ich trete auf seinen Hals, bis ihm das Genick bricht. Hier und jetzt. Ich lege den Daumen an die Seite des Stuhls und beginne zu drücken.

»Nein«, sagt Omoko und klingt fast enttäuscht. »Ich glaube nicht, dass du das tun wirst.« Er kommt zu mir zurück und zieht ein Telefon aus der Tasche.

Verwirrt halte ich inne. Was tut er da?

Er beäugt das Display. »Verdammtes Ding. Ich werde alt, ich kann das nicht mehr richtig lesen.« Lächelnd zieht er eine Lesebrille aus der Hemdtasche und setzt sie auf. »So ist es besser. Weißt du, Christina, ich wollte es nicht so weit kommen lassen, aber wie es aussieht, kenne ich dich besser, als du glaubst.«

»Was reden Sie da?«

Er tippt auf das Telefon und dreht es so, dass ich aufs Display schauen kann. Ich kneife die Augen zusammen. Das Foto ist ziemlich unscharf, aber ich brauche nur eine Sekunde, bis ich begreife.

Und als ich es tue, weicht der Kampfgeist aus mir. Vollständig und auf einen Schlag.

»Guck dir das Datum an. Heute. Ist ein alter Kidnappertrick. Das hab ich mal in einem Film gesehen.« Er kichert, während er mit mir das Foto betrachtet, und zeigt auf die Zeitung in einer tätowierten Hand direkt neben ihrem Gesicht. Ich kenne diese Tattoos. Es sind Bug Eyes.

»Man sieht es nicht so gut. Aber du kannst mir glauben.« Mr Omoko steckt das Telefon wieder ein. »Wir beide haben viel gemeinsam. Wir sind pragmatisch. Dich werde ich nicht töten, du bist mein Blut. Aber sie, sie ist mir egal. Sie gehört nicht mir. Sie ist sein Bastard. Wenn sie ihm wirklich wichtig wäre, hätte sie auch eine gute Geisel abgegeben, aber es wirkt nicht unbedingt so, als ob ihm viel an ihr liegt, oder? Ich kann jedenfalls nicht sicher sein, dass sie als das Druckmittel funktioniert, das ich brauche. Der Junge ist besser. Nützlich ist sie trotzdem, nämlich um dich in Schach zu halten. Du ziehst zu viele schräge Nummern durch, *kijana*. Und bild dir nicht auch nur eine Sekunde lang ein, du könntest irgendwas aus dem Gleis bringen. Sie ist in Sangui, nur einen Anruf weit weg.« Er mustert mich. »Du bist vernünftig, aber manchmal muss man dich disziplinieren. Dir Grenzen setzen. So wie deiner Mutter.«

Ich kann mich nicht rühren. Ich sehe nur das Foto, das sich in mein Gedächtnis geätzt hat. Eine tätowierte Hand hält die Zeitung, die andere drückt ihr eine Pistole an die Schläfe. Ihr panischer Blick.

Der Blick meiner Schwester Kiki.

37

Für das hier gibt es keine Regeln mehr. Die Regeln sind mir ausgegangen.

»Komm schon, Tiny Girl, du musst da raus. Du bist okay, bald sind wir alle wieder okay, wir müssen bloß nachdenken … Tiny?«

Wenn Boyboy doch bloß aufhören würde, auf mich einzureden.

Ich lege meine Stirn auf die Knie. Ich rieche meinen Schweiß und den metallischen Geruch von dem getrocknetem Blut an meinen Handgelenken. Ich würde gern zusammenbrechen, ein für alle Mal, mein Gesicht in den kühlen toten Blättern vergraben und mich nie mehr rühren.

Ich habe keine Ahnung, was ich jetzt tun soll.

»Tina«, sagt Boyboy und dreht den Kopf, um mich mit dem Auge anzusehen, das nicht zugeschwollen ist. »Die werden uns bald trennen. Mich bringen sie dann bestimmt um – Omoko hat keine Verwendung für mich, das hat er selbst gesagt. Wir haben nicht viel Zeit. Du musst mit mir reden. Lass uns rauskriegen, was wir tun können.«

Wir sind an einen Baum gekettet wie Tiere. Nachdem Mr Omoko mir Kikis Foto gezeigt hat, hat er mich an Ketchup übergeben, der mich begeistert im Milizen-Camp vorgeführt und mich dann neben Boyboy festgebunden hat. Boyboy hat nichts gesagt, als er noch in der Nähe war, aber jetzt ist seine Stimme drängend, wenn auch wegen seiner aufgeplatzten Lippe etwas verwaschen. Die ganze linke Gesichtshälfte sieht aus, als wäre er unter einen Lkw geraten.

Ich habe fünf Goondas gezählt. Mr Omokos Bodyguards, seine Elite-Einheit: Yaya und Toofoh oder Toto – irgendwas in der Art – und zwei andere Typen, deren Namen ich nicht kenne. Ich bin mir ziemlich sicher, dass die beiden gestern hinter uns hergejagt sind. Und Ketchup. Dazu kommen ungefähr dreißig Typen in verlotterten Tarnanzügen. So wie das Camp aussieht, hängen sie schon ziemlich lange hier rum. Die Goondas und die Kerle von der Miliz mischen sich nicht. Die in den Militärklamotten liegen größtenteils in billige Decken gehüllt auf dem Boden und dösen noch vor sich hin. Ein paar von ihnen reinigen ihre Waffen oder schärfen die *pangas*, die sie brauchen, um sich durch den Dschungel zu kämpfen. Der Waldboden ist voller Müll, hauptsächlich kleine Plastikbeutel, in denen ein paar Schlucke billiger Schnaps abgefüllt waren, Fusel von der Sorte Tötemich-rasch.

Ich schließe wieder die Augen und frage mich, ob sich Mama als Gefangene der Miliz auch so gefühlt hat, ohne jede Hoffnung und in Erwartung des Todes. Die Hoffnungslosigkeit ist dickflüssig und zäh wie Teer, sie zieht meine Glieder zu Boden. Mein Blut ist träges Verräterblut. Mörderblut. Omokos Blut. Wie viel von dem, was ich bin und tue, kommt daher, dass ich seine Tochter bin?

»Sie haben Michael«, versucht es Boyboy noch mal.

»Weiß ich.«

»Und willst du etwa nichts dagegen machen?« Boyboys Betteln klingt jetzt fast wütend.

»Wir können sowieso nichts tun.«

»Tina, ich schwöre, dass ich –«

»Omoko hat meine Mom umgebracht.«

Boyboy verstummt. Mein Kopf sinkt wieder auf meine Knie.

»Was?«, fragt er endlich.

Ich bin in meinem ganzen Leben noch nicht so müde gewesen wie jetzt, aber ich schaffe es trotzdem, in Bruchstücken rüberzubringen, was ich inzwischen weiß: dass Omoko Greyhills Nummer Zwei war, was er meiner Mutter angetan hat und wie er sich jetzt Kiki geschnappt hat, damit ich keine Dummheiten mache. Zum Beispiel Michael retten.

Als ich fertig bin, starrt Boyboy nur den Boden an. »Ich fass es nicht ... Er ist es gewesen. Die ganze Zeit. Er ist dein *Vater*? Dein Vater hat deine Mutter umgebracht?«

»Und jetzt will er Michael von Mr Greyhill freikaufen lassen, und nach dem Zahltag bringt er die beiden auch um«, sage ich ausdruckslos.

Ich drehe das Gesicht, sodass ich mit einem Auge das Camp im Blick habe. Ich betrachte es, als ob ich nicht wirklich hier wäre, wie einer dieser pausenlos zwitschernden Vögel, die von den Bäumen her zuschauen. Als ob ich so lange zuschauen könnte, bis ich nichts mehr von hier wissen will, und mich dann einfach in die Luft schwingen und verschwinden könnte.

»Tina. Hör mir zu. Wir müssen irgendwas tun. Wir können hier rauskommen. Wir müssen bloß nachdenken.«

Ich antworte nicht. Was kann ich schon machen? Ich kann Michael nicht retten, sonst tut Mr Omoko Kiki etwas an. Das ist klar. In Gedanken gehe ich alle meine Regeln durch und suche nach einer, die irgendeinen Sinn in diese Situation bringt. Eine, die mir die Richtung zeigt, mir ein Ziel vorgibt.

Nichts.

Sie kommen mir alle albern vor, wie Papierschwerter.

Ich bin so dumm. Die ganze Zeit ist es Omoko gewesen. Schon immer. Er hatte von Anfang an die Macht. Er hat meine Mutter gequält und mich kontrolliert wie eine Marionette, und ich habe es zugelassen. Ich bin sein persönlicher Vollidiot.

»Komm schon, Tina. Tu dich mit mir zusammen.«

»Wir können nichts machen.«

»Vielleicht wenn –«

»Ich hab gesagt, wir können nichts machen!«, fauche ich. Ein Teil von mir registriert, wie überrascht und verletzt er ist, aber der Rest rollt sich einfach zusammen. Ich habe meine eigenen Wunden zu lecken.

»Also bist du am Ende. Du gibst einfach auf.«

Ich sage nichts.

»Du lässt ihn gewinnen. Du unternimmst nichts, um uns hier rauszuholen.«

»Ich weiß nicht, was du von mir willst! Für wen hältst du mich denn?«

»Ich halte dich für das Mädchen, das du immer warst. Du bist Tiny Girl! Eine Diebin und Überlebenskünstlerin! Du bist jemand, der nicht einfach alles hinschmeißt und stirbt! Du bist jemand, der seine eigenen Pläne macht, verdammt noch mal! Jemand, der sich eigene Regeln ausdenkt!«

Heiße Tränen laufen über mein Gesicht. Aber ich blicke nicht auf. »Ich kann nicht. Ich kann das nicht, Boyboy. Du verstehst das nicht. Er bringt sie um. Außer ihr hab ich doch keinen.«

Eine Weile höre ich Boyboy nur gepresst atmen. Dann überrascht er mich mit einem schnaubenden Lachen. »Glaubst du, du bist der einzige Mensch auf der Welt, der sich Sorgen machen musste, dass jemandem was passiert, den er liebt? Du bist immer noch alleine hier draußen, in deinem eigenen kleinen Kopf, was? Siehst du mich denn gar nicht?«

Ich drehe ihm mein Gesicht zu.

»Erinnerst du dich, wie du mir erzählt hast, woher du diese Narbe hast?«, fragt er.

»Meine Narbe?«

Boyboy deutet mit dem Kinn auf meinen Arm. »Es gibt einen Grund für diese Narbe. Denn du magst in den meisten Dingen superschlau sein, aber was Leute angeht, bist du manchmal superblöd. Diese Narbe da soll dich an etwas erinnern.«

Ich betrachte meinen Arm, die glatte Linie, die meine Tattoos durchkreuzt. »An was denn erinnern?«

Mama und ich waren erst ein paar Monate in Sangui, als ich sie bekam. Zu dieser Zeit gewöhnte ich mich gerade erst an das palastähnliche Anwesen der Greyhills. Es gab unausgesprochene Regeln, wohin ich durfte und wohin nicht, und ich lernte jede einzelne Regel durch einen Schlag auf den Hintern.

Einmal stand ich am Rand der Hütten für das Personal und sah zu, wie der Junge des Hauses mit seinem Freund im Innenhof Fußball spielte. Mama hatte mir eingeschärft, nicht mit dem Jungen zu reden. Ich war nicht willkommen und sollte mich am besten gar nicht blicken lassen. Aber dass da andere Kinder waren, mit denen ich spielen könnte, war zu viel für mich gewesen. Seit wir den Kongo verlassen hatten, war ich wochenlang immer alleine gewesen, von Mama einmal abgesehen, doch sie redete kaum noch ein Wort. Also vergewisserte ich mich, dass mich niemand beobachtete, und rannte auf den Hof. Es würde genauso sein wie mit anderen Kindern, da war ich sicher: Ich würde mitmachen und fertig.

Doch der Freund, ein großer Junge mit einer Nase wie ein Mops, stellte mir ein Bein, während ich dem Ball nachlief. Ich stolperte gegen einen Tisch, auf dem ein Hausmädchen Gläser mit Saft und Kekse bereitgestellt hatte. Ein Glas fiel um und zerbrach.

Der große Junge lachte, als ob es das Komischste auf der Welt wäre, mich auf den Boden plumpsen zu sehen. Als ich wieder aufstand, merkte ich, dass mir eine Glasscherbe die Armbeuge aufgeschnitten hatte und helles Blut aufs Gras tropfte.

»Du darfst nicht mit uns spielen! Deine Mutter ist ein Dienstmädchen und eine Hure.« Der Junge lachte. »Seine Mom hat das meiner Mom erzählt. Du hast keinen Dad. Und deine Mom treibt es. Andauernd.« Er bewegte seine kleinen Hüften vor und zurück, um etwas auszudrücken, das ich nicht verstand, aber ich wusste, dass es etwas Unanständiges sein musste.

»Hu-re, Hu-re«, flötete der dicke Besucher hämisch, während der Junge des Hauses mit großen Augen still danebenstand.

Ein Wachmann wurde vom dem Lärm angelockt und blieb in zwanzig Metern Entfernung stehen. Einer der Gärtner, der in der Nähe arbeitete, hob beunruhigt den Kopf, tat aber nichts, um mir zu helfen. Vom Haus her hörte ich die Schritte von Absatzschuhen, die sich schnell und sicher auf die Quelle des Klirrens zubewegten.

Und während das Blut von meinem Arm tropfte, wurde mir klar, was Mama mir ersparen wollte. Ich verstand, was es heißt, nicht willkommen zu sein, in meinem tiefsten Innern. Der Junge des Hauses und sein Freund waren vollkommen andere Wesen als ich. Von ihren sauber geschrubbten Fingernägeln bis zu den schneeweißen Schnürsenkeln in ihren Schuhen waren sie zart, makellos und ohne jede Narbe. Sie waren wichtig.

Ich sah, was passieren würde. Ich hatte meinen Platz verlassen und würde dorthin zurückverfrachtet werden. Wenn meine Mutter davon erfuhr, würde sie mich anschreien. Oder noch schlimmer, und auch wahrscheinlicher, sie würde kein Wort sagen, sondern mich nur zurück zu unserer Hütte bringen und mich dann allein lassen.

Und während ich da stand und auf das Unvermeidliche wartete, schossen plötzlich wirbelnde Fäuste und Knie an mir vorbei und der Junge des Hauses stürzte sich wie ein Tiger auf seinen Freund. Der große Junge war so überrumpelt, dass er einen Moment brauchte, um zu sich zu kommen. Als er es dann aber tat, riss er den Jungen zu Boden und schlug mit den Fäusten zurück. Er prügelte auf ihn ein, bis Blut aus der Nase des kleinen Greyhill spritzte.

An diesem Punkt war der Gärtner eingeschritten und hatte die beiden tobenden Jungen vorsichtig getrennt. Der Freund heulte und rannte zu einer aufgedunsenen Frau, die auf die Terrasse hinausgetreten war. Mrs Greyhill folgte ihr. Ich hatte sie bis dahin noch nie aus der Nähe gesehen. Ihre Schönheit war wie ein großes, mächtiges Wesen und so scharf und schrecklich wie die Glasscherben, die im weichen Gras verstreut lagen. Es war unmöglich, von ihr wegzuschauen. Sie riss die Augen auf, ihr Blick blieb an mir hängen und dann betrachtete sie das Durcheinander mit fragendem Gesichtsausdruck.

Ich erwartete, dass ihr Sohn mit dem Finger auf mich zeigen würde. Doch stattdessen wischte er sich mit seinem Hemd das Blut von der Nase. »Er hat angefangen«, sagte er nur und verschwand im Haus.

Später, nachdem der Freund heimgebracht worden war, trat der Greyhill-Junge wieder aus dem Haus und kam bis zu den Dienstbotenhütten, vor denen ich saß. Sein Gesicht war sauber, aber seine Nase und sein Auge waren dabei, sich violett zu verfärben.

Ich sah misstrauisch zu ihm hoch.

»Ich hab mich noch nie geprügelt«, sagte er und klang dabei fast ein bisschen ehrfürchtig.

»Wieso hast du mich nicht verraten?«

Statt zu antworten, zeigte mir der Junge seinen Arm. »Guck mal, ich hab mich auch geschnitten.«

Ich stand auf und sah zu, wie er den Verband von der Wunde hob, die irgendwer, vielleicht sogar meine eigene Mutter, sorgfältig verarztet hatte. Meine war unbedeckt, sie blutete nicht mehr, klaffte aber immer noch ein wenig. Seine war sichelförmig, wie ein Halbmond. Meine war eine gerade Linie. Die Form der Wunden war zwar verschieden, aber sie befanden sich ziemlich genau an der gleichen Stelle auf unseren Armen.

»Tut das weh?«, fragte ich.

»Nein. Und deine?«

»Jetzt nicht mehr.«

»Wollen wir spielen?«

»Ich soll nicht.«

»Warum nicht?«

Ich überlegte. Eigentlich wusste ich das nicht.

»Wie heißt du?«, fragte er.

»Christina.«

»Ich bin Michael. Komm schon.«

Damit drehte er sich um und rannte über den Hof. Ich betrachtete die klaffende rote Linie und presste den Finger darauf, um mir klarzumachen, was ich riskierte. Meine Mutter konnte immer noch rausfinden, dass ich ihr nicht gehorchte. Vielleicht würde dieser reiche Junge am Ende doch auf mich losgehen, genau wie sein Freund. Vielleicht sollte ich besser bei der Hütte bleiben und keinen Ärger machen, so wie Mama es von mir erwartete.

Aber dieser Junge war für mich eingetreten, obwohl er dafür hatte bezahlen müssen und obwohl er mich gar nicht kannte.

Er hatte mich gesehen, während alle anderen so taten, als würde ich gar nicht existieren.

Ich schaute zurück auf die Hütte und dann über den Hof, wo er stand und auf mich wartete.

Und dann rannte ich zu ihm.

Boyboy sagt: »Ich habe keine Narbe von damals, als du mich vor diesen Jungs gerettet hast. Die wussten, dass ich nicht schwimmen kann. Du hast auch keine Narbe von diesem Tag, aber wenn es dir hilft, wieder klar zu denken, kann ich dir eine machen.«

Er lässt sich zurücksinken. Anscheinend wartet er darauf, dass ich von selbst etwas begreife, wie ein kleines Kind, das zum allerersten Mal selbst ein Wort formt. Und auf einmal verstehe ich, was Boyboy mir sagen will. Es ist so offensichtlich und er hat vollkommen recht. Ich bin wirklich dumm. Was ich endlich kapiere:

Boyboy ist mein Freund.

Michael ist mein Freund.

Ob mir das gefällt oder nicht. Ob ich es zugebe oder nicht.

Ich habe meine Regeln und tue, als ob ich alles wüsste und im Griff hätte. Aber sie kennen die Wahrheit. Ich bin innerlich zerbrochen und kaputt.

Und weißt du was? Das macht ihnen nichts aus.

Sie hängen an mir. Sie sorgen sich um mich. Sie sind wegen mir hier draußen, nur wegen mir sind sie nicht schon längst abgehauen. Mag sein, dass Michael mitgekommen ist, um den Namen seines Vaters reinzuwaschen, aber geblieben ist er, weil er immer noch der Junge ist, der sich vor vielen Jahren für mich auf die Nase schlagen ließ. Und Boyboy ist schon immer mit mir durch dick und dünn gegangen. Deshalb ist er mit mir hierhergekommen.

Mir wird klar, dass das keine Regel ist, sondern einfach wahr:

Die beiden sind für mich da.

Und ich werde für sie da sein.

38

»Du bist mein Freund«, sage ich leise.

Boyboy verdreht die Augen, aber seine Schultern entspannen sich vor Erleichterung. »Ja, Tina.«

»Du hast mich lieb.«

»Jetzt steiger dich da mal nicht rein.«

»Du wirst mir helfen. Darum geht's dir die ganze Zeit, oder? Wir müssen Michael retten. Wir beide zusammen. Wir können rauskriegen, wie.«

»He, Tiny Girl ist zurück!«

Ich fahre mir mit der Schulter übers Gesicht und versuche mir fest einzuprägen, was ich gerade fühle. »Wo halten sie ihn fest?«

Boyboy zeigt mit dem Kopf auf ein Zelt auf der anderen Seite des Camps. »Ich hab gesehen, wie sie ihn dahin gebracht haben.«

Ein paar Kerle von der Miliz sitzen davor und halten Wache. Leider sehen sie nicht annähernd so betrunken aus wie der Rest der Truppe.

»Ist er verletzt?«

»Er schien okay zu sein. Jedenfalls ist er gelaufen«, sagt Boyboy.

Ein paar Minuten lang sitzen wir still da, beobachten das Zelt und überlegen, was wir tun können. Es muss doch irgendwas geben. Ich nehme das Camp genau in Augenschein. Was können wir brauchen? Neben den Zelten von Omoko und Michael gibt es noch andere, zum Kochen und als Lager. Ich zähle zwei Pritschenwagen und drei

Gelände-Motorräder. Es gibt Metallfässer, in denen Wasser sein kann, wahrscheinlich aber eher Benzin für die Fahrzeuge. Jede Menge Waffen. Darunter auch …

»RPGs«, sage ich. »Mit so einem Ding will Omoko den Greyhill-Helikopter nach dem Start abschießen. Vielleicht können wir die irgendwie funktionsunfähig machen.«

»Was? *Rollenspiele*?«, fragt Boyboy stirnrunzelnd.

Ich zeige mit dem Kopf auf ein paar ziemlich neu aussehende Holzkisten. »Raketenwerfer, du Nerd. RPG ist die Abkürzung.«

Boyboy richtet sich langsam etwas auf. »Die hat Omoko mitgebracht. Ich bin ziemlich sicher, dass ihm der Oberboss von der Miliz dafür einen Rucksack voll Gold gegeben hat. Entweder das oder es müssen Steine drin gewesen sein.«

»Omoko handelt mit den Milizen«, sage ich nachdenklich. »Das ist kein Goonda-Job. Er steigt wieder ins Goldgeschäft ein.« Ich frage mich, ob er wohl der neue *comptoir* ist, den Mr Greyhill auskundschaften wollte. Ich schüttle den Kopf. »Aber das ist jetzt egal. Wir müssen sicherstellen, dass er keine Greyhills umbringt, darum geht es.«

»Die Raketenwerfer loszuwerden wird nicht viel bringen«, sagt Boyboy. »Dann nimmt er eben eine andere Waffe.«

Da hat er recht. Ich schalte mein Hirn einen Gang höher und denke fieberhaft nach.

Genau in dem Augenblick ertönt ein Schrei, und als wir aufschauen, sehen wir, wie zwei Typen aufeinander losgehen und ineinander verknäult zu Boden stürzen. Die Spannung zwischen den Goondas und den Typen von der Miliz ist übergekocht.

»Rück näher«, flüstere ich Boyboy zu. »Ich glaube, ich komm an deine Hände ran.«

Boyboy sieht sich vorsichtig um, aber alle schauen jetzt dem Kampf zu. Er schiebt sich näher heran und ich strecke mich, um nach der Fessel um seine Handgelenke zu tasten. Das Metall schneidet tief in seine

Haut und ist klebrig vom Blut. »Die hätten uns nicht zusammen festbinden sollen«, sage ich.

»Ketchup war noch nie besonders clever«, antwortet Boyboy. »Aber das sind Kabelbinder. Aus Metall. Die kriegt man unmöglich auf.«

»Du vergisst, dass du es mit einer Meisterdiebin zu tun hast.«

»Aber nicht mit Houdini.«

»Und Ketchup vergisst, dass mir Bug Eye ein paar Tricks beigebracht hat.«

Die Fesseln um unsere Handgelenke sind eng, aber nachdem ich sie genau abgetastet habe, bin ich überzeugt, nur ein winziges, flaches Stück Metall zu brauchen. Meine guten alten Haarklammern. Die lassen mich nie im Stich.

Aber ohne meine Hände komme ich nicht an sie ran.

»Boyboy, du musst mir eine von den Klemmen in meinen Haaren rausziehen.«

»Eine Klemme? Wie soll ich das machen?«

Ich werfe einen Blick auf das Handgemenge. »Mit den Zähnen.«

»Bist du verrückt? Meinst du, das merkt keiner, wenn ich dir auf einmal am Kopf rumkaue?«

»Die haben anderes zu tun. Die Klemme ist hinten. Beeil dich, jetzt sind sie noch abgelenkt.«

»Oh mein Gott, das ist so total verkehrt«, murmelt Boyboy, aber er schiebt sich dicht an mich heran und gleich darauf spüre ich seine Nase in meinen Haaren. »Im Moment hasse ich dich wirklich«, knurrt er.

»Und du musst das Ende abbeißen, solange du das Ding im Mund hast. Dieses kleine Plastikteil.«

Er nuschelt etwas Unverständliches und Sekunden später spüre ich einen Ruck. Dann zieht er den Kopf zurück, mit einer Grimasse im Gesicht und der Haarklammer zwischen den Zähnen. Genau in dem Moment guckt einer von den Milizen zu uns rüber. Boyboy schließt die Lippen über der Haarklammer und setzt sich schnell wieder richtig hin. Er guckt furchtbar schuldbewusst, aber der Typ sieht uns bis jetzt nur böse an. Schweißtropfen rinnen mir den Rücken hinunter. Nach ein paar Sekunden ist er anscheinend überzeugt, dass wir nicht vorhaben abzuhauen, und wendet sich wieder der Prügelshow zu.

Boyboy lehnt sich zurück und spuckt die Haarklammer auf den Boden, direkt neben meinen Händen, wo ich sie greifen kann. Ich behalte den Kampf im Auge, als fände ich ihn genauso spannend wie alle anderen hier, und rücke so dicht an Boyboy heran, wie ich kann. Langsam klemme ich das kleine Metallteil zwischen den Kabelbinder und den Verschluss. Das ist nicht einfach, weil meine Finger schwitzen und ich die Art von Fesseln nicht kenne, und einen Moment lang kommt mir das Klammerende viel zu dick vor. Aber dann stöhnt Boyboy erleichtert auf – das Metallband hat sich gelockert.

»Beweg deine Hände zu mir, damit ich deine machen kann«, sagt Boyboy.

Ich will es schon tun, aber dann zögere ich. Ich schaue von dem Zelt, in dem sie Michael festhalten, zu den Benzinfässern, zu den Motorrädern und zu Ketchup. In meinem Kopf formt sich eine Idee.

Ich ziehe die Hände zurück und stecke die Haarklammer in meine Tasche. »Nein.«

»Was soll das heißen?«

»Hör mir zu und unterbrich mich nicht. Und behalt diese kämpfenden Holzköpfe im Blick. Ich glaube, ich habe einen Plan.«

39

Regel 16: Hör nicht auf.

Bug Eye hat mir beigebracht, wie man kämpft. Mindestens hundert Mal hat er mir eingeschärft: Dreh nicht durch, *kijana*.

Ellbogen ran, Kopf runter, Konzentration. Du magst kleiner sein, aber du bist schneller und schlauer. Ich sag dir, worauf's ankommt: Du musst eine Lücke finden. Einen Riss im Fundament. Weißt du noch, was ich über Schwächen gesagt habe? Du musst welche finden. Da beißt du dich fest und hörst einfach nicht auf. Du kämpfst bis zur totalen Erschöpfung und dann weiter. Auch wenn kein Ende in Sicht ist. Auch wenn es dir hoffnungslos vorkommt. Hör nicht auf.

Nie.

Er hat mich zu einem Hundekampf mitgenommen und gesagt, ich soll mir diesen gefleckten Pitbull anschauen. Eine drahtige Hündin, kleiner als die anderen und eher zierlich gebaut. Ich gebe zu, ich hatte meine Zweifel, als sie gegen einen großen weißen Rüden antreten sollte, der voller Narben war. Aber die Startglocke war noch nicht verklungen, da hing sie ihrem Gegner schon im Nacken, und auch nachdem die beiden sich gegenseitig zu Boden geworfen hatten, ließ sie nicht locker. Im Lauf des Kampfes färbte sich der weiße Hals ihres Gegners erst dunkelrot und dann schmutzig schwarz, und irgendwann rannte der Hundebesitzer in den Ring und beendete den

Kampf, bevor sie ihn umbringen konnte. Ich weiß noch, wie ich dastand und der kleinen Hündin zusah, die mit ihrer rosa Zunge ihre Wunden leckte, als ob sie den Kampf schon längst abgeschüttelt hätte.

Siehst du?, sagte Bug Eye. Beiß dich fest und lass nicht los. Schlag deinen Gegner. Und dann schlag ihn noch mal, noch mal, noch mal, bam, bam, bam, bam, bis er nicht mehr geradeaus gucken kann und dir vor die Füße fällt wie Goliath dem David.

Boyboy hört sich meinen Plan an. Sein Stirnrunzeln wird von Sekunde zu Sekunde tiefer. »Das gefällt mir nicht. Das ist zu riskant.«

»Lass das meine Sorge sein.«

»Und wenn das Telefon keinen Saft mehr hat? Dann ist alles futsch.«

»Du musst Vertrauen haben, Boyboy.«

Er holt tief Luft und lässt sie wieder ausströmen. »Was ist, wenn Bug Eye nicht mitmacht?«

»Der macht schon mit«, sage ich mit einer Entschiedenheit, mit der ich nicht nur Boyboy überzeugen will, sondern auch mich selbst. »Gibt's denn eine andere Möglichkeit?«

Er überlegt einen Augenblick, dann schüttelt er den Kopf.

Ich atme tief durch, dehne meinen verspannten Rücken und versuche mir einzureden, dass es nicht anders ist als bei jedem anderen Job. Reingehen, dir die Beute schnappen, abhauen. Und keine Spuren hinterlassen.

Die Prügelei ist vorbei, die Goondas sind unterlegen, und nachdem die anderen Typen sie zusammengebrüllt haben, hocken sie in einem kleinen, wütenden Haufen auf dem Boden. Ab und zu werfen sie den Typen von der Miliz über die Schulter dreckige Blicke zu. Der Verlierer, Toofoh-oder-Toto, hält sich ein Bündel nasser Blätter an sein zugeschwollenes Auge.

Ich hebe den Kopf und suche Ketchups Gesicht, dann pfeife ich zwei leise Töne. Das ist ein übliches Goonda-Signal, daher schießen fünf Augenpaare in meine Richtung. Ich fixiere Ketchup, und als er sieht, dass ich die Lippen bewege, rappelt er sich auf. Seine düstere Miene verwandelt sich in ein spöttisches Grinsen, er sagt etwas zu den anderen und die lachen. Dann bummelt er zu mir herüber, mit einem baumelnden *panga* und einem Satellitentelefon am Gürtel. Auch eine Pistole hat er sich vorne in die Hose gestopft – ein Wunder, dass der Stoff an seinen knochigen Hüften überhaupt Halt findet. Auf seinem schweißfleckigen T-Shirt steht *WAYNESVILLE SOFTBALL CHAMPIONS 1998*.

»Oh Gott, Tiny, pass bloß auf«, haucht Boyboy. »Der ist jetzt schon wütend.«

Ketchup bleibt erst stehen, als er direkt vor mir ist. Sein Hosenlatz und die Waffe sind genau auf der Höhe meiner Augen, und das weiß er auch.

»Ich muss pinkeln«, sage ich leise und bemühe mich, nicht nach oben zu schauen.

Sein Grinsen wird breiter. »Du willst also von mir zur Damentoilette gebracht werden, was?«, fragt er. »Sagst du auch brav bitte?«

Jetzt schaue ich doch auf. »Bitte, Ketchup.«

Er kratzt sich geistesabwesend den Bauch und starrt mich an. Schließlich geht er in die Hocke und greift nach meinen Händen. Er kommt viel näher heran, als er müsste, so nah, dass ich sehen kann, welche von den Tattoos auf seinem kümmerlichen Bizeps schon verblassen. Vor allem die nackte Frau, die auf einem brüllenden Löwen reitet. Es gelingt mir, meine Abscheu lange genug zu zügeln, um tief einzuatmen. Ich will sichergehen, dass ihn immer noch der scharfe, säuerliche Geruch von hochprozentigem Alkohol umgibt.

Er enttäuscht mich nicht.

Ketchup fuhrwerkt herum, schafft es aber doch, mich von dem Baum loszumachen. Meine Hände hinter meinem Rücken sind immer noch fest zusammengebunden. Boyboys Blick schießt zwischen uns hin und her, seine Augen sind weit aufgerissen.

Ketchup wendet sich zu ihm. »Willst du zugucken?«

Boyboy zieht entsetzt die Luft ein.

Ich sehe Ketchup nicht ins Gesicht. Ich habe Angst, dass das, was ich darin lesen würde, mir die Knie weich werden lässt. Was er mit mir im Sinn hat, ist vollkommen klar. Er deutet mit dem Kinn auf eine Lücke zwischen den Bäumen.

Ich schlucke die Galle herunter, die mir vor lauter Angst in den Hals steigt, und trete in das dichte Blattwerk. Ich habe immer noch keine Schuhe an, aber langsam gewöhne ich mich dran. Der Boden unter meinen Füßen ist weich und feucht. Ketchup bleibt dicht hinter mir, das *panga* in der Faust.

»Dein kleiner Freund sieht nicht mehr so hübsch aus nach dem, was ich mit seinem Gesicht gemacht habe, was?«, sagt er.

Ich kämpfe mich durch das Gestrüpp, Äste zerkratzen mir Gesicht und Arme.

»Wenn du nett bist, erlaube ich dir vielleicht, dass du sein hässliches Gesicht zum Abschied küssen darfst.« Ketchup macht ein widerlich schmatzendes Geräusch, das sich gleich in betrunkenes Gelächter verwandelt. »Das ist weit genug«, sagt er.

»Ich geh nur bis dahin, hinter den Baum da. Ich kann das Camp immer noch sehen.«

»Meinst du, du hast was, was ich nicht schon gesehen habe?«, fragt Ketchup. »Okay, bis dahin. Das ist weit genug.«

Ich drehe mich zu ihm um und mache eine große Schau aus dem Versuch, mit zusammengebundenen Händen meine Hose zu öffnen. »Du musst mir die Fesseln abmachen«, sage ich verzweifelt.

Er betrachtet mich.

»Soll ich mir etwa in die Hosen pinkeln?«, frage ich fordernd und spüre, wie mir der Schweiß übers Gesicht strömt.

Schließlich kommt Ketchup näher, und ich denke, dass er gleich hinter mich greift und die Fesseln löst, doch stattdessen fasst er in den Bund meiner Jeans, knöpft sie auf und zerrt die Hose nach unten.

Einen Moment lang stehe ich erstarrt vor ihm, von der Taille abwärts vollkommen nackt. Scham pocht in heißen und kalten Wellen durch meinen Körper. Ich zittere, teils vor wirbelnder Panik, teils vor wütendem Zorn.

Ketchup starrt auf die Stelle zwischen meinen Beinen. »Und?«

Mit brennenden Wangen bewege ich mich rückwärts zu einem Baum und gehe dahinter in die Hocke. Verzweifelt versuche ich zu überlegen, was ich jetzt tun soll, aber der Ausdruck in Ketchups Gesicht hat mich so verstört, dass ich mich innerlich anschreien muss, um einen klaren Gedanken zu fassen. Einen grässlichen Moment lang bin ich wieder als Fünfjährige in diesem Urwald und kauere auf dem Boden, als die Männer kommen, vor denen ich mich verstecken muss. Ich denke an meine Mutter. So muss es für sie gewesen sein, als sie in Gefangenschaft war.

Wie konnte ich bloß glauben, dass das funktioniert? Eben auf der Lichtung kam mir die Vorstellung, Ketchup würde meine Fesseln lösen, damit ich pinkeln kann, noch ziemlich überzeugend vor. Dann hätte ich mich sofort auf ihn gestürzt und ihn fertiggemacht, genau wie bei den Übungskämpfen im Goonda-Trainingsraum. Aber jetzt wird mir klar, dass er sich bestimmt auch an unsere Kämpfe erinnert. *Shonde.* Kann ich mich jetzt irgendwie aus den Fesseln winden oder ist das zu auffällig? Ich versuche zu pinkeln, einfach um glaubwürdig zu wirken.

Ich bin schon fast fertig, da springt er mich an.

Er kommt um den Baum, während ich aus dem Gleichgewicht bin, stößt mich gegen die Brust und wirft mich flach auf den Boden. Seine Kraft und sein Gewicht überraschen mich. Alles wird weiß und rot und die Zeit scheint stillzustehen, in scharfe Schnitte zu zerfallen. Ich spüre, wie er an seiner Hose zerrt, und höre ihn knurren, dass ich stillhalten soll.

»Nicht!«, keuche ich. »Omoko bringt dich um!«

»Scheiß auf Omoko!«

Er ist zu betrunken und aufgedreht, um noch etwas mitzubekommen. Ich winde mich und versuche mich loszureißen, aber Ketchup ist im Vorteil, er hat den Arm über meiner Luftröhre. *Er macht das wirklich,* sagt eine körperlose Stimme in meinem Innern. Ich kann ihm nicht entkommen. Würgend drehe ich den Kopf und halte nach Hilfe Ausschau, egal was für einer.

Und da sehe ich sie.

Alles außer ihr wird vollkommen still.

Sie kommt auf mich zu, von meinem Blickwinkel aus auf dem Kopf, und geht neben mir in die Hocke.

Ich sehe die Schweißtropfen an Ketchups Hals. Ich sehe das Tomaten-Tattoo auf seiner Hand. Ich sehe die Staubkörnchen, die durch die Luft tanzen. Ihr Gesicht sehe ich nicht, aber ich spüre, wie ihre Hand über meine Stirn streift, und dann flüstert mir meine Mutter ins Ohr:

Zerbrich das Rad.

Und ich blinzle und die Zeit beschleunigt sich wieder, zum Nachdenken habe ich keine Gelegenheit – ich tue einfach, was sie sagt.

Ich hebe den Kopf und knalle ihn mit aller Wucht gegen Ketchups Nase.

Ein widerliches Knirschen ertönt und gleich darauf brüllt Ketchup los. Er zieht sich zurück, die Hand auf der Nase, ich schreie mich an, *nicht aufhören!,* und rolle mich zur Seite. Ich schlüpfe mit Rücken und Beinen durch die zusammengebundenen Arme, trete ihn und ringe um Luft, während er sich zu orientieren versucht. Er ist betrunken und verletzt, aber immer noch schnell; und es dauert nicht lange, bis seine Hände meinen Hals finden und zudrücken, bis kleine Sterne vor meinen Augen tanzen.

»Ich bring dich um!«, sagt er, während ihm Spucke und Blut über das Kinn laufen. »Und dann finde ich deine Schwester –«

Ich reiße das Knie hoch und ramme es ihm voll in die Weichteile, und während er grunzt und sich vor Schmerz zusammenkrümmt, schubse ich ihn weg.

Ich rolle mich auf die Knie und komme auf die Füße, zerre die Hose hoch und will mir das scharfe *panga* schnappen, das er verloren hat. Während ich darauf zuhechte, spüre ich seine Arme um meine Waden und stürze der Länge nach hin. Eine Erschütterung fährt durch mein Bein, denn mein Knie ist auf einen Felsbrocken geknallt. Ich schnappe mir den ungefähr faustgroßen Stein, drehe mich nach hinten und haue ihn Ketchup, der sich mit dem *panga* in der Hand über mich beugt, mit voller Wucht gegen die Schläfe.

Der Stein knallt gegen sein Gesicht.

»Guuuh«, sagt er.

Seine Augen rollen nach hinten. Dann stolpert er zur Seite. Das große Messer fällt ihm aus der Hand. Ich springe auf und ihm nach, setze mich auf seine Brust und haue ihm den Stein gegen den Kopf, einmal, zweimal, hole aus, schlage immer wieder auf ihn ein, bis mir klar wird, was ich da tue.

Ich bin ein Bild des Schreckens, bedeckt mit Blut, Schmutz und Urin, mit einem Felsbrocken in der Hand und bereit, diesem Jungen den Schädel einzuschlagen.

Ketchups Lider flattern, sein Körper krümmt sich und dann, während ich immer noch mit zitternder Hand den Stein über ihn halte, hört er auf, sich zu bewegen. Ein Schluchzen entfährt mir und der Stein löst sich aus meinem blutigen Griff.

Ein paar Sekunden lang knie ich da, starre ihn an und ringe nach Luft. Seine Brust bewegt sich, aber er ist bewusstlos. Die Vögel um uns herum sind still.

Beweg dich, Tina, schreit die Stimme in meinem Inneren, und ich tue es.

Ich knöpfe meine Hose zu. Ich befreie mich mit einer Haarklammer von dem Metallband um meine Handgelenke. Die Fesseln, Ketchups Telefon und seine Pistole stopfe ich mir in meine Taschen und in den Hosenbund. Ein paar Meter weiter liegt ein halb umgestürzter Baum. Ich schnappe Ketchup an den Handgelenken und zerre ihn hin. Bald wird mir Boyboy helfen, ihn ein Stück weiter zu ziehen, aber fürs Erste muss es so genügen. Ich hieve ihn unter den Baum und verstecke seinen Körper unter Ästen und Blättern. So versteckt kann ein Mensch, wenn es nötig ist, tagelang unentdeckt bleiben. Ich muss das ja wissen.

Bevor ich ihn ganz mit Blättern bedecke, nehme ich das Satellitentelefon und mache ein Bild von Ketchups zerschlagenem Gesicht. Einen Moment lang kann ich den Blick nicht abwenden. Er sieht so verletzlich aus. So jung. Auf einmal würgt es mich und ich erlaube mir, das letzte bisschen, was noch in meinem Magen ist, in die Blätter neben ihm zu spucken; hier draußen schaut mir ja keiner zu. Ich starre Ketchup immer weiter an, so lange, bis ich sicher bin, dass er noch atmet. Ich wüsste gern, ob ich ihm den Schädel eingeschlagen habe.

Hoffentlich nicht. Ich brauche ihn.

40

Regel 17: Lass sie in ihre eigenen Speere stürzen.

Du musst die Schwächen deiner Feinde kennen, sagt Bug Eye. Das ist offensichtlich. Aber er hat mir noch etwas anderes beigebracht, etwas, das Diebe und Schläger und Könige begriffen haben, die guten zumindest: Auch die Stärken deiner Feinde können Schwächen sein. Nimm zum Beispiel mein Dach. Es ist eine Festung. Ich fühle mich dort sicher. Zu sicher. Wenn man es aber umzingelt, wird es zum Käfig.

Wenn ich also darüber nachdenke, was die Stärke des Goonda-Königs ist, dann sind da zuallerst mal die unendlich vielen Schläger, die er zur Verfügung hat.

Und genau das ist seine Schwäche: seine Schläger.

Genauer gesagt ein bestimmter Schläger.

Vielleicht habe ich noch einen Freund, der mir helfen wird. Oder wenn schon keinen Freund, dann zumindest jemanden, auf dessen eigenen Schwachpunkt ich setzen kann.

Mir gefällt nicht, wie weit ich gehen muss, um eine Satellitenverbindung für das Telefon zu bekommen, aber das Blätterdach der Bäume ist dicht. Als ich endlich Empfang habe, wähle ich mit zitternden Fingern die Nummer, die ich auswendig kann. Der Anruf geht sofort durch.

»Ketchup.«

»Nicht Ketchup«, sage ich.

Pause. »Tiny? Weiß Mr Omoko von diesem Anruf?«

»Leg nicht auf.«

»Ich kann nicht mit dir reden, *kijana*.«

»Warte, Bug Eye.«

Seine Stimme klingt müde. »Hör mal, ich weiß, warum du anrufst, aber ich kann nichts machen. Mir gefällt das auch nicht. Mit deiner Schwester ist jedenfalls alles in Ordnung. Bloß ... tu, was Omoko sagt.«

»Das geht nicht, Bug Eye.«

»Ich mach jetzt Schluss.«

»Nein! Hör zu, ich will einen Deal mit dir machen.«

»Du hast nichts, was ich will.«

»Doch.« Das Telefon in meinen Händen ist glitschig vor Schweiß. Ich schaffe es kaum, meine Stimme unter Kontrolle zu halten, aber er darf auf keinen Fall merken, wie aufgewühlt ich bin und wie viel Angst ich habe. Wenn ich das hier nicht hundert Prozent richtig aufgleise, kann alles nach hinten losgehen. Ich spiele auf lange Sicht. Ich kann nicht alle Karten auf einmal auf den Tisch legen. »Omoko ist mein Vater. Wusstest du das?«

Bug Eye antwortet nicht.

»Er hat meine Mutter vergewaltigt. Sie gefoltert. Sie umgebracht. Ich werde ihn töten. Ich werde seine Krone stehlen, für dich.«

Bug Eye bleibt still.

»Für dich und für mich. Ich weiß, dass du an seiner Stelle sein willst. Das sollst du auch sein. Und du kennst mich. Du weißt, dass es mir ernst ist. Ich werde das tun. Aber« – ich mache eine Pause, um meine Stimme unter Kontrolle zu bringen – »nur wenn meiner Schwester nichts passiert. Du musst sie für mich retten. Bring sie zu den Greyhills. Dann tue ich alles, was nötig ist, um dir die Krone zu verschaffen, wenn Omoko erst aus dem Weg ist. Das ist deine Chance, Bug Eye. Nutze sie.«

»Du redest Schwachsinn, Tiny Girl.«

»Ich finde, du solltest mir zuhören, Bug Eye. Ich weiß schon, dass das viel auf einmal ist, aber das ist dein Moment. Du hilfst mir, ich töte ihn, du wirst Boss. Wozu das komplizierter machen?«

Ich höre Bug Eye tief durchatmen. »Wo bist du, Tina? Woher hast du das Telefon?«

Ich schließe die Augen und stelle mir meine Schwester vor, gefesselt und in Panik. Auch wenn ich Ketchup hasse, will ich das Bug Eye nicht antun. Bug Eye verbreitet Angst, er ist brutal und rücksichtslos. Trotzdem sind er und die Goondas in den letzten fünf Jahren so etwas wie Familie für mich gewesen, die einzige außer Kiki. Er hat mir beigebracht, zu kämpfen und mich zu verteidigen. Für manche von uns Goondas gibt es außer ihm keinen Erwachsenen, dem wir vertrauen. Wir wissen, wenn wir ihm gegenüber loyal sind, dann kümmert er sich um uns. So geht die Regel. Das ist Gesetz. Mag sein, dass die Goondas eine verrückte, gewalttätige, gestörte Familie sind, aber eben *meine* verrückte, gewalttätige, gestörte Familie. Wenn ich die Regel breche, ist alles vorbei. Dann führt kein Weg mehr zurück zu Tiny Girl bei den Goondas.

Warum kann er nicht schon jetzt auf mein Angebot eingehen? Ich weiß, dass er der König sein will. Ich weiß es genau. Kann er dafür nicht bereit sein, Kiki gehen zu lassen? Diese Geiselnahme passt ihm doch sowieso nicht. Das hat er gerade selbst gesagt. Und mir passt es nicht, der Schurke zu sein, der jemanden drankriegt, indem er seine Familie bedroht.

Ich versuche es ein letztes Mal. »Er vertraut dir nicht, Bug Eye. Er wird dir irgendwann ein Messer in den Rücken rammen lassen. Du wirst es nicht kommen sehen. Ich will nicht, dass das passiert, und du willst es schon gar nicht. Das wäre nicht gut für die Goondas. Das wäre für keinen gut.«

»Wie bist du an Ketchups Telefon gekommen, Tina?«, fragt Bug Eye. Seine Stimme ist jetzt leiser und blutrünstiger, als ich sie je gehört habe. »Und vergiss nicht eine Sekunde lang, dass ich deine Schwester habe. Ich schaue sie an, genau in diesem Moment.«

Das habe ich nicht vergessen. Was er sagt, schubst mich über den Rand und lässt mein Inneres zu Eis werden. Als ich den Mund aufmache, ist mir klar: Das, was ich sage, wird mein Band mit den Goondas ein für alle Mal zerreißen. Und das ist in Ordnung für mich. »Du musst eine Entscheidung treffen, Bug Eye. Willst du König der Goondas werden, mit deinem Bruder an deiner Seite?« Ich mache eine Pause. »Oder willst du gar nichts sein und allein?«

Das ist der Moment. Ich spiele meine letzte Karte: Ketchup. »Ich werde Omoko töten«, sage ich. »Mit Ketchups Waffe. Wenn ich das getan habe, gehört die Goonda-Krone dir. Und alle bekommen ihre Brüder und Schwestern zurück. Danach gehen wir getrennte Wege. Aber wenn nicht …« Jede Faser meines Körpers bebt vor Anspannung, während ich auf Bug Eyes Reaktion warte.

Sein Schweigen scheint Ewigkeiten zu dauern. »Ich glaub dir nicht, dass du ihn wirklich hast«, sagt er irgendwann. »Du bluffst.«

»Ich dachte schon, dass du das sagen könntest«, erkläre ich und merke, dass ich fast genauso klinge wie vorhin mein Vater. Ich bin wie er. Ich schlucke und zwinge mich weiterzumachen. Kikis Leben hängt davon ab, wie fies und brutal ich in diesem Moment sein kann – davon, wie viel von ihm ich in mir finde.

»Ich schick dir ein Foto«, sage ich.

Als ich Boyboy von den Bäumen her zuzische, reißt er den Kopf in meine Richtung herum. Zu spät begreift er, was er damit angerichtet hat: Einer der Goondas schaut stirnrunzelnd zu ihm, von der plötzlichen Bewegung aufgeschreckt. Der Kerl hat gemerkt, dass ich immer noch weg bin. Ich verhalte mich vollkommen still, während Boyboy Blut und Wasser schwitzt und für alle sichtbar so guckt, als ob er gleich einen hysterischen Anfall bekommt.

Der Typ betrachtet Boyboy eine Weile, dann fummelt er ein Alkoholtütchen aus seiner Brusttasche und reißt es auf. Er drückt sich den Inhalt in den Mund, schmeißt den leeren Plastikbeutel irgendwohin und lässt sich wieder auf den Boden sinken.

Ich spüre Sonnenstrahlen auf meinen Schädel brennen. Die Zeit läuft uns weg. Endlich sieht Boyboy wieder in meine Richtung und ich mache ihm mit Lippenbewegungen verständlich, dass er kommen soll.

Er schüttelt den Kopf und äugt wieder Richtung Camp. Ich verstehe, was er meint. Jetzt sind alle wach und scheinen Langeweile zu haben. Sobald er sich davonmacht, jagen die ihm hinterher. Unsicher beiße ich mir auf die Lippe. Ich krieche näher, immer darauf bedacht, hinter den Bäumen zu bleiben.

»Bist du okay?«, fragt er.

Ich nicke, obwohl ich immer noch zittere. »Er macht es.«

Nachdem ich einem der gefährlichsten Typen von ganz Sangui City so richtig ans Bein gepisst habe, indem ich seinen Bruder als Gegen-Geisel genommen habe, müssen wir nur noch das so gut wie Unmögliche schaffen und Michael freikriegen. Die nächste Stufe des Plans ist, dass Boyboy sich verdrückt und wir Ketchup weiter in den Dschungel befördern und dort verstecken. Dann nimmt Boyboy das Telefon und haut ab. Er ruft Mr Greyhill an und erklärt ihm, was hier läuft. Wenn ich meinen Teil schaffe und Omoko tatsächlich Michael und ein Motorrad unter der Nase wegstehle, müssen wir sicher sein können, dass hinterher Mr Gs Helikopter bereitsteht und auf uns wartet.

Es war Boyboys Idee, das GPS des Satellitentelefons zu benutzen, um die Stelle zu markieren, wo wir Ketchup verstecken, und um Mr Greyhill mitzuteilen, wo wir sind. Boyboy muss Mr G dazu bringen, den Hubschrauber am nächstmöglichen Landeplatz in der Nähe der Straße bereitzustellen. Einer von Mr Greyhills Security-Leuten wird dann Ketchup holen. Die anderen sollen sich in den Büschen verstecken, falls Michael und ich Feuerschutz brauchen.

Die Lage ist also so: Vorausgesetzt, Boyboy kommt an Mr G ran und kann ihn davon überzeugen, dass wir seine Hilfe brauchen, und vorausgesetzt, ich kann Michael befreien, ein Motorrad stehlen und mithilfe der Benzinfässer genug Ablenkung schaffen, damit wir uns schnell wie der Blitz aus dem Staub machen können, ohne erwischt oder erschossen zu werden oder bei dem Manöver in die Luft zu fliegen, ist der Plan perfekt.

In Boyboys Worten ausgedrückt, gibt es nur eins, was noch verrückter wäre: uns nicht von der Stelle zu rühren.

Aber wenn Boyboy sich nicht wegschleichen kann, ist der ganze Plan schon ruiniert, bevor wir überhaupt losgelegt haben. Ich sehe ihn noch mal an. Er hat sein typisches Stirnrunzeln aufgesetzt; so guckt er immer, wenn er intensiv nachgedenkt.

»Ich lauf einfach los«, flüstert er.

»Noch nicht jetzt – die erwischen dich!«

Er schüttelt leicht den Kopf. »Die sind besoffen. Ich bin schnell.«

Ich zögere. Das ist er. Wenigstens halbwegs. Für einen Computer-Nerd jedenfalls. Trotzdem ... wenn sie ihn sehen, ist er tot.

»Das klappt schon«, sagt er. Sein Gesichtsausdruck sagt, dass er weiß, er stirbt so oder so. »Lenk sie ab, damit ich einen Vorsprung habe. Jetzt!«

»Warte! Die Ablenkung kommt erst später«, protestiere ich, aber er ist schon auf den Füßen, in der Hocke und bereit, jeden Moment loszulaufen. Jemand wird ihn sehen, und bevor das passiert, muss ich handeln. Ich hebe einen Stock vom Boden auf und schleudere ihn so energisch wie möglich Richtung Küchenecke. Er scheppert gegen einen Topf, der Topf stößt einen Gaskocher um und der kracht in einen hohen Stapel von Metalltellern. Das macht einen Höllenlärm. Die Männer brüllen und kommen mühsam auf die Beine. Während sie in die andere Richtung schauen, springt Boyboy auf und wir rasen durch den Urwald davon. Ich bin in Panik und rechne jeden Moment damit, dass mich von hinten eine Hand packt, aber wir schaffen es bis zu Ketchup, ohne dass uns irgendwer verfolgt.

»Was hast du mit ihm gemacht?«, fragt Boyboy, als ich die Blätter vom Gesicht meines Opfers streife.

»Nichts, was er nicht verdient hätte.«

Ich schnappe Ketchups Beine und Boyboy fasst ihn unter die Achseln und zusammen laufen wir, so schnell wir können, in Richtung Sonnenaufgang. Ich fürchte, Ketchup könnte aufwachen und sich wehren, aber sein Körper bleibt schlaff. Als ich das Gefühl habe, dass wir weit genug weg sind, suche ich nach einem guten Versteck. »Hier.«

Wir triefen vor Schweiß, sodass Erde und welke Blätter an Boyboy und mir festkleben, während wir neben einem Felsen eine kleine Grube ausheben. Wir schubsen ihn hinein, dann ziehe ich die Fesseln aus der Tasche und mache seine Hände an einem jungen Baum fest, der unter dem Felsen herauswächst. Dann bedecken wir ihn wieder mit Buschwerk. Als alles fertig ist, markiert Boyboy die Stelle mit dem GPS des Telefons.

»Als hätten wir ein Grab gebuddelt«, sagt er.

»Der stirbt nicht«, versichere ich ihm. »Das kann er nicht.«

Boyboy schaut noch mal auf das Telefon und runzelt die Stirn. »Hier gibt's keinen Empfang. Ich muss ein Stück weiter.«

»Geh zur Straße. Ich glaub, das ist da lang.« Ich zeige in eine Richtung.

»Okay, dann sehen wir uns am Helikopter.« Boyboy guckt finster. »Pass auf dich auf.«

»Du auch.«

Im Camp herrscht absolutes Chaos.

Die Ablenkung hat funktioniert – vielleicht sogar zu gut. Als ich zurückkomme, rennen etwa vierzig Kerle in der Gegend herum und brüllen sich gegenseitig an, während das Küchenzelt lichterloh brennt.

Anscheinend ist der umgekippte Gaskocher explodiert, was nicht wirklich gut ist, denn geplant war eine Explosion ja erst für später, um von unserer Flucht abzulenken, nachdem ich Michael befreit habe. Aber wenn ich ihn schnell rausholen kann, reicht dieses Durcheinander vielleicht noch.

In der Mitte der Lichtung steht ein Milizionär mit nur einem Ohr, offenbar der Anführer, und brüllt Befehle. Anscheinend hat er gemerkt, dass seine Gefangenen abgehauen sind. Ich beobachte, wie er sich ein paar Typen schnappt und sie raus in den Dschungel schickt. Falls sie wirklich hinter uns her sind, laufen sie allerdings in die falsche Richtung. Das ist immerhin was. Mr Omoko sehe ich nirgends. Ich kann nur beten, dass er nicht bei Michael im Zelt ist, denn auf das steuere ich jetzt zu.

Die beiden Kerle, die Michael bewachen, sind losgerannt, um beim Löschen des Feuers zu helfen, das vom Küchenzelt auf einen Baum übergegriffen hat. Der Rauch, der von den grünen Blättern ausgeht, passt mir gut. Er vernebelt alles. Ich warte, bis ich sicher bin, dass mich niemand sieht, dann renne ich gebückt auf die Rückseite von Michaels Zelt, wo ich vor Blicken geschützt bin. Rasch ziehe ich die Plane ein kleines Stück hoch und versuche, nach drinnen zu spähen. Es ist dunkel und ich kann nur grobe Umrisse erkennen. Ich muss es riskieren; hier draußen bin ich zu leicht zu erwischen. Ich werfe noch mal einen schnellen Blick ringsum, dann schlüpfe ich ins Zelt. Einen Augenblick lang sehe ich gar nichts und gerate in Panik.

»Wer ist da?«

»Schhh. Ich bin's«, flüstere ich und krieche auf Michael zu. Nachdem sich meine Augen an das schwache Licht gewöhnt haben, sehe ich ihn mit verbundenen Augen dasitzen, gefesselt und ziemlich zugerichtet, aber am Leben. Seine Hände sind an einem kleinen Stromgenerator festgebunden. Wahrscheinlich war er das Schwerste, was sie finden konnten.

»Tina«, keucht er. »Du bist okay. Wo ist Boyboy? Ist mit ihm alles in Ordnung? Die wollten mir nicht verraten, was mit euch beiden ist.«

»Alles okay bei mir. Bei uns beiden.«

Ich schiebe ihm die Binde von den Augen und er blinzelt. Äonen scheinen vergangen zu sein, seit ich beim Gästehaus vor ihm weggelaufen bin, und auf einmal würde ich ihn am liebsten packen und schütteln, um zu spüren, dass ich ihn mir nicht nur einbilde. Ich gehe in die Hocke und prüfe seine Fesseln. Seine Handgelenke sind mit den gleichen Metallbindern gesichert wie vorher meine, aber ihm haben sie auch die Füße zusammengebunden. Als ich nach seinen Händen greife, zischt er vor Schmerz.

»Was denn?«, frage ich. Eines seiner Handgelenke ist angeschwollen und stark verfärbt.

»Ich glaub, das ist gebrochen«, sagt er.

Ich setze mich zurück und betrachte beklommen die Hand. »*Mavi*«, fluche ich.

»Meine Beine sind in Ordnung. Kannst du mich hier rausbringen?«

»Mhm, Motorrad fahren kannst du so wahrscheinlich eher nicht, oder?«, frage ich mit einem gezwungenen Lächeln.

Michaels Blick wandert von mir zu seinem Handgelenk; ihm ist anzusehen, dass er begreift, worum es geht. »Ist das der Fluchtplan?«

Ich schlucke. »Und wenn ich lenke?«

»Du brauchst den Griff zum Schalten. Sagen wir mal so, wenn wir genug Zeit hätten, dass ich es dir zeige, dann würdest du das garantiert hinbekommen, aber ...« Er schaut zur Vorderseite des Zelts, dorthin, wo dem Geräuschpegel nach immer noch Tumult herrscht. »Hol mich raus und dann laufen wir einfach. Wo ist Boyboy?«

»Hilfe holen. Hoffentlich bei deinem Vater.« Ich fluche noch mal. »Der soll uns ein Stück die Straße runter aufsammeln. Aber einfach vor diesen Typen weglaufen, das können wir nicht. Die haben Lastwagen und Motorräder.«

»Und wenn wir uns durch den Wald kämpfen?«

Ich überlege kurz, dann schüttele ich den Kopf. »Da kommen wir zu langsam voran und die finden und umzingeln uns, bevor wir die Straße erreichen.« Ich beschäftige mich wieder mit seinen Fesseln. Während ich über einen neuen Plan nachdenke, kann ich immerhin schon mal seine Füße losmachen.

»Tina, was läuft hier? Wer sind diese Typen?«

»Das ist eine lange Geschichte. Ich erklär dir alles, wenn wir in Sicherheit sind.«

»Ich hab sie reden hören über –«

Mit einer schnellen Handbewegung schneide ich ihm das Wort ab. »Da kommt jemand! Ich muss dir die Augen wieder zubinden.«

»Nein! *Tina!*«

Aber ich zerre ihm das schmierige Stück Stoff schon wieder über. Dann schnappe ich mir die Decke von der Pritsche und haste zu der Holzkiste, die ganz hinten im Zelt steht, kauere mich dahinter und werfe die Decke über mich. Ein erbärmliches Versteck, aber im Moment noch die beste Möglichkeit. Ich presse mich zu einem festen Ball zusammen und gebe mir alle Mühe, wie ein Haufen Dreckwäsche auszusehen. In der Dunkelheit wird mich hoffentlich keiner bemerken. Ich könnte mir in den Hintern treten, dass ich Ketchups *panga* nicht behalten habe. Ich habe zwar immer noch die Pistole, würde mich aber lieber geräuschlos verteidigen. Schüsse aus dem Gefangenenzelt sind das sicherste Mittel, um dir einen Haufen Milizionäre an den Hals zu hetzen.

Eine Figur, von der nur die Umrisse zu erkennen sind, wirft die Zeltplane zurück und beginnt Michael anzuschreien. Aber der Typ soll anscheinend nur mal nach ihm schauen. Er erklärt Michael, er wäre »weniger wert als Affenscheiße«, wenn er wagt, sich zu bewegen. Dann ist er schon wieder verschwunden.

Einen Moment lang warten wir schweigend. Nach einer Weile hebe ich den Kopf. »Wie charmant.«

Michael lässt die Luft ausströmen und zuckt dabei kurz zusammen. Ich frage mich, ob er auch ein paar gebrochene Rippen hat, von denen er mir nichts erzählt. »Die sind alle verrückt. Einer von den Typen erzählt mir dauernd, er freut sich schon auf mein Feuerwerk. Keine Ahnung, was das heißen soll, aber er findet das jedes Mal furchtbar komisch.«

Ich erstarre. Michael weiß nichts von Omokos Plan – dem dritten Schritt, Blut.

»Hey, komm rüber und nimm mir dieses Ding wieder ab, ja? Ich hasse es, nichts sehen zu können.«

Ich krieche zu ihm. Soll ich ihm erzählen, was Omoko vorhat, oder kostet das zu viel Zeit?

»Danke«, flüstert Michael, als ich die Augenbinde wegzerre.

Einen Moment lang fängt mich sein Blick ein und ich kann mich nicht bewegen. Ich möchte mich so dringend bei ihm entschuldigen, dass ich ihn angebrüllt habe und vor ihm weggelaufen bin, und dass ich ihn überhaupt in die Situation gebracht habe, ein Gefangener zu sein und womöglich zu sterben, aber dafür ist jetzt keine Zeit. Ich zwinge meine Konzentration zurück auf die Fesseln.

Mit meiner Haarklemme mache ich mich an die Arbeit.

»Wieso haben uns diese Typen geschnappt?«

»Mr Omoko will Lösegeld von deinem Dad.« Die Klammer hat sich in dem ganzen Kuddelmuddel irgendwie verbogen und geht nicht rein. Ich beiße drauf und versuche sie in eine nützliche Form zurückzubiegen.

»Wer ist Mr Omoko?«

»Er ...« Es ist so viel passiert. Bisher habe ich Omoko nie erwähnt, mal abgesehen von dem wirren Gerede vor dem Gästehaus, als ich unter Drogen stand. Ich nehme die Haarklammer heraus und begutachte sie. Immer noch nicht richtig. »Ich erzähl dir alles später, aber für jetzt muss genügen, dass er der Böse ist. Er hat meine Mutter getötet.« Ich stecke mir die Klammer wieder in den Mund und versuche es noch mal.

Michael starrt mich an, als ob das, was ich sage, mehr Sinn ergibt, wenn er mich nur fest genug in den Blick nimmt. »Was? Warum? Wer ist –«

»Und er hat meine Schwester entführt«, sage ich, während ich einen zweiten Versuch unternehme, die Klammer in den Kabelbinder an seinen Füßen kriegen. Sie geht nicht richtig rein, aber das kann auch daran liegen, dass meine Hand so zittert. »Ich glaube, dass sie jetzt in Sicherheit ist, aber trotzdem …« Ich schüttle den Kopf und kann nicht weiterreden.

»*Unsere* Schwester.«

Verwundert schaue ich auf. Da ist eine Wildheit in Michaels Gesicht, zugleich aber auch eine Verletzlichkeit, die nichts mit den Fesseln zu tun hat. Bevor ich mich dagegen sperren kann, rollen zwei Tränen meine Wangen hinunter. »Unsere Schwester«, flüstere ich.

Auf einmal kommt es mir vor, als ob meine Brust aufgerissen würde. Ich senke den Blick auf die halbmondförmige Narbe in seiner dunklen Armbeuge. Langsam lasse ich meine Finger von seinem Handgelenk hochwandern, bis sie auf der leicht erhabenen Linie zu liegen kommen. Ich spüre, wie er unter meiner Berührung zittert. Der Schmerz in meiner Kehle ist kaum zu ertragen. Als ich aufschaue und ihm ins Gesicht sehe, wird mir klar, dass ich endlich verstehe, was er denkt. Ich hatte recht. Er sorgt sich um mich.

Er beugt den Kopf zu mir vor. Seine Stirn stößt sanft gegen meine.

»Es tut mir so leid«, sage ich und lasse meine Tränen jetzt frei strömen.

»Es gibt nichts, was –«

Doch ich unterbreche ihn, indem ich meine Lippen auf seine lege. Ich weiß kaum, was ich tue. Ausnahmsweise überlege ich nicht, wäge keine Konsequenzen ab. Ich tue es einfach. Er küsst mich zurück, zuerst ganz zart, dann energischer, hungriger. Hitze steigt mir die Wirbelsäule hoch und breitet sich in meinem ganzen Körper aus. Ich nehme sein Gesicht in meine Hände und atme seine Haut ein.

Als ich mich schließlich zurückziehe, seufzt er mich an. »Darauf habe ich mein Leben lang gewartet«, sagt er.

Ich lache durch meine Tränen. »Bloß schade, dass es hier passieren musste.« Ich möchte ihn so gerne noch mal küssen, aber ich weiß, dass die Zeit knapp wird. »Wir müssen uns beeilen«, sage ich und beuge mich wieder über seine Fessel.

»Ja.« Michael klingt nicht sonderlich überzeugt, aber er lehnt sich zurück, damit ich besser arbeiten kann.

Ich habe es schon fast geschafft, als ich spüre, wie er sich verkrampft. »Sorry, ich weiß, dass das wehtut –«

»Still. Hörst du das?«

Ich halte inne und lausche. Ich war so konzentriert auf mein Gefummel, dass mir das Dröhnen gar nicht aufgefallen ist. Erst war es weit weg, jetzt kommt es näher. »Ein Helikopter.«

»Das ist Dad!« Michael lächelt strahlend.

Aber irgendwas stimmt nicht. »Nein«, sage ich. »Das ist zu nah. Boyboy sollte ihm sagen, dass er weiter weg bleiben soll, damit ihn vom Camp aus keiner bemerkt. Vielleicht ist er nicht durchgekommen.«

Oh Gott, was ist, wenn sie Boyboy geschnappt haben? Das ist alles meine Schuld. Ich schieße hoch. Die Typen von der Miliz rufen durcheinander, offenbar haben sie den Helikopter auch bemerkt. Und ich habe Michael nie erklärt, dass …

»Das ist eine Falle, Michael!«, sage ich. »Omoko will den Hubschrauber abschießen, sobald ihr in der Luft seid.«

Michaels Lächeln verschwindet. »Was? Aber –«

»Er will dich und deinen Vater umbringen.«

»Los geht's, Jungs!«, ruft draußen eine Stimme ganz in der Nähe.

Michaels Kopf wirbelt zum Zelteingang. »Da kommt jemand.«

Meine Finger werkeln fieberhaft an seinen Fußgelenken. »Mach schon, mach schon …«

»Die Wache kommt zurück! Versteck dich!«, sagt Michael.

»Nein! Ich kann –«

»Tina! Wenn du tot bist, kannst du mir nicht helfen!«

Ich sehe einen Schatten vorne am Zelt.

»Jetzt!«, sagt er und zieht seine Füße weg, ohne den Schmerz zu beachten, den ihm das verursacht.

Ich zögere noch eine Sekunde, dann rase ich zurück hinter die Kiste und werfe die Decke über mich, auch wenn ich mich dafür hasse. Mein Herz dröhnt. *Das ist bloß der Wachmann. Er schaut noch mal nach, ob alles in Ordnung ist, dann verschwindet er wieder.* Ich habe immer noch Zeit, Michael zu befreien und mit ihm abzuhauen.

Doch eine vertraute Stimme vom Zelteingang her löscht meine letzten Hoffnungen aus.

»Hallo, Michael«, sagt Mr Omoko. »Bist du bereit, dich von uns zu verabschieden?«

41

»Wie es aussieht, haben dich Christina und ihr Freund im Stich gelassen«, höre ich Omoko sagen. »Ich hatte schon halb erwartet, dass ich reinkomme und du bist auch weg.«

Ich bin überzeugt, dass er in der Stille mein Herz hämmern hört und bloß mit mir spielt. Es kann nur noch Sekunden dauern, bis er den Goondas befiehlt, das Zelt zu durchsuchen.

»War sie hier?«

»Ja«, antwortet Michael.

Beinahe schnappe ich laut nach Luft.

»Sie ist gekommen, um mir zu sagen, dass Sie Kiki haben«, sagt Michael, »und dass sie nichts tun kann, um mir zu helfen. Sie ist abgehauen.«

»Kluges Mädchen«, sagt Omoko nach einer Pause.

Kauft er es ihm ab? Seine Stimme klingt, als hätte er Zweifel.

»Boss«, sagt eine andere Stimme vom Zelteingang her, »der Laster steht bereit.«

»Okay, dann führt ihn raus, Jungs. Um die andern beiden kümmern wir uns später.«

Ich höre ein Poltern und bald darauf Schritte, die sich entfernen. Ich verfluche mich, will unbedingt aufstehen und irgendwas tun. Aber ich weiß, dass dabei nichts Gutes herauskommen kann. Ich warte, bis ich den Laster wegfahren höre, bevor ich unter der Decke rausspähe. Das Zelt ist leer und ich schüttele sie ab. Dann ziehe ich die Zeltplane ein winziges Stück hoch und prüfe, ob sich draußen Typen von der Miliz herumtreiben. Ich entdecke nur einen, aber der steht mit dem Rücken zu mir. Ich schnappe mir den erstbesten schweren Gegenstand, den ich finde – eine Packung Munition – und schleiche zum Ausgang. Der Kerl steht da und raucht. Ich atme tief durch, renne raus und ramme ihm das Ding gegen den Kopf. Er geht mit einem Grunzen zu Boden.

»Hey!«

Ich wirbele zu der Stimme herum. Noch einer von den Milizen, rechts von mir. Er war vom Zelt aus nicht zu sehen. Ich renne in den Urwald hinein, in der Hoffnung, schneller zu sein als er. Er ruft einen Kumpel herbei und die beiden stürmen hinter mir her. Ich habe Ketchups Pistole, aber hier zwischen den Bäumen ist kein gezielter Schuss möglich. Während ich mich durchs Unterholz fädele und immer wieder wegducke, lasse ich alles Adrenalin und meine ganze Angst in meinen Körper strömen. Meine Füße fliegen und bald stelle ich erleichtert fest, dass ich dabei bin, ihnen zu entkommen. Der Abstand zu meinen Verfolgern wird immer größer. Sie klingen wie Elefanten, die sich krachend einen Weg bahnen. Endlich läuft etwas so, wie es soll.

Dann wird mir klar, dass ich überhaupt nicht in Michaels Richtung unterwegs bin.

Ich fluche und ändere den Kurs, richte mich dorthin aus, wo meiner Einschätzung nach die Straße sein muss.

Ich renne. Ich renne, bis meine Lungen fast explodieren. Und renne weiter. Ich schlängele mich um Bäume. Meine Fußsohlen werden in Fetzen gerissen. *Lauf weiter*, brülle ich mich an. Als ich sicher bin, die Typen von der Miliz abgeschüttelt zu haben, bleibe ich stehen, um auf das Dröhnen des Helikopters zu lauschen. Doch da ist nur Stille.

Ich laufe weiter. Die Straße muss da vorne sein. Das muss sie einfach. Ich stolpere einen Graben hinunter und auf der anderen Seite wieder hoch, schwinge mich über umgestürzte Bäume, und gerade als ich drauf und dran bin, in Panik zu geraten, sehe ich sie: die schlammige Bahn einer Straße. Ich halte nur kurz an, um zu prüfen, dass keiner dort ist, dann verlasse ich meine Deckung und sprinte mit brennenden Lungen los.

Ich werde zu spät kommen. Sie werden abheben, bevor ich da bin. Und sobald der Helikopter in der Luft ist …

Ich laufe über eine Kuppe und sehe die plötzliche Helligkeit einer Lichtung. Da unten ist der Helikopter gelandet, was mir zusätzlichen Schub gibt, doch da tritt vor mir eine dunkle Gestalt aus dem Wald auf die Straße.

Ich bin kurz davor, laut loszuschreien, aber die Person packt mich an den Armen und flüstert verzweifelt meinen Namen.

»Boyboy!«, keuche ich.

»Schhh!«, macht er und zieht mich ins Gebüsch.

»Ich dachte, die hätten dich geschnappt«, würge ich heraus.

Boyboy bugsiert mich in eine Lücke zwischen den Bäumen, die den Blick auf die Lichtung freigibt. »Was ist passiert? Ich habe gerade Mr Omoko mit Michael vorbeifahren sehen! Hast du ihn nicht rausholen können?«

»Nein«, stöhne ich. »Ich hatte nicht genug Zeit.« Boyboy und ich kauern uns hinter einen Baum. Der Helikopter hockt wie eine riesige schwarze Wespe zwischen wehendem Gras und Wildblumen. »Und er hat eine gebrochene Hand, also konnte er nicht Motorrad fahren.« Mit Mühe kann ich zwei Gestalten in dem Hubschrauber erkennen. Dann blicke ich über die helle Lichtung und das Blut gefriert mir in den Adern. Im Schatten der Bäume steht der Militärlaster, umringt von Männern, die bis an die Zähne bewaffnet sind. Ein Goonda hat Michael am Arm gepackt und die beiden stehen direkt am Waldrand neben Mr Omoko. »Hast du mit Mr Greyhill geredet?«

»Ich glaube, es war zu spät.« Boyboy verzieht das Gesicht. »Ich hab die ganze Zeit versucht anzurufen und bin bis hierher gekommen, aber dann hab ich gehört, dass sie hinter mir sind. Ich musste ein paar Kilometer die Straße entlangrennen, bis ich bei Catherines Hof endlich Empfang hatte.«

»Bei Catherine?« Ich sehe ihn scharf an.

»Ich hab ihn gleich wiedererkannt, als ich aus dem Wald gekommen bin.«

Sie hat also nicht übertrieben, als sie sagte, die Milizen seien nur ein Stück den Berg hoch.

»Und da hab ich Mr Greyhill dann angerufen, aber er ist nicht drangegangen«, fährt Boyboy fort. »Ich musste auf die Mailbox sprechen. Ich habe es dreimal versucht, aber dann kam der Helikopter und ich habe aufgegeben und bin zurück hierher. Ich weiß nicht, ob er irgendeine von den Nachrichten abgehört hat. Es tut mir so leid, Tina.«

Ich versuche meine Panik wegzuschlucken und schüttele den Kopf. »Das ist nicht deine Schuld.«

Nichts läuft richtig. Dass Boyboy mit Mr Greyhill reden würde und der irgendwie für Rettung sorgen könnte, war meine letzte Hoffnung.

In dem Helikopter bewegt sich etwas und dann sehe ich, wie Mr Greyhill herausspringt. Seine Augen sind hinter einer Sonnenbrille versteckt. Ich schaue von ihm zu Michael. Falls Mr Greyhill weiß, was Omoko in Wirklichkeit vorhat, gibt er das nicht zu erkennen. Er knöpft seine Jacke zu, wie auf dem Weg zu einem Geschäftstermin. Mr Omoko tritt aus dem Schatten und geht auf ihn zu.

»Hast du mit Catherine geredet?«, flüstere ich.

»Sie wollte los und Hilfe holen.«

Boyboy klingt nicht sehr hoffnungsvoll und es gibt auch keinen Grund dafür. Was für eine Art von Hilfe kann sie schon finden? Die Ortspolizei wird höchstwahrscheinlich von den Milizen bezahlt. Eine Armee-Einheit könnte vielleicht reagieren, aber dazu müsste Catherine erst mal eine auftreiben und die Männer überzeugen.

Als Omoko und Greyhill sich direkt gegenüberstehen, lächelt Omoko und will seinem alten Chef die Hand schütteln. Mr Greyhill nimmt sie nicht an. Was sie reden, höre ich nicht, aber Mr Omokos Lächeln friert ein. Er packt Greyhill stattdessen am Arm und führt ihn zu Michael. Ich sehe jetzt, dass die Typen von der Miliz einen kleinen Tisch mit Stühlen am Waldrand aufgebaut haben. Ich zähle. Vier Milizionäre und zwei Goondas sind zu sehen, alle mit AK-47s bewaffnet. Es würde mich nicht überraschen, wenn da noch mehr wären, zwischen den Bäumen versteckt und genauso bewaffnet.

Michael wird seinem Vater vorgeführt. Er blinzelt ins grelle Sonnenlicht, als ihm die Augenbinde runtergerissen wird. Ich kann den Blick nicht von seinem Gesicht abwenden. Mr Greyhill streckt die Hand nach ihm aus, aber auf einen Einwurf von Omoko hin hält er inne und lässt sie langsam wieder sinken. Jetzt sind ihm seine Gefühle deutlich anzusehen. Sogar aus der Entfernung spüre ich Greyhills kaum zurückgehaltene Wut.

Mr Omoko deutet auf den Tisch, wo ein Laptop aufgebaut ist, und die beiden Männer setzen sich. Michael wird weggeführt.

Ich werfe einen Blick über die Schulter, als ob auf der Straße wundersamerweise irgendwer zu Hilfe kommen könnte. Aber da sind nur Bäume.

Ich komme auf die Beine. Das ist der Moment. Keiner wird uns helfen. Ich ziehe die Pistole aus dem Hosenbund.

»Tina, was tust du da?« Boyboy zerrt mich am Arm, aber ich schüttele ihn ab.

Die Pistole ist schwer, aber immerhin eine Handfeuerwaffe und keine AK-47; die hätte ich vorhin im Wald nämlich weggeworfen, damit ich schneller rennen kann. Ich prüfe das Magazin – sechs Kugeln, plus eine in der Kammer. Ich nehme die richtige Haltung ein, so wie Michael es mir beigebracht hat, als wir noch Kinder waren, und wie ich es bei den Goondas geübt habe, wenn wir losgezogen sind, um Bierdosen vom Rand der Ufermauer zu schießen. Ich ziele auf

Omoko. Er lächelt, als Mr G den Laptop näher heranzieht und etwas einzutippen beginnt. Ich hole Luft.

Aber meine Hände hören nicht auf zu zittern.

»Ich bin zu weit weg«, sage ich und wische mir mit der Schulter den Schweiß weg, der mir in die Augen rinnt.

»Tina …«

»Ich muss näher ran.«

Ich pirsche mich näher, halte dabei Abstand zur Straße und habe die Augen fest auf die beiden Männer an dem Tisch gerichtet. Sie sehen seltsam aus, wie bei einem Geschäftsessen am falschen Ort. Ich höre, dass Boyboy mir folgt, drehe mich um und signalisiere ihm, er soll sich zurückziehen. Ich will, dass er weiter weg bleibt, wo ihn niemand hören kann. Ich laufe jetzt ohne jedes Geräusch durch den Wald. Füße, die trainiert sind, lautlos in Häuser zu schleichen, machen sich auch ziemlich gut beim Rennen durch Wälder, stelle ich fest.

Die Lichtung ist groß und ich brauche eine ganze Weile, bis ich hinter ihnen bin, zumal ich versuche, jedes Geräusch zu vermeiden. Ich schleiche auf den Hügel über dem Militärlaster und dann durch das Unterholz, bewege mich so schnell, wie ich mich traue, bis ich zu einem Felsvorsprung komme, wo ich mich hinkauern und sie ins Visier nehmen kann. Die Männer stehen jetzt aufgereiht da, die Goondas auf der einen Seite, die Typen von der Miliz auf der anderen. Mr Greyhill gibt irgendwas in den Computer ein und Mr Omoko ist vollkommen vertieft in das, was er da gezeigt bekommt. Ich hatte erwartet, im Wald auf noch mehr Männer zu stoßen, die Mr Omokos Flanke schützen, aber da ist niemand, und ich finde auch kein Zeichen, dass jemand hier durchgekommen ist. Das ist gut, aber ich weiß trotzdem nicht, was ich jetzt tun soll. So viele Goondas und Milizionäre erschießen, wie ich kann, und dazu Mr Omoko? Einfach hoffen, dass sie Michael nicht töten? Ich bin jetzt zwar dicht dran, aber zahlenmäßig weit unterlegen. Verzweiflung steigt mir in die Kehle hoch.

Da höre ich hinter mir einen Zweig brechen und ich wirbele herum, mit rasendem Herzen und gezückter Waffe.

Boyboy streckt schon die Hände in die Höhe und zieht eine Grimasse. Ich lege einen Finger auf die Lippen und gebe ihm ein Zeichen, dass er auf die Knie gehen soll. Er krabbelt nach vorne und späht mit mir über den Felsrand.

Ich kann es in Boyboys Gesicht lesen. Er sieht, was ich sehe. Im besten Fall gibt es eine Schießerei, bei der es Michael wahrscheinlich am schlimmsten erwischt. Und Boyboy hat nicht mal eine Waffe. Ich bemühe mich, möglichst ruhig zu atmen. Denk nach, Tina, denk nach. Es muss doch irgendeinen Ausweg geben. Wieso kann nicht alles wie im Film sein, wo ich einfach durch den Wald nach unten preschen würde, wo die Bösen von Kugeln niedergemäht würden und die Geisel keinen Kratzer abbekäme?

Wenn ich Mr Omoko erwische, kann ich schon froh sein. Aber mir fällt einfach kein anderer Plan ein. Ich sehe, wie Mr Greyhill innehält, wie sein Finger über einer Taste schwebt. Mr Omoko grinst wie ein Löwe, der gerade seine Beute zur Strecke gebracht hat. Gleich ist die Transaktion abgeschlossen und Mr Greyhill und Michael steigen in den Helikopter. Ich lasse mich auf den Bauch sinken, schlucke, stütze die Ellbogen auf und hebe die Waffe. Ich spähe mit einem Auge nach unten und versuche Boyboys hektische Atemzüge auszublenden, mein rasendes Herz zu beruhigen und meine zitternden Finger daran zu hindern, das Ziel aus dem Visier zu verlieren.

Ich nehme den Kopf meines Vaters ins Visier.

Ich spüre den Widerstand des Abzugs unter meinem Finger. Ich muss ihn einmal durchziehen, das ist alles.

Erschieß ihn, Tina. *Jetzt.*

Tak-tak-tak-tak-tak-tak.

Tak-tak-tak-tak.

Ich fahre zusammen und hebe den Kopf. Vor lauter Anspannung kann ich einen Moment lang den Griff um die Pistole nicht lockern.

Boyboy und ich sehen einander an, dann schauen wir nach den Männern. Sie reden alle durcheinander und konzentrieren sich auf irgendwas auf der anderen Seite der Lichtung, in der Richtung ihres Camps.

»Was geht da ab?«, flüstert Boyboy.

»Keine Ahnung.«

Tak-tak-tak-tak.

Tak-tak-tak-tak-WAMM.

Ich höre die Vögel im Wald aufkreischen. Die Typen von der Miliz brüllen. Ich recke den Hals, um besser zu sehen, und schnüffle. »Rauch«, sage ich. »Das kommt von ihrem Camp.«

Die Milizionäre scheinen das genauso zu sehen und wenden sich Mr Omoko zu. Ein Streit beginnt, aber dann brüllt Mr Omoko, die Goondas sollen bleiben, wo sie sind, während die anderen losziehen und rausfinden, was passiert ist. Mr Greyhill sitzt stocksteif da und lässt seine alte Nummer Zwei nicht aus den Augen. Ich glaube nicht, dass er auf die Taste gedrückt hat, über der sein Finger eben noch zögerte. Michael sieht seinen Vater an. Alle sind angespannt wie Bogen unmittelbar vor dem Abschuss.

Ich schaue von Mr Omoko zu dem Laster, in den jetzt die Typen von der Miliz klettern. Haben die ihre RPGs hiergelassen oder mitgenommen? Dröhnend holpert der Laster über die Lichtung zurück zum Camp.

Und bevor ich richtig zu mir komme, schwenke ich die Pistole herum, richte sie aus und schieße.

Ich beobachte, wie der Goonda, der Michael am Ellbogen festhält, mit einem Zucken nach vorne fällt und zwischen Mr Omoko und Mr Greyhill auf den Tisch kippt.

Dann bricht die Hölle los.

Und ich verbiete mir das Nachdenken, obwohl Boyboy schreit und an mir zerrt. Ich sage mir, dass ich die Actionheldin bin – die Heldin im Adrenalinrausch, die jetzt den Hügel runterstürmt, einen zweiten Schuss abfeuert, einen dritten – nur dass alles viel zu schnell passiert – der vierte Schuss – meine Füße rutschen, ich treffe weder den anderen Goonda noch Mr Omoko und ich spüre die kleinen Explosionen in Baumstämmen und im Boden, während Kugeln an meinem Kopf vorbeitanzen. Alle brüllen sich gegenseitig an, dass sie das Schießen sein lassen sollen – fünfter Schuss – alle außer dem zweiten Goonda, es ist der, der sich im Camp geprügelt hat, wird mir jetzt klar, Toofoh-oder-Toto; der ballert weiter, *rat-tat-tat-tat-tat,* zielt mit seinem heilen Auge, und dann bleibe ich irgendwo hängen und werde gleich direkt vor seinen Füßen landen, aber auf einmal schleudert es ihn zur Seite, ein Schuss des Piloten, der aus dem Helikopter gestiegen und vielleicht auch getroffen worden ist, auch er fällt ins Gras und dann, als wäre das alles nie passiert …

Totenstille.

Ich stolpere hinaus ins Licht, die Pistole auf Mr Omoko gerichtet. Zwei Kugeln habe ich noch. Michael ist über seinen Vater gebeugt, der aschfahl geworden ist und sein Bein umklammert. Ein paar Schritte von ihm entfernt nimmt Omoko langsam die Hände vom Körper weg. Er wirft einen kurzen Blick auf die beiden Greyhills.

»Weg von den beiden!«, kreische ich.

Boyboy ist mir gefolgt und rennt jetzt zu Mr G hinüber. Mr Greyhills Bein ist dunkel verfärbt vor Blut. Boyboy reißt ihm die Krawatte vom Hals und wickelt sie als Druckverband um sein Bein. Michael krümmt sich und kurz setzt mein Herz aus, weil ich denke, er wäre verletzt, aber dann wird mir klar, was er da tut: Er schiebt seine Beine durch die gefesselten Arme nach hinten, um die Hände vorm Körper zu haben.

Das alles registriere ich aus dem Augenwinkel. Mein Blick ist auf Mr Omoko fixiert, die Waffe auf seinen Kopf gerichtet.

»Christina«, knurrt er, »was tust du?«

»Hände hoch! Über den Kopf!«

»Denkst du wirklich, du würdest mich erschießen, Tiny Girl?«

Ich ziele weiter auf seinen Kopf. Die Sonne brennt auf mich herunter und die Pistole in meiner Hand ist rutschig vor Schweiß. Ich spüre den Zorn von tausend Tagen in mir, den Tagen des Wartens auf diesen einen Moment. Ich verlagere das Gewicht von einem Fuß auf den anderen, immer hin und her.

»Ja«, antworte ich nach einer Weile.

Langsam breitet sich ein Lächeln in Mr Omokos Gesicht aus. »Das dachte ich mir. Na gut. Tu es. Eine bessere Gelegenheit kriegst du nicht.«

Michael hebt den Kopf. »Tu's nicht, Tina.«

Ich lasse Mr Omoko nicht aus den Augen, versuche alles andere auszublenden. Er hat recht. Ich bin zu nah, um ihn zu verfehlen. Der Schweiß rinnt mir in die Augen und ich blinzele.

Mr Omoko lässt seine Hände ein Stück weit nach unten sinken.

»Hände hoch, verdammt noch mal!«

Doch er macht weiter. Seine Hände bewegen sich Zentimeter für Zentimeter nach unten. »Du verspielst deine Chance. Was ist los mit dir? Eine Mörderin bist du sowieso schon, Tochter.« Er zeigt mit wedelnder Hand auf den toten Goonda.

»Ich bin nicht Ihre Tochter!«, schreie ich. Ich klinge wie ein trotziges kleines Kind, aber ich kann nicht anders.

»Das bist du sehr wohl, ob es dir gefällt oder nicht. Die Frage ist nur, ob du deiner Mutter zu sehr ähnelst«, sagt er und verzieht die Lippen. »Ob du schwach bist.«

»Meine Mutter war nicht schwach!«

Er lächelt wieder und außer mir vor Entsetzen sehe ich ein verzerrtes Spiegelbild meines eigenen Gesichts. Ich spüre, wie ich zerfalle. Mein Körper rasselt und scheppert wie eine alte Maschine. »Ich werde Sie töten«, flüstere ich.

Seine Zähne sind zu groß für seinen Mund; sein Zahnfleisch glänzt. »Dann solltest du's auch tun. Das wolltest du doch die ganze Zeit, oder? Den Mörder deiner Mutter zugrunde richten?« Mr Omoko breitet die Arme aus. »Da bin ich!«

Ich kann mich nicht bewegen.

»Ich habe dich geschaffen!«, ruft er. »Ich hab dich zu dem gemacht, was du bist! Du verdankst alles mir! Ich hab dich zu dem Mädchen gemacht, das imstande ist, einen Mann zu töten! Also mach schon! Zeig allen, wie ähnlich du mir bist!«

Seine Wörter sind wie Steine, die gegen mich prallen. *Du bist wie ich. Wie ich.* Ich bin seine Tochter, bin genau wie er. Zu meinen Füßen liegt ein Toter. Ich habe eine Geisel genommen, die gefesselt im Wald liegt.

Die ganze Zeit, Jahr um Jahr, wollte ich nichts als Rache. Die Zeit bei den Goondas hat die Gewalt in mir wachsen lassen, aber vielleicht war sie schon immer da, in meinen Knochen. Meine Wut war grenzenlos und hat die Liebe zu meiner Mutter unter sich begraben. Und alles nur wegen ihm. Weil ich seine Tochter bin. Sein Blut fließt in mir. Ich gehöre ihm.

Und dann höre ich in mir drin eine Stimme, sehr leise und zugleich sehr bestimmt. Nicht die von Mr Omoko. Auch nicht die meiner Mutter.

Sondern meine.

Meine Stimme sagt: Nein, Tina. Er hat unrecht. Du bist, wer du sein willst. Du gehörst dir.

Und ich spüre, wie die Sonne herunterbrennt und Kraft in meine Arme zurückkehrt. Und als ich spreche, ist es meine eigene Stimme, nicht die Stimme der Tochter eines erbärmlichen Mannes.

»Ich bin kein bisschen wie Sie.«

Ich strecke die Hand mit der Waffe durch und bin bereit. Genau in dem Moment greift er in seine Tasche. Metall blitzt in seiner Hand auf. Das schwarze Auge einer Pistolenmündung. Die knappste und entschiedenste Art, sich von mir zu distanzieren.

Ein einzelner Schuss kracht und hallt nach.

Der Lärm verklingt. Eine Wolke schiebt sich über die Sonne, kurz ist es dunkel, dann wieder hell.

Ich warte auf den Schmerz.

Ich schaue nach unten auf meinen Körper. Ich schaue nach oben. Ich lasse mich ablenken von den Vögeln, die sich aus dem Gras hoch in den hellen Himmel schwingen.

Ich bin ganz.

Die Pistole ist immer noch in meiner Hand, doch sie ist kalt. Ich habe nicht geschossen. Meine Ohren klingeln. Ich hebe den Blick und sehe Mr Omoko, der an mir vorbeischaut. Auf seiner Brust glänzt plötzlich etwas, genau da, wo sein Herz ist, es sieht wie eine aufgeblühte Blume aus. Er hebt eine Faust und hustet ein bisschen hinein. Als er sie zurückzieht, ist seine Hand rot. Er macht einen Schritt. Er will die Waffe heben, aber sie entgleitet ihm und fällt ins Gras.

Ich drehe mich und schaue über die Schulter zurück, aber meine Augen brauchen eine Weile, um scharf zu stellen. Zuerst ist da nichts. Nur Licht, das auf den Blättern tanzt. Dunkelheit. Und dann sehe ich, wie eine Gewehrmündung aus einer Astgabel gezogen wird. Dort hinein hat sie den Gewehrlauf gelegt, um ihn für den perfekten Schuss zu stabilisieren.

Catherines Gesicht ist klar; sie wirkt ruhig. Unsere Blicke treffen sich und halten sich aneinander fest, eine ganze Weile lang. Dann lässt sie den Gewehrriemen über die Schulter gleiten und nimmt die Waffe auf den Rücken.

Von Mr Omoko kommt ein Geräusch und ich drehe mich wieder um. Er ist auf die Knie gesunken, hat die Hand auf dem Herz. Das Rote quillt ihm zwischen den Fingern durch und tropft auf den Boden. Er öffnet den Mund, als ob er mir etwas sagen wollte, aber ich drehe mich weg, zum Wald hin.

Catherine ist verschwunden.

Vollkommen still stehe ich da, starre in die Dunkelheit zwischen den funkelnden Blättern. Das Gras wird vom Wind zu Boden gedrückt und wieder aufgerichtet, es ist wie das Wogen eines Ozeans.

Ich drehe mich nicht um zu dem Geräusch der letzten feuchten Atemzüge meines Vaters.

Stattdessen warte ich, bis alles ruhig ist, bis die Insekten wieder anfangen zu surren, bis ich höre, wie Boyboy leise meinen Namen sagt. Dann betrachte ich den Mann auf dem Boden. Er starrt zum Himmel hoch, still und nun endlich harmlos.

42

Schwester Dorothy versichert Michael, dass die Operation seines Vaters gut verlaufen ist. Hier in der Klinik haben sie Erfahrung mit Schusswunden und Schlimmerem. »Wir mussten ihn nicht mal vollständig betäuben«, erklärt sie. »Er war fast die ganze Zeit am Telefon, irgendwas Geschäftliches.« Sie schüttelt den Kopf, was kein Wunder ist, denn sie kann ja nicht wissen, dass Mr Gs Verhandlungen mit Bug Eye absolut unaufschiebbar waren. »Ihr könnt gleich rein und ihn sehen«, sagt sie. »Wie geht es dem Arm?«

»Gut«, antwortet Michael. Sie haben ihm das Handgelenk eingegipst.

»Schön zu hören«, sagt sie. »Ihr könnt alle froh und dankbar sein, dass ihr noch am Leben seid.« Dann drückt sie kurz meine Schulter und verschwindet, um nach einem Baby zu schauen, das in der Nacht geboren wurde.

Das Leben ist hartnäckig, sogar inmitten von so viel Tod.

General Gicanda haben wir es zu verdanken, dass uns ein Blutbad auf der Lichtung erspart geblieben ist. Er tauchte wenige Augenblicke nach Omokos Tod mit einer Spezialeinheit ruandischer Soldaten dort auf. Zuerst dachte ich, es wäre die Miliz, aber Mr Greyhill schrie, wir sollten die Waffen wegstecken, die wir schon im Anschlag hatten. General Gicanda kümmerte sich persönlich um Mr Greyhill, trug ihn zum Helikopter und bettete ihn neben den gefesselten, immer noch bewusstlosen Ketchup. Auf dem Weg ins Krankenhaus zeigte er uns von oben das Camp der Milizen. Oder was davon übrig war.

Wie sich herausstellte, waren Boyboys Nachrichten sehr wohl bei Mr G angekommen, aber der hatte beschlossen, kein Risiko einzugehen. Gicanda stürmte das Lager, nachdem ihm Mr Greyhill die genauen Koordinaten durchgegeben hatte. Die Truppen hätten uns schon früher zur Hilfe kommen sollen, aber die Miliz ließ sich nicht so schnell ausschalten, wie der General das erwartet hatte.

Falls die Anwesenheit ruandischer Truppen mitten im Kongo irgendwen im Krankenhaus überrascht, merkt man nichts davon. Die Soldaten haben Wachen in den Gängen aufgestellt. Sie unterscheiden sich sehr von den Milizen: Ihre Uniformen sind sauber und gebügelt, ihre Waffen wirken gut geölt und glänzen wie ihre Stiefel. Die Männer sind groß und sehen gesund aus, stehen in Habachtstellung und schauen über die Köpfe der Krankenschwestern und Nonnen, die geschäftig um sie herumeilen. Drei von ihnen sind um Ketchups Bett postiert, obwohl der stark sediert wird und nicht bei Bewusstsein ist.

Die Ordensschwestern sagen, es sei noch zu früh, um festzustellen, ob der Schädelbruch irgendwelche bleibenden Folgen haben wird, aber die Schwellung ist nicht sehr stark und er ist insgesamt stabil. Sobald sie ihm keine Mittel mehr geben, sollte er innerhalb von vierundzwanzig Stunden aufwachen. Mr Greyhill hat den Nonnen gesagt, sie sollen keine Kosten und Mühen scheuen, um dafür zu sorgen, dass er überlebt. Er weiß, wie wertvoll Ketchups Leben jetzt ist.

Eine andere Ordensschwester steckt den Kopf aus der Tür des OP-Raums, wo Mr G sich ausruht. »Ihr könnt jetzt reinkommen«, sagt sie zu Michael und mir.

Wir beide springen auf und laufen ins Zimmer. Boyboy wartet draußen. Als wir hereinstürmen, sieht Mr G nicht mal auf, sondern telefoniert einfach weiter. Von seinem Gesicht lässt sich genauso wenig ablesen wie sonst. Ein roter Fleck, etwa so groß wie ein Kronkorken, zeichnet sich auf dem Verband an seinem Bein ab.

»Alles erledigt«, sagt Mr Greyhill und legt endlich das Telefon weg. »Macht die Tür zu und setzt euch. Sie ist in Sicherheit und ich habe die Zusage, dass das auch so bleibt. Dein Geschäftspartner ist hochzufrieden mit der Zahlung, die ich ihm angeboten habe, zusätzlich zur Rückgabe seines Bruders. Er hat mir versprochen, dass dir nichts passieren wird. Alles ist vorbereitet. Gleich nach unserer Ankunft in Sangui findet die Übergabe statt.« Er wirft wieder einen Blick auf sein Telefon. »In einer Stunde starten wir. Der General gibt uns Geleitschutz bis zur Grenze.«

Ich bin so erleichtert, dass ich ein paar Sekunden lang nicht sprechen kann, und sinke in den Stuhl zurück.

»Morgen wird sich mein Assistent dranmachen, ihr ein Visum zu besorgen.«

Ich werfe Michael einen fragenden Blick zu, aber er ist anscheinend genauso verwirrt wie ich. »Ein Visum?«

»Sie geht mit Michael zurück.«

»Zurück wohin?«

»Nach Luzern, in die Schweiz.«

Ich springe auf und laufe ums Bett, um ihm direkt ins Gesicht zu sehen. »In die Schweiz!«

»Ich hätte das schon vor Jahren tun sollen«, sagt Mr G. »Ich dachte, in der Klosterschule ist es sicher genug, aber das war offenbar ein Fehler.«

»Du hast Schulgeld für sie bezahlt?«, fragt Michael. »Du wusstest, wo sie war?«

»Natürlich.«

Wieso habe ich das nicht schon früher herausgekriegt? Er muss nach Kiki gesucht haben, nachdem wir abgehauen sind, und hat sie bei der Kirche gefunden, in die Mama immer gegangen ist, was er natürlich wusste. Ich versuche zu verbergen, wie sehr mich das schockt. »Sie können Kiki doch nicht einfach so in ein fremdes Land verfrachten, ohne mich zu fragen!«

Er betrachtet mich mit einer Geduld, die mich rasend macht. Sogar wenn er in einem Krankenhausbett sitzt, wirkt er blank poliert und erklärt allen, wo es langgeht. »Du bist – wie alt? Sechzehn?«

»Na und?«

»Und bist in einer Gang?«

Ich balle die Fäuste. »Was soll das heißen?«

»Du bist nicht unbedingt in einer Position, in der du Alternativen anzubieten hast.«

Ich öffne den Mund und schließe ihn wieder, überlege, wie ich reagieren kann. Er war derjenige, der für die Sicherheit meiner Schwester gesorgt hat. Und er hat Schulgeld für sie gezahlt. Aber er hat sie auch ferngehalten von seinem Zuhause, hat sie wie eine Waise leben lassen. Letztlich hat er nur sein Gewissen beruhigt. »Sie haben Kiki doch noch nicht mal besucht«, sage ich schließlich.

Daraufhin zeigen sich Falten in seiner glatten Stirn. »Einmal war ich da. Aber …«

»Das war einfach lästig.« Ich verschränke die Arme vor der Brust. »Oder Sie hatten Angst, jemand sieht Sie und fragt sich, warum Sie ein Mischlingskind besuchen, das Ihnen verdammt ähnlich sieht?«

Er antwortet nicht. Aus dem Augenwinkel bekomme ich mit, dass Michael seinen Vater schweigend beobachtet. Sein Gesicht wirkt hart und unversöhnlich.

Draußen auf dem Rasen hat irgendeine Art von Unterricht angefangen – eine Reihe von jungen Frauen liest langsam und im Chor französische Sätze laut vor.

»Warum können wir nicht gleich los?«, frage ich. Meine Erleichterung, dass Kiki in Sicherheit ist und bald wieder bei mir sein wird, ist schnell verblasst. Sie ist immer noch nicht hier, jetzt, bei mir. Ich muss sie sehen.

»Glaub mir, wir setzen alles daran, die Helikopter so schnell wie möglich aufzutanken und wieder flugbereit zu machen. Ich bin auch unruhig. Setz dich hin, Christina, es nützt ihr auch nichts, wenn du hier Löcher in den Boden läufst.«

Ich habe kaum bemerkt, dass ich schon wieder hektisch hin und her laufe. Ich werde langsamer und wende mich ihm zu. »In Ordnung. Wenn wir noch nicht loskönnen, dann habe ich ein paar Fragen.«

Er verschränkt die Hände im Schoß und wartet.

Ich schaue kurz zu Michael. »Warum ist meine Mutter zu Ihnen gekommen?«, sage ich. Diese Frage hat mir Omoko teilweise schon beantwortet, aber ich will hören, was Greyhill zu sagen hat.

Einen Augenblick lang sieht er mich direkt an, wie wenn er erst entscheiden müsste, ob er mir überhaupt etwas darüber erzählen will. Dann sagt er: »Weil sie wusste, dass ich ihr helfen kann. Wahrscheinlich war ich der einzige Mensch überhaupt, der das konnte.«

Fast gegen meinen Willen lasse ich mich in einen Stuhl neben Mr Greyhills Bett sinken und beuge mich vor, gierig auf eine Erklärung. »Sie hat Ihnen gesagt, dass Omoko Sie bestiehlt«, sage ich. »Haben Sie ihr deshalb geholfen?«

Mr Gs Blick wandert von mir zu seinem Sohn, der genau wie ich auf Antworten wartet.

»Mr Greyhill«, sage ich, »ich weiß, dass ich für Sie nur ein Kind bin, aber ich habe heute einen Mann getötet, um Michael zu retten. Ich habe ein Recht zu erfahren, was genau passiert ist.« Ich merke, dass ich zittere. »Und Michael auch.«

Greyhill lässt einen langen Atemzug aus seiner Nase strömen. »Sie hatte Beweise, dass Omoko Gold von mir stahl – eine sehr detaillierte Aufstellung, wie viel er bei jeder Transaktion mit den Milizen jeweils abgezweigt hatte. Aber sie verlangte als Gegenleistung meinen Schutz. Sie wollte eine Arbeitsstelle in meinem Haus, hinter meinen Toren und beschützt von meinen Wachen.«

Michael runzelt die Stirn. »Du hast diesen Ungeheuern also wirklich Gold abgekauft.« Er geht zum Fenster und schaut hinaus, mit dem Gipsarm auf der Brust.

»Wie ist sie an die Aufstellung gekommen?«, frage ich.

»Sie sagte, sie wäre ein Zeit lang gefangen gewesen und hätte die Dokumente bei der Gelegenheit stehlen können.« Mr Greyhill senkt den Blick auf seine Hände. »Sie hat mir erst später erzählt, was er ihr angetan hat.«

»Sie hat *Ihnen* gesagt, was ihr passiert ist?« Ich hasse mich für den Hauch von Eifersucht in meiner Stimme.

Mr Greyhill zögert. »Deine Mutter und ich, wir ... standen uns nah.«

»Was soll das heißen, nah? Du hast ein Kind mit ihr«, sagt Michael, immer noch mit dem Rücken zu seinem Vater.

Mr G schaut hoch. »Ich bin nicht perfekt.«

»Das ist ja wohl das Understatement des Jahrhunderts«, knurrt Michael und dreht sich um. »Hast du sie geliebt?«

Ich schnappe nach Luft. Ich weiß nicht, welche Antwort ich von Greyhill erwarte. Vielleicht dass er es abstreitet und sagt, es wäre nur eine Affäre gewesen. Aber er hebt das Kinn und sieht seinem Sohn in die Augen. »Ja.«

Michael stößt sich vom Fensterbrett ab und will zur Tür. Er wirkt steif vor Zorn.

»Michael ...« Ich stehe auf und halte ihn am Arm fest, aber er schüttelt mich ab. Ich will ihm hinterher, doch Mr G sagt: »Lass ihn. Er braucht Zeit.« Er sieht zu, wie der Rücken seines wütenden Sohns durch die Tür verschwindet, während ich mich langsam wieder auf meinen Stuhl sinken lasse. »Wir haben bis jetzt nie über Anju geredet ... aber das werden wir. Später.« Er schließt die Augen. »Ich dachte, in meinem Haus wäre sie sicher, Tina. Ich dachte, ihr alle wärt es. Das war wirklich so.«

Ich umklammere meine Hände. »Ich dachte, Sie hätten sie umgebracht. Ich habe Sie mit ihr gesehen, im Garten an dem Abend, bevor sie umgekommen ist. Sie haben gesagt, dass Sie sie umbringen. Sie wollten sie sogar erwürgen.«

Greyhill fällt in sich zusammen. Er fährt sich mit der Hand übers Gesicht. »Ich habe schon vermutet, dass du das gewesen sein könntest. Ich – ich habe keine überzeugende Entschuldigung, Christina. Sie hatte allen Grund, wütend auf mich zu sein. Ich habe ihr gesagt, ich würde aufhören, mit den Milizen Geschäfte zu machen, habe es aber nicht getan. Es war inzwischen zu schwierig geworden, mich da rauszuziehen. Sie hat mir gedroht und ich bin wütend geworden. Ich wusste nicht, wie ...« Er seufzt.

»Also wollten Sie ihr wirklich wehtun.«

»Ich hätte es aber niemals getan ...«, sagt er mit so viel Nachdruck, dass seine Stimme beinahe bricht. »Ich war wütend. Manchmal wusste ich nicht, wie ich mit deiner Mutter umgehen soll. Ich habe sie geliebt, aber was ihr da draußen passiert ist – das war mehr, als ein Mensch verkraften kann. Ich glaube nicht, dass sie das jemals überwunden hat. Einmal hat sie mir gesagt, Sterben wäre viel einfacher gewesen. Manchmal war sie nicht mehr sie selbst. Sie tobte und schrie herum, bedrohte mich oder driftete weit weg. Ich war so frustriert an diesem Abend.«

Ich grabe die Fingernägel in meine Handflächen, um bei Sinnen zu bleiben. Die dunklen Stimmungen, in die sie immer wieder abgetaucht ist, habe ich auch erlebt. »Das entschuldigt nicht, was Sie zu ihr gesagt haben.«

»Ich weiß.« Er sieht mich an, mit glänzenden Augen. »Ich bin nicht stolz auf das, was ich gesagt und getan habe. Manchmal kommt es mir vor, als ob doch *ich* sie umgebracht hätte.«

Ich spüre seine Worte mehr, als dass ich sie höre. Sie sind wie ein kleines Messer, das den letzten Rest Wut wie eine Eiterbeule aus mir herausschneidet. Was so lange in mir festgesteckt hat, schlüpft auf einmal ins Freie. Vielleicht habe ich genau das immer haben wollen, begreife ich: nicht so sehr Mr Greyhills Geld oder sein Blut, sondern ein Eingeständnis seiner Schuld. Etwas, das es mir möglich macht, sie in Frieden ruhen zu lassen. »Aber das haben Sie nicht«, sage ich.

Greyhills Miene verdüstert sich. »Ich hätte Omoko gleich an dem Tag töten müssen, als deine Mutter anfing, bei mir zu arbeiten. Aber wir waren einmal Freunde gewesen, Omoko und ich, also ließ ich ihn laufen. Und damals war sie ... sie war mir da noch nicht so wichtig. Bis ich dann erfuhr, was er deiner Mutter angetan hatte, war er weg. Verschwunden. Wir dachten, er hätte vielleicht sogar den Kontinent verlassen. Er hat sie in meinem Zuhause getötet, weil er mich wissen lassen wollte, dass er mich immer noch erwischen kann. Damals hatte ihn schon seit Jahren keiner mehr gesehen. Aber er war die ganze Zeit über im Untergrund, wurde stärker und wartete auf den richtigen Moment.« Er schnaubt. »Er hat meinen Security-Chef bestochen, diesen Bastard. Den Typen habe ich dann wirklich umbringen lassen.«

»David Mwika?«

»Diese Missgeburt.«

Ich frage mich, ob es bei der Zahlung an *First Solutions*, die Boyboy aufgedeckt hat, darum ging. Nicht Geld für Mwika, sondern für seinen Mörder, vielleicht einen seiner Arbeitskollegen.

»Er hat die *mokele-mbembe*-Tür für Mr Omoko geöffnet«, sage ich.

Mr Greyhill runzelt die Stirn. »Die *was*?«

»Den Geheimtunnel, der in Ihr Arbeitszimmer führt.«

»Du weißt also Bescheid, was?«

Ich beuge mich vor. »Aber Sie müssen doch gewusst haben, dass er durch den Tunnel rein- und rausgekommen sein muss. Wieso haben Sie ihn nicht erwischt?«

»Ich habe es erst begriffen, als es zu spät war.« Mr Greyhills Gesicht ist schmerzverzerrt. »Ich stand unter Schock.«

Seine Miene verrät, dass er lange und gründlich darüber nachgedacht haben muss, wie alles damals passiert ist. Auf einmal sehe ich den Mörder unter der polierten Oberfläche, einen Mann, der begriffen hat, dass er betrogen wurde, und daraufhin jemanden angeheuert hat, Mwika aufzuspüren und in einer dreckigen Bar im Kongo zu töten.

Jemanden, der den Killer wahrscheinlich angewiesen hat, dem sterbenden Mwika Grüße von Mr Greyhill ins Ohr zu flüstern.

»Woher wussten Sie, dass Mr Omoko Mama umgebracht hat?«

»Die Waffe, mit der er sie erschossen hat – er hat sie mir dagelassen. Darauf war extra für ihn eine Zwei eingraviert, in römischen Zahlen. Er hasste diesen Namen: Nummer Zwei. Die Gravur sollte ein Witzchen sein.« Er lacht freudlos. »Niemand außer mir konnte das bemerken. Es war subtil. Eine Botschaft allein für mich.«

»Nummer Zwei«, wiederhole ich leise. Ich sehe die Waffe in Greyhills Schublade vor mir, die Gravur, von der er gesprochen hat, neben dem *PIETRO BERETTA MADE IN ITALY* ein kleines *Nr. II* in der gleichen Schrift. Ich lasse mich zurückfallen. »Und warum haben Sie ihn später nicht getötet?«

»Ich hab's versucht. Mehrmals. Aber inzwischen war er sehr mächtig geworden. Er hatte sich mit einer kleinen Armee umgeben, deinen Goonda-Freunden. Er hat es kommen sehen. Er war nie unvorbereitet.«

Greyhill hat recht. Mr Omokos Bodyguards waren immer in seiner Nähe, wie Schatten. Aber ich hätte ihn erwischen können, wenn ich nur Bescheid gewusst hätte. Das Bild seines toten Gesichts, die offenen Augen zum Himmel gerichtet, steigt in mir hoch und löst ein Schaudern aus. Er ist weg, Tina, er ist weg.

Ich blicke auf und merke, dass Mr Greyhill mich beobachtet.

»Wieso sind Sie überhaupt hier?«, frage ich. »Wie können Sie nur weiter Geschäfte mit den Milizen machen? Wenn sie Ihnen so wichtig war, meine ich? Ich habe Ihre Abrechnungen gesehen. Sie haben nie aufgehört, Gold von denen zu kaufen, auch nicht nach dem Tod meiner Mutter.«

Mr Greyhill zieht die Augenbrauen zusammen. »Du warst an meinem Computer.«

»Ich gehöre zu den Goondas, schon vergessen? Ich bin bei Ihnen eingebrochen und habe alles gestohlen, was auf Ihrer Festplatte war.

So hat mich Michael gefunden. Er hat mich in Ihrem Arbeitszimmer erwischt.«

»Du hast meine Daten kopiert? Hat Omoko sie?«

»Ja, aber der Computer mit den Infos über Ihre schmutzigen Deals ist garantiert vernichtet«, sage ich. »Ihr Kumpel, der General, hat beim Bombardieren des Camps nicht viel übrig gelassen.« Boyboys Sicherungskopien erwähne ich nicht. Ich bin im Zweifel, ob ich diese Karte schon ausspielen will.

Mr Greyhill fängt wieder an zu atmen, was mich in Rage versetzt.

»Sie sind nicht besser als Omoko«, sage ich.

Langsam schüttelt er den Kopf. »Nein. Ich versuche es besser hinzukriegen. Wir erkunden neue Fördergebiete, um selbst genug Mineralien abbauen zu können. Aber das ist schwer. Die Milizen haben so viel Land unter ihrer Kontrolle. Ich habe mit General Gicanda daran gearbeitet, sie rauszuwerfen, aber da gibt es so viele politische Rücksichten …«

»Es ist also *schwer*«, sage ich spöttisch. Ich muss mich beherrschen, ihn nicht anzuspucken. »Sehen Sie denn all die Frauen da draußen nicht?« Ich zeige zum Fenster. »Fragen Sie doch mal die, ob es sie kümmert, wie *schwer* das ist.«

Mr Greyhill senkt die Augen. »Wir versuchen es wirklich, Tina. Mit den anderen Mineralien gibt es jetzt internationale Gesetze. Überprüfungsprogramme. Sanktionen. Für Zinn und Coltan haben wir gute Minen. Es gibt Sicherheitsvorschriften, Gewerkschaften und so weiter. Da kannst du jeden fragen. Extracta wäre sonst nicht imstande, so große Mengen zu verkaufen.«

»Aber Gold?«

»Gold ist eine andere Geschichte. Den Minen, die nachweisen können, dass es dort keine Sklaven gibt, bezahlen wir einen besseren Preis. Aber die Milizen abzuschütteln ist nicht einfach – sie überfallen solche Minen und reißen sie sich unter den Nagel. Die Regierung ist keine Hilfe; die betreibt selbst Minen mit Sklavenarbeit. Und auch wenn Extracta kein solches Gold kauft, gibt es immer noch andere – Schmuggler, die bereit sind, unseren Platz einzunehmen. Sie lieben Gold. Für einen geschmuggelten Aktenkoffer Gold erzielt man genauso viel wie für fünf Wagenladungen Zinnerz. Das ist einer der Gründe, warum Omoko es auf mich abgesehen hatte. Er wollte wieder als Käufer einsteigen.«

Ich denke an die Waffen, die Omoko in das Camp gebracht hat, und den Rucksack voller Gold, den Boyboy gesehen hat. Es ist also wahr.

Greyhill redet weiter. »Im Austausch gegen Michael wollte er nicht nur Geld, sondern auch Spielraum für seine Geschäfte. Und er wäre nur zu gerne bereit gewesen, die Milizen mit Sklaven arbeiten zu lassen. Auf die Art hätte er das Gold billiger bekommen. Ihm ging es um den Gewinn, er wollte kurzfristig so viel wie möglich rausholen. Für mich geht es auch um den Gewinn, aber auf lange Sicht sind gute Minen die aussichtsreichere Strategie, davon bin ich überzeugt.«

»Also geht es nur ums Geschäft. Bei allem hier.«

Auf einmal wirkt er müde. »Ich habe nie behauptet, dass es anders wäre.«

Eine Krankenschwester eilt ins Zimmer, prüft die Infusion an Greyhills Arm und bringt ihm einen Becher Wasser. Sie hakt etwas auf seinem Kurvenblatt ab und verschwindet gleich wieder. Draußen geht der Unterricht weiter, ein lang gezogener Singsang von Zahlen und kurzen Sätzen, der bewirkt, dass ich die Augen schließen will.

»Es ist immer noch alles so verkorkst«, sage ich kopfschüttelnd. Ich stelle mich ans Fenster und hebe den Vorhang hoch. Etwa zehn Frauen sitzen im Gras, ihre Lehrbücher vor sich. Ich erkenne die Frau vom ersten Abend. Sie ist eine von dreien, die an dem Tag hier hergebracht wurden. Sie lächelt schüchtern über irgendetwas, das die Lehrerin sagt, und ihre Zähne blitzen so weiß wie der Verband um ihren Kopf.

Ich treffe eine Entscheidung. Ich lasse den Vorhang wieder fallen und drehe mich um. »Mr Greyhill, ich bin dankbar für alles, was Sie tun, damit meine Schwester in Sicherheit ist. Das bin ich wirklich. Zugleich weiß ich, dass Sie das nicht für mich tun. Und das ist in Ordnung. Sie schulden mir nichts. Aber meiner Mutter schulden Sie sehr wohl etwas. Und ich werde dafür sorgen, dass Sie diese Schuld bezahlen. Klar, ich bin kein großer, mächtiger Mann. Ich bin klein, ein Mädchen. Aber machen Sie nicht den Fehler zu unterschätzen, was ich tun kann, wenn ich wirklich will. Ich werde Sie beobachten. Ich werde beobachten, was hier in der Gegend passiert. Für meine Mutter. Für die Frauen da draußen. Sie sagen, Sie wollen es besser machen, aber ein Leopard kann nun mal seine Flecken nicht ändern.«

Ich gehe auf Greyhill zu und lege meine Hände auf die Leiste am Fußende seines Betts. »Hören Sie gut zu. Bald nach unserer Rückkehr, wenn Kiki in Sicherheit ist und Sie wieder mit Ihrem Leben weitermachen, wird eine größere Geldsumme von Ihren Konten verschwinden.« Er will protestieren, aber ich hebe einen Finger und unterbreche ihn. »Und bald darauf werden Sie ein Dankesbriefchen von diesem Krankenhaus bekommen. Sie werden freundlich reagieren und sich bereit erklären, auf absehbare Zeit alle Operationen dort zu finanzieren. Egal, worum das Krankenhaus bittet, Sie werden spenden, auch wenn es eine neue Schule oder Straße ist oder vielleicht sogar eine neue Entbindungsstation.«

Ich sehe die Frage in seinem Gesicht, bevor er sie stellen kann, und sage: »Wenn Sie das nicht tun, wenn Sie auch nur zögern, sind Sie geliefert. Das und hundert Mal mehr sind Sie meiner Mutter schuldig.«

Sein Gesicht erschlafft und ich erkenne an seinen Augen, dass er weiß, wie recht ich habe. Aber ich bin noch nicht fertig. »Und noch was: Wenn Sie bis Ende des Jahres nicht alle Verbindungen zu den Milizen gekappt haben, werde ich nach und nach Informationen von Ihrer Festplatte an die Presse geben. Ja, ich habe Kopien. Und versuchen Sie bloß nicht, meinen Freund oder mich umbringen zu lassen. Es wird Sicherheitsvorkehrungen geben. Falls Boyboy oder ich verschwinden, wird alles Material direkt an ein Dutzend internationale Presseagenturen verschickt.«

Ich halte inne und lasse ihn das Ganze verdauen. »Ist das klar?«

Einen Moment lang betrachtet er mich mit neutralem Gesichtsausdruck. Dann hebt sich sein Mundwinkel und ein Hauch von Gefühl blitzt in seinem Gesicht auf. Vielleicht täusche ich mich, aber für mich wirkt es wie ein Ausdruck von widerwilligem Respekt. »Vollkommen klar«, sagt er. »Ich erwarte nichts anderes von der Tochter deiner Mutter.«

43

»Was wirst du jetzt tun?«, fragt Michael.

Wir stehen im Garten der Greyhills, in der Nähe der Stelle, wo wir vor vielen Jahren unsere Narben bekommen haben. Ich weiß, dass seine Eltern drinnen über Kiki und mich diskutieren und wie es mit uns weitergehen soll. Mrs Greyhill redet mit erhobener Stimme und ich schnappe den Satz auf: »Du bist nicht verantwortlich für sie ... *Wir* sind deine Familie!«

Michael schaut zum Haus. Ich glaube, so langsam lerne ich, seinen Gesichtsausdruck zu lesen. Die Miene jetzt ist kompliziert, es scheint eine Mischung aus Verärgerung und Erschöpfung zu sein. »Lass uns rumlaufen«, sagt er.

»Okay, warte einen Moment.« Ich fange Kikis Blick auf. Sie sitzt ein Stück von uns weg auf dem Rasen. In ihrem Schoß liegt der Kopf eines Schäferhunds, der zu den Wachen gehört. Ich schenke ihr ein kleines Lächeln und sie schafft es, zurückzulächeln. Hoffentlich hat sie Mrs Greyhills Geschrei nicht gehört.

Kiki wirkt heute weniger verstört, aber sie sieht immer noch klein und müde aus. Es wird ihr guttun, bald weit weg von hier zu sein. Sie braucht einen Neuanfang. Aber das heißt noch lange nicht, dass ich sie freudig ziehen lasse. Michael hat mir versprochen, dass er in der Schweiz auf sie aufpassen wird, und das glaube ich ihm auch, aber es ist nicht dasselbe.

»Wir sind gleich da unten, nicht weit weg«, sage ich ihr. »Ist das okay für dich?«

Sie nickt. »Alles in Ordnung, Tina. Wirklich. Hör auf, dir Sorgen um mich zu machen.«

Der Hund betrachtet sie voller Bewunderung und leckt ihr das Kinn.

Die Übergabe mit Bug Eye ist glattgelaufen. Der General hat uns in zwei Helikoptern hingeflogen, zusammen mit sechs seiner Männer, um sicherzustellen, dass bei dem Austausch niemand »zu emotional« wird. Wir haben uns auf dem privaten Flugplatz getroffen, wo Mr G seinen Helikopter stehen hat.

Ketchup wurde auf einer Trage raus zu Bug Eye gebracht, und einen Moment lang sah es wirklich so aus, als ob es Ärger geben könnte. Aber Mr Greyhill hatte auch daran gedacht, einen Arzt herzubestellen, der Ketchup und meine Schwester untersuchte und uns versicherte, dass die beiden bald wieder »in Ordnung« sein würden, und fragte, ob jetzt nicht »bitte, bitte« alle die Waffen wegstecken könnten.

Meine Schwester. Puh. Ich bin beinahe zusammengeklappt, als ich sie gesehen habe. Emotional ist gar kein Ausdruck. Ich weiß nur noch verschwommen, wie sie ins Auto der Greyhills gestiegen ist. Sonst erinnere ich mich bloß daran, wie ich am ganzen Körper gezittert und sie immer wieder gefragt habe, ob alles in Ordnung ist, bis mir der Doktor irgendwas gespritzt hat. Später an diesem Abend bin ich dann total panisch im Gästezimmer der Greyhills aufgewacht. Aber Kiki lag zusammengekuschelt dicht neben mir, und als ich merkte, dass sie wirklich da ist und dass es ihr gut geht, konnte ich nur noch still in mich hineinweinen und hoffen, dass sie nicht aufwacht.

Jetzt, einen Tag später, wartet Michael geduldig, dass ich mich losreiße. Nachdem ich das endlich getan habe, führt er mich quer durch das Anwesen, vorbei an all den Blumen und Steinfiguren. In der Nähe unserer alten Hütte nimmt er mit seinem guten Arm meine Hand, dann laufen wir an der Stelle vorbei, wo meine Mutter und Mr Greyhill sich an einem dunklen Abend gestritten haben, vor Ewigkeiten. Beim Gemüse bleiben wir stehen. Das Haus liegt versteckt hinter einem Hibiskus-Strauch, in dem die Bienen summen.

»Also«, fragt Michael. »Was hast du vor? Ich weiß doch, dass du einen Plan hast.«

»Dies und das«, sage ich.

»Mehr willst du mir nicht erzählen?«

»Je weniger du weißt, desto besser.« Ich lächle, damit er merkt, dass ich ihn hochnehmen will.

»Eines Tages werde ich alle deine Geheimnisse kennen, Tiny Girl«, sagt er. »Du wirst mir nie entkommen.«

»Mal sehen.«

»Aber machst du dir keine Sorgen wegen den Goondas, wenn du hierbleibst?« Sein Lächeln verschwindet.

»Dein Dad hat Bug Eye Geld gegeben, damit er mich in Ruhe lässt.«

Michael wirkt nicht überzeugt. Und er hat recht. Bezahlung hin oder her, ich wette, es ist ein Kopfgeld auf mich ausgesetzt. »Vielleicht reise ich ein bisschen, während du weg bist«, sage ich.

»Das ist eine gute Idee«, erklärt Michael. »Du solltest Dads Angebot annehmen und mit auf die Schule gehen.«

»Du weißt genau, dass ich das nicht so gemeint habe.«

»Die Schweiz würde dir gefallen«, sagt er. »Da ist es … sauber. Und Kiki wird dort sein.«

»Ich kann nicht in die Schweiz.«

»Du meinst, du willst nicht.«

»Ich gehöre da nicht hin.«

»Gehörst du hierher?«, fragt er ruhig.

Ein Teil von mir wünscht sich nichts mehr, als zu sagen, dass ich mit ihm gehe. Ich will dort sein, um auf Kiki aufzupassen, und wenn ich ehrlich bin, will ich auch in seiner Nähe sein. Ich weiß nicht, was genau zwischen uns läuft, aber ich hätte nichts dagegen, mehr Zeit zu haben, um es herauszufinden.

Aber ein anderer Teil von mir weiß schon, dass ich bleiben werde. Und dass es die richtige Entscheidung ist. Vielleicht weil ich beschlossen habe, zurück in den Kongo zu gehen und nach dem Missionskrankenhaus in Kasisi zu schauen, sobald Mr Greyhills »Zuwendung« dort angekommen ist. Vielleicht weil ich weiß, dass Schule nichts für mich ist, auch wenn ich mir für Kiki alle Chancen wünsche, die dieses Leben zu bieten hat. Schon vor meiner Zeit bei den Goondas mochte ich die Schule nicht besonders. Ich weiß, das ist nicht toll, aber so bin ich eben. Ich kann mir nicht vorstellen, jeden Tag eingesperrt zu sein und einem Plan zu folgen, den ein anderer gemacht hat, auch wenn das gut für mich wäre. Eine saubere Uniform tragen, mir vorschreiben lassen, was ich tun soll, wo ich hingehen soll und wann ich dort sein muss – das nimmt mir die Luft zum Atmen. Es würde mich fertigmachen, wenn jemand von mir verlangen würde, ordentlich in einem Klassenzimmer zu sitzen. Und ich käme nicht zurecht mit Leuten, die mich damit nerven, dass ich mich entscheiden soll, auf welches College ich gehen will und was ich später mal mit meinem Leben machen werde.

Aber der Hauptgrund, warum ich bleibe, ist ganz einfach: Ich weiß schon, was ich mit meinem Leben machen werde.

Heute Morgen bin ich vor Sonnenaufgang wach geworden und aus dem Bett gekrabbelt. Ich habe an Michaels Tür geklopft und habe ihm das ernsthafte Versprechen – fast eine Art Blutschwur – abgenommen, dass er gut auf Kiki aufpassen wird. Dann bin ich gegangen. Ich musste mit Boyboy reden. Er war schon auf meinem Dach, als ich ankam. Er sagte, er könnte nicht schlafen und auch nicht aufhören zu zittern. »Wie geht es jetzt weiter?«, fragte er. Er wusste genauso gut wie ich, dass alles anders geworden war. Erstens waren wir auf der schwarzen Liste der Goondas. Wir mussten abtauchen. Ich brauchte ein neues Dach … vielleicht auch einen Keller. Ich versprach Boyboy, dass wir ein neues Zuhause für seine Familie finden würden, an einem Ort, wo sie in Sicherheit wären. Eine Insel vielleicht.

Aber zweitens: Selbst wenn die Goondas mit uns hätten weitermachen wollen, uns war klar, dass wir nicht auf die gleiche Weise arbeiten könnten wie bisher – Leute blind zu bestehlen, ohne uns darum zu kümmern, in wessen Leben wir da eingriffen.

Wir haben geredet, bis die Sonne schon hoch am Himmel stand. Haben uns Pläne zurechtgelegt, Boyboy und ich, in denen das vorkommt oder auch nicht, was Boyboy »ausgleichende Gerechtigkeit« nennt. Die Welt ist voller böser Kerle mit Bankkonten, die sich hacken lassen.

Schließlich kann ich nicht ganz mit dem Stehlen aufhören.

»Es wird sein wie bei Robin Hood«, sagte Boyboy. »König der Diebe und so.«

Wir stießen uns mit der Schulter an, während wir über die Stadt schauten. »Ach komm, das können wir besser. Wir werden die Queens der Diebe.«

Da lachte er zum ersten Mal seit Langem.

Jetzt sehe ich Michael ins Gesicht. Seine Augen haben die gleiche Farbe wie die Blätter hinter ihm. Ich glaube, er versteht, warum ich nicht mitkommen kann. Wahrscheinlich versteht er es sogar besser als irgendwer sonst. Er kennt zwar die Einzelheiten nicht, aber er kennt mich. Er vertraut mir, dass ich weiß, was richtig für mich ist. Ich spüre, dass er gerne fragen würde, was das zwischen uns ist und was es werden könnte. Unsere Freundschaft ist stark und stabil, ein fester Halt, von dem ich nie wusste, dass ich ihn brauche, und nicht ahnte, dass ich ihn schon die ganze Zeit über hatte. Aber ist da noch mehr? Ich glaube nicht, dass das einer von uns schon mit Sicherheit sagen kann. Er scheint jedenfalls zu wissen, dass es vielleicht nur einen Weg gibt, wie wir weitermachen können: indem wir die Fragen unbeantwortet lassen und in eine chaotische, unvorhersehbare Zukunft hineinleben.

Er hebt seine Hand an mein Gesicht, seine Fingerspitzen streifen über meine Haare. Ich spüre seine Wärme. »Nur ... verschwinde nicht wieder, okay?«

»Du wirst immer wissen, wo ich bin«, sage ich und lege vorsichtig meine Hände auf seine Brust. Ich spüre, wie sein Herz unter seinem Shirt schnell und heftig klopft.

Er betrachtet mich, als wollte er sich jeden Millimeter von meinem Gesicht einprägen. Ich kenne das Gefühl. Ich möchte auch auswendig lernen, wie er genau in diesem Moment aussieht, in dem die Sonne so hell auf seine Haut scheint und kleine Insekten träge Kreise um seinen Kopf drehen. Und dann legt er seine Hand auf meinen Rücken und zieht mich zu sich, seine Arme halten mich und ich rieche ihn und spüre seine Anspannung, er hält mich so vorsichtig wie ein Wildtier, das jeden Moment aufspringen und weglaufen kann.

Und auf einmal bricht in mir irgendwas auf wie ein Ei und ich lasse alles los außer der schmerzlichen Sehnsucht nach ihm, die so süß und so stark und so gut ist. Was morgen ist, spielt keine Rolle, wird mir klar. Nicht in diesem Moment. Wer weiß schon, was passieren wird? Es gibt nichts außer dem Hier und dem Jetzt.

Unsere Lippen treffen sich und er drückt mich an sich, und in diesem Augenblick kann ich nicht sagen, ob mein Durst auf ihn gestillt wird oder ob ich noch durstiger bin als vorher. Wir küssen uns, als ob wir das Küssen erfunden hätten, als ob niemand in der Geschichte der Menschheit vor uns jemals so geküsst hätte. Und um uns herum verblasst die Welt, da ist nur noch das Summen der Bienen in den Blüten, wie das Vibrieren von tausend Saiten.

44

Regel 18: Eine letzte Regel – vielleicht kannst du nicht alles für alle Leute sein. Gut möglich, dass du nie eine ordentliche Internatsschülerin wirst. Oder nicht die perfekte Diebin. Du wirst auch nicht immer die Tochter oder Schwester oder Freundin sein, die Leute sich wünschen oder vielleicht auch verdienen. Regeln brechen dich genauso oft, wie du sie brichst. Aber ich denke mal, das ist in Ordnung.

Vielleicht lasse ich das mit den Regeln.

Fürs Erste jedenfalls.

Ich glaube, ich werde einfach nur sein. Ich werde leben. Und sehen, was passiert.

Ich lasse Boyboy im Duty-free-Shop zurück, wo er sich bis zum Abwinken mit teuren Parfums vollspritzen kann, und laufe mit meiner Schwester zum Gate. Mr G wollte mit uns zum Flughafen kommen, aber ich habe gefragt, ob wir nicht allein fahren könnten. Wenn sie in ein paar Monaten mit Michael und Jenny für die Ferien zurückkommt, dann holen wir sie zusammen ab. Ich reiche dem Sicherheitsbeamten meinen speziellen Begleit-Passierschein, ausgestellt von der Fluglinie. Mr G musste dafür seine Beziehungen spielen lassen. Das Ding sieht genauso aus wie Kikis Flugticket, bringt mich aber nur bis zu Gate 23.

Michael ist gestern geflogen und Mr Greyhill kam im Rollstuhl mit zum Flughafen, um sich von ihm zu verabschieden. Er hat es gehasst, herumgeschoben zu werden, das war nicht zu übersehen, aber ich nehme mal an, ihm war einfach wichtig, da zu sein. Michaels Flug war ausgebucht, deshalb kann Kiki erst heute fliegen. Michael hat mir aber versprochen, dass er im Schultransporter mitfährt, der sie vom Flughafen abholt. Sie wird in die Klasse unter Jenny gehen. Die beiden werden auf sie aufpassen.

Wir laufen an immer neuen Reihen von Leuten vorbei, die auf ihre Flüge warten. Alle Hautfarben, jedes Alter. Sie haben nur eines gemeinsam, nämlich diese leicht überdrüssige Ausstrahlung der Reichen. Als ob sie ihren Spaß gehabt hätten in Afrika, aber jetzt ist es genug. Vielleicht sind diese Leute gar nicht alle reich, aber es gibt jedenfalls jede Menge goldene Armbanduhren und achtlos abgelegte Designertaschen. Eine gute Gegend für Taschendiebe übrigens. Alle brechen auf, und bis sie merken, was passiert ist, sind sie Tausende von Meilen weit weg.

Das Flughafen-Terminal ist neu und ausgesprochen sauber. Lauter schnurgerade Linien und nichts, das nach etwas riecht. Die Flugzeuge vor dem Fenster sind frisch geputzt und poliert. Das wirkt alles so weit weg von Sanguis staubigen Straßen. Ich frage mich, ob es in Kikis neuer Schule auch so sein wird.

Vor ihrem Gate bleiben wir stehen.

»Hast du deinen Pass? Und das Geld?«

Kiki verdreht die Augen. »Ich hab sie nicht verloren, seit du mich vor fünf Minuten danach gefragt hast.«

Ich schiebe die Hände in die Taschen. Die Sonne geht eben erst auf und lässt ihr Licht wie flüssiges Kupfer durch die Fenster strömen. Um uns herum schauen Touristen nach Last-minute-Souvenirs. Mütter versuchen ihre Kleinkinder wieder einzufangen, Geschäftsleute in Anzügen beugen sich über ihre Laptops und schlürfen nebenbei ihren Kaffee.

Kiki beobachtet alles mit großen Augen. Sie trägt neue Klamotten, die extra für die Reise gekauft worden sind, alles in Pink und Grün. Mit ihren Haaren, die ihr in ordentlichen Zöpfen am Kopf liegen, und dem neuen Rucksack aus Plastik ginge sie als Tochter von jedem dieser Reisenden durch. Es ist jetzt fast eine Woche her, seit sie entführt wurde, und so langsam wirkt sie wieder wie sie selbst. Sie hat jede Nacht Albträume gehabt, aber der Arzt sagt, das ist normal und wird nach einer Weile wohl aufhören.

»Ruf mich an, wenn du da bist, ja? Die Nummer ist schon einprogrammiert auf dem Telefon, das Mr G dir gegeben hat.« Ein Träger von ihrem Rucksack ist runtergerutscht und ich schiebe ihn wieder hoch.

»Ja.« Sie kann nicht aufhören, alles anzustarren.

Ich schiebe meine Ärmel zurück. Mir ist irgendwie heiß und ich bin fahrig. Ich sehe mich um. Mr G hat gesagt, es käme jemand zum Gate, um sie abzuholen – jemand von der Fluggesellschaft, der ihr zeigt, wo sie hinmuss, und unterwegs auf sie aufpasst. Aber ich sehe niemanden. Ich stemme die Hände in die Hüften.

Kiki dreht sich wieder zu mir, als hätte sie sich jetzt doch noch erinnert, dass ich da bin. »Du hast ein neues Tattoo.«

Meine Anspannung löst sich. Ich zeige ihr meinen Unterarm. Das erste Tattoo, das nichts mit den Goondas zu tun hat. Die Haut ist immer noch wund und voller Schorf, aber der neue Tattookünstler, den ich gefunden habe, hat seine Sache gut gemacht. Meine lange, gerade Narbe bildet die Mittelrippe eines Palmwedels. Er sieht genau aus wie der Zweig, den die heilige Katharina auf Mamas Gebetskärtchen trägt.

»Ein Zeichen des Triumphs«, sage ich.

In diesem Moment rauscht eine Frau auf uns zu. Sie trägt jede Menge Make-up, aber das Gesicht darunter ist hübsch und freundlich. Sie lächelt uns strahlend an. »Catherine Masika?«

Kiki hebt die Hand.

Das Lächeln der Frau vertieft sich, als sie erst Kiki ansieht und dann mich. »Ich arbeite für die Airline. Demnächst fängt das Boarding an, aber du kannst schon vorher mit mir einsteigen und dich auf deinem Platz einrichten. Klingt das gut so?«

Kiki schluckt. »Ja, Madam.«

Ich trete zurück und spüre schon, wie ich mit der Menge verschmelze, im Hintergrund verschwinde. Mit ihr wird alles okay sein, sage ich mir. Das ist genau das, was sich Mama für sie gewünscht hätte. Michael wird bei ihr sein. Er lässt nicht zu, dass ihr etwas Schlimmes passiert. Trotzdem will ein Teil von mir am liebsten Kikis Hand schnappen und abhauen. Meine Kehle brennt, aber ich werde auf keinen Fall in ihrer Gegenwart weinen.

Die Frau nimmt Kikis Pass und das Ticket, legt ihr eine Hand auf die Schulter und will sie zum Ausgang führen. Dann sieht sie mich an. »Willst du Auf Wiedersehen sagen?«, fragt sie Kiki.

Meine Schwester nickt und dreht sich zu mir.

»Tschüss«, sage ich.

»Tschüss.«

Dann öffne ich die Arme und sie stürzt sich hinein, mit so viel Schwung, dass wir fast umfallen. Ich drücke sie und vergrabe mein Gesicht in ihren Haaren, atme ihren Geruch ein. Keins von den teuren Parfums in den Duty-free-Shops dieser Welt kann jemals so gut riechen wie sie.

Einen Moment lang ist die Welt still und golden, dann macht sich Kiki von mir los. Sie weint, aber zugleich lächelt sie.

»Sei brav«, sage ich und fahre mir mit dem Handrücken über die Nase.

Kikis Lächeln lässt sie kurz so aussehen wie Mama auf dem alten Foto zusammen mit Cathi. »Du auch.«

Dann dreht sie sich um und geht mit der Frau von der Airline auf das Gate zu, durch eine mit Seilen abgesperrte Zone, wohin ich ihr nicht folgen kann. Als die Frau dem Kontrollposten am Gate das Ticket reicht, sieht sich Kiki noch mal zu mir um und sagt etwas.

»Was?«, frage ich und komme so nah heran, wie es geht.

Sie zeigt auf meinen Arm und ruft: »Dein neues Tattoo! Das bedeutet nicht Triumph. Es bedeutet Frieden!«

Ich senke den Blick auf den Palmwedel. Als ich wieder aufschaue, geht Kiki mit der Frau durch die Tür, die sie hinaus auf die Rollbahn und zum Flugzeug führen wird. Sie sieht über die Schulter zurück und winkt mir ein letztes Mal zu.

Ich winke zurück, immer weiter, auch nachdem sie mich gar nicht mehr sehen kann.

Nachbemerkung der Autorin

Hier ein paar Hinweise zum Wahrheitsgehalt des Romans und den Freiheiten, die ich mir beim Schreiben genommen habe:

Ein großer Teil dieser Geschichte beruht auf Ereignissen im Osten der Demokratischen Republik Kongo – realen Ereignissen, die sich auf reale Menschen ausgewirkt haben. Menschenrechtsverletzungen, besonders gegen Frauen, sind dort an der Tagesordnung. Anjus Schicksal ist zwar fiktionalisiert, es beruht aber auf persönlichen Leidensgeschichten, die ich bei der Arbeit mit Flüchtlingen in Kenia aus erster Hand gehört habe, sowie auf Dokumentationen von Human Rights Watch, dem UN-Sicherheitsrat und ähnlichen Einrichtungen. Bergbauunternehmen schaffen dringend benötigte Arbeitsplätze, nutzen aber das Chaos und die Korruption in der Region zweifellos auch zu ihrem Vorteil aus. Tag für Tag fliehen Menschen auf der Suche nach Frieden und Sicherheit in Nachbarländer. Der Konflikt ist komplex und dauert seit Jahren an, wird aber vom Rest der Welt kaum wahrgenommen.

Zugleich ist der Osten des Kongos ausgesprochen schön. Die Bewohner dieser Gegend sind außergewöhnliche Menschen mit großer Würde, denen es genau wie allen anderen auf der Welt allein darum geht, ihr Leben zu leben und irgendwie zurechtzukommen. Mutige Frauen und Männer leisten unter großem Risiko für ihre eigene Sicherheit alles, was in ihren Kräften steht, um den Konflikt zu beenden und die überlebenden Gewaltopfer zu unterstützen. Schlecht ausgestattete Kliniken wie das Missionskrankenhaus in diesem Buch arbeiten unter widrigsten Bedingungen. Für alle, die nach der Lektüre mehr über solche Orte erfahren wollen, seien hier ein paar Einstiegskontakte genannt: Solidarité Féminine pour la Paix et le Développement Intégral mit Sitz in Nord-Kivu (SOFEPADI); Schwester Angélique Namaikas Zentrum für Reintegration und Entwicklung in der Provinz Orientale; das Panzi-Krankenhaus in Bukavu (www.panzifoundation.org/panzi-hospital/); außerdem HEAL Africa in Goma (www.healafrica.org).

So weit die reale Geschichte.

Anderes dagegen ist nicht real: Die Charaktere, den Plot und die Orte Sangui City und Kasisi habe ich erfunden. Wobei ich nicht verheimlichen will, dass ich, wie viele andere Autoren auch, eine Elster bin: Ich schnappe mir unentwegt Ereignisse aus dem realen Leben und schmücke mein Nest mit ihnen. Wer Kenia kennt, darf sich Sangui City als eine Mischung aus Mombasa und Nairobi vorstellen – mein fiktiver Ort vereint die Schönheit der Küstenstadt mit dem Gedränge der hektischen Hauptstadt. Und während Kasisi keine reale Stadt ist, gibt es den Bezirk Walikale und Walikale-Stadt in Nord-Kivu sehr wohl.

Das Gebet der heiligen Katharina beruht auf zwei unterschiedlichen Gebeten. Eines stammt aus einer Sammlung von John James Burke/Bonaventure Hammer, das andere ist irischen Ursprungs.

Alle Fehler, Lücken und Ungenauigkeiten sind allein meine Sache – meine Entschuldigung dafür ist verbunden mit aufrichtigem Dank.

Glossar

Sofern nicht anders angegeben, stammen die hier aufgelisteten Wörter aus dem Swahili oder dem Sheng. Swahili ist die in Ostafrika übliche Verkehrssprache. Beim Sheng handelt es sich um den Straßenslang, der vor allem von den Jugendlichen in den Großstädten Kenias benutzt wird. Die Bezeichnung setzt sich aus den Wörtern *Swahili* und *Englisch* zusammen.

askari: Wächter; Kämpfer; Name von Cathis Hund

bienvenue: (französisch) willkommen

buibui: schlichtes schwarzes Gewand, das vor allem von muslimischen Frauen der Swahili-Küste getragen wird

bwana: Herr

comptoir: (französisch) Goldeinkäufer, Mittelsmann

dengu: Eintopfgericht aus Bohnen (meistens Mungobohnen)

habari ya jioni: guten Abend

habibi: (arabisch) Kosewort: Liebling

hatari: Gefahr

hodi: Wort, mit dem man die eigene Ankunft verkündet, meist beim Betreten eines Hauses oder Zimmers, etwa im Sinn von: *Kann ich eintreten?*

jua kali: wörtlich übersetzt *heiße Sonne*, kenianische Bezeichnung für einen Straßenmarkt. Als Verb verwendet, bedeutet es *improvisieren* oder *notdürftig zusammenflicken*

kanga: eine äußerst beliebte, farbenfrohe Art von Stoff, oft mit aufgedruckten Sprichwörtern, Redensarten oder Parolen; wird in Ostafrika von Frauen als Kleidungsstück um den Körper geschlungen

kanzu: langes weißes Gewand in der Art einer Tunika, wird vor allem von muslimischen Männern getragen

karibu: willkommen

kauzi: Dieb

kijana: Jugendlicher (Junge oder Mädchen); wird ähnlich verwendet wie das englische »kid«

kitenge: farbenprächtiger Stoff mit grafischen Mustern, aus dem mehrteilige Kleider genäht werden; in Ostafrika und dem östlichen Kongo sehr beliebt

mandazi: Straßensnack aus frittiertem Teig

matoke: Kochbanane

mavi: ein derbes Wort für Kot, etwa wie »Scheiße« verwendet

mdosi: Herr, Chef, Boss

mokele-mbembe: (Lingala-Sprache) ein Ungeheuer, das der Legende nach im Kongobecken lebt

mwizi: Dieb

mzee: Herr (Anrede für einen älteren Mann)

mzungu: Person mit weißer Hautfarbe

ngai: Gott, im Sinn von »Herrgott noch mal«

nyanya: Großmutter

panga: Machete

piki-piki: kleines Motorrad

pili-pili: scharfe Chilisoße

pole-pole: langsam, langsam
polisi: Polizei
shoga: vulgäres Wort für eine homosexuelle Person – deutlich abwertender als »Schwuchtel«
shonde: noch ein Wort für Kot
sonko: reich
sukuma: Kohl
thegi: Dieb
ugali: Brei aus gekochtem Maismehl, in Kenia ein Grundnahrungsmittel
voleur: (französisch) Dieb
WaBenzi: *Wa* bedeutet *von* (oft als Zugehörigkeit zu einem Stamm oder einer Gruppe). *Benzi* ist ein Slangwort für *Mercedes Benz. WaBenzi* heißt daher *vom Stamm Mercedes Benz*
wache waseme: Ausdruck aus einem alten Swahili-Lied: *Lass sie reden*

Danksagung

Es heißt, man braucht ein ganzes Dorf, um ein Kind großzuziehen. Um dieses Buch auf die Welt zu bringen, war nicht nur ein Dorf nötig, sondern mehrere Städte mittlerer Größe, einige Kontinente und unendlich viele Verwandte, Freunde, Freunde von Verwandten, Fremde und eine Menge anderer Menschen. Ich will das Unmögliche wagen und versuchen, meine tiefe Dankbarkeit für die Hilfe zum Ausdruck zu bringen, die ich unterwegs bekommen habe.

Am Anfang sollen die Frauen, Männer und Kinder aus der Demokratischen Republik Kongo stehen, die mir ihre Lebensgeschichten erzählt haben, teils in offiziellen Interviews im Rahmen des Eingliederungsprozesses, teils aus eigenem Antrieb, weil sie wollten, dass ihre Geschichte in der Welt Gehör findet. Es braucht viel Mut, solche Dinge zu erzählen, und ich danke allen herzlich für ihre Bereitschaft, das Erlebte mit mir zu teilen. Zu sagen, dass ich dankbar bin, trifft es nicht. Vielmehr verneige ich mich in Demut. Besonders verpflichtet bin ich der Frauengruppe vom RefugePoint in Nairobi; allen voran C und R. Ich denke oft an euch. Wenn ich dieses Buch allen Mädchen und Frauen widme, die mehr als nur Flüchtlinge sind, habe ich besonders euch und eure Kinder im Sinn.

Ich habe das unglaubliche Glück, die ebenso charmante wie knallharte Faye Bender als Agentin zu haben. In der geheimnisvollen Welt des Büchermachens ist sie meine Führerin. Sie weiß genau, was zu tun ist, wie, wann und warum es getan werden muss, und findet dabei auch noch Zeit zum Autorenflüstern, Beistand-Leisten und gemeinsamen Jubeln. Danke, dass du an diese Geschichte geglaubt hast. Danke, dass du mich dazu angetrieben hast, immer noch einen Schritt weiter zu gehen und besser zu werden.

Stacey Barney, Lektorin der Extraklasse bei Putnam, du bist ein Wunder. Ich bin sehr dankbar, dass wir mit diesem Buch zusammengekommen sind, und ich finde jeden Tag neue Gründe dafür. Zu deiner Autorenschar zu gehören ist ein Traum. Ich finde großartig, wie du mich forderst, wie du die wirklich kniffligen Fragen stellst, mich ermutigst, mich überredest und mich schubst. Und genau an dem Punkt, an dem ich glaube, ich wäre jetzt endlich fertig, stellst du noch mal eine Frage, zeigst mir noch mal einen Weg, die Geschichte stärker zu machen. Ein tausendfacher Dank gilt außerdem Kate Meltzer; auch sie ist eine großartige Lektorin und dazu eine aufmerksame, freundliche Person, die viele Bälle auf einmal in der Luft zu halten versteht.

Das gesamte Team bei Penguin Random House und P. G. Putnam's Sons Books for Young Readers verdient tosenden Beifall für die harte Arbeit, die sie leisten, um ihre Bücher an die Leser zu bringen. Ihr seid ein beeindruckender, verrückter Haufen von Profis. Ich bin stolz, dass ihr mich unter eure Fittiche genommen habt.

Dieses Buch wäre vielleicht nie entstanden ohne das großzügige Stipendium der Boston Public Library im Rahmen des Writers-in-Residence-Programms. Danke für die Bereitschaft, das Wagnis mit mir einzugehen, danke für die Zeit und für einen wunderbaren Schreibort, vor allem aber für das unbezahlbare Geschenk, mich Schriftstellerin nennen zu dürfen. Ein Hoch auf alle Bibliothekarinnen und Bibliothekare, die unermüdlich dafür sorgen, dass Büchereien immer weiter voller Leben sind und wichtige Zentren im Gemeindeleben bleiben.

Viele Menschen haben mein Manuskript gelesen und mir während der Arbeit wertvolles Feedback gegeben: *Asante sana* an Carine Umutoniwase, Rita Njue, Maggie Muthama und C – eure Sicht ist unschätzbar wichtig. JB, dein Sheng ist perfekt. Danke an meine jugendlichen Prüfer, die gelesen, sich mitgeteilt, gelobt und kritisiert haben wie die Profis, die sich Titel ausgedacht, getwittert, alles durcheinandergemixt und dann noch mal gelesen haben: Lyndsay, Lura, Andrea, Claire, Gillian, Beth, Jess, Kyle, Rae, Eric, Jay, Seth, Emily, Caitlin, Lauren, Nyssa, Victoria, Angela, Kat, Robert – holla, tief Luft holen, das sind wirklich viele –, ihr seid die Besten! Danke auch an Karen B., die mich so liebenswürdig mit ihrer Fachkompetenz unterstützt hat (es ist ihr Verdienst, dass meine Grammatik glattläuft!). Und an den Louisville-Buchclub, der freundlicherweise schon vor der Zeit so getan hat, als wäre ich eine gestandene Autorin.

Meine Familie hat mir die Liebe zu Büchern vermittelt und zahllose Fassungen dieser Geschichte gelesen. Danke euch allen, dass ihr immer so getan habt, als ob ihr auch diese Version noch mal gerne lesen würdet. Mom, Papa, Rebecca, Dylan, Margot (und alle anderen – ihr wisst schon, wer!), eure Liebe und Unterstützung bedeuten mir unendlich viel.

Und zuletzt danke ich dir, M – dem Mann, dem mein Herz für immer gehört, einem fieberhaften und brillanten Leser, dessen Sinn für Logik mich manchmal verrückt macht (du hast mit deinen Hinweisen auf Fehler nämlich meistens recht, verdammt noch mal); dem Mann, der sich mit ziemlich vielem abgefunden hat, um mich dabei zu unterstützen, dass dieses Buch seinen Weg findet. Dich als meinen Liebsten und als besten Freund zu haben, macht mich glücklich.

Raushalten ist
keine Alternative